Stephanie Bishop

Der Jahrestag

Stephanie Bishop

DER JAHRESTAG

Roman

Aus dem Englischen von
Kathrin Razum

dtv

Die Übersetzung dieses Buches wurde mit Mitteln
des Ministeriums für Wissenschaft, Forschung und Kunst
Baden-Württemberg gefördert, vergeben durch
den Freundeskreis zur Förderung literarischer und
wissenschaftlicher Übersetzungen.

MIX
Papier | Fördert
gute Waldnutzung
FSC® C083411
FSC
www.fsc.org

Die Originalausgabe erschien 2023 unter dem Titel
›The Anniversary‹ bei Weidenfeld & Nicolson in London

Gesetzt aus der Sabon LT Pro
Satz: Fotosatz Amann, Memmingen
Druck und Bindung: CPI books GmbH, Leck
Printed in Germany · ISBN 978-3-423-28346-5

»Sicherlich hätte die Zukunft derjenigen, die ich gewesen bin, auch eine andere, als ich bin, aus mir machen können.«

Simone de Beauvoir, ›Alles in allem‹

ERSTES BUCH

1

Wir müssen fünfzig Fotos für diesen Buchumschlag gemacht haben. Mindestens. Na komm, sagte mein Mann. Tu's für mich. Sag es, ja?

Ich verdrehte die Augen, dann tat ich, was Patrick wollte. Liebe Liebe Liebe, sagte ich. Diebe Diebe Diebe. Es war ein Witz, aber er hatte recht: Die Wörter zu wiederholen brachte mich zum Lachen. Er bekam, worauf er hoffte, eine Art schüchternes Grinsen, wenn auch nicht unbedingt ein Lächeln, ein akzeptables Foto. Ich weiß echt nicht, warum die ein Foto brauchen, maulte ich, während ich eine andere Haltung einnahm. Natürlich weißt du das, sagte er. Wenn du auf dem Umschlag schön aussiehst, kaufen die Leute das Buch. Und wenn sie bei irgendeiner Figur im Roman kein Gesicht vor sich sehen, dann können sie ihr deins geben. Ich weiß, sagte er. Aber wir müssen das machen. Also komm, sag es noch mal für mich.

Ich war nervös. Ich hasste Fotos. Und dieses würde bald Tausende Male gedruckt werden. Patrick wusste das zu diesem Zeitpunkt noch nicht. Jedenfalls nicht so genau. Drei Wochen zuvor hatte ich einen Anruf von meiner Verlegerin bekommen, die mir mit gedämpfter Stimme, aber voller Begeisterung mitteilte, dass ich mit dem Buch, für das wir jetzt diese Bilder machten, einen wichtigen Preis gewonnen hatte. Nein, sagte Ada. Das ist kein Witz. Sie hatte das Manuskript eingereicht, erscheinen sollte das Buch eigentlich erst in vier Monaten. Ich hatte vor nicht allzu langer Zeit, im Juli, die endgültige Korrekturfassung abgegeben. Aber jetzt würden sie den Drucktermin vorziehen. Alles vorantreiben, die Auflage erhöhen. Die Nachricht sei streng vertraulich. Du darfst es niemandem erzählen, mahnte sie, nicht einmal Patrick.

Nicht einmal ihm? Warum?

Weil er ein altes Klatschmaul ist und weil er dich sehr liebt. Ich weiß, bei euch ist gerade alles etwas schwierig, aber er liebt dich wirklich, und er könnte gar nicht anders, als es überall herumzuerzählen, und wenn herauskäme, dass du das ausgeplaudert hast – na ja, ich weiß nicht. Sie redete schnell, aber im Flüsterton. Ihr Büro hatte Glaswände, die zwar aus dickem Sicherheitsglas waren, doch lautstarke Freudenbekundungen hätten die Aufmerksamkeit und Neugier der anderen ringsum geweckt.

Ist das wirklich wahr?, fragte ich. Mit so etwas hatte ich absolut nicht gerechnet. Das Buch war anders als meine vorherigen Bücher, persönlicher und weitschweifiger, und ich hatte unglaublich lange daran geschrieben.

Meine Hände zitterten. Ich spürte, wie sich Schweiß unter meinen Achseln sammelte, mein T-Shirt durchfeuchtete. Ist das wirklich wahr, bist du dir sicher?, wiederholte ich. Ich fühlte mich wie betrunken, wackelig auf den Beinen, und mir war leicht übel.

Ja, erwiderte sie. Ich habe den Brief vor mir liegen. Die Preisverleihung ist am 2. Dezember in New York. Hier steht, dass in ein paar Tagen weitere Einzelheiten folgen.

Sie hatte das alles atemlos hervorgesprudelt, und dann sagte sie: Augenblick, da winkt mir jemand – ach Gott, wir haben ja eine Besprechung, das habe ich völlig vergessen! Tut mir leid, da muss ich jetzt hin, ich rufe dich später noch mal an.

Ich hielt Wort und erzählte Patrick nichts, weder vor noch nach der Fotosession. Doch May, meiner Schwester, erzählte ich es. Schließlich kam sie in dem Buch selbst vor, womit sie gerne prahlte, schon bevor das Buch auch nur in den Druck gegangen war. Aber sie konnte ein Geheimnis für sich behalten, wenn ich sie darum bat, das wusste ich. Und natürlich erzählte ich es Valerie, meiner Agentin. Normalerweise fand die Preisverleihung in London statt. Aber dieses Jahr hatte man sie Ada zufolge nach New York verlegt, um sich bei den Amerikanern lieb Kind zu machen. Viele Mitglieder des Komitees verdross das, aber die Macht der amerikanischen öffentlichen Meinung galt mehr. Es war ohne Frage das größte Ereignis im Kalender des internationalen Literaturbetriebs. Ich konnte das alles kaum fassen, es kam so unerwartet. Es erfüllte mich geradezu mit Angst, mit einer Art Aberglaube, wenn nicht gar Paranoia – das ging so weit, dass ich nicht wagte, den Namen des Preises auszusprechen, nicht einmal im Geiste, ich wollte es nicht beschreien. Er hieß bei mir, sowohl im Gespräch mit Ada als auch in Gedanken, immer nur »der Preis«. Die Fotosession wurde mir dadurch noch unangenehmer.

Na komm, sagte Patrick. Noch ein letztes Bild, als Glücksbringer. Schenk mir ein Lächeln!

Mein Verlag hatte angeboten, einen Profifotografen zu bezahlen, aber das war das Letzte, was ich wollte. Wenn mich jemand aufforderte zu lächeln, fror die linke Seite meines Mundes ein, und ein Muskel unter meinem rechten Auge begann zu zucken. Ich hatte das einmal für ein früheres Buch auf Adas Bitte probiert – damals war ich noch zu unerfahren, um zu wissen, dass ich auch hätte ablehnen könnte. Folglich verbrachte ich drei Stunden in einem kühlen klimatisierten Raum damit, diese Wörter endlos zu wiederholen: Liebe-Liebe-Liebe Diebe-Diebe-Diebe. Dadurch haben die Lippen genau den richtigen Abstand, sagte der Fotograf. Also, wenn Sie nicht lächeln wollen. Wir wollen, dass Sie einladend wirken. Als würden Sie gleich etwas sagen, also ein leicht geöffneter Mund. Als würden Sie mit der Person, die das Bild anschaut, reden, ihr etwas anvertrauen. Offen, aber nicht übertrieben freundlich, ja, genau so, perfekt, bleiben Sie einen Moment so. Dann nahm ich eine andere Haltung ein und wiederholte das Mantra Liebe-Liebe-Liebe Diebe-Diebe-Diebe, während die Kamera klickte. Später lachten wir darüber, Patrick und ich. Für mich sagst du das nie, sagte er. Machst du das mal? Sagst du es, nur einmal? Bitte! Und dann tanzte er eine Art Rumba im Wohnzimmer, Liebe-Liebe-Liebe, sagte er. Diebe-Diebe-Diebe.

Es war also ein Gefallen, den ich ihm schon lange schuldete, dass ich diese Wörter jetzt sagte, während er ein Foto nach dem anderen knipste. Später schauten wir die Fotos zusammen durch. Egal, sagte ich. Ich finde sie alle furchtbar. Such du eins aus, sagte ich schließlich zu ihm. Ich will es gar nicht wissen. Welches du nimmst, meine ich.

Das war Anfang Oktober, einen Monat bevor wir zu einer Kreuzfahrt aufbrechen wollten, die ich anlässlich unseres Hochzeitstags gebucht hatte, und ich musste mich noch um etliches kümmern: Visa beantragen, Versicherungsformulare ausfüllen – das Foto war nur ein Posten auf einer langen Liste. Es würde unser vierzehnter Hochzeitstag sein – wobei wir schon vor unserer Heirat ein paar Jahre lang mehr oder weniger liiert gewesen waren –, und in diesem Jahr wollte ich den Anlass endlich einmal richtig feiern. Die Kreuzfahrt war aufwendig: achtzehn Tage, ab Alaska. Wir würden von London aus nach Alaska fliegen, dort in Homer an Bord gehen, dann die Beringsee durchqueren und entlang der russischen Küste nach Hokkaido im Norden Japans fahren. Von dort aus ging es in südlicher Richtung weiter bis Osaka, wo wir in den Zug nach Kyoto steigen würden. Ich hatte das alles mit Bedacht so geplant, dass wir in den letzten Herbsttagen in Japan ankommen würden. Wir würden im goldenen und flammend roten Wald feiern, und er würde mich küssen, während sternförmige rote Blätter herabsegelten und auf meinem Haar landeten. Ich musste den Reiseverlauf nur unwesentlich ändern, um einen Flug nach New York zur Preisverleihung einbauen zu können. Ich würde Patrick damit überraschen.

Wahrscheinlich wäre es sinnvoller gewesen, in Japan an Bord zu gehen und nach Amerika zu fahren. Aber dann hätten wir unseren Hochzeitstag auf dem Meer verbringen müssen, und das war nicht das, was mir vorschwebte. Nicht zu diesem besonderen Anlass, schließlich feiert man im vierzehnten Jahr Elfenbeinhochzeit: Geduld und Stabilität. Ein Glücksjahr, sagen manche, weil es sich aus zweimal sieben zusammensetzt. Zudem hatte ich die Kreuzfahrt gebucht, bevor ich die Nachricht von dem Preis bekommen hatte. Ich hatte kurz erwogen, die Reise komplett umzuorganisieren, mich dann aber dagegen entschieden. Der Zeitplan war straff, aber wir würden trotzdem noch zwei volle Tage in Kyoto haben, bevor ich in New York sein musste.

Wir hatten so etwas noch nie gemacht, waren nie so extravagant gewesen. Tatsächlich hatten wir unseren Hochzeitstag nie groß begangen. Jahr um Jahr waren wir zu beschäftigt gewesen, um mehr zu unternehmen als schön essen zu gehen und vielleicht noch einen Film anzuschauen. Ganz unspektakulär. Wir unterhielten uns über die Arbeit. Er war Filmregisseur mit einer Ehrenprofessur an einer angesehenen Universität, und als seine Filme im Laufe der Jahre immer mehr Beachtung fanden, wuchs auch der Druck. Alle wollten etwas von ihm. Mach weniger, sagte ich wieder und wieder, gib etwas ab. Er war völlig ausgelaugt. Und in letzter Zeit war es nicht einfach gewesen. Etwas musste sich ändern. Er wäre der Erste gewesen, der zugegeben hätte, dass seine zahlreichen Termine, zumindest anfangs, eine Folge persönlicher Entscheidungen waren: Türen öffneten sich ihm, er musste hindurchgehen. Wenn man ihn um ein Drehbuch oder ein Treatment bat, lieferte er es. Aus gelegentlichen Filmproduktionen wurden regelmäßige, aus Kurzfilmen wurden Spielfilme, und mit jedem nahm die öffentliche Wahrnehmung zu: Interviews, Podiumsdiskussionen, Zeitungskolumnen. Es gehe schlichtweg darum, zu investieren, erklärte er ohne jede Scham. In dieser Branche müsse man darum kämpfen, seinen Namen größer und greller, bekannter zu machen – man müsse Territorium beanspruchen, es aufkaufen, wenn nötig die Macht an sich reißen. Unser Hochzeitstag war Ende November, wir hatten eine schöne herbstliche Hochzeit gefeiert, aber in dieser späteren Phase unserer Ehe bedeutete das, dass der Tag mitten in den Vorweihnachtsstress fiel, wenn der Termindruck für den jeweils geplanten Filmstart im neuen Jahr am höchsten war, und Patrick war immer zu gehetzt, um wegzufahren. Also gingen wir einfach essen, tranken vielleicht noch etwas, und dann schlief er auf dem Sofa vor dem Fernseher ein. Aber in diesem Jahr wollte ich es auf jeden Fall anders haben.

Als ich die Kreuzfahrt vorschlug, stand er kurz vor dem Burn-out. Er war ewig nicht beim Friseur gewesen. Duschte nicht mehr so oft wie früher. Inzwischen war er bedeutend genug, um sich das leisten zu können. Wirklich?, fragte er. Willst du das wirklich machen? Er sträubte sich, erklärte, ein Urlaub sei ihm zu mühsam. Packen, zum Abfahrtshafen reisen, in Schlangen stehen, sich beim Essen und am Pool mit Fremden abgeben – darauf habe er keine Lust.

Als wir uns kennenlernten, war er einer der schönsten und elegantesten Männer, denen ich je begegnet war: frisch gebügelte Hemden, blank polierte italienische Schuhe. Im Winter und bei Regen eine Lederjacke. Jetzt brauchte er nur einen Hemdkragen am Hals zu spüren, und schon verspannten sich seine Schultern und die linke Seite seines Nackens begann zu schmerzen. Der Kragen musste nicht einmal eng sein, allein der Gedanke, dass ihn etwas einengen könnte, war ihm unerträglich. Selbst zu wichtigen Meetings erschien er in T-Shirt und Sneakers. Wir spielten das beide herunter, zitierten einander den Tagebucheintrag von Virginia Woolf, in dem sie sich nach einem Paar Schuhe mit Gummisohlen sehnt, damit sie spazieren gehen kann, ohne nasse Füße zu bekommen, und erhoben den Kleidungsstil meines Mannes so zu einem Akt künstlerischen Nacheiferns. Tatsächlich war das anderen Leuten herzlich egal, er konnte in jedem beliebigen Outfit erscheinen und wurde immer bewundert, immer ernst genommen. Manchmal hatten seine T-Shirts sogar Löcher. Bei seinem schwarzen Lieblings-T-Shirt löste sich das Halsbündchen auf. Aber wir zwei erkannten sehr wohl, wie tief seine Erschöpfung reichte. Komm, wir gehen mit unseren Gummisohlen auf große Fahrt, neckte ich ihn, ganz in Woolfs Sinne.

Aber es war nicht nur die Arbeit. Wir waren beide schon länger nervlich ziemlich angespannt, und mit seinem Sohn, Joshua, der mehr und mehr Zeit bei uns verbrachte, lief es nicht gut. Auch das zehrte an uns. Wir wohnten damals in einem Reihenhaus neben einer Tierarztpraxis. Es war ein kleineres, aber geschäftiges Wohnviertel. Weiter oben am Hang standen reihenweise prächtige Häuser von Prominenten oder Bankern, die alle mindestens einen edlen, reinrassigen Hund besaßen. Sie waren äußerst gepflegt, sowohl die Hunde als auch die Nachbarn, und äußerst wohlerzogen: manierlich und schick. Weiter unten am Hang verfielen die Gebäude, aber die Buchläden und Cafés nahmen stetig zu, und wer diese Cafés besuchte, besaß gemeinhin ebenfalls einen Hund, allerdings waren das meistens Promenadenmischungen, wie es so schön heißt, struppiger und weniger wohlerzogen: Bohème-Hunde. Bei dem Tierarzt war also immer viel los.

In den vergangenen Monaten hatte Joshua fürchterliche Wutanfälle gehabt. Er war siebzehn und ein Spätentwickler. Seine Wutanfälle waren die eines zornigen Teenagers: Er war feindselig, empfindlich, stand mit der Welt auf Kriegsfuß. Er fand alles schrecklich, traute niemandem, beschuldigte seinen Vater: Du machst alles kaputt!, brüllte er. Bis dahin war er ein ausgeglichener Junge gewesen, ruhig und zugänglich. Ein sanftmütiges Kind. Aber diese Person war verschwunden, und er war zu jemandem geworden, den ich nicht wiedererkannte. Die kleinste Kleinigkeit konnte ihn in Rage versetzen – ein Essen, das ihm nicht schmeckte, die Musik, die sein Vater hörte, die Bitte, im Winter doch eine Jacke anzuziehen –, und dann brüllte er los. Wie sehr er uns hasse. Wie verkorkst alles sei, ein einziger verfickter schlechter Witz. Das ist alles deine Schuld!, rief er. Patricks Versuch, vernünftig mit ihm zu reden, machte alles noch schlimmer, bis Joshua irgendwann nur noch kreischte. Und das war kein normales Kreischen. Kein Verweigerungs- oder Protestgeschrei. Es war ein anhaltendes, schrilles, nervtötendes Kreischen, animalische Schreie, die unablässig aufeinanderfolgten, lauter und lauter, fast ohne ein Luftholen zwischendurch. Sie waren schrecklich anzuhören, voller adoleszentem Schmerz, wie eine Reaktion auf eine immer wieder von Neuem zugefügte Wunde. Wenn so ein Wutanfall losbrach, sprach Patrick zunächst ganz sachlich mit Joshua, bat ihn, sich zu beruhigen: Es ist okay, sagte er. Sag mir, was das Problem ist, dann finde ich eine Lösung. Aber das Problem war nicht das Essen oder der Pullover oder der stumpfe Bleistift oder sonst ein Gegenstand, auf den Joshua seine Seelenqualen projizierte, das Problem waren die Seelenqualen selbst, die er nicht richtig zu äußern vermochte und deshalb an irgendeinem unbelebten Gegenstand festmachte. Je mehr Patrick Joshua zu besänftigen versuchte, desto heftiger wurde dessen Wutanfall, bis Lautstärke und Tonhöhe des Kreischens nicht mehr zu ertragen waren und Patrick seinerseits anfing zu schreien. Das verschlimmerte alles noch weiter, irgendwann brüllten sie einander nur noch sinnlos an, hatten jede Beherrschung verloren. Patricks Zorn bewirkte nicht, dass Joshua sich beruhigte, durch Niederschreien ließ er sich nicht zur Räson bringen. Und so wuchs Patricks Zorn immer weiter, bis er schließlich das Zimmer verließ und auf einen Türrahmen einschlug oder gegen die breite Bodenleiste trat, um den Dämon abzuschütteln, während Joshua weiterbrüllte, bis er völlig erschöpft war, wie ein kleines Kind.

Ein Nebeneffekt des Ganzen war die Sache mit den Hunden nebenan – den vielen Hunden, die bei dem Tierarzt in Behandlung waren. Während der ersten Takte eines Wutanfalls ignorierten die Hunde Joshua: Seine Stimme drückte ganz normale menschliche Wut aus. Aber wenn er sich dann hineinsteigerte, lauter wurde, jenes Crescendo bis hin zum anhaltenden, nicht enden wollenden Forte, wurden die Hunde unruhig. Sie kläfften und winselten und heulten. Der Radau der Tiere und der Radau meines Mannes und meines Stiefsohns verbanden sich zu einem unerträglichen Lärm. In solchen Momenten saß ich weinend am Küchentisch und hielt mir die Ohren zu.

Im Sommer kam ich eines Abends nach Hause und musste feststellen, dass gerade wieder ein besonders heftiger Wutanfall im Gang war – ich hörte das Gebrüll schon aus mehreren Häusern Entfernung, es wurde vom Wind herübergetragen. Ich hatte wenige Tage zuvor die endgültige Korrekturfassung meines Buchs abgegeben und war müde, benommen, geistesabwesend. Als ich vor der Haustür stand, merkte ich, dass ich Handy und Schlüssel vergessen hatte, vermutlich bei der Freundin, mit der ich den Nachmittag verbracht hatte. Ich klopfte, aber niemand reagierte. Ich betätigte die Klingel, aber die Batterie war leer. Ich klopfte erneut, klopfte lauter. Weiterhin keine Reaktion. Sie waren so in ihrer Wut gefangen, dass sie mich nicht hörten. Es fing an zu regnen. Ich hämmerte immer wieder gegen die Tür, vergebens. Schließlich gab ich mich geschlagen, lief zur Telefonzelle auf der gegenüberliegenden Straßenseite und rief auf dem Festnetz an. Patrick nahm ab und machte mir dann die Tür auf. Aber es wurde weiter gestritten – zwischen Joshua und Patrick und dann auch noch zwischen Patrick und mir, als ich ihm sagte, er solle sich beruhigen –, bis schließlich eine Nachbarin, die alte Frau von nebenan, bei uns anklopfte. Während Patrick sich ihr widmete, rief Joshua jammernd nach mir, und ich schaute nach ihm. Guck, sagte er und deutete auf einen roten Striemen auf seiner Wade. Dad hat mich mit einer zusammengerollten Zeitschrift geschlagen. Er hat sie mir auf die nackten Beine gehauen.

Ist das wahr?, fragte ich Patrick, als er wieder hereinkam, ich war geschockt von der Vorstellung, der schieren Möglichkeit.

Er sah mich an, sein Blick war unstet und dunkel vor Erschöpfung. Ich weiß es wirklich nicht mehr, sagte er.

Joshua ging an dem Abend zu seiner Mutter zurück, und etwas später, oder vielleicht war es auch am nächsten Tag, sagte ich zu Patrick: Hör zu, du willst vielleicht nicht in Urlaub fahren, aber ich muss von alldem hier mal weg. Mir zuliebe – kannst du dich mir zuliebe drauf einlassen?

Er rieb sich über die Stirn, über die Stelle direkt oberhalb des Nasenrückens. Ja, sagte er. Kann ich. In seiner dauerhaften Erschöpfung hatte Patrick eine Abneigung gegen jegliche Abenteuer entwickelt. Mehr als alles andere hätte ich mir gewünscht, von ihm zu hören: Es tut mir so leid, das alles, ich weiß, dass du das so nicht willst. Lass uns zusammen wegfahren. Stattdessen war es an mir zu sagen: Gut, dann kümmere ich mich um die Einzelheiten.

2

Es hat etwas Unvorstellbares, in See zu stechen, in diese unermessliche Weite. Dieses Gefühl, man habe sein ganzes Leben noch vor sich – der blaue Ausblick verzaubert einen regelrecht. Unser Schiff hieß *Adventure of the Seas*. Wir standen auf Deck in der Sonne, nippten an unseren Drinks und dachten genau das: Wie die Zukunft wohl aussehen könnte. Er hatte den Arm um meine Taille gelegt, seine Hand auf meiner Hüfte. Ich spürte die Wärme seines Körpers, seiner Nähe. Das waren unsere alkyonischen Tage – als das reale Leben uns nicht belangen konnte. Dabei wusste ich sehr wohl, dass es bald wieder losgehen würde, ich hatte Patrick versprochen, dass wir an Weihnachten zurück sein würden. Trotz ihrer Auseinandersetzungen hatte Joshua gefragt, ob er die Feiertage bei uns verbringen könne, sehr zur Bestürzung seiner Mutter. Sie mache zu viel Trara, hatte er gesagt, mit dem Essen und den Geschenken, bestehe darauf, dass sie auch jetzt noch diese dämlichen Papierkronen trügen, die immer zu groß waren und einem auf die Nase rutschten. Als Kind habe ihm das alles gefallen, aber jetzt sei es nur noch peinlich. Patrick und ich unternahmen keinerlei derartige Anstrengungen, wir gingen lieber eine Runde im Park spazieren und schauten uns dann zu Hause noch einen

Film an. Ich hatte diese paar ruhigen Tage, an denen Patrick und ich für uns sein konnten, immer genossen, aber Patrick schmeichelte es, dass Joshua diese Zeit bei uns verbringen wollte. Ihm gefiel die Vorstellung, dass sein Sohn zu Weihnachten nach Hause kam, es hatte etwas Filmisches, Archetypisches, obwohl Joshua im selben Viertel wohnte wie wir und wir ja gar nicht richtig feierten. Aber genau darum ging es Joshua, das gefiel ihm, und Patrick wollte etwas wiedergutmachen.

Jetzt aber hatten wir die blaue weite Welt für uns. Wir fuhren tagelang bei Sonnenschein dahin. Wie viele Tage genau, weiß ich nicht mehr. Vier? Sechs? Zehn? Ein Tag ging in den nächsten über, und die Zeit verlor jede Bedeutung. Manchmal legte das Schiff irgendwo an, aber wir gingen nicht mit den Ausflüglern an Land. Stattdessen lagen wir herum, tranken, lasen, schliefen. Wir durchkreuzten den Golf von Alaska und dann endlose Meilen offenes Meer. Tag um Tag war nichts als dunkles Wasser um uns herum, und nach einer Weile erschien die Vorstellung von festem Boden unter den Füßen erstaunlich. Wir schauten so lange ins Wasser und in den Himmel, dass der Gedanke an Land einer Illusion gleichkam – etwas, das wir niemals erreichen würden.

Das Wetter war fast zu schön, um wahr zu sein. Seltsam, sagte ein Steward am Pool zu mir, während er sich vorbeugte, um mein Glas aufzufüllen, etwas Regen und Seegang haben wir normalerweise schon. Sie und Ihr Mann bringen uns offenbar Glück, fügte er lächelnd hinzu, während er einen Martini von seinem silbernen Tablett nahm und ihn Patrick reichte. Wir waren seit rund zwei Wochen unterwegs, und ich begann mir auszumalen, wie es wohl in Japan sein würde.

Patrick lag in der Sonne und drehte die kleinen Papierschirmchen, die immer in den Drinks steckten. Rosa und gelb. Blau und grün. Wieder und wieder wirbelten sie herum. Möwen flogen über uns hinweg. Ich lag neben ihm und las ein Buch. Du solltest eine Sonnenbrille aufsetzen, sagte Patrick, streckte die Hand aus und fuhr mit dem Finger die Kontur meines Schlüsselbeins nach. Hm?, machte ich, ein bisschen angetrunken und schläfrig. Später folgte ich ihm in unsere Kabine, und wir liebten uns. Wir hatten immer guten Sex gehabt, aber an diesem Tag war er spektakulär. So unglaublich lustvoll, dass ich gar nicht mehr richtig spürte, wo mein Körper aufhörte – es durchschauerte meine Gliedmaßen und meine Haut, fast schienen sie sich aufzulösen. In einem Moment war die Lust so intensiv, dass ich das Gefühl hatte, gleich das Bewusstsein zu verlieren. Danach lagen wir da und lauschten den Bässen der Musik über uns, wo eine Party angefangen hatte. Ich legte den Kopf auf seine Schulter, und er drückte mich an sich. Schweiß perlte auf seiner Brust. Wenn wir hochschauten, konnten wir in der gewölbten Deckenlampe ein winziges Spiegelbild von uns sehen. Er strich mir über den Oberschenkel.

Er war gute zwanzig Jahre älter als ich. Als wir zusammenkamen, hatte ich gerade meinen vierundzwanzigsten Geburtstag gefeiert. Er war fünfundvierzig, Dozent für Filmwissenschaft und versuchte, sich als Spielfilmregisseur zu etablieren. Ich war damals seine Studentin, und er hatte sich nicht lange zuvor von seiner Frau getrennt. Er hatte sie verlassen – was ich zu jener Zeit allerdings nicht wusste –, als sie mit Joshua schwanger war. Er versuchte, dem allem zu entfliehen, indem er an einer Universität in Australien eine Stelle als Gastdozent für Film- und Kinostudien annahm, dort lernte ich ihn kennen. Ich besuchte sein Seminar zu Filmgeschichte und -theorie und dann ein weiteres, das sich »Lebendiges Kino« nannte. Ich habe das Kino immer geliebt. Sein Geheimnis, seine Rituale, die Magie der Gefühle, die es in mir auslöst. Ich belegte seine Seminare, weil ich diese Welt verstehen wollte, in ihr leben wollte, und weil meine eigenen Gedanken so oft die Form von Filmbildern annahmen: Wie wird eine Idee zum Bild? Ich wollte das wissen. Das filmische Bild schien das einzige, das die Welt für mich vollständig erfassen konnte. Ein zitterndes, leuchtendes Bild, das einen Kosmos von Gefühlen erschuf, parallel zu meinen eigenen und manchmal stärker als diese. Es schien, als wäre es irgendwie prophetisch, dieses filmische Bild. Als könnte es meine innere Verfasstheit nicht nur zum Ausdruck bringen, sondern vergrößern, erweitern, aus mir herausheben und mit Leben erfüllen.

Ich gehörte zu den Stilleren im Seminar, trug einen langen Pony, an dessen Seiten ich oft herumzupfte. Seine Beredtheit machte mich nervös, die Art und Weise, wie er auf und ab ging und effektvoll dozierte, und dabei stets freundlich wirkte, an unserer Meinung interessiert. Es gab nicht viele wie ihn – Dozenten, denen es wichtig war, was man dachte und sagte. Ich vergötterte ihn. Wie wir alle. Wir alle liebten ihn auf die eine oder andere Weise. Wenn er eine Vorlesung hielt, war der Saal immer brechend voll, und nicht selten saßen Studierende auf den Treppenstufen.

Er griff nie auf Notizen zurück, wenn er diese Vorlesungen hielt, sprach schnell und energiegeladen. Alles schien für ihn relevant zu sein, alles war mit irgendetwas anderem verbunden. Es war anregend, ihm zuzuhören, diese Verbindungen zu entdecken. Wir alle wollten Gegenstand seiner Aufmerksamkeit sein, uns in seinem Glanz sonnen. Damals machte mir das nichts aus, die schiere Menge seiner Gedanken. Wir nahmen an, das sei der normale Weg, Wissen zu erwerben, es uns anzueignen: indem wir alles aufsaugten, was er sagte. Außerdem hatte ich selbst nicht viel zu sagen. Natürlich hatte ich seine Kurzfilme gesehen und seine Essays gelesen, und wenn ich mich doch einmal meldete, bezog ich mich gelegentlich darauf. Ich wusste, dass ich jedes Mal errötete, wenn ich den Mund aufmachte. Ich errötete schon bei dem Gedanken daran, den Mund aufzumachen. Die Röte begann auf meiner Brust und breitete sich in knallroten Flecken über den Hals bis hoch zu den Wangen aus. Manchmal errötete ich sogar, wenn ich ihm bloß zuhörte. Und wenn ich tatsächlich etwas sagte, auf etwas reagierte, was er gesagt, oder einen Gedanken weiterführte, den er im Seminar geäußert hatte, dann kamen meine Überlegungen nur ganz leise heraus. Gelegentlich interpretierte er mein langsames Handheben nicht als Wortmeldung, sondern nahm an, ich wolle mir ans Haar oder an den Kragen fassen. Doch er fragte immer nach. Ist das eine Wortmeldung, oder fassen Sie sich nur ans Haar? Ich war oft zu verlegen, um zu sagen, Ja, das ist eine Wortmeldung, schüttelte stattdessen den Kopf und ließ die Hand wieder sinken, abermals errötend. Er ermunterte uns zur Zwanglosigkeit, zu Zwischenrufen. Machen Sie den Mund auf!, sagte er gern. Unterbrechen Sie mich! Sagen Sie mir, wo ich falschliege! Aber wenn ich das versuchte, war meine Stimme so schwach, dass er mich nicht zu hören schien, selbst wenn er mich anschaute und meine Lippenbewegungen sah, oder er ließ sich erst darauf ein, mich zu hören, nachdem er den langen, elaborierten Satz, in dessen Mitte er sich gerade befunden hatte, als ich etwas einwarf, konzentriert zu Ende gebracht hatte. Mir machte das nichts aus. Auch den anderen nicht. Es war sein Recht als Dozent. Er war in Amerika geboren, hatte aber französische Eltern, und man hörte ihm das bei einzelnen Vokalen an. Der französische Film, sagte er, liege ihm im Blut. Wir hörten ihn alle gern reden. Später würde auch ich viel zu sagen haben und lernen, wie ich es sagen konnte. Aber damals war das noch nicht so – ich wusste nur eins, nämlich dass ich Schriftstellerin werden wollte, doch ich verfügte noch nicht über die Worte dafür oder wenn, dann wusste ich nicht, wie ich mit ihnen umgehen sollte. Damals war alles noch in meinem Kopf.

Das änderte sich gegen Ende des Semesters, als auf dem ganzen Campus Aushänge mit der Ankündigung eines öffentlichen Seminars von ihm auftauchten. Gehst du hin? Ja geht denn irgendwer nicht hin? Wenn du hingehst, kannst du für mich mitschreiben? Das waren die Fragen, die überall zu hören waren. Die Kommentare. Wissen Sie eigentlich, hörte ich einen Studenten am Ende einer Sitzung zu ihm sagen, wissen Sie eigentlich, dass Sie Keanu Reeves total ähnlich sehen? Echt. Wie er seine Hände bewegt, bei Interviews? In dem, wo er gefragt wird, was er glaubt, was im Leben nach dem Tod mit einem passiert? Mann, der hat dermaßen schöne Hände. Aber Sie sehen eher aus wie so eine Art kalifornischer Keanu, ein Surfer-Keanu. Viele meldeten sich zu dem öffentlichen Seminar an, nur damit sie später sagen konnten, sie seien dabei gewesen.

An dem Tag seiner Veranstaltung schüttete es. Außerdem blies ein starker Wind, so stark, dass er die Regenschirme umstülpte. Ich war trotzdem schon früh da, war durch den Regen zum Hörsaal gerannt. Ein paar Leute saßen bereits in den vorderen Reihen, plauderten und lachten. Sie hatten Bag-in-Box-Wein und Plastikbecher dabei. Ich suchte mir einen Platz in einer der hinteren, oberen Reihen und hängte meinen Mantel zum Trocknen über die Stuhllehne, die feuchte Wolle roch muffig, nach Tier. In diesem großen Raum hallte jedes Geräusch wider – jeder Schritt, jedes Husten. Ich zog einen Schreibblock und ein Buch aus meiner Tasche und tat beschäftigt, bis das Seminar begann.

Heute erinnere ich mich nicht mehr daran, was er im Einzelnen sagte. Er ging auf der kleinen Bühne auf und ab und äußerte komplizierte Sätze voller Fremdwörter: Distribution, Radikalisierung, Divergenz, Matrix. Seine Stimme kam tief aus seiner Brust. Besser erinnere ich mich daran, wie fesselnd, wie erhebend ich es fand, ich erinnere mich an mein Gefühl, eine ganze Gedankenwelt tue sich vor mir auf, eine parallele Dimension, die nicht meine Zukunft war, aber die gleiche Anziehungskraft ausübte, die gleiche gespannte Erwartung von Brillanz, Ruhm, Freude in sich trug. Selbst wenn solche Erwartungen sich nicht bestätigen, wenn wir in unserer realen Zukunft nichts von alledem erlangen – dies war meine Wahrnehmung, während ich ihm zuhörte, seinen Gedankengängen folgte, die der Welt, wie ich sie begriff, eine neue Ordnung gaben. Es gibt Momente im Leben, in denen man eine Offenbarung erlebt, von der Macht einer Offenbarung erfasst wird, und anders lässt sich nicht erklären, warum diese Veranstaltung einen derartigen Eindruck bei mir hinterließ. Ich wollte auch so denken. Ich wollte wissen, wie man so zu denken lernt. Ich wollte Gedichte, Bücher, Erzählungen schreiben, die auch diese Kraft, diese Energie, diese Intensität hatten und das alles für mich bewahrten. Ich schrieb nicht mit, notierte nur hastig einzelne Sätze. Ich merkte, dass ich schwitzte. Meine Hände waren feucht. Vor mir saß eine große, dünne Frau, die sich weder rührte noch regte, in dieser ganzen Stunde nicht ein einziges Mal ihre Sitzhaltung änderte. Sie hatte ihre maßgeschneiderte Jacke angelassen und schien kaum zu atmen. Weiter links in der Reihe vor mir saß einer meiner letztjährigen Dozenten, ein zerzauster Professor für Lyrik des neunzehnten Jahrhunderts, der vermutlich kein Filmliebhaber war, denn er beschäftigte sich damit, etwas, das nach Tierhaaren aussah, aus dem Wollpullover zu zupfen, der auf seinem Schoß lag. Hundehaare vielleicht, dünne weiße Striche, die an die metrischen Zeichen erinnerten, mit denen er sich den ganzen Tag befasste.

Am Ende des Vortrags gab es stürmischen Applaus, gefolgt von Fragen. Mein Herz pochte heftig, ich fühlte mich atemlos – wie gern hätte ich mich beteiligt. Doch meine Gedanken fügten sich nicht zu einer kohärenten Frage. Es gab zu viel, was ich nicht verstand. Ich wollte meinen Eifer zeigen, nicht aber meine Dummheit offenbaren. Einmal hob ich meine zitternde Hand an, führte sie dann aber doch nur an meinen Hals, statt sie über den Kopf zu strecken. Schließlich hob ich sie richtig in die Höhe, er deutete auf mich, und ich brachte mit zitternder Stimme meine Frage vor. Er hielt sich die gewölbte Hand hinters Ohr, um mir zu signalisieren, dass er mich nur schlecht verstand, und ich wiederholte meine Frage, diesmal lauter, mit vor Scham glühendem Gesicht. Patrick – oder vielmehr Professor Heller, wie er damals für mich hieß – dankte mir wortreich und antwortete dann in aller Ausführlichkeit, wobei er sehr deutlich machte, wie klug die Frage war, allerdings weiß ich nicht, ob er das ernst meinte oder nur meiner unübersehbaren Verlegenheit entgegenwirken wollte. Dann war es vorbei. Der Hörsaal leerte sich. Ich stand auf und zog meinen Mantel an, vermied jeden Blickkontakt mit meinem Lyrikprofessor und reihte mich in die Schlange ein, die sich vor der schmalen Tür gebildet hatte. Erst als ich zwei Treppen hinunter, durch den Flur und die Eingangshalle gegangen war, fiel mir auf, dass ich meinen Schirm vergessen hatte. Draußen hörte ich den Regen herunterprasseln. Ich eilte zurück, aber mein Schirm war weg. Kein Wunder, es war ein billiges schwarzes Ding, das genauso aussah wie das Dutzend anderer Schirme, die auf den Boden gelegt oder an die Wand gelehnt wurden, sobald der dafür vorgesehene Plastikeimer voll war. Viele der Männer, so war mir aufgefallen, hatten große Schirme mit langem Stock – groß wie Golfschirme, was bedeutete, dass sie ein trockenes Kraftfeld von rund anderthalb Metern Durchmesser um sich herum hatten. Wenn diese Schirme geschlossen waren, spazierten die Männer damit herum, wie es ein gutes Jahrhundert früher Dandys getan hätten, schwangen sie im Gehen nach vorn und ließen die Spitze dann klackend auf dem Pflaster aufkommen, den glatten Holzgriff, glänzend vom vielen Gebrauch, locker in der halb geschlossenen Hand. Mein Schirm dagegen war ein typischer Frauenschirm: klein, leicht, problemlos in einer Handtasche zu verstauen. Die Sorte Schirm, bei der selbst ich mit meinem zierlichen Körperbau mich ganz schmal machen musste, um darunter zu passen. Ein höflicher Regenschirm, der keinen Raum einnahm, sodass Mantelärmel und Handtasche immer schnell dunkel vom Regen waren. Ich ging die Treppe wieder hinunter.

Draußen hatte sich die Menge zerstreut. Nur Patrick war noch da. Natürlich nannte ich ihn damals nicht einmal in Gedanken so. Aber es kommt mir komisch vor, geradezu unpassend, fast wie eine erotische Maskerade, ihn jetzt als den Professor oder Professor Heller oder gar Professor H. zu bezeichnen, wie manche Studierende es gern taten. Er stand auf dem Bürgersteig und betrachtete den Verkehr, wartete vermutlich auf ein Taxi. Der Reißverschluss seiner Rebellen-Lederjacke war bis oben zugezogen, und er hielt einen riesigen Schirm in Männergröße über seinen Kopf, mit dem Logo des Hotel Intercontinental. Die Sorte Regenschirm, wie ich später lernte, die ein wohlhabender, aber unpraktischer Mann, ein Gutbetuchter, der sich gern als Systemverweigerer geriert, aus einem Fünf-Sterne-Hotel stiehlt. Er bemerkte mich, wie ich da unter dem Vordach stand und überlegte, ob ich zur Bushaltstelle rennen oder lieber warten sollte, bis der Regen nachließ. Kommen Sie doch rüber!, rief er. Mir kam gar nicht in den Sinn, dass auch er zu mir kommen und mich unter dem Schutz seines riesigen Schirms hinausgeleiten könnte. Also flitzte ich los, über den Bürgersteig bis zu ihm. Für uns beide hielt er den Schirm etwas höher. Er dankte mir noch einmal für meine Frage und wollte wissen, ob ich mit den anderen in den Pub gehen würde. Ich verneinte unter irgendeinem Vorwand und verhedderte mich dann in einem langatmigen Kompliment zu seinem Vortrag, seinen Filmen, was auch immer.

Gehen Sie auch nicht?, fragte ich. In den Pub, meine ich.

Nein, sagte er. Ich muss einen Flug erwischen, oder auch nicht, wenn sich dieses Wetter nicht ändert.

Er hatte ein Taxi bestellt. Während er sprach, winkte er mit ausgestrecktem Arm dem Fahrzeug, das sich gerade näherte.

Steigen Sie ein, sagte er. Sagen Sie mir, wo Sie hinwollen. Und statt den Schutz seines Regenschirms zu verlassen und zu meinem Bus zu rennen, rutschte ich neben ihn auf den Rücksitz.

An jenem Tag auf dem Schiff blieben wir noch ein bisschen länger auf dem Bett in unserer Kabine liegen, dann drehte er sich weg und stand auf, um zu duschen. Hinterher zog er seine Badehose an. Ich wollte, dass er bei mir blieb, aber er wirkte plötzlich gereizt, unruhig. Ich muss mich abkühlen, sagte er, ich brauche ein bisschen frische Luft. Kommst du auch?

Mal sehen, sagte ich. Ich komme nach. Er griff nach einem Bademantel, schlüpfte in die vom Schiff gestellten Schlappen und machte sich auf den Weg zum Oberdeck, wo sich der Pool und das Casino befanden.

Das Meer war vollkommen ruhig. Ich stellte mir vor, dass die Luft draußen weich und mild war. Ich könnte ewig auf diesem Schiff bleiben, dachte ich, könnte wieder und wieder die Erde umrunden, mich daran gewöhnen, den Erdboden nicht mehr unter den Füßen zu spüren, und in der Sonne ganz ledrig werden, während ich mich an

Ananas, Mangos und Melonen labe. Ich folgte Patrick nicht gleich nach oben – ich war schläfrig, nachdem wir uns so verausgabt hatten, deshalb legte ich mich nach dem Duschen hin, um ein bisschen auszuruhen. Ich hatte ein Buch griffbereit und wollte eigentlich lesen, aber ich kann kaum weiter als einen Absatz gekommen sein, bevor ich fest einschlief. Als ich aufwachte, war es dunkel, und das Schiff schwankte heftig. Unser Bullauge war direkt über der Wasseroberfläche, und während sich das Schiff hob und senkte, sah ich erst den Himmel, dann nur Meer – das Bullauge war wie ein verletztes Menschenauge, das sich immer wieder in eine Schüssel mit trübem Wasser senkt. Und sich heraushebt, blinzelnd. Patrick war nicht da. Ich zog mich an und machte mich auf die Suche nach ihm.

Wir fuhren gerade an der Halbinsel Kamtschatka vorbei, Richtung Ochotskisches Meer. Als ich die Treppe hinaufging, kam eine Durchsage aus den Lautsprechern. Alle Passagiere wurden gebeten, in ihre Kabinen zurückzukehren, da wir gleich in einen Sturm geraten würden, der sich nicht mehr umfahren lasse, weil der Seegang schon zu rau sei. Doch als ich das Lido Deck erreichte, hielt sich noch eine größere Gruppe am Pool auf, und auch an der Bar waren noch etliche Leute, also bestellte ich mir einen Drink, dachte, warum nicht, dachte, der beruhigt vielleicht die Nerven, und hielt zugleich nach Patrick Ausschau. Hinter mir lachte ein dicker Mann laut, klatschte sich auf den Schenkel. Vielleicht hatten sie die Warnung nur vorsichtshalber ausgesprochen. Eine Formalie, aus Versicherungsgründen, irgend so etwas: Sobald das Risiko benannt war, lag die Verantwortung ganz bei uns. Dann entdeckte ich Patrick am Roulette-Tisch – er gestikulierte, tätigte wohl gerade einen Einsatz. Als ich zu ihm kam, legte er einen Finger auf die Lippen, den Blick auf die Scheibe fixiert, in der die Kugel kreiste, bis sie schließlich in einem Nummerfach landete. Er stieß einen Triumphschrei aus und setzte gleich wieder, nachdem er ein Bündel Geldscheine aus der Tasche seines Bademantels gezogen und gegen Jetons eingetauscht hatte. Er war betrunken, er musste stundenlang allein da oben gewesen sein, während ich schlief, seine Haare waren noch feucht vom Schwimmen. Brust und Gesicht waren sonnenverbrannt. Er lehnte sich an mich, während seine Augen der Kugel folgten. Und dann verlor er. Er wollte unbedingt weiterspielen, weiteres Geld setzen, obwohl er keins mehr hatte und ihm kein Kredit gewährt wurde, also wurde er aggressiv: laut, wild, ungehobelt.

Dann brach der Sturm los. So plötzlich wie gewaltig. Niemand hatte die Höhe der Wellen vorhergesagt: neun Meter, bei einer Windgeschwindigkeit von bis zu 80 Stundenkilometern. Das erfuhr ich später. Ich hatte gerade meinen Drink entgegengenommen, als die Möbel plötzlich von einer Seite des Raums auf die andere zu rutschen begannen, man hörte Glas zerbrechen und Leute schreien. Große Topfpflanzen und Tische knallten erst gegen die eine Wand, dann gegen die andere. Ich hielt mich fest, wo es nur ging, an Bänken, einem Pfeiler in der Mitte des Raums. Draußen zuckte ein Blitz. Dann wurde es still, ganz still. Ich hörte eine Frau weinen. Ich kroch in Patricks Richtung, hielt mich an demolierten Möbelstücken fest. Einzelne Leute standen auf, wischten sich die Kleider ab. Patrick war gegen eine Wand geschleudert worden, und als ich ihm aufhelfen wollte, stieß er mich weg. Er rappelte sich hoch und steuerte die Bar an. Aber dann sank er plötzlich in einen Sessel und schloss die Augen. Ich hatte meine Tabletten gegen Übelkeit genommen, er seine jedoch nicht, und der Sturm in Kombination mit dem Alkohol war zu viel – im nächsten Moment stemmte er sich wieder hoch. Mir ist kotzübel, sagte er und taumelte Richtung Deck, während das Schiff heftig schwankte. Die Tür war nicht verschlossen, und ich sah, wie er sie aufstieß und in die Dunkelheit trat. Was hatte er vor? Ich schaute ihm einen Augenblick lang nach und überlegte, ob ich ihm helfen sollte, wusste aber, dass er lieber allein war, wenn er sich übergab, er hatte nicht gern Leute um sich, wenn er sich krank oder schwach fühlte. Ich hatte mir wehgetan, als der Sturm losgebrochen war, und fühlte mich leicht benommen. Dann legte sich das Schiff erneut auf die Seite, noch stärker als zuvor, und ich hörte ihn nach mir rufen. J. B., rief er – so nannte er mich gern, nicht bei meinem eigentlichen Namen, sondern den mittleren Initialen, unter denen ich auch meine Bücher veröffentlichte. J.B! Komm raus, J. B.! Seine Stimme drang durch das Tosen des Sturms, wie sie immer durch alles zu dringen vermochte. Ich hörte Glas splittern. Sah die hoch aufragenden dunklen Wellen, sah Wassermassen über die Reling krachen. Ich machte mich auf den Weg zu ihm.

Kurz vor der Tür verlor ich das Gleichgewicht, rutschte auf dem nassen Boden aus. Die Nacht draußen war kalt, das Meer laut. Er hing über der Reling, hielt sich mit einer Hand fest. Ich ging zu ihm, doch er wehrte mich ab. Ich hatte erst ein Mal erlebt, dass er sich übergab, weil er zu viel getrunken hatte. Im Allgemeinen hielt ich ihn davon ab, mehr als ein, zwei Gläser zu trinken. Mochten andere Leute vom Alkohol entspannt und heiter werden, so wurde er nach ein paar Drinks mürrisch. Oder vielleicht ist reizbar das bessere Wort. Manchmal auch wütend. Deshalb zog ich sein Glas oft unauffällig zu mir herüber, während er redete, und leerte es selbst.

Der Sturm wurde heftiger. Patrick!, rief ich. Was machst du da? Komm, ich helf dir rein, sagte ich und legte ihm die Hand auf den Rücken. Er schüttelte sie ab. Etwas Finsteres hatte ihn erfasst, eine Veränderung, die ich nicht verstand. Er wandte mir das Gesicht zu und sagte etwas, das er vielleicht nicht gesagt hätte, wenn er nicht so betrunken gewesen wäre. Etwas, das er schon länger mit sich herumtrug. Das er versucht hatte nicht auszusprechen. Das er oft gedacht hatte, immer mal wieder. Etwas Schreckliches, das ich später zu vergessen versuchen würde.

Das meinst du nicht ernst, sagte ich. Du bist betrunken. Total betrunken. Dann brüllte er das Gleiche noch einmal. Ich trat einen Schritt zurück, verängstigt, ungläubig. Er hob plötzlich den Arm, als wollte er mich angreifen – ein Tiger vor dem Prankenschlag. Das Schiff neigte sich zur Seite. Patrick rutschte aus, übergab sich wieder, wischte sich den Mund am Bademantel ab. Wir müssen rein, raus aus dem Sturm, rief ich, während ich schwankend Richtung Tür ging. Aber er war schneller und packte mich am Handgelenk, mit hartem Griff. Was soll das?, sagte ich. Er spuckte mich an, und ich wand mich los. Ich schrie ihn an, durch Wind und Regen, aber vermutlich hörte er mich nicht, denn in diesem Moment krachte ein Donnerschlag. Er fasste mich bei den Schultern, als eine riesige dunkle Welle sich neben uns auftürmte, die Gischt und weiße Marmorierung waren im Licht des Blitzes deutlich sichtbar. Das Schiff hob sich und sackte wieder herunter, und wir verloren beide das Gleichgewicht. Mir wurde flau im Magen, wie auf der Achterbahn. Er ließ mich los, und ich wankte nach drinnen. Das Schiff legte sich auf die Seite, und die schwere Stahltür knallte zu, trennte uns voneinander. Patrick!, schrie ich, während ich mich mit der Tür abmühte, doch als es mir endlich gelungen war, sie aufzustoßen, war er nirgends mehr zu sehen. Die Wellen sahen aus wie riesige Berge mit Schneekappen. Sie hoben und senkten sich, krachten gegen das Schiff. Die sprühende Gischt bildete Höfe um die Lampen auf der Galerie. Das Schiff legte sich wieder auf die Seite. Ich klammerte mich an der Reling fest und hangelte mich vorwärts. Noch immer war er nirgends zu sehen. Ich arbeitete mich weiter vor, rief seinen Namen, die Reling war glitschig von der Nässe. Wenig später hörte ich zum ersten Mal den Ruf: Mann über Bord! Mann über Bord an Backbord!

In Schostakowitschs Cellokonzert in Es-Dur gibt es einen Moment nach etwa einem Drittel des zweiten Satzes, wo die Cellistin mit dem Bogen auf die Saiten schlagen muss. Sie schlägt schnell und erzeugt kurze, misstönende Laute – eine Mischung aus einem Klatschen und dem Splittern eines festen Materials. Man kann dieses Stück nicht auf einem Instrument mit Darmsaiten spielen, es müssen Stahlsaiten sein, sonst könnten sie beim Daraufschlagen reißen – was manchmal dennoch passiert. Es ist eine kraftvolle, geradezu Furcht einflößende Passage – man assoziiert das Geräusch von Stiefeln, die schnell auf ihr Ziel zumarschieren, etwas, das in Stücke geschlagen wird, Angriff, Zusammenbruch, vergeblichen Widerstand, Angst und Schrecken, die sich wieder und wieder ins Gedächtnis drängen, wie ein Traum vom Fallen, in dem man fällt und fällt, aber nie auf dem Boden aufschlägt. Um diese Laute zu erzeugen, muss die Cellistin ihr Instrument mit solcher Wucht bearbeiten, dass mitunter geradezu der Eindruck entsteht, sie peitsche es, prügele ein erlahmendes Tier. Doch während das geschieht, scheint jede Anstrengung aus dem Körper der Cellistin zu weichen, sie überlässt sich ganz und gar dem Bogen, sinkt über das Instrument, auf es, in es hinein, gibt sich ihm völlig hin. Es sieht aus, als ließe sich die Cellistin in den Klang fallen – den Klang des Schreckens, des russischen Winters und der langen, tiefen Kälte, der Dunkelheit, als fiele sie und fiele.

Der Ruf wurde wiederholt: Mann über Bord an Backbord! Ein Besatzungsmitglied nach dem anderen schrie es hinaus. Ich begriff zuerst nicht, was das bedeutete. Es kam nicht bei mir an. Um mich ging es eindeutig nicht, denn ich stand noch da, die Augen zum Schutz vor dem quertreibenden Regen zusammengekniffen. Eine Trillerpfeife ertönte, gefolgt von einer Alarmglocke. Dann wurde etwas über die Lautsprecheranlage durchgesagt. Ich war durch das Schwanken des Schiffs desorientiert. Während der Sturm allmählich nachließ, kamen Leute zur Reling gerannt. Es schien undenkbar – natürlich, wer würde so etwas für möglich halten –, dass dieser Ruf mit Patrick zu tun haben, dass er derjenige sein könnte, der hinuntergestürzt war. Dann wurden die Schiffsmotoren abgestellt. Ich konnte ihn nirgends entdecken. Ich rief nach ihm. Ich rannte an der Seite des Schiffs entlang, rutschte aus, suchte nach ihm. Ich sah, wie jemand einen weißen Rettungsring ins Wasser warf, wie der Ring kreisend durch die Dunkelheit fiel, kleiner und kleiner und noch kleiner wurde und schließlich im Wasser verschwand. Ab und zu wurde er als weißer Fleck in den Wellen wieder sichtbar. Mehrere Frauen weinten. Ein Suchscheinwerfer schwenkte hin und her. Weiter vorn auf dem Deck stand eine Gruppe offiziell aussehender Gestalten, in ihrer Mitte ein Mann, der irgendwohin zeigte. Ah, dachte ich, da ist er ja, und ein Schrei entfuhr mir. Ich rannte zu ihm, drängte mich zwischen den Leuten hindurch. Doch ich hatte mich geirrt. Oh, sagte ich. Oh. Ich dachte, Sie wären – Erst in diesem Moment begriff ich, was passiert war.

Natürlich war er derjenige, nach dem gesucht wurde, niemand sonst war draußen gewesen. Mein Mann, schrie ich, mein Mann ist weg – Er fiel zwölf Decks tief. Die Überwachungskamera lief zwar, aber unbeaufsichtigt, und sie war mit keinem Warnsystem verbunden. Die Aufnahme war grobkörnig: die weiße Flanke des Schiffs, das graue Meer. Sein Körper erscheint schwarz, es sieht aus, als schlüge er gegen die Seite des Schiffs oder versuchte, sich daran festhalten, wie eine Katze, die gesprungen ist und sich überschlägt. Später in den Fernsehnachrichten wurde sein fallender Körper mit einem Lichtkreis hervorgehoben, einem helleren, leuchtenden Kreis, in dem seine Umrisse erkennbar waren. Sie ließen die Aufnahme langsamer ablaufen, zoomten an ihn heran. Spielten das Ganze noch einmal von vorne. Die Reling, über die er gestürzt war, zeigte die Aufnahme nicht, nur die Seite des

Schiffs. Weder den Anfang noch das Ende des Sturzes. Wie in einem Traum.

Jemand stützte mich. Ein Mann von der Besatzung trat zu mir. Wir tun, was wir können, sagte er. Wir haben sofort reagiert, schnell gehandelt. Ein kraftloses Gefühl in meinen Beinen, ein Durchschauern, ein Schwinden der Sinne, aber nicht vor Lust. Ich erinnere mich nicht ans Zusammenbrechen. Hier, sagte jemand. Sie steht unter Schock, wir sollten sie reinbringen. Ein Mann hob mich hoch, einen Arm unter meinen Schultern, den anderen unter meinen Knien. Ich hörte eine Frau rufen, klagen. Also dann, sagte der Mann, der mich trug. Sie sollte jetzt liegen.

Wir waren vom Ort des Unfalls ein Stück abgetrieben. Es dauerte einige Zeit, das Schiff zu wenden und zurückzufahren, um näher an der Unfallstelle Anker zu werfen, in der Hoffnung, wir würden Patrick dort entdecken: winkend, rufend, an den winzigen weißen Rettungsring geklammert. Es gab früher so eine Werbung für Drops, wie kleine Rettungsringe sahen sie aus, in orange, lila und grün gestreiftes Papier eingewickelt; wenn man das bunte Papier abpulte, erschien Silberpapier darunter, und unter dem Silberpapier fand man dann die ordentlich zu einer Rolle aneinandergereihten ringförmigen Drops. Life Savers hießen sie, glaube ich, Lebensretter. Wenn ich die Werbung sah, lief mir immer das Wasser im Mund zusammen. Ich dachte damals, die verschiedenen Farben stünden für unterschiedliche Geschmäcker, aber sie schmeckten alle gleich, zu süß und leicht bizzelig, und man musste die Rolle sehr vorsichtig auspacken, damit die schön aufgereihten Drops mit dem Loch in der Mitte nicht auf den Boden fielen. Ich erinnere mich, wie ich dem weißen Rettungsring nachsah, der kleiner und kleiner und noch kleiner wurde, oder vielleicht war er auch einfach im Dunkeln immer schlechter zu sehen, oder er verschwand im weiß schäumenden Wasser. Alle waren an Deck geeilt, um mit Ausschau zu halten. Ich wurde auf eine Liege gebettet, eine weiche Decke über Brust und Beinen. Eine Frau in Uniform zupfte die Decke zurecht und hockte sich neben mich. Es tut mir leid, sagte sie. Aber ich muss Ihnen ein paar Fragen stellen.

Ich sagte ihr alles, was ich sagen konnte. Dass er hinausgegangen war. Dass er nach mir gerufen hatte. Dass ich zu ihm rausgegangen war und danach wieder hinein. Wie die Tür zugeknallt war. Hat er irgendwas zu Ihnen gesagt?, wollte sie wissen. Es war so laut da draußen, antwortete ich. Ich konnte ihn nicht verstehen.

Sie sah mich seltsam an, etwas huschte über ihre hübschen Züge, die Stupsnase, die fast mandelförmigen Augen. Aber warum haben Sie ihn da draußen allein gelassen?

Das hab ich doch nicht, sagte ich. Ich meine, ich bin zu ihm rausgegangen, weil er mich gerufen hat, und dann habe ich versucht, ihn reinzuholen, und als dann die Tür zugefallen ist, war er nicht – war er nicht – Ich fing an zu weinen. Sie legte mir beruhigend die Hand aufs Bein.

Es tut mir leid, sagte sie. Wir lassen das besser, das hat Zeit bis später. Jetzt beruhigen Sie sich erst mal. Ich bringe Sie zu Ihrer Kabine. Meinen Sie, Sie können laufen?

Ich war benommen und zitterte unübersehbar, aber wenn ich irgendetwas nicht wollte, dann an einem öffentlichen Ort sein, wo mich alle anstarrten. Ja, ich glaube schon, sagte ich.

In der Kabine bebten meine Glieder noch so heftig, dass es mir nicht gelang, meine Sandalen auszuziehen, also bückte sich die Frau und öffnete die Schnallen, und dann half sie mir ins Bett, das mir jetzt hart und unbequem erschien – es war mir unbegreiflich, wie ich das je hatte anders empfinden können, wie ich so entspannt darin hatte schlafen, wie Patrick und ich darin solche Lust hatten erleben können.

Ich hoffte, in einen tiefen Schlaf zu sinken – eine unerträgliche Müdigkeit breitete sich in mir aus, meine Arme und Beine fühlten sich so schwer an, als stünde ich unter Betäubungsmitteln, eine Schwere, die an Taubheit grenzte. Und ein schrecklich elendes Gefühl. Doch stattdessen lag ich hellwach da, schlotterte, obwohl ich nicht fror, ein bisschen wie das seltsame, nicht kontrollierbare Zittern, das einen erfasst, wenn man per Lumbalpunktion ein Anästhetikum verabreicht bekommt. Meine Zähne klapperten, und ich bebte am ganzen Körper. Dann hörte ich den ersten Hubschrauber, die Suche begann jetzt richtig. Ich lag mit Blick aus dem Bullauge. Die See war immer noch rau, der Himmel dunkel, aber hin und wieder sah ich den Strahl des Suchscheinwerfers über das Wasser streichen. Haben Sie irgendwelche Fragen?, hatte die Frau in Uniform noch wissen wollen. Ich hatte den Kopf geschüttelt. Natürlich hatte ich sehr wohl eine Frage, brachte es aber nicht über mich, sie zu stellen. Wie lange, wollte ich gern wissen, wie lange kann ein Mensch in dieser rauen, eisigen See überleben? Wie viele Stunden oder vielleicht auch nur Minuten blieben uns? Draußen hörte ich die Hubschrauber. Sie kreisten und kreisten.

3

Am nächsten Morgen hatte sich der Sturm gelegt, und das Meer war ruhig. Die Luft war sehr kalt, als wäre ohne jede Vorwarnung der Winter angebrochen. Bei Tageslicht hoffte man, eine bessere Chance zu haben, ihn zu finden. Ich wusste nicht, wo genau wir uns befunden hatten, als er über Bord ging. Später sagte man mir, wir seien in russischen Gewässern gewesen, und es seien russische Hubschrauber, die weiterhin über uns kreisten. Es sei jetzt auch in den Nachrichten, hieß es. Ein Bild vom Deck, auf dem sich Schaulustige drängen: Urlauber mit ihren eigentlich zur Vogelbeobachtung mitgenommenen Ferngläsern, die jetzt für einen anderen Zweck eingesetzt wurden. Seit dem Sturz hatte sich die Atmosphäre an Bord verändert – es war keine Partyreise mehr, nicht einmal mehr so recht ein Urlaub. Das Schiff blieb vor Anker liegen, kleinere Boote schwärmten aus, um die Suche zu unterstützen. Ich blieb in meiner Kabine, bis auf einen kurzen Moment früh am Morgen, als ich aufs Oberdeck ging, um selbst Ausschau zu halten. Ihm sei schleierhaft, sagte der Kapitän, wie so etwas habe passieren können. Die Reling reichte einem Mann ungefähr bis zum Brustkorb. Alle spekulierten: eine Art Monsterwelle habe ihn erfasst, er habe sich weit über die Reling gebeugt, um sich ins Meer zu übergeben, oder natürlich, er sei gesprungen. Allesamt Gerüchte, aber ich hielt jede gewisperte Möglichkeit für mehr oder weniger die Wahrheit, für äußerst wahrscheinlich, für die wahre Geschichte. Wenn er nicht gefunden wurde, würde das Schiff weiterfahren müssen, aber es würde nicht mehr dem ursprünglich vorgesehenen Kurs folgen. Wir würden in Otaru auf Hokkaido anlegen, und ich würde dort von Bord gehen. Dann würde das Schiff umdrehen und auf der gleichen Route wieder zum Ausgangsort zurückfahren. In Otaru, sagte der Kapitän an jenem Morgen zu mir, werden die Behörden einige Informationen von Ihnen benötigen. Zu den Lebensumständen Ihres Mannes. Hauptsächlich aus Versicherungsgründen, erklärte er freundlich. Nichts, worüber Sie sich Sorgen machen müssten. Ich weinte die ganze Zeit, während er mit mir sprach, ich war erschöpft und durcheinander – ich verstand nicht, was als Nächstes passieren sollte: mit mir, mit dem Schiff, mit den anderen Passagieren, die wieder zurück nach Hause fahren würden. Ich hatte in der vergangenen Nacht nicht geschlafen und tat auch in der folgenden, als sich das Schiff Richtung Hafen in Bewegung setzte, weil man nichts gefunden hatte, kein Auge zu. Ich fürchte, sagte der Kapitän, die Chance, dass er noch lebt, liegt jetzt praktisch bei Null. Bei diesem Seegang und diesen Temperaturen. Entsprechend veränderte sich der Sprachgebrauch der Suche. Gesucht wurde nicht mehr nach einem Mann, nach meinem Mann, nach Patrick, sondern nach einem Leichnam. Es dauerte die ganze Nacht und einen Großteil des nächsten Tages, bis wir den Hafen erreichten. Als wir am späten Nachmittag eintrafen, war es sehr kalt. Ich hatte meinen Mantel im Koffer, aber nicht griffbereit, und so fröstelte ich in meinem dünnen Pullover, als mich ein Steward vom Schiff geleitete, eine Hand sanft an meinem Ellenbogen, als führte er eine Blinde. Ich wusste, dass ich mit Joshua reden musste. Möglicherweise hatte er es bereits in den Nachrichten gesehen. Man sagte mir, dass Patricks Name jetzt publik gemacht worden sei. Der Steward brachte mich zu einem Taxi und gab dem Fahrer eine Folge von Anweisungen. Daraufhin brachte dieser mich zu einer Polizeiwache in Sapporo, wo man mich bat, eine Aussage zu Protokoll zu geben. Ich nahm an, dass auch andere darum gebeten wurden: die Crew, der Kapitän. Der diensthabende Beamte war Japaner und sprach nur holpriges Englisch. Man werde mir weitere Fragen stellen müssen, sagte er. Man habe nach einem Dolmetscher geschickt. Alle gingen sehr behutsam mit mir um. Meine Augen brannten vom Weinen, und es kam mir vor, als schwankte der Boden unter meinen Füßen, denn ich hatte kaum geschlafen, wollte nur eins: wachen, aufmerksam bleiben, die Augen offen halten, wie es so schön heißt, für den Fall, dass er doch wieder auftauchte, an Land gespült worden war, nach Hause taumelte. Aber woher sollte er wissen, wo er mich finden würde? Was, wenn er nicht wusste, wo ich war – wo man mich hingebracht hatte? Dass ich bereits hier war? Wo unsere Reise uns ja gar nicht hatte hinführen sollen? Mich erfüllte in diesem Moment jene gesteigerte Wahrnehmung des Lebens, des Lebendigseins, die mit bestimmten Entbehrungszuständen einhergeht. Ich habe Frauen, die nicht essen, ihren Hunger auf diese Weise beschreiben hören: eine Erhellung der Welt, eine Schärfung der Aufmerksamkeit, eine Intensivierung des Empfindens.

Sogar die Luft in meiner Nase kam mir dünner, leichter, reiner vor, wie die kalte Luft hoch oben in den Bergen. Der nördliche Himmel wirkte spröde, wie aus dünnem geblasenem Glas.

Ich stand kurz vor dem Delirium. Nah genug, um kaum noch Hemmungen zu verspüren, als man mich in den Vernehmungsraum führte. Meine eigene Biografie war bereits Teil der Presseberichterstattung. Ich bemerkte das zufällig, als eine Meldung auf meinem Handy aufpoppte. Die Frau des Vermissten und mutmaßlich Verstorbenen. Man hatte auf das Foto von mir zurückgegriffen, das auf der Website meines Verlags zu finden war – das Foto, das Patrick gemacht hatte. Mein Abbild leicht verschwommen und zu dunkel. Irgendwie, also, keine Ahnung – so fingen meine Studierenden ihre Sätze gern an, alles blieb im Ungefähren, wurde relativiert, verwässert, und so ähnlich – irgendwie konturlos und unbestimmt – fühlte ich mich jetzt, als ich an dem kleinen Holztisch in der Mitte des Zimmers Platz nahm. Der Vernehmungsbeamte setzte sich mir gegenüber und stellte ein Aufnahmegerät zwischen uns. Dann traf der Dolmetscher ein. Er verbeugte sich, sodass ihm das glänzende Haar ins Gesicht fiel, und stellte sich mit leiser, sanfter Stimme vor, es war kaum mehr als ein Flüstern. Er strich sich das Haar aus der Stirn und setzte sich neben mich. Der Beamte sagte sofort etwas zu mir und beobachtete mich dabei genau. Der Dolmetscher übersetzte: Sie haben gesagt, Sie hätten den größten Teil des Nachmittags vor dem Unfall mit Ihrem Mann verbracht. Können Sie uns sagen, was Sie getan haben, wie er auf Sie gewirkt hat?

Mein Mund war trocken. Mir fiel es schwer zu sprechen. Ich wandte mich an den Dolmetscher. Könnte ich bitte etwas zu trinken bekommen?, bat ich. Er nickte und stand auf, winkte den Wachmann herbei. Sie wechselten ein paar Worte, woraufhin der Wachmann die Tür öffnete und einer Frau im Nachbarzimmer eine Anweisung erteilte. Wir drei am Tisch warteten schweigend. Bald kam die Frau mit einem Glas Wasser, das sie vorsichtig mit beiden Händen trug. Sie stellte es vor mich hin, verbeugte sich leicht und zog sich zurück. Ich trank und wischte mir den Mund mit meinem Pulloverärmel ab. Der Beamte sagte etwas, und der Dolmetscher gab es weiter: Bitte fahren Sie fort. Ich nickte, sah mich um. Das Zimmer, in dem wir saßen, war weiß gestrichen, mit dunklen Stellen an den Wänden, wo der Tisch entlanggeschrammt war oder jemand mit einem schwarz besohlten Stiefel dagegengetreten hatte. Durch die Lüftungsschlitze hörte ich das Pfeifen des offenbar auffrischenden Windes.

Wir, sagte ich, also ich, meine ich. Ich hatte eigentlich – Der Dolmetscher wartete darauf, dass ich den Satz beendete. Mir war übel. Ich beugte mich vor, stützte den Kopf in die Hände, und als sich der Raum um mich herum zu drehen begann, hängte ich den Kopf zwischen meine Knie. Lassen Sie sich Zeit, sagte der Dolmetscher. So viel Sie brauchen.

Es gab ein paar Dinge, die ich sagen wollte. Dinge, die ich unbedingt irgendwem erzählen musste, aber hier, wie ich wusste, nicht sagen konnte. Und dann die Dinge, von denen ich wusste, dass ich sie sagen sollte. Die sie hören wollten. Es gibt nie nur eine Version. Selbst hier in diesem Zimmer konnte ich nicht wissen, wie und inwieweit meine

Worte durch die Übertragung in eine andere Sprache neu zusammengesetzt wurden. Ich konnte ihnen nicht sagen, dass ich nur allzu oft meine eigene Version des Erlebten in Zweifel ziehe. Da ist manches, woran ich mich nicht in Einzelheiten erinnere, während ich zugleich sicher bin, dass es sich zugetragen hat – ich habe sozusagen die Umrisse im Kopf, doch der Inhalt fehlt. Manches, das ich früher zweifellos anders in Erinnerung hatte, als es sich mir heute darstellt. Das betrifft nicht nur meinen Mann. Erzählen Sie einfach. Wenn Sie es erzählen können. Lassen Sie sich Zeit, sagte der Dolmetscher erneut. Meine Hände zitterten. Das Gleiche hatte man schon mal von mir verlangt, da war es um meine Mutter gegangen. Vor vielen Jahren, als ich noch ein Kind war. Erzähl einfach, erzähl uns, woran du dich erinnerst. Erzähl vom letzten Mal – dem letzten Mal, als du sie gesehen hast.

Auch sie war eines kalten, nassen Abends verschwunden, und in diesem kleinen Betonraum im Norden Japans blitzte die Erinnerung daran im Dunkel meiner Gedanken auf und vermischte sich mit dem kürzlich Geschehenen. Die Stimme des Kapitäns, die aus den Lautsprechern auf dem Schiff ertönte, leiser und wieder lauter, leiser, lauter, während ich über das Deck rannte, um ins Wasser hinunterzuschauen, und mein Vater, der Jahre zuvor auf der Straße vor dem Hotel, in dem wir damals gerade wohnten, laut rufend hin und her lief, Leute fragte, ob sie eine Frau in Hut und Mantel gesehen hätten, aber es war Winter – alle trugen Hut und Mantel, oder Mut und Hantel, wie mein Vater in seiner Verzweiflung zu sagen begann: eine Frau in Mut und Hantel? Haben Sie sie gesehen? Aber niemand hatte etwas gesehen, alle hatten nichts gesehen.

Ich schüttelte den Kopf, kniff mir in die Haut über der Nasenwurzel, direkt zwischen den Augen. Kleine bunte Funken sprühten hinter meinen geschlossenen Lidern. Der Wind wurde stärker. Ich öffnete die Augen und sah durchs Fenster, wie sich die Bäume bogen. Regen war im Anzug.

Wir haben auf dem Bett getrunken, sagte ich, Sekt, noch in unseren Badesachen. Er hatte auf Deck schon einen Martini getrunken, mindestens einen. An diesen Moment erinnere ich mich, sagte ich dem Dolmetscher, weil es mich überrascht hat: wie schnell er da unten in der Kabine sein erstes Glas leerte und wie schnell er uns beiden ein zweites einschenkte. Als hätte er schon da das Bedürfnis nach Auslöschung gehabt, oder danach, ausgelöscht zu werden. Während er an seinem zweiten Glas nippte, fuhr er mir mit dem Finger erst um, dann über eine meiner Brustwarzen, die von der Kühle des feuchten Bikinis hart geworden war. Ich zog seine Hand zu meinem Gesicht und steckte mir seinen Zeigefinger in den Mund. Als wir noch klein waren, sagte ich – wenn ich mich recht erinnere –, ist mein Vater im Sommer mit uns an den Strand gefahren. Ich war nie eine gute Schwimmerin und mochte die Wellen nicht, also habe ich die Gezeitentümpel erkundet, während mein Vater und meine Schwester ins Meer hinauswateten. Besonders nach Seeanemonen hielt ich Ausschau, die sich an den Felsrändern der Tümpel festkrallten. Sie waren rotbraun, fast schwarz, durch die Farbe am Fels gut getarnt. Manchmal waren sie geschlossen, wie bucklige kleine Gewächse. Manchmal stand ihr Mund offen, und die kurzen samtigen Tentakel, ein bisschen wie ausgefranste Stoffränder, wiegten sich in der sanften Strömung. Oft bückte ich mich und steckte den Zeigefinger in eines dieser Wesen, spürte, wie sich der weiche Körper um meinen Finger schloss, ein bisschen saugte, und wenn ich den Finger dann wieder herauszog, versuchten die Tentakel – oder wie auch immer man sie nennt –, ihn festzuhalten. Danach verwandelte sich die Seeanemone wieder in ein kleines glattes Gewächs, das sich hart anfühlte. Ich nahm einen seiner Finger in den Mund, dann noch einen. Er schloss die Augen und legte genüsslich den Kopf in den Nacken. Dann streifte er das Bikinioberteil von meinen Brüsten, fuhr mit der Zunge über die braunen Höfe. Ich zog seinen Kopf noch näher an meine Brust, streifte meine Bikinihose ab und spreizte die Beine, sodass ich seinen Oberschenkel zwischen meine nehmen, mich an ihn pressen konnte.

Die Luft in dem Vernehmungsraum war trocken: Ein kleiner Luftbefeuchter stand in einer Ecke und stieß einen Strom weißen Dampfes aus. Ich schluckte, mein Mund fühlte sich klebrig an, griff nach dem Glas, um noch etwas zu trinken. Der Vernehmungsbeamte hustete und schaute weg. Es gab eine Verzögerung, wenn auch nur eine kleine, während der Dolmetscher meine letzten Sätze wiedergab. Es war kein Simultandolmetschen, deshalb entstanden immer wieder kleine Lücken zwischen seinen und meinen Sätzen. In diesen Verständnispausen beobachtete ich das Gesicht des Vernehmungsbeamten, der zwischen dem Dolmetscher und mir hin und her schaute. Er wirkte verwirrt, unsicher, als hätten die Worte, die der Dolmetscher sagte, eigentlich nicht aus meinem Mund kommen können. An einer Stelle hob er die Hand, um dem Dolmetscher zu signalisieren, dass er innehalten solle, und fragte etwas in seiner Muttersprache. Ich erkannte an der Intonation, dass es eine Frage war, und vermutete, dass er etwas präzisiert haben wollte. Also weiter, schien er dann zu sagen, mit einer Handbewegung, als dirigierte er den stockenden Verkehr. Sie warteten darauf, dass ich ihnen sagte, was sie hören wollten. Ein Geständnis. Oder eine Erklärung. Eine Tatsache. Mach weiter, sagte Patrick. Oder sagte er: Ich kann es nicht mehr halten. Oder war es: Los jetzt, komm. Fuck, sagte er womöglich mit zusammengebissenen Zähnen, während er sich zu beherrschen versuchte.

Ich ließ ihn ein Stückchen herein, dann hob ich mein Becken von ihm, ließ ihn wieder herein, diesmal ein bisschen weiter, und hob wieder das Becken. Ich spürte, wie ich mich öffnete. Darauf wartete ich. Dann ließ ich ihn noch ein Stückchen weiter herein. Und hob ganz langsam wieder das Becken. Ich spürte den Punkt tief in meinem Körper, zu dem er wollte. Ein dunkles, verborgenes Inneres, das ansonsten unberührt blieb: Ich sehnte mich danach, dort seinen Druck zu spüren. Ich hob erneut mein Becken, senkte mich etwas weiter herunter. Ich weiß nicht mehr, wo seine Hände waren. Nicht auf meinen Hüften, denn dann hätte er instinktiv versucht, mich zu sich herunterzuziehen, und das wollte ich nicht.

Ich war so durstig. Ich beugte mich erneut vor, um nach dem Glas zu greifen. Ich wusste nicht, wie viel von alldem ich nur dachte und wie viel ich laut sagte. Es kam mir unwirklich vor, dass der Unfall erst vor zwei Tagen geschehen war. Dass wir erst vor drei Tagen auf diese Weise zusammen gewesen waren. Meine Hände zitterten, und ich hob das Glas vorsichtig an den Mund. Doch so viel ich auch trank, mein Mund blieb trocken. Ganz anders, als wenn Patrick ihn küsste. Wir küssten uns wie Teenager. Ich küsste ihn, als wäre ich noch auf der Highschool. Wie ich an jenen langen Nachmittagen geküsst hatte, wenn die Eltern meines Freundes noch nicht zu Hause waren und wir bei laufendem Fernseher oder Musik auf dem Sofa saßen. Manchmal aßen wir irgendwas: eine Tüte Chips oder Kekse, und fast immer landete ich irgendwann auf seinem Schoß. Meist hatte er vorher über meine Beine gestrichen, hoch und runter, hatte meine glatte, frisch rasierte Haut bewundert, seine Finger waren kurz unter meinen Rocksaum gekrochen und rasch wieder zu den Knöcheln zurückgekehrt. Irgendwann ergriff ich dann die Initiative, schwang, während wir uns küssten, ein Bein über seinen Schoß und schob mich näher an ihn. Das Gefühl unserer körperlichen Nähe war überwältigend. Unsere Lippen vom Küssen geschwollen, der Mund voller Speichel. Ich roch seinen Schweiß. Spürte die Beule seiner Erektion an meinem Schambein, war selbst so feucht, dass meine Baumwollunterhose an mir klebte. Er strich über mein Oberteil, dann wanderten seine schwieligen Hände meinen Rücken hinauf, tasteten nach meinem BH. Ich ließ zu, dass er die Haken öffnete, damit ich das volle Gewicht meiner befreiten Brüste spüren konnte und dann, wie er sie sanft anhob. Ich konnte kaum atmen. Sein Atem war rau, bebend, eine Art gutturales Lufteinziehen ganz hinten in der Kehle. Er lupfte meinen Rock, schob seine Finger unter das Gummi an der Schenkelöffnung meiner Unterhose. Oh, sagte er, während er die Hautfalten auseinanderschob.

Bald aber wurde es unangenehm, wie die Finger meines Freundes in mir herumstocherten, ohne klare Richtung, ohne wirkliche Kenntnis. Und da ich meine Unterhose noch anhatte, war die Bewegungsfreiheit seiner Finger eingeschränkt. Er klemmte versehentlich mein Schamhaar ein. Sein Fingernagel schnitt in meine Schamlippen. Während er sich dem Höhepunkt näherte, wurde er achtlos. Ich entzog mich ihm, meine Lust war durch diese Unannehmlichkeiten mit einem Mal erloschen. Was ist denn, fragte er atemlos. Was ist los?

Nichts, antwortete ich.

Hab ich was falsch gemacht?

Nein, sagte ich.

Ich wusste nicht, weiß es vielleicht bis heute nicht, wie ich ihm erklären sollte, dass es weniger darum ging, was er tat, als darum, was ich gern von ihm wollte, von ihm brauchte, ohne dass ich aber imstande gewesen wäre, ihm entsprechende Hinweise zu geben. Mein größter Wunsch war, dass er intuitiv erkennen würde, wie er mich befriedigen konnte. Stattdessen wandte ich die Situation gegen mich selbst: Ich glaube, ich bin einfach noch nicht so weit, sagte ich. Es war einfacher, diesen plötzlichen Abbruch als meine eigene Schwäche darzustellen. Was allerdings nach sich zog, dass ich ihn beruhigen und sowohl seiner Männlichkeit versichern musste wie auch meiner grundlegenden Bereitschaft, seinen Wunsch zu erfüllen: bald, ganz bald, beteuerte ich. Ich saß immer noch auf seinem Schoß. Aber wir sind doch so nah dran, japste er, hielt mich fest. Und wir sind noch stundenlang allein hier. Ich dachte, du willst das, sagte er. Will ich auch, antwortete ich. Nur nicht so. Ich kannte die Sätze auswendig. Es war die Reaktion, die von uns Mädchen oder jungen Frauen früher oder später erwartet wurde: die höfliche Verweigerung, die Andeutung einer kollektiven weiblichen Fantasie, die keine von uns wirklich verstand. Es war – ist – das, was wir früher oder später äußern, um unbeschadet aussteigen zu können, wieder in den Bereich von Dialog und Verhandlung zurückzukehren. Doch statt darauf einzugehen, sagte er: Du musst was machen. Das tut weh.

Was tut weh?

Es tut weh, sagte er, wenn ein Mann so angetörnt wird und dann nichts damit machen darf.

Oh, sagte ich.

Es tut höllisch weh, sagte er. Bitte. Wenn ich nicht in dich rein darf, kannst du es mir dann mit der Hand machen?

Mein Mann und ich, sagte ich zu dem Beamten, haben zu Beginn der Kreuzfahrt eine ähnliche Unterhaltung geführt. Nur war ich da diejenige, die schmerzhaft erregt war, so wie damals mein Freund, und ich wollte, dass Patrick sich darum kümmerte. Wir waren miteinander im Bett, und seine Lust war plötzlich erloschen, wie es seit einiger Zeit öfter mal geschah. Diesmal war ich diejenige, die bat. Bitte, sagte ich. Du kannst jetzt nicht einfach so aufhören. Ich war wütend, als er sich weigerte, mich weiter zu berühren, wütend und gekränkt, vor allem, als er leicht überrascht zu mir sagte, er habe gar nicht gewusst, dass so was einer Frau auch weh tun könne, körperlich, sodass wir dann an diesem Nachmittag in der Kabine, am Tag des Unfalls –

Der Vernehmer nickte und stand von seinem Stuhl auf, ich sah, dass er errötet war. Er ging hinter dem Tisch auf und ab, dann schlenderte er auf mich zu, den Kopf gesenkt, eine Demonstration tiefen Nachdenkens. Er rieb sich über das stoppelige Kinn. Statt vor meinem Stuhl stehen zu bleiben, ging er weiter, trat hinter mich. Ich löste meine übereinandergeschlagenen Beine. Mir wurde flau im Magen, ein Anfall von Übelkeit. Er blieb stehen, wo er war. An meinem Nacken spürte ich seine Körperwärme, so nah war er. Dann legte er mir die Hand auf die Schulter. Ich zuckte zusammen.

Er sagte wieder etwas und wartete dann, während der Dolmetscher übersetzte: Ich möchte zeitlich gern ein Stück nach vorne springen, sagte er. Wo haben Sie gestanden, als Sie Ihren Mann das letzte Mal gesehen haben?

Wie bitte?

Standen Sie vor ihm, hinter ihm oder neben ihm?

Wo ich gestanden habe?

Ja. Falls Sie gestanden haben. Auf Deck.

Ich habe gestanden. Vor ihm, glaube ich. Er stand mit dem Rücken zur Reling. Der Vernehmungsbeamte nahm die Hand von meiner Schulter und setzte sich wieder auf seinen Stuhl.

Das heißt, nein, sagte ich. Ich glaube, ich habe ihn von hinten gesehen.

Meine Gedanken umkreisten ruhelos diese Lücke: die Zeit zwischen dem Moment, wo er mich anspuckte, und dem, als ich versuchte, wieder hineinzugehen. Es war so dunkel gewesen. Und dann das unablässige heftige Schwanken. Ich konnte mich nicht erinnern. Selbst jetzt gerät der Ablauf dieser Szene in meinem Kopf manchmal ins Stocken, verpixelt sich das Bild. Als wäre meine Verbindung zu dem Vorfall unstabil, so wie wenn auf dem Bildschirm das Gesicht eines geliebten Menschen plötzlich einfriert und man die Worte nur noch verzerrt hören kann. In der Lyrik gibt es einen Ausdruck für diese Art von Erfahrung: die Zäsur. Ein Einschnitt in der Gedichtzeile, eine Unterbrechung in der Kontinuität der Metrik. Ein kurzes Innehalten, ein Absetzen. Es handelt sich nicht um eine syntaktische Pause oder eine normale Pause zwischen Satzgliedern. Auch eine rhetorische Pause ist es nicht, wobei man sie im Vortrag natürlich hört. Es ist ein musikalischer Bruch. Ein Moment des Auseinanderfallens. In früheren Zeiten hat man solcherlei prosodischen Merkmalen ein Geschlecht zugewiesen: Man sprach von der männlichen und der weiblichen Zäsur, je nachdem, ob sie nach einer betonten oder einer unbetonten Silbe auftrat. Natürlich war die weibliche Zäsur die nach der unbetonten Silbe.

Hoch oben an der Wand hing ein Plakat, auf dem schneebedeckte Berge und Kirschblüten abgebildet waren. Während ich sprach, schweifte mein Blick dorthin. Eine der oberen Ecken hatte sich von der Wand gelöst. Der Vernehmer sagte wieder etwas, und der Dolmetscher übertrug die Frage, während er sich zugleich mit einem penibel gefalteten Taschentuch die Stirn abwischte. Sie sind, steht hier, britische Staatsbürgerin?

Ja, erwiderte ich.

Sie sehen nicht britisch aus.

Der Vernehmer fuhr sich mit der Zunge in den einen Mundwinkel, wo ein winziges Fleckchen angetrocknete Zahnpasta saß. Er musterte mich von Kopf bis Fuß, fragte sich vermutlich, was für eine Sorte Frau solche Geständnisse ablegte, wie ich es gerade getan hatte, wo eine solche Frau wohl herkam. Ich überschlug wieder die Beine, schaute auf meine Hände – ich drehte wieder und wieder den Ehering an meinem Finger, ein nervöser Tick.

Also, kehren wir noch einmal zu Ihrer Schilderung der Ereignisse zurück, in Ihre Kabine am Tag des Unfalls. Was geschah danach, nach dieser Episode?

Ich weiß nicht mehr genau, was ich daraufhin sagte, aber sein Mienenspiel wurde sehr lebendig: Er hob die Augenbrauen, kniff konzentriert die Augen zusammen, spitzte und straffte die Lippen. Spiegelte er meine eigene Mimik? Tat ich all das mit meinem Gesicht, während ich sprach? Es hatte etwas geradezu Groteskes, dieses exzessive Zurschaustellen von Aufmerksamkeit, Mitgefühl, Schock. In den Momenten, wo er von einem Gesichtsausdruck zum nächsten wechselte, nahm sein Gesicht kurz einen neutralen Ausdruck an, und mir fiel auf, dass er, obwohl er sicher Ende vierzig, vielleicht sogar schon fünfzig war, keine einzige Falte hatte – als bewegte er sein Gesicht normalerweise nie, als runzelte er nie die Stirn, zeigte nie Überraschung oder grimassierte, so wie er es jetzt tat, während er mir gegenübersaß. Dementsprechend kam mir dieses Mienenspiel wie eine Verhöhnung vor, eine übertriebene Demonstration von Verständnis – ein Versuch, seine eigene, prüde Ansicht zu verbergen, dass wir zu viel Sex gehabt hatten und dass meine Version der Geschehnisse zu emotional war. Im Kopf setzte er sich womöglich gerade eine ganz andere Geschichte zusammen, über die schöne junge Frau eines reichen weißen Mannes, der ertrunken war. Ich fing an zu weinen, stammelte nur noch.

Der Beamte reichte mir eine Schachtel mit Taschentüchern. Ich dankte ihm mit Worten, die er nicht verstehen konnte, und putzte mir die Nase. Ich merkte, dass sich eine Migräne ankündigte. Die Neonröhren an der Decke flackerten. Ich zog die Sonnenbrille aus meiner Handtasche. Entschuldigen Sie, sagte ich und versuchte mit einer Geste zu vermitteln, dass ich Kopfschmerzen hatte. Ich hätte es auch einfach sagen können, tat es aber aus irgendeinem Grunde nicht. Hinter den dunklen Brillengläsern schloss ich die Augen. Ich hörte das Fauchen des Gasofens. Das Knarren des Stuhls, als sich der Beamte anders hinsetzte.

Kurz bevor wir zu der Kreuzfahrt aufgebrochen waren, hatte ich erstmals Migräne bekommen, mehrere schlimme Anfälle. Sie fingen immer hinter dem linken Auge an, tief in der Augenhöhle, und breiteten sich langsam in der einen Kopfhälfte aus. Wenn ich vorher Leute hatte sagen hören, der Migränekopfschmerz raube einem die Sinne, hatte ich das für eine etwas blumige Formulierung gehalten. Doch als ich dann selbst daran litt, begriff ich, dass das wörtlich gemeint war: Ich konnte nichts mehr sehen, konnte die Augen nicht öffnen, weil ich Licht nicht ertrug. Der Schmerz war wie eine Messerklinge, die sich durch Fettgewebe und Knochen meines Kopfes bohrte. Ich atmete langsam, presste meine kühlen Finger an meine Schläfen.

Nach einer Weile sagte jemand etwas zu mir. Ich nahm an, es sei Englisch gewesen und ich hätte den Inhalt nicht richtig mitbekommen. Die Schmerzen in meinem Kopf wurden schlimmer. Dann wurde der Satz wiederholt, diesmal wirklich auf Englisch, und jetzt verstand ich ihn. Das wäre es dann fürs Erste, sagte der Dolmetscher. Wenn wir weitere Fragen haben, wird sich jemand bei Ihnen melden. Sie können jetzt gehen. Der Beamte reichte dem Dolmetscher eine Karte und sagte etwas. Der Dolmetscher gab die Karte an mich weiter. Es war die eines örtlichen Hotels. Da sind Sie gut aufgehoben, sagte er.

Danke, sagte ich und bückte mich nach meinen Sachen.

Draußen war es kalt und stürmisch. Ich steckte die Sonnenbrille wieder in meine Handtasche und stellte mich unter das schützende Dach der Bushaltestelle vor der Polizeiwache. Dann winkte ich ein Taxi herbei. Ich ließ mich auf den Rücksitz sinken, reichte dem Fahrer die Karte und deutete auf das Bild auf der Vorderseite. Dann deutete ich auf meine Brust und wieder auf das Bild. Ich, dahin, sagte ich.

4

Es war dunkel und regnete, als ich ankam. Das Taxi hielt an der Straßenecke, und ich trat in den Nieselregen hinaus. Vor mir sah ich die flackernde Neonreklame des Hotels: »Soundso soundso Garden Inn«. Wenn ich meine Brille aufsetzte, würde sie nur vollgeregnet werden, was das Entziffern irgendwelcher Schilder nicht eben erleichterte. Andererseits konnte ich ohne Brille nur sehr helle, große Buchstaben erkennen. Ich wischte die Gläser mit dem Saum meiner Strickjacke ab, dann überquerte ich den Parkplatz und stieß die schwere Glastür auf, die ins Foyer führte.

Es war die Sorte Hotel, die man aus B-Movies kennt. Ein zerschlissener, schmutziger Teppich, grelle Lichter, der Geruch von Zigaretten. Zu abgelegen, einer jener Orte, wo man landet, wenn man so weit gereist ist, wie man nur reisen kann, wenn die Straße nicht mehr weiterführt und der eigene Körper sich gegen einen wendet, wenn selbst die Landschaft, selbst das Wetter einen im Stich lässt. Einer jener Orte, wo man landet, wenn man vor Müdigkeit und Erschöpfung fast außer sich ist, desorientiert und durstig, mit dem falschen Kleingeld in der Tasche, zu wenig für den starken Drink, den man jetzt unbedingt braucht, man hat zwar eine Kreditkarte, kann sich aber gerade nicht an die PIN erinnern, man ist zu müde, um vernünftig zu unterschreiben, und wenn man es versucht, glaubt einem niemand, dass man ist, wer man zu sein behauptet. Man wird misstrauisch beäugt, als könnte man diese weite Reise auf sich genommen haben, nur um auf jemand anderes Kosten einen Whiskey zu trinken, und die Zerschlagenheit, die man verspürt, wird dadurch noch verstärkt, dass man im Dunkeln eintrifft, sich im trüben Licht der Straßenlampen orientieren muss, am Leuchtschild der Bar; einer jener Orte, wo man sich von den endlosen logistischen Herausforderungen des Reisens schließlich restlos überfordert fühlt, hat man doch längst vergessen, welch irrsinniger Impuls, welches Verlangen, welch schreckliche Geschehnisse einen dazu gebracht haben könnten, diese Reise überhaupt anzutreten. In diesem Zustand erreicht die Reisende das Hotel.

Ich drückte auf die Klingel an der Rezeption, und eine Frau kam, um meine Personalien aufzunehmen. Dann reichte sie mir einen angelaufenen Schlüssel mit einem Plastikschildchen, auf dem meine Zimmernummer stand, und ich stieg die Treppe hinauf in den vierten Stock.

Das Zimmer roch nach kaltem Tabak und der Sorte billigem Raumspray, mit dem man versucht, den Geruch von Scheiße zu überdecken. Ich ließ mein Gepäck neben der Tür stehen und plünderte die Minibar: das winzige Ginfläschchen, den Wodka, die etwas größeren Flaschen Rot- und Weißwein, den Sekt. In meiner Handtasche pingte mein Handy. Dann noch einmal und noch einmal. Im Laufe des Tages waren schon mehrere Nachrichten eingegangen, die ich nicht gelesen hatte, und jetzt kam ein steter Strom von Anrufen aus London, die ich nicht annehmen wollte oder konnte. Ich legte mein Handy neben den Wasserkocher, und während ich die Drinks der Reihe nach hinunterkippte, sah ich zu, wie es immer wieder aufleuchtete und vibrierte. In London musste es jetzt fast Mittag sein. Die Nachricht von dem Unfall sprach sich sicher bereits in der Branche herum. Ich wusste, dass es Leute gab, die mit mir reden wollten, Patricks Leute: sein Manager, sein Cutter, der Filmausstatter, mit dem er vor ein paar Stunden eigentlich einen Telefontermin gehabt hatte – seine Arbeit verfolgte ihn bis in den Urlaub. Und dann waren da natürlich Joshua und seine Mutter, Trudi. Ich hatte keine Ahnung, wie ich sagen sollte, was gesagt werden musste. Ich wusste, dass ich die Nachrichten löschen würde, ohne sie vorher abzuhören, dass ich es nicht ertragen würde, all die Fragen zu hören, diejenige zu sein, die die Nachricht bestätigte. Und da war auch immer noch der Gedanke, dass es vielleicht doch nicht stimmte. Dass es eine Verwechslung war. Vielleicht hatte er den Telefontermin doch wahrgenommen und mir einfach nur nicht gesagt, wo er war. Das sähe Patrick durchaus ähnlich.

Draußen war der Regen in Schneeregen übergegangen. Die Deckenlampe war voll toter Insekten. Das Zimmer war überheizt. Trotzdem hatte ich kalte Hände. Ich rieb sie aneinander. Ich fühlte mich seltsam hungrig, fast hohl. Auf dem Sideboard stand das Telefon, daneben lagen Hotelbriefpapier und ein Stift. Keine Speisekarte für den Zimmerservice. Ein Stadtplan sowie ein Hotelplan samt einer Liste, was man auf den einzelnen Stockwerken finden konnte. Ich starrte darauf, fühlte mich leer und zugleich neugierig. Die Frage, die mich erfüllte, war: Was würde als Nächstes geschehen? Mit mir. Mit meinem Leben. Bei meiner Ankunft hatte ich gefragt, ob es irgendwo in der Nähe ein Lokal oder einen Imbiss gebe, wo ich mir etwas zu essen holen könne, und einen Laden, in dem ich Pflaster bekäme, denn ich hatte von meinen eigens für die Kreuzfahrt gekauften Schuhen eine Blase an der linken Ferse. Die Frau, an die ich meine Fragen richtete, fuchtelte kurz und leicht aufgeregt mit den Händen und wandte sich eilig an ihre Vorgesetzte, die hinter einem zweiten Tresen Formulare ausfüllte. Diese ältere, fülligere Frau kam mir zu Hilfe. Entschuldigen Sie, sagte sie, meine Kollegin spricht kein Englisch. Leider gibt es hier gar nichts. Keine Läden, die zu Fuß erreichbar wären. Sie könnten mit dem Taxi in den nächsten Ort fahren, aber das würde eine halbe Stunde dauern. Essen können Sie hier, sie deutete hinter sich, im Restaurant. Warme Küche. Und morgen früh ab sechs gibt es Frühstück. Es war Tage her, seit ich etwas Anständiges gegessen hatte, aber ich konnte mich nicht dazu durchringen, in dieses Restaurant zu gehen und mich anstarren zu lassen.

Stattdessen ließ ich mir ein kochend heißes Bad ein und blieb so lange darin liegen, wie ich es aushielt, und dabei rechnete ich mir immer wieder vor, wie viel Zeit verstrichen war: auf dem Schiff, dann die Stunden der Vernehmung, die Taxifahrt hierher. Drei Tage. Wieder und wieder sagte ich es mir. Patrick war seit drei Tagen verschwunden. Das Wissen darum war in meinem Kopf, aber es war so seltsam, so fremd, dass mir diese Zeit wie eine Lücke erschien, ich bekam sie nicht zu fassen, eine Folge von Stunden, die keinen Sinn ergaben. Als ich schließlich aus der Wanne stieg, überkam mich eine so gewaltige Erschöpfung, dass ich, noch nass, ins Bett sank. Die Matratze war zu hart, das Kissen zu weich, ein Federkissen, das sich um mein Gesicht herum auftürmte, als wollte es mich ersticken.

Durch die Zimmerdecke hörte ich die Geräusche anderer Reisender: Schritte, eine Klospülung. Die Leselampe war so angebracht, dass sie mir genau in die Augen schien. Ich drehte mich auf die Seite und entdeckte einen Flyer, der mir bisher nicht aufgefallen war. Er bestand aus festem Hochglanzpapier und war auf dem Nachttisch aufgestellt, damit man ihn besser sah. Auf Englisch stand darauf: Massage-Service: Tel. 4702. Darunter waren die Preise aufgelistet, je nach Dauer 6000 Yen, 6700 Yen, 10 000 Yen. Und dann in kleinerer Schrift und mit Aufzählungspunkten gegliedert: *Wir kommen zu Ihnen. Massage nur mit Kleidern. Keine Wünsche von der jungen Dame. Keine sexuellen Dienstleistungen.* Das war doch verkehrt herum, dachte ich – müsste es nicht eigentlich heißen: Keine Wünsche an die junge Dame? Oder war es so gemeint, dass man nicht erwarten konnte, von der jungen Dame nach den eigenen Wünschen gefragt zu werden? Was hatte er sich von mir gewünscht? In unserer Kabine auf dem Schiff hatte ich ihm die Badehose abgestreift, angefangen, ihm einen zu blasen, und mich dabei selbst berührt. Als er es nicht mehr aushielt, zog er mich zu sich hoch, und wir küssten uns, seine Finger bewegten sich in mir, sein Mund einen Moment lang heiß und nass an meinem Ohr. Aus der jungen Dame werde ich: Ich war einmal die junge Dame. So funktionierte die Syntax des Flyers, so ergab sie einen Sinn. Ich weiß es nicht, sagte ich zu dem Vernehmer, ich erinnere mich nicht. Wie Ihr wünscht. Das hatte ich, glaube ich, zu Patrick gesagt – ich hatte schüchtern getan, eine Rolle gespielt. Wie Ihr wünscht – immerhin war das ein Zitat aus einem seiner Lieblingsfilme, und er war ja nun mal ein Filmfreak gewesen.

Ich lag da und wartete benommen auf etwas – wartete darauf, dass er über die Berge gekraxelt kam, wartete darauf, dass er mich fand, während ich auf ihn wartete. Ich fühlte mich wirr im Kopf: erschöpft, betrunken, unwirklich. Es ist, hatte einer der Offiziere auf Deck inoffiziell zu mir gesagt, nicht völlig ausgeschlossen, dass Ihr Mann noch lebt. Der Rettungsring war im Wasser. Das Meer hatte sich am nächsten Morgen beruhigt. Das Schiff war in der Nähe eines Fischfanggebiets, wo viele kleine Schiffe mit ihren Schleppnetzen unterwegs waren. Ich wusste, dass er das nur mir zuliebe sagte. Dass er den Kavalier gab, der falsche Hoffnung verbreitete. Den warnenden Worten des Kapitäns etwas entgegensetzte. Trotzdem wollte ich ihm glauben, und er wusste, dass ich an etwas glauben musste, es zumindest für ein paar Tage brauchte, um weitermachen, essen, atmen zu können. An diese Unterhaltung dachte ich gerade, als ich durch das Hotelfenster das Licht einer Taschenlampe sah – unten, wo die Straße an freies Feld grenzte. Zuerst dachte ich, die nackte Glühbirne über dem Wasserkocher und der Minibar spiegele sich in der Fensterscheibe. Aber dann kam das Licht näher, leicht schwankend. Der Wind frischte auf, und das Licht verschwand für einen Augenblick, dann erschien es wieder, jetzt etwas weiter oben, als käme die Person mit der Taschenlampe den Hang vor dem Hotel herauf. Es gab keine Straßenbeleuchtung, keinen Lichtschein aus anderen Häusern. In der Ferne sah man die winzigen Lichter einer Ortschaft funkeln, aber keine Ampeln oder Autoscheinwerfer. Jetzt kam das Licht zielstrebig den Hang herauf, ein heller weißer Kreis in der Dunkelheit. Ich schloss die Augen, wartete darauf, dass es an meiner Tür klopfte, dass der Träger der Taschenlampe eintraf, dass ich die Tür öffnen und er dastehen würde: nass, verdreckt und verzweifelt, aber am Leben, du lieber Gott, würde ich sagen, du lebst. Ich wartete und wartete, aber es klopfte nicht, und schließlich zwang ich mich, aufzustehen und die Vorhänge zu schließen. Dann muss ich eingeschlafen, in jenen tiefen, betäubungsartigen Schlaf gesunken sein, der einen nach dem Verlust eines geliebten Menschen erfasst – Schlaf, den man dringend braucht und zugleich nicht will, dem man sich widersetzt, weil man irgendwann wieder daraus erwachen muss, weil man weiß, dass man wieder daraus erwachen muss.

Doch die Nacht ging vorüber. Ich wachte auf, weil das Zimmertelefon klingelte. Durch die Ritzen zwischen den schweren Vorhängen drang Licht. Ich langte über das Bett, zog das Telefon zu mir herüber. Ja?, fragte ich mit heiserer Stimme.

Bitte entschuldigen Sie die Störung, sagte eine Stimme. Eine mir unbekannte Männerstimme mit starkem Akzent. Ich versuchte mich aus dem Alkoholdusel zu reißen und tastete nach dem Schalter an der Nachttischlampe. Ich fand keinen und tappte an der Wand herum, weil ich ihn dort vermutete. Über dem Nachttisch, direkt an das Kopfteil des Bettes anschließend, befand sich ein Rechteck aus mehreren Lichtschaltern. Ich betätigte einen davon, doch statt des erwarteten sanften Lichts erhellte grelles Neonlicht das ganze Zimmer: die vier Deckenlampen, die beiden Nachttischlampen, das Licht gleich an der Tür. Ich fluchte und drückte einen Schalter nach dem anderen, bis das Zimmer wieder im Dunkeln lag.

Madam?, fragte der Mann. Ist alles in Ordnung?

Was? Wer sind Sie? Er nannte einen Namen, der mir jedoch nichts sagte. Es gab eine kurze Pause, dann sprach er weiter. Es war ein Beamter der Polizeistation, in der ich am vorigen Tag gewesen war. Ich setzte mich aufrecht hin, plötzlich nüchtern.

Ja?, sagte ich. Wie kann ich Ihnen helfen? Ich schaute auf die Uhr, es war später, als ich gedacht hatte.

Ich muss Ihnen mitteilen, dass man einen Leichnam gefunden hat. Er ist ein Stück nördlich von hier angespült worden.

Ich griff nach dem Glas neben meinem Bett, das Mineralwasser war abgestanden. Sprudel, nennen manche Leute dieses Wasser, und wenn es tatsächlich noch sprudelt, fängt sich das Licht in den Bläschen – sofern man es in der Sonne trinkt, auf der Piazza.

Wir hätten gern, dass Sie kommen, sagte er, zum Identifizieren, meine ich.

Identifizieren? Was identifizieren?, fragte ich. Mein Gehirn arbeitete nur langsam, ich wollte nicht verstehen, was er sagte.

Den Leichnam, sagte er. Ihren Mann.

Ich schätzte die Entfernung zwischen meiner Hand und dem Wasser falsch ein und stieß das Glas zu Boden. Oh verdammt, sagte ich. Ich zog das Laken herüber und versuchte, das Wasser aufzuwischen.

Bitte?

Nichts, oh verdammt. Nichts. Ja, ja natürlich. Ich spürte, wie Übelkeit in mir aufstieg, plötzlich und intensiv. Entschuldigung, sagte ich, einen Augenblick bitte. Ich ließ den Hörer aufs Bett fallen, rannte ins Bad und beugte mich über die Kloschüssel. Danach spülte ich mir den Mund aus und ging wieder ans Telefon. Er war noch dran.

Er sprach weiter, aber ich weiß nicht mehr, was er sagte. Als er verstummte, entstand eine lange Pause. Madam?, fragte er schließlich. Es ist eine lange Zugfahrt, aber eigentlich ganz schön. Sie werden Schnee sehen. Es geht durch den Wald. Jemand wird Sie abholen. Er nannte mir eine Nummer, die ich anrufen sollte, falls ich irgendetwas brauchte. Danke, sagte ich. Dann hörte ich ein Klicken, gefolgt vom Freizeichen, der Mann am anderen Ende hatte aufgelegt. Ich hielt den Hörer weiter an meine Wange, spürte das kühle glatte Plastikrund mit den kleinen Löchern. Unten hörte ich ein Auto wenden, dann ein hohes durchdringendes Pfeifen, das von einem Kinderspielzeug oder einem defekten technischen Gerät oder auch einem Vogel hätte stammen können, wenn es hier denn Bäume gegeben hätte. In der Ferne eine menschliche Stimme. Verschiedene Verkehrsgeräusche. Der fettige Geruch von Fleisch auf dem Grill.

Ich nahm ein Taxi zum Bahnhof und eilte die Stufen zu den Bahnsteigen hinauf. Ich hatte keinen Hunger, wusste aber, dass ich für die Reise vorsorgen sollte. Weiter vorne bei der Anzeigetafel gab es einen Kiosk, wo Bento-Boxen und Süßigkeiten verkauft wurden. Mehr brauche ich vielleicht gar nicht, dachte ich – einen Windbeutel oder eine Packung Süßigkeiten. Es war viel los, und die Leute vor mir ließen sich Zeit mit der Auswahl. Aal, Tofu, Omelette, Lachs, Tintenfisch. Ich hatte nur noch fünf Minuten Zeit, trat ungeduldig von einem Fuß auf den anderen. Es war kalt, und als ich meinen Schal aus der Tasche nahm, zog ich versehentlich ein Päckchen Papiertaschentücher mit heraus, das auf den Boden fiel. Während ich mich bückte, um es aufzuheben, fiel mein Blick auf den Zeitungsstand zu meiner Linken. Japanische Zeitungen, einige Wirtschaftsblätter und dann, ganz unten, praktisch auf Augenhöhe, eine britische Boulevardzeitung. Ich erschrak – auf der Titelseite prangte ein Foto von unserem Schiff, und diagonal darüber grellgelb die Schlagzeile: *Ikone Patrick Heller auf Kreuzfahrt ertrunken!* Mir blieb die Luft weg. Wie war das möglich? Wie konnte das sein? Dass ich die Nachricht hier vorfand, und in dieser Form. Ich verschluckte mich fast an meinem Speichel. Ich wusste, dass Reporter über den Unfall berichtet und sich detailliert mit dem Schiff und seinen mangelnden Sicherheitsvorkehrungen befasst hatten, dass die Nachricht durch Fernsehen und Presse gegangen war, aber mir war nicht klar gewesen, dass der Fokus bereits so gezielt auf Patrick gerichtet und die Geschichte im Mainstream angelangt war, von den letzten Revolverblättern aufgegriffen wurde. Dass die Geschichte bereits überall war. Der Unfall war erst vier Tage her. Erst drei Nächte. Ich hatte noch nicht einmal den Leichnam gesehen. Vielleicht war es reine Mutmaßung, die fette Schlagzeile über seinen Tod. Schließlich musste ich diesen noch verifizieren, bestätigen. Vielleicht war es eben doch nicht Patrick – der Mann, zu dessen Identifizierung ich unterwegs war. Meine Hand zitterte, als ich die Zeitung aus dem Ständer nahm. Ich fühlte mich benommen, abwesend. Wie entrückt. Ich hätte eine Schauspielerin in einem von Patricks Filmen sein können, zweifelnd, nach dem Gefühl in ihrem Innern suchend, das es ihr ermöglichen wird, weiterzumachen. Ihm hätten die Farben gefallen – das beißende Gelb der Schlagzeile vor dem Beton des Bahnsteigs, dazu im Hintergrund das Klingeln bei Einfahrt der Züge, ihr keuchender Atem. Das war kein Journalismus, so viel war klar. Es war nur Gerede, Hörensagen, womöglich sogar Verleumdung. Die Erwähnung der russischen Gewässer, der japanischen Küste, des norwegischen Schiffs suggerierte internationale Verwicklungen, der Sturm wurde dramatisiert, der Unfall in quälender Ausführlichkeit beschrieben, die Details hatten die Besatzungsmitglieder geliefert. Weiter unten folgte ein längerer Abschnitt über die zweifelhaften Aspekte von Patricks Berühmtheit. Den Rest überflog ich nur – einzelne Wörter sprangen mir ins Auge: Schockwellen, Fassungslosigkeit, Unglaube. Natürlich kannte ich die Gerüchte, die Patrick umgaben, regelrecht an ihm hafteten. Im Laufe der Jahre hatte es etliche gegeben. Ich versuchte, sie zu ignorieren, zu jener Zeit noch mehr als sonst, hatte es mir schon vor Jahren zur Aufgabe gemacht, dem allem keine Beachtung zu schenken – es war das Gerede, das berühmte Männer nun mal begleitet. Das weiße Rauschen seiner öffentlichen Identität. Hier wurde der Tratsch allerdings noch besonders ausgewalzt, und am letzten Absatz blieb ich hängen: Er hinterlasse seine junge Frau, seine zweite Frau. Oder vielleicht war es noch schlimmer, holprig formuliert: Er hinterlasse seine ehemalige Studentin, die er geheiratet habe. Die jetzt Frauenliteratur schreibe. Ein paar Einzelheiten zu unseren gemeinsamen Jahren wurden erwähnt, unter anderem meine Kinderlosigkeit. Und zum Abschluss das Zitat eines Mitreisenden: Seine Frau schien nett zu sein, und hübsch war sie. Allerdings haben sie sich öfter gezankt, jedenfalls beim Frühstück.

Natürlich haben wir uns gezankt. Patrick war kein Morgenmensch. Er war morgens am liebsten allein, arbeitete in aller Ruhe, während das Koffein seine Wirkung entfaltete. Wenn man ihn störte, konnte er sehr böse werden, und vor dem Mittag redete er nur ungern, egal mit wem. Ich hatte nicht bedacht, dass das auf der Kreuzfahrt natürlich ein Problem sein würde. Ihre Augen waren richtig verschwollen, berichtete der Mitreisende. Sie sah krank aus, fand ich. Aber vielleicht war das auch schon hinterher, wir mussten nämlich den Kurs ändern, damit sie an Land gehen konnte, wissen Sie? Was für ein Urlaub – die Arme!

Ich steckte die Zeitung wieder in den Ständer, auf der Titelseite leichte Flecken vom Anfassen. Mir war der Appetit vergangen. Auf Windbeutel wie auf Süßigkeiten. Die Einfahrt meines Zugs wurde angekündigt, und ich entschuldigte mich bei den anderen in der Schlange, während ich mich, den Koffer hinter mir herziehend, aus dem Kiosk hinausdrängte.

5

Der Zug sauste Richtung Norden, zwischen grasbewachsenen Bahndämmen dahin, an abgeernteten Feldern vorbei und dann, wie angekündigt, in den Wald. Bald setzte Schneeregen ein. Je weiter wir kamen, desto kälter schien es draußen zu sein, Schnee lastete schwer auf den Bäumen, lag dick auf den Ästen und haftete an den Stämmen der Birken und Nadelbäume. Neben den Gleisen ragten hier und da braune Wintergräser aus dem Schnee empor. In allen Richtungen erstreckte sich grelles Weiß.

Ich lag gut in der Zeit, machte mir aber trotzdem Sorgen, ich könnte etwas verpassen, irgendwelche Unannehmlichkeiten könnten sich ergeben, eine Verspätung etwa. Meine Uhr ging fünf Minuten vor. Das halte ich immer so, aus dem instinktiven Wunsch heraus, mehr Zeit zu haben, als ich tatsächlich habe. Der Gedanke ist, immer etwas zu früh zu kommen, um mich, wie man so schön sagt, noch sammeln zu können. Tatsächlich führt mein verfrühtes Eintreffen oft dazu, dass ich unruhig auf ab und gehe oder zappelig irgendwo herumsitze, so tue, als läse ich voller Interesse irgendeinen Aushang, oder mich sonst irgendwie zu beschäftigen suche, um nicht aufzufallen oder übereifrig zu wirken. Da ich mit Muße noch nie etwas anfangen konnte, rege ich mich nur auf –

mehr als ich es getan hätte, wenn ich pünktlich erschienen wäre. Und so nutze ich diese zusätzliche Zeit letztlich nur, um mich wieder zu beruhigen – noch mal aufs Klo zu gehen, weil mich die Eile nervös gemacht hat, oder mir ein Glas Wasser zu organisieren, weil ich aus Angst, zu spät zu kommen, so schnell gelaufen bin. Was wiederum die Gefahr in sich birgt, dass ich zu der Verabredung, zu der ich eigentlich zu früh erschienen bin, nun zu spät komme. Ich schaute aus dem Fenster. Hier und da brannten Feuer auf den Feldern, wurden Müll oder Ernteabfälle verbrannt. Ich hörte Eisregen gegen die Scheibe prasseln. Vor meinem inneren Auge sah ich immer wieder das Zeitungsbild vom Kreuzfahrtschiff mit dieser grellgelben Schlagzeile. Die Berichterstattung würde nur noch schlimmer werden. Und umfassender. Irgendwann würde ich mich der Presse stellen müssen. Etwas sagen müssen. Rechenschaft ablegen, das ganze Martyrium noch einmal schildern. In der Öffentlichkeit zu dem werden, was ich bereits war: seine Witwe.

Als ich damals vor all den Jahren hinter ihm auf die Rückbank des Taxis rutschte, wollte ich vielleicht einfach nur begehren, ohne jedoch so recht zu wissen, was ich eigentlich begehrte. Vielleicht dachte ich, als jüngere Frau müsse ich begehren. Natürlich sehnte ich mich danach, eine gewaltige Emotion in meinem Innern zu verspüren, als Ausdruck meiner Lebendigkeit. Einen abstrakten Appetit, die Erwartung von Hunger, den daraus folgenden Schmerz der Entbehrung. Die klassische Erfahrung der Jugend. Wir werden darauf vorbereitet, all dies in irgendeiner Form zu erwarten.

Es schüttete wie aus Kübeln. Er bezahlte den Taxifahrer in bar, dann öffnete er die Autotür gerade so weit, dass er seinen Schirm hinausschieben konnte. Ich erinnere mich noch, wie er, seinen kleinen Koffer in der einen Hand, auf meine Seite hinüberrannte und den Schirm dann über unser beider Köpfe hielt, während ich ausstieg. Um in das Gebäude zu gelangen, in dem Patrick damals wohnte, brauchte man zwei Schlüssel, einen für ein neues Riegelschloss und einen für das alte, wenig vertrauenerweckende Schloss, in dem man den Schlüssel erst etwas hin und her ruckeln musste, bevor er sich drehen ließ. Im Eingangsbereich roch es nach feuchten alten Schuhen und Putzmittel, in die hintere Wand war eine Reihe silberner Briefkästen eingelassen. Einen kleinen Moment, sagte er und fingerte an seinem Schlüsselbund herum. Während er nach seiner Post sah, studierte ich die Aushänge am Schwarzen Brett: eine Postkarte aus Holland, ein Prospekt eines indischen Take-aways, ein Flugblatt mit dem Bild einer vermissten Katze, für die ein Finderlohn ausgesetzt war. Ich hörte, wie er die Briefkastentür öffnete und wieder schloss. Auf dem Boden neben der Haustür standen drei dahinsiechende Topfpflanzen: Eine Grünlilie, ein Gummibaum, eine große Monstera. So, sagte er. Dann drückte er auf den Knopf des Aufzugs, und wir warteten nebeneinander, während dieser langsam heruntergerumpelt kam. Als er schließlich da war, dauerte es ewig, bis die Tür aufging. Drinnen stand eine alte Frau mit einem Abfallsack, den sie wohl zur Mülltonne bringen wollte. Sie blinzelte, dann sagte sie: Patrick! und strahlte ihn an, mit sehr weißen, geraden Zähnen. Er beugte sich zu ihr hinunter, damit sie ihn auf beide Wangen küssen konnte.

Na, Mrs. Treel, den können wir Sie aber nicht alleine schleppen lassen, sagte er und deutete auf den Abfallsack. Lassen Sie mich das mal machen. Er griff nach dem Sack, während ich auf den Knopf drückte, mit dem die Aufzugtür offen gehalten wurde. Bin gleich wieder da, sagte er zu mir und verschwand durch die Haustür, durch die wir gerade hereingekommen waren. Ist er nicht ein Schatz, sagte die alte Dame. Und dann: Sind Sie seine Nichte? Sie müssen mal vorbeikommen und sich richtig vorstellen. Ich nahm den Finger von dem Aufzugknopf, damit sie wieder nach oben fahren konnte. Dann hörte ich den Schlüssel im Schloss der Haustür ruckeln, und Patrick kam wieder herein. Er war klatschnass. Na dann, sagte er und legte mir die Hand auf die Taille, so sacht, dass es auch die Hand eines Fremden hätte sein können, die mich zufällig streifte, wobei sie sich dafür etwas zu langsam bewegte, sie glitt ein Stück über meine Taille, während er mich ein wenig zu sich zog, um mich in die richtige Richtung zu lenken. Nehmen wir die Treppe.

Seine Wohnung war sehr ordentlich. Neben der Eingangstür stand ein Plastikeimer für den nassen Regenschirm bereit. Daneben hingen ein langer Schuhlöffel und eine Kleiderbürste. Auf der Arbeitsfläche in der Küche standen keine Geräte, nichts lag herum. Kein Geschirr im Abtropfgestell. Nur ganz am Rand der Arbeitsfläche, neben dem Kühlschrank, stand eine blaue Glasschale mit etwas verschrumpeltem Obst. Auf dem Küchentisch ein Stoß säuberlich gestapelter Papiere. Ich öffnete den Kühlschrank, auf der Suche nach einer Kleinigkeit zu essen. Butter, Fisch, Rosenkohl, Eier, Schokolade, ein paar Dosen Bier. Ich nahm mir ein Bier und die Schokolade.

Auch ein Stück? Ich hatte nicht gefragt, ob ich mich einfach so bedienen dürfe. Ich öffnete den Verschluss der Bierdose, und während ich trank, spazierte ich durch den Wohnbereich, fuhr mit dem Finger die Ränder der Bücherregale entlang, in denen die Bücher strikt alphabetisch sortiert waren. Ich zog hier und da eines heraus, blätterte darin, stellte es wieder zurück. Wichtige Passagen waren sorgfältig mit kleinen gelben Klebezetteln markiert. Er folgte mir. Ich blieb in einer Zimmerecke an dem großen Fenster stehen, wo eine Topfpflanze stand, deren Blätter krank aussahen, sie waren von kleinen braunen Flecken übersät. Ein paar blässliche welke Blätter lagen auf dem Boden. Die Erde im Topf war krümelig und sehr trocken. Ich ging in die Küche zurück, hielt nach einem Glas Ausschau. Erst öffnete ich den Schrank, in dem er seine Teller aufbewahrte, dann den mit den Vorräten – Reis, Nudeln, Zucker –, doch schließlich fand ich den mit den Tassen und Gläsern. Ich nahm ein großes Glas und füllte es mit Wasser aus dem Hahn. Dann ging ich wieder ins Wohnzimmer und goss das Wasser langsam auf die Erde der Topfpflanze, ließ es immer erst ein bisschen einsickern, ehe ich weiteres folgen ließ, und vergewisserte mich zwischendurch, dass nichts unten herauslief und auf den Teppich tropfte. Meine häusliche Geste gefiel ihm. Er trat hinter mich. Wieder fuhr er mit den Fingern meinen Hosenbund entlang, auf meinem dicken Pullover. Dann unter dem Pullover. Wir tranken unser Bier aus. Draußen regnete es weiter. Später hagelte es. Sein silberner Koffer, klein genug, um als Bordgepäck durchzugehen, stand unausgepackt in der Ecke des Schlafzimmers.

Heute ist mir klar, dass ich nicht hätte bleiben sollen. Aber ich blieb, und das veränderte alles. Was willst du, fragte er mich. Ich wollte. Ich will. Dieses einfache Verb, in dem Gegenwart und Zukunft sich überlappen. Wir tranken Wodka. Es gefiel mir, dass mein Körper sich dadurch ganz weich anfühlte, mein Verstand jedoch wach blieb. Bist du feucht, sagte er. Nicht als Anmachspruch, sondern weil es stimmte. Ausgepackt, aufgemacht, ungepflückt, unbeglückt. Meine Brüste waren groß und schwer, und wenn ich mich auf den Rücken legte, fielen sie zur Seite, wie bei einer Frau auf einem Gemälde von Lucian Freud. Ich rieb seinen Samen in meine Brust, und wir küssten uns. Er hatte den Körper eines alternden Rockstars, großgewachsen, doch um Taille und Schultern etwas fülliger. Es war kein Fett, diese kleinen Polster – sie wirkten fast muskulös, wenn auch nicht ganz, eher so, als hätten sich seine inneren Organe mit zunehmendem Alter und wachsender Macht ausgedehnt. Diese Polster wirkten wie eine Art dicke Haut, eine Rinde, eine Schicht, die seiner ansonsten eckigen Gestalt eine leichte Rundung verlieh, und sie gefiel mir, rührte mich geradezu, sie ließ ihn ein bisschen weicher erscheinen, und zugleich gewann er dadurch an Statur. Die Körper der jungen Männer vor ihm hatten mir oft Angst gemacht. Sie hatten harte Hüftknochen und zu viel Knorpel. Ihre Bauchmuskulatur, auf die sie zum Teil sehr stolz waren, gab ihnen in meinen Augen etwas Reptilienhaftes. Patrick war anders.

Am nächsten Morgen sagte er: Geh nicht weg. Zunächst äußerte er das als sanfte Bitte, jedenfalls schien es mir so, dann wie einen Rat, fast eine Warnung. Geh nicht weg, sagte er noch einmal. Heute. Es wäre wahrscheinlich keine gute Idee, die Wohnung zu verlassen. Bitte?, erwiderte ich. Ich hatte mittags eine Vorlesung. Es ist kompliziert, sagte er. Also, wenn dich jemand sehen würde. Beim Rausgehen. Oder Wiederkommen. Vielleicht lässt du besser die Rollos runter, wenn du am Schreibtisch etwas lesen willst. Er war schon für die Arbeit angezogen, das Haar im Nacken feucht, sein Atem minzig. Er fuhr mir mit den Fingern über die nackten Schultern, während er das sagte, und ich war mir des Prickelns auf meiner Haut stärker bewusst als seiner seltsamen Anweisung. Aha?, sagte ich und löste mich von ihm. Seine Hand sank auf meine Taille, und er zog mich wieder an sich. Bitte, sagte er.

In jenem Alter, jener Zeit in meinem Leben erforderte eine Weigerung ein strategisches Vorgehen, für das mir die Sprache fehlte. Ich vermochte Ablehnung nicht zu vermitteln – ob es nun um die Auswahl eines Gerichts im Restaurant oder eines Kinofilms für den Abend oder einer bestimmten Route durch die Stadt ging oder um irgendetwas, was mit Sex zu tun hatte –, weil ich damals nicht wirklich wusste, was ich wollte, die Gestalt meiner Wünsche nicht kannte, so wenig wie die Grenzen meines Wohlbefindens. Nicht wusste, dass jemand anders diese womöglich bis zum Letzten ausreizen würde. Denn im besten Sinne ist eine Weigerung immer relativ, immer sekundär, Ergebnis eines Wunsches oder einer Vorliebe, oder einfach eine logische Folge des Selbsterhaltungstriebs, Äußerung des Lebens und seiner Lebendigkeit. Doch damals hatte ich kein verinnerlichtes Repertoire von Vorlieben, an denen ich seine Bitten hätte messen, nach denen ich sie hätte beurteilen können. Oder falls doch, so hatte ich noch keinen Weg gefunden, sie zu artikulieren, ihnen Ausdruck zu verleihen, mit meinem Körper oder auf andere Art zu sagen: So fühle ich mich. Das will ich. Das werde ich tun.

Bitte, sagte er noch einmal.

So richtig dringend muss ich morgen wohl nirgends hin, antwortete ich. Wenn du wirklich meinst.

Ja, sagte er, meine ich. Dann küsste er mich, seine weichen Lippen öffneten sich auf meinen, unsere Münder erfassten, umschlossen einander sanft. Als er gegangen war, schälte ich eine Orange und aß sie am Spülbecken stehend. Dann duschte ich, machte mir einen Kaffee, schaute seine Platten- und CD-Sammlung durch. Die Luft in der Wohnung war muffig. Ich konnte nur eine begrenzte Zeit sitzen und lesen. Eigentlich brauchte ich jetzt etwas Bewegung, einen Spaziergang, doch ich fühlte mich durch seine Anweisung eingeschüchtert. Befürchtete, er verschweige mir etwas. Ich vermochte seine Ansichten damals nicht infrage zu stellen, kam gar nicht auf den Gedanken, dass er vermutlich gar nicht mitbekommen würde, ob ich die Wohnung verlassen hatte oder nicht, und dass ein tagsüber unternommener kleiner Spaziergang später am Abend höchstens als harmlose kleine Lüge in Erscheinung treten würde. Falls ich überhaupt so lange blieb.

Aber ich buhlte regelrecht um seine Ansichten. Ich bewunderte und sammelte sie, wie Studierende das manchmal tun, um die Ansichten des betreffenden Dozenten dann als ihre eigenen zu verkaufen. Und ich hatte eine breite Auswahl: Er hatte ausgeprägte Meinungen und wusste genau, was ihm gefiel. Und so konnte ich diese leicht bedienen und ihn damit erfreuen. Fairerweise muss ich sagen, dass es uns in unserer Anfangszeit beiden gefiel, einander zu erfreuen. Darin unterschieden wir uns kaum von anderen Liebespaaren. Selbst seine Versuche, Kontrolle über mich auszuüben, ließen sich als eine Form von Schmeichelei interpretieren. Als Gefälligkeit. Wobei ich es damals gar nicht als Kontrolle empfand. Eher so, als würde ich geleitet, geführt, gelenkt. Wir waren beide daran beteiligt: Was ihm gefiel, gefiel mir im Allgemeinen auch, früher oder später jedenfalls – wenn nicht gleich, dann im zweiten Schritt. Wenn ich das Kleid angezogen hatte. Das Essen probierte, das er für mich bestellt hatte. Ich war dankbar dafür – für den Genuss und für die gewonnene Erkenntnis.

Statt spazieren zu gehen, zog ich also das kleine Trampolin hervor, das ich hinter der Wäschetruhe entdeckt hatte, setzte die Stereoanlage in Gang und drehte die Lautstärke voll auf. Ich muss schon eine ganze Weile auf dem Trampolin gejoggt sein, als es an der Tür klopfte. Ich stieg herunter und stellte die Musik leiser. Es klopfte wieder. Ich traute mich nicht, die Tür aufzumachen. Ich stand völlig reglos da, versuchte, möglichst leise zu atmen, fragte mich, ob die Person auf der anderen Seite der Tür wohl einen Schlüssel hatte. Es war offenkundig, dass jemand, also ich, in der Wohnung war; offenkundig, dass ich der Person, die draußen stand, die Tür nicht öffnete. Ich wartete. Und dann schließlich, ich weiß nicht, wie viel Zeit verstrichen war, hörte ich, wie sich im Hausflur Schritte entfernten, die nicht mit Teppich ausgelegte Treppe hinunter.

An diesem Abend kam er mit einem Strauß Nelken nach Hause. Abgesehen von einer Rose am Valentinstag oder einem Geburtstagsstrauß hatte ich noch nie von einem Mann Blumen bekommen. Nicht einfach so, als Geste der Bewunderung nach einem langen Tag. Nelken waren für mich immer Supermarktblumen gewesen, schäbige, dürre Sträuße, die in knisterndes Plastik gehüllt und mit Schleierkraut aufgebauscht waren, die Nelken selbst mehr Stiel als Blüte, nicht annähernd prächtig genug, um irgendeine Reaktion hervorzurufen, sei es durch ihren Duft oder durch ihr Aussehen. Die Sorte Blume, die eher als Symbol dient, als Bild für die Blume schlechthin, als bescheidener Entwurf für den großzügigeren, spektakuläreren Strauß, den man auswählen würde, wenn man das Geld hätte und bereit wäre, es dafür auszugeben; näher als die Nelke konnte eine echte Blume einer künstlichen nicht kommen. Die Sorte Blumen, die man im Geschenkladen eines Krankenhauses findet, der Eimer mit den Nelken gleich neben den Helium-Ballons, oder, welk von der Sonne und den Abgasen, vor der Tankstelle, und die man im Allgemeinen wegen des guten Preis-Leistungs-Verhältnisses kauft, denn sie sind äußerst widerstandsfähig: stoische Blumen, die schmutziges Wasser, Hitze und Kälte verkraften. Das alles jedenfalls hatte ich gedacht, bis er mir diesen Nelkenstrauß schenkte, den größten, den ich je gesehen hatte, von der Floristin so gebunden, dass die Nelken sich gleichmäßig auffächerten, die Blüten noch fast geschlossen, so dicht beieinander, dass sie üppig und buschig wirkten, und so zahlreich, dass ich sogar einen Duft wahrnahm, den frischen, grasigen Geruch von taubedecktem Grün und dazu noch etwas Süßeres. Die rosa Blütenblätter weiß gefleckt. Fleischrosa, sagte er. Wie: fleischlich. Oder Fleischeslust. Fleischfressend hätte er auch sagen können, oder zerfleischen. Aber in jenem ersten

Aufblühen unserer Liebe – um im eigentlichen Bild zu bleiben – war anderes wichtiger. Ich ging kurz nach Hause, um ein paar frische Kleider aus meinem WG-Zimmer zu holen, und kehrte dann in seine Wohnung zurück. Warum er darauf bestanden hatte, dass ich tagsüber drinnen blieb, aber keine Probleme damit hatte, dass ich im Dunkeln nach Hause lief, habe ich ihn nie gefragt.

An der Uni verhielten wir uns weiterhin, als würden wir uns kaum kennen: Er ging zu seinen Lehrveranstaltungen und Konferenzen und was da sonst noch so war, und ich hielt mich an meine kleine Lesenische in der Bibliothek. Allerdings konnte ich mich nur schlecht konzentrieren. Ich war müde von unseren gemeinsamen Nächten, und die Erinnerungen daran lenkten mich ab. Gefühle, die ich mir nie hätte träumen lassen. Körperliche Empfindungen unsichtbaren Ursprungs. Wie er mich hier oder da berührte, hier oder da drückte. Solche Sinnesfreuden sind viel wert. Wenn wir uns verausgabt hatten, unterhielten wir uns. Und wenn alles gesagt war, lasen wir, und wenn wir genug für uns allein gelesen hatten, lasen wir einander vor. Ich besuchte weiterhin seine Vorlesungen und setzte mich in den anschließenden Seminaren ganz nach hinten. Ich war so fleißig und lernbegierig wie eh und je, trotzdem kam es mir vor, als würde er mich öfter als früher aufrufen oder bitten, meine Äußerungen noch etwas auszuführen, und wenn ich es tat, lobte er mich wortreich und in den höchsten Tönen, was bei ihm selten vorkam und den anderen Studierenden durchaus auffiel, ihre Aufmerksamkeit weckte, aber vielleicht bildete ich mir das auch nur ein, vielleicht war es Paranoia oder reine Fantasie. Was war schon der Unterschied? Ich hätte es nicht mehr sagen können. Als er uns die Zwischenprüfungsarbeiten zurückgab, pries er meine vor dem versammelten Kurs, und dann überreichte er mir mit großer Geste pantomimisch eine Rispe Weintrauben sowie andere, tropische Früchte, mit denen ich, wie er sagte, mein imaginäres Kaminsims schmücken könne. Ich hatte keine Ahnung, was er damit meinte, und ich nehme mal an, dass es allen anderen genauso ging. In seiner Gegenwart waren wir von unserer kollektiven Unwissenheit überzeugt und nahmen es für gegeben, dass er sich mit seinen blumigen Formulierungen auf irgendwelche antiken Texte bezog, von denen wir alle nichts wussten. Wir kamen gar nicht auf die Idee, dass es eine Darbietung um ihrer selbst willen sein könnte, ein Witz, eine Demonstration von Esprit, die sich in ihrer eigenen Echokammer abspielte, während wir aus lauter Angst, unsere Dummheit zu offenbaren, allesamt stumm dasaßen.

Ich wurde schrecklich rot und murmelte ein paar Dankesworte, während er die Arbeit auf den Tisch legte und sie zu mir schob. Dann ging er wieder nach vorn, und nachdem er ein paar Blätter auf seinem Schreibtisch sortiert hatte, verkündete er, dass er in der kommenden Woche nicht da sein werde, er müsse kurzfristig für eine Operation ins Krankenhaus. Nichts Dramatisches, fügte er hinzu und räusperte sich, als er unsere erschrockenen Gesichter sah – niemand von unseren sonstigen Dozenten sprach je so offen über sein Privatleben, über körperliche Angelegenheiten. Räumte körperliche Bedürfnisse, körperliche Notwendigkeiten ein. Auf dem Campus erwähnten Ehemänner nicht ihre Ehefrauen, sprachen Väter nicht von ihren Söhnen. Er hatte mir von der Operation nichts gesagt. Ich fand, dass er das eigentlich hätte tun können.

Auch wenn ich noch nicht das Recht beanspruchen konnte, davon zu erfahren. Zwar stellte ich die Tatsache, dass er es mir verschwiegen hatte, nicht infrage, trotzdem merkte ich, dass seine Heimlichtuerei mich fuchste, mir einen Stich versetzte. Natürlich wollten wir alle wissen, um was genau es ging, und natürlich konnte und wollte er es uns nicht sagen. Ich habe versucht, es auf die Semesterferien zu verlegen, sagte er, aber man hat mir gesagt, dass die Sache keinen Aufschub duldet. Tut mir sehr leid. Der Unterricht findet trotzdem statt, fuhr er fort, Miss Blackwood dort drüben – ein Versuch, mich mit einer Schein-Autorität auszustatten – wird in der nächsten Sitzung Ihre Tutorin sein. Soll heißen, ich erkläre hiermit Miss Blackwood zu Ihrer Tutorin, Sie werden bei Ihren Diskussionen also in guten Händen sein. Ich möchte nicht, dass Ihnen irgendwas entgeht, und wenn wir die nächste Sitzung ausfallen lassen, wird sich der Stoff nur schwer nachholen lassen. Niemand soll bei der Abschlussprüfung benachteiligt sein oder unnötig in Schwierigkeiten geraten.

Vor lauter Scham versank ich fast im Boden. Ich musste nicht von meinen Unterlagen aufblicken, um zu wissen, dass mich alle anstarrten. Wut und Verlegenheit ballten sich in meinem Innern zu echter Übelkeit. Gut, sagte er, nachdem er einen Blick auf die Uhr geworfen hatte, die Lektüre für nächste Woche ist im Seminarplan aufgeführt, kommen Sie also bitte gut vorbereitet, so wie immer – und wir sehen uns dann übernächste Woche wieder. In typischem Überschwang wedelte er mit der Hand, wie es auch ein Zauberer hätte tun können oder ein Schauspieler, der sich in einem Film selbst darstellt, und rief: Der Unterricht ist beendet!

Ich eilte davon, um nicht hören zu müssen, was die anderen Studierenden sagten, und ihm nicht plötzlich allein gegenüberzustehen. Die folgende Nacht verbrachte ich in meinem eigenen Bett. Aber am nächsten Tag fand er mich auf dem Unigelände und überredete mich, in seine Wohnung zurückzukommen. Viel brauchte es dazu nicht, um ehrlich zu sein. Obwohl ich mich der Aufgabe, mit der er mich in aller Öffentlichkeit betraut hatte, weder würdig noch gewachsen fühlte, hatte ich schnell gemerkt, dass mich die anderen Studierenden seither mit anderen Augen ansahen, anders mit mir redeten, mich grüßten, nach meinen Plänen fürs Wochenende fragten. Er sagte mir auch jetzt nicht, warum er ins Krankenhaus musste. Letztlich konnte ich nicht einmal sicher sein, ob er überhaupt ins Krankenhaus ging. Er packte einfach seinen kleinen Koffer, gab mir die Zweitschlüssel für seine Wohnung und verschwand für vier Tage. Ich hielt das Seminar, oder besser gesagt, ich ging hin, nur um festzustellen, dass die meisten meiner Mitstudierenden zu dem Schluss gekommen waren, diese Sitzung versäumen zu können. Sechs von fünfzehn Leuten waren anwesend, mich eingeschlossen. Ich stellte zaghaft ein paar Fragen zu der Lektüre. Ich hatte einen Kloß im Hals, und meine Stimme kam nur als Flüstern heraus. Ich wiederholte meine Fragen. Sie schauten alle konzentriert in ihre Bücher, fest entschlossen, jeden Blickkontakt mit mir zu vermeiden. Ein untersetztes Mädchen mit mausbraunem Haar sagte schließlich etwas, und ein Junge, dessen Namen ich nicht kannte, antwortete ihr. Es folgte ein schleppender Austausch mit langen Pausen zwischendrin. Wir waren alle überfordert. Ich wollte die mir übertragene Autorität nicht. Ihnen gelang es nicht, so zu tun, als besäße ich sie. Nach vierzig Minuten sagte ich: Tja, vielleicht ist ja alles gesagt, wo wir heute so wenige sind. Wieder reagierte niemand. Sie wussten nicht, ob sie ihre Zustimmung äußern sollten, bevor ich ihnen sagen würde, dass sie gehen konnten, oder ob sie schon die ganze Zeit einfach hätten gehen können – ob dieser gnomische Satz von mir bedeutete, dass die Sitzung vorbei war, oder vielmehr, dass sie sich noch irgendetwas zu sagen überlegen sollten, zum Ausgleich für all die anderen, die nicht erschienen waren, und um die restliche Zeit zu füllen. Einer blätterte in seinem Buch, eine andere schaukelte mit ihrem Stuhl. Also gut, sagte ich, ich denke, ihr könnt jetzt gehen. In einem Gewirbel von Unterlagen und Taschen verließen sie eiligst den Raum.

Als er zurückgekommen war, suchte ich an seinem Körper nach irgendeiner Spur der Operation, der er sich unterzogen hatte, fand aber nichts. Minimal-invasiv vielleicht oder irgendetwas in der Mundhöhle oder im Hals. Oder sogar am Auge. So viele Körperteile, so viele Zeilen geheimer Körpergeschichte, in die ich nicht eingeweiht war. Sei froh, dass du es nicht weißt, sagte er, als ich ihn danach fragte. Aber jetzt ist alles Ordnung. Ein paar Tage später ging er wieder zur Arbeit, und ich war nun offiziell in die Rolle der Jüngerin erhoben.

Bald ging das Gerede los. Wir wurden zu oft zusammen gesehen. Einmal hatte er mir den Schlüssel zu seinem Büro gegeben, bevor er zu einer Konferenz ging, und ich zog mich zwischen zwei Kursen dorthin zurück. Wir waren wie üblich die halbe Nacht wach gewesen, und ich war müde. Du hast dir ja hoffentlich nichts eingefangen?, hatte er am Morgen zärtlich gefragt. Du siehst ein bisschen blass aus. Ich dachte nicht daran, hinter mir abzuschließen, sondern nahm einfach meine Brille ab, legte mich auf den Teppich und schlief ein. Es war sehr still in seinem Büro. Nur ein paar Vogelrufe aus dem Baum vor dem Fenster und die Geräusche eines Fußballspiels auf dem Sportplatz. Das Zimmer roch nach gespitzten Bleistiften, Staub und Papier. Nach einer Weile klopfte es, und die Tür ging auf. Ich schaute mit getrübtem Blick hoch und sah eine Frau vor mir stehen. Ich tastete nach meiner Brille, aber bis ich sie gefunden und aufgesetzt hatte, war die Frau schon wieder gegangen. Panik erfasste mich. Ich stand rasch auf, sodass mir ein bisschen schwindlig wurde, raffte meine Sachen zusammen und eilte hinaus.

Einige Zeit später wurde mir klar, dass sein Vertrag an der Uni zum Semesterende auslief. Ich habe eigentlich gedacht, ich würde eine feste Stelle bekommen, erklärte er mir. Nicht dass du denkst, ich hätte dir etwas verschwiegen. Das haben sie damals angedeutet, dass was Dauerhaftes daraus werden könnte. Ursprünglich, erzählte er, habe er einen Einjahresvertrag als Gastdozent bekommen. Aber man habe ihm zu verstehen gegeben, wenn das Geld vorhanden sei und sich alle einig seien, könne mehr daraus werden. Realistisch betrachtet, sagte er, weiß ich sowieso nicht, ob das geklappt hätte. Er habe ein kleines Kind in London, noch ein Baby, um genau zu sein. Auch das war mir damals neu. Und dann sagte er etwas, womit ich nicht gerechnet hatte. Komm doch mit. Warum kommst du nicht einfach mit? Das akademische Jahr näherte sich seinem Ende. Ich würde in ein paar Monaten meinen Abschluss machen. Es spricht doch nichts dagegen, sagte er. Womit er durchaus recht hatte. Da, wo ich jetzt war, hatte ich nichts zu erwarten, und nachdem unsere Affäre – so wurde es bezeichnet – ans Licht gekommen war, hassten mich sowieso alle. Aus verschiedenen Gründen: weil sie glaubten, ich hätte unser Verhältnis zu meinem persönlichen Vorteil genutzt, oder weil ich es geheim gehalten hatte, oder weil sie nicht begriffen, warum er sich ausgerechnet mich ausgesucht hatte. Ganz gleich aus welchem Grund, sie hassten mich. Okay, sagte ich. Ich komme mit.

Schon damals war es mein unbeirrbarer Wille, zu schreiben, Schriftstellerin zu werden, es war mein großes, mein einziges Ziel – das, was ich mehr als alles andere wollte. Nie fühlte ich mich lebendiger, als wenn ich schrieb, und Patrick bewunderte meinen Elan und bestärkte mich darin. Mir kam es vor, als verfügte er über all das Wissen, das ich wollte, das ich brauchte. Er wusste, welche Bücher ich lesen, welche Orte ich besuchen, welche Filme ich mir ansehen sollte. Es erfüllte ihn mit Stolz und Freude, mir zu neuen Erfahrungen zu verhelfen. Er wollte, dass ich sie nutzte, mir sie zu eigen machte, wollte, dass ich es dank ihm zu etwas brachte. Er kam gar nicht auf die Idee, dass auch er eine der Erfahrungen sein könnte, über die ich eines Tages schreiben würde, lange nachdem er mein Leben in neue Bahnen gelenkt hatte.

Also folgte ich ihm nach London. Meine ersten Eindrücke: feuchte Luft, üppiges Grün, schmale, dichtgedrängte braune Häuser, große gesprenkelte Hunde, goldbraune fuchsartige Hunde, hinkende fette Hunde an ledernen Hundeleinen. Der fleckig graue Himmel und der Regen, dann der Nicht-Regen, dann der Wieder-Regen, dann der

Bald-aber-noch-nicht-ganz-Regen, der Jetzt-gleich-Regen. Der Anblick der Rinnsteine, des platt getretenen nassen Laubs auf den Gehwegen, vor allem aber des an den Mauern emporrankenden Efeus, jener mehrfarbigen Art, bei der das Grün locker auf die cremefarbene Blattoberfläche aufgemalt zu sein scheint und die Blätter auch noch herzförmig sind – all dies schien irgendein Rädchen, das tief in meinem Innern heftig am Rotieren gewesen war, zur Ruhe zu bringen; es tippte eine Erinnerung an, ohne sie aber aufflackern zu lassen, holte sie nicht hervor, sondern berührte sie nur flüchtig, ein kurzer Kontakt. Ich fühlte mich dort zu Hause, als wäre ich heimgekehrt.

Ich begann Patrick in einem neuen Licht zu sehen. Ich liebte ihn bereits, aber meine Liebe zu ihm wuchs. Er schien einfühlsamer, offener, zugänglicher zu werden. Hier gab es niemanden, der unsere Geschichte kannte oder uns für unsere Entscheidungen kritisierte, niemand konnte ihm Fehlverhalten oder Unschicklichkeit vorwerfen. Es war ein richtiger Neuanfang, und nun, da wir zusammenwohnten, bezog er mich in alles ein, teilte sein Leben vollständig mit mir, sodass es nicht mehr seines, sondern unseres war. Seine anstehenden Termine, mit welchen Leuten er sich treffen musste, welche Bücher er bestellte: Es lag alles offen vor mir. Er trug seine Termine in den Küchenkalender ein. Seine Anrufe nahm er mit eingeschaltetem Lautsprecher entgegen, sodass ich oft alles mithörte. Wenn ich gerade schrieb, benutzte ich manchmal Ohrenstöpsel: Er lachte gern und laut. Dröhnend. Abends erzählten wir einander, wie unser jeweiliger Tag verlaufen war. Er hatte einen kleinen Taschenkalender, den er zur Arbeit mitnahm, und manchmal, wenn er gerade kochte oder anderweitig die Hände voll hatte, bat er mich, etwas darin einzutragen: eine Verabredung, die er nicht vergessen durfte, den Namen von jemandem, den er am nächsten Morgen unbedingt anrufen musste. Es gab nichts, was ich nicht sehen durfte, nichts, was er vor mir verbergen musste. Selbst den operativen Eingriff, um den er so ein Geheimnis gemacht hatte, erläuterte er jetzt: Man hatte laparoskopisch eine Hernie behandelt. Es sei ihm peinlich gewesen, erklärte er – schließlich zeige er Alterserscheinungen, ich hingegen nicht. Noch nicht, jedenfalls.

Im Rückblick betrachtet, begann damals eine der fruchtbarsten Zeiten in meinem Leben, eine Phase, in der ich endlich, so schien mir, voll und ganz über mein Leben verfügte: es leben, spüren, gestalten konnte. Mein Körper fühlte sich leicht an, offen. Mein Kopf klar. Jede Wahrnehmung, jeder Eindruck fanden ihren Platz in meinem Innern und entfalteten sich – als Gefühl in meinem Herzen, als Gedanke, als Energieschub. Patrick hatte mittlerweile eine feste Stelle am Institut für Filmwissenschaft an der UCL und war sehr beschäftigt, er ging immer schon früh zur Arbeit, während ich meinen Tag in aller Ruhe begann. Als Erstes duschte ich, sehr heiß und danach kalt, und kochte mir eine Kanne starken Kaffee. Ich toastete zwei Scheiben Brot und aß sie dick mit Salzbutter bestrichen, dann ging ich mit meinem Kaffee zu dem Schreibtisch am Fenster. Das Vorderzimmer im ersten Stock war mein Arbeitszimmer. Patrick hatte mir ein grünes Samtsofa gekauft, und wir hatten den Schreibtisch so hingestellt, dass ich auf die Straße und die Reihen feuchter Platanen blickte. Bücherregale bedeckten die Wände. Auf dem

Boden lag ein zerschlissener Perserteppich. Ich setzte mich nie gleich hin, sondern stellte mich ans Fenster, trank meine erste Tasse Kaffee und beobachtete die fette rote Katze, die auf der anderen Straßenseite lebte, wo sie den ganzen Tag auf dem Deckel einer metallenen Mülltonne saß. Als wir hergezogen waren, hatte ich versucht, mich mit ihr anzufreunden, hatte nach ihr gerufen und Finger und Daumen aneinandergerieben. Sie war heruntergesprungen und ein paar vorsichtige Schritte auf mich zugegangen, doch als unsere Blicke sich trafen, überrieselte es mich kalt, und dann drehte sie sich nicht etwa auf den Rücken oder strich um meine Beine, sondern stieß ein langes Zischen aus. Mir fiel auf, wie verfilzt ihr Fell, wie wild ihr Blick war – die Augen von einem Blassgrün, das aussah, als wäre es einmal kräftig und leuchtend gewesen, jetzt aber seltsam ausgeblichen. Ich wich zurück, und seither beobachtete ich jeden Morgen vom Fenster aus, wie die Katze alle Passanten anzischte. Ein paar Häuser weiter befand sich die Haltestelle eines Schulbusses, und ich fand es herzerfrischend, zuzuschauen, wie die Kinder kamen und einstiegen, bevor ich mich an die Arbeit machte – ihren Eifer zu sehen und mir vorzustellen, dass hier Leben ihren Anfang nahmen, genauso wie Tage, der Geruch von frisch gespitzten Bleistiften, alten Bananen in Vesperdosen, Brotrinden und frischem Papier, das Geräusch von Kreide auf der Tafel. Das ist natürlich pure Nostalgie, aber ich habe ein Recht darauf, wie wir alle, wenn etwas weit zurückliegt. Ich wusste, dass mein Gefühl von den Kindern nicht geteilt wurde, einige von ihnen klammerten sich in den ersten Schulwochen an die Beine ihrer Mütter und wollten nicht in den Bus einsteigen, denn sie waren alle noch sehr jung, vielleicht fünf, höchstens sieben Jahre alt, und sie kamen immer in Begleitung ihrer Eltern, von denen einige sich zusammenstellten und plauderten, andere allein neben ihrem Kind standen. Wenn es regnete, was oft der Fall war, trugen die Kinder leuchtend bunte Regenjacken. Ein Mädchen hatte einen Regenponcho aus transparentem blauem Plastik, und ich konnte sehen, wie stolz sie darauf war. Er muss neu gewesen sein, denn sie schlug darunter mehrmals mit den gespreizten Armen, sodass er sich aufblähte und unter dem Regen wieder in sich zusammensank, wie eine seltsame Qualle, und dabei warf sie immer wieder prüfende Blicke auf die anderen Kinder. Sie redete nicht richtig mit ihnen, weil sie mit ihrem Poncho beschäftigt war, wollte aber sicher sein, dass die anderen ihn sahen und sie dafür bewunderten. Mein Lieblingskind allerdings war ein kleiner blonder Junge, der noch zu klein war, um mit dem Bus zu fahren, und wahrscheinlich noch gar nicht zur Schule ging. Er kam immer an der Hand seiner Mutter, die zwei ältere Kinder zur Bushaltestelle brachte. Auch diese beiden waren sehr blond, das eine einen Kopf größer als das andere, und angesichts ihrer gestaffelten Größe und ihres strohblonden Haars nahm ich an, dass die drei Geschwister waren. Der Junge fiel mir sofort ins Auge, was sich gar nicht vermeiden ließ, denn er hüpfte unablässig. Die Familie kam immer auf unserer Seite um die Ecke und überquerte dann die Straße, wobei sich alle an der Hand hielten. Und die ganze Zeit war der Junge am Hopsen, Springen, Hüpfen, versuchte zwischendurch einen Satz nach vorn zu machen oder rannte neben seiner Mutter auf der Stelle, während diese ihn fest an der Hand oder, wenn er das nicht wollte, am

Arm hielt, und sein blondes Haar flog hin und her. Manchmal trug sie ihn auch, eng an sich gedrückt. Dieses Kind beobachtete ich eine Weile, bis der Kaffee seine Wirkung zeigte und die Worte in meinem Kopf zu sprudeln begannen, dann setzte ich mich zum Schreiben hin.

Patrick unterstützte mich am Anfang sehr. Er fand alles, woran ich arbeitete, ungemein spannend, war von den Ergebnissen jedes Mal freudig überrascht, so als wäre er ein Glückspilz, weil er sehen durfte, was sich in meinem Innern abspielte, Dinge, die er nie für möglich gehalten hätte, Neues, das er noch nie erlebt hatte und von dem niemand sonst wusste. Abends saß er rauchend in seinem Sessel und las, was ich am jeweiligen Tag geschrieben hatte, und der aufsteigende Zigarettenrauch hüllte den weißen Lampenschirm in ein schmutziges Gelb. Manchmal, wenn er besonders müde war, saß er einfach nur mit geschlossenen Augen in seinem Sessel und rauchte, während ich ihm meine Texte vorlas.

Während er zuhörte, zerrte er an seinem Kragen, um ihn zu lockern. Also, bevor er aufhörte, Hemden zu tragen. Bevor er all seine Krawatten wegwarf. Bevor er spürte, wie sein Körper nachließ, vor Erschöpfung schmerzte, sich schwer anfühlte. Die Verspannung auf der linken Seite seines Nackens, das Stechen im rechten Knie. Natürlich war ihm mein Mitgefühl sicher. Ich brachte ihm Wärmepackungen und Eisbeutel, linderte die Altersschmerzen, die ich nur erahnen konnte.

Manchmal schrieb ich über etwas, das wir zusammen getan oder erlebt hatten, Geschehnisse, die denen in unserem Leben ähnelten, aber eben auch nicht mehr. Womöglich hätte ich ihm eines Tages eine Geschichte vorgelesen, die mit einer Szene wie der anfing, in der ich mich nun selbst wiederfand: in diesem fremden Zug unterwegs durch den Schnee, die Verheißung einer Reise. Das hätte ihm gefallen, dachte ich, als der Zug schließlich abbremste und in den Bahnhof einfuhr. Ich war benommen und müde und nicht ganz sicher, wo ich war. Ich hatte jedes Zeitgefühl verloren. Ein leises Klingeln ertönte aus der Lautsprecheranlage, dann folgte eine Durchsage. Erst auf Japanisch, dann auf Englisch. Bitte achten Sie darauf, dass Ihre Kinder in Sicher aussteigen. Bitte achten Sie darauf, dass auch die Alten in Sicher aussteigen. Wir bieten Ihnen einen schönen Tag.

Was liebte ich an Patrick, damals in unserer Anfangszeit? Ich liebte seine Hände, seine langen, eleganten Finger, wie er seine Zigarette damit hielt. Ich liebte den Geruch seiner Jacke: nach Tabak und Schweiß und dem, wonach Leder eben riecht, wenn es weich und alt geworden ist. Manchmal roch ich auch anderes an ihm: Frauenparfüm, Abgase, Aftershave. Den Geruch der Stadt, wo man gegen schmutzige Flächen und fremde Leute gedrängt wird. Auch den liebte ich. Ich liebte seinen Akzent, der nur bei bestimmten Wörtern, bestimmten Betonungen hörbar war. Ich liebte es, wie er sich an kalten Morgen in die Hände blies, um sie zu wärmen, wie er sich nach einem guten Essen auf seinem Stuhl zurücklehnte, wie er ein Stück Brot abriss, als wäre es das erste und einzige Stück Brot, das er jemals essen würde. Während ich vorlas, gab er öfter zustimmende Laute von sich. Damals war er ein äußerst aufmerksamer Zuhörer, nickte bei Passagen, die er besonders bewegend oder stark fand, runzelte konzentriert die Stirn, wenn er noch genauer hinhören wollte.

Was mehr, dachte ich mir, könnte sich eine Schriftstellerin wünschen?

Stell dir nur mal vor, hatte Patrick gesagt, was aus dir werden könnte. Was aus uns beiden zusammen werden könnte.

Natürlich heiratete ich ihn.

6

In all unseren gemeinsamen Jahren hatte ich mir vieles vorgestellt, aber nie dies – aus dem Zug auszusteigen, direkt in einen Schneesturm hinein, ohne ihn. Vier Tage, sagte ich mir, zählte, wie ein Kind es vielleicht vor seinem Geburtstag oder vor Weihnachten tut, nur zählte ich andersherum: nicht bis, sondern seit, die Tage danach, die Tage, die ab jetzt das Leben darstellen, was immer das dann heißt. Wobei ich nicht wusste, welcher Wochentag gerade war. Montag? Donnerstag? Ich hatte keine Ahnung, doch ich wusste, was ich zu tun hatte, warum ich hier war, und bei dem Gedanken daran wurde mir sofort übel.

Der Bahnhof war von dunklen Bergen umgeben, hoch, zerklüftet, schneebedeckt. Die Bahnlinie verlief durch die dazwischenliegende Senke und verschwand in der Ferne. In westlicher Richtung lag eine Gruppe von Gebäuden: drei Autovermietungen, eine Autowaschanlage und ein kleines Hotel. Nirgendwo ein Hauch von Grün, alles war schwarz, weiß, grau und an den Rändern matschbraun: die Straßen und Wege. Wobei es hier im Sommer schön sein musste, die Insel war als das Land von Milch und Blumen bekannt. Käse und Tulpen, Eiscreme und Lavendel.

Ich ging zum Auskunftsschalter in der Bahnhofshalle, wo ich, so hatte man mir gesagt, ein Auto mieten konnte.

Vor dem Schalter stand eine Warteschlange, und ich stellte mich hinten an. Ich hörte, wie der Zug Richtung Süden einfuhr, von einer fröhlichen Fanfare angekündigt: Sie sollte eine gute, erfreuliche Reise verheißen, eine friedliche Reise, eine Reise voll Vergnügen und Abenteuer, genau das wünschen wir Ihnen, das wünschen wir Ihnen stets und ständig, bis in alle Ewigkeit. Die Bahnhofshalle war schon für Weihnachten dekoriert, in einer Ecke stand ein großer Plastikweihnachtsbaum, mit tennisballgroßen, glänzend blauen Kugeln behängt, und aus der Lautsprecheranlage ertönten Weihnachtslieder. Die Bahnhofshalle stank nach Desinfektionsmitteln und Tabak, direkt hinter mir war der Raucherraum, und die Tür stand offen. Ganz früher hatte ich auch geraucht, und in diesem Moment – ich war ungeduldig, wollte endlich los, zugleich war ich nervös wegen des Mietwagens und der unklaren Wegbeschreibung – meldete sich der alte Drang wieder, und ich drehte mich um und schaute in den Raum. Er war klein und trotz seiner Glasfront dunkel, nur von den blauen und gelben Lichtern des Getränkeautomaten erleuchtet. Entlang der Wände war ein Handlauf befestigt, an dem drei Männer lehnten, jeder in einer Ecke. Sie betrachteten mich, während ich sie betrachtete, rauchten, ohne miteinander zu reden oder Blickkontakt aufzunehmen, standen einfach nur in sich zusammengesunken da, die Zigarette zwischen Daumen und Zeigefinger der einen Hand, die andere in der Hosentasche oder unter die Achsel geklemmt. Die Melodie von »Hört der Engel große Freud« erklang, während ich in der Schlange wartete und von einem Fuß auf den anderen trat, verärgert über die Verzögerung.

Endlich war ich an der Reihe. Ich nahm den Schlüssel entgegen und unterschrieb ein Formular. Dann holte ich den Mietwagen ab und fuhr, den Stadtplan unter die rechte Hand geklemmt, langsam durch die eisigen Straßen zum Leichenschauhaus.

Drinnen befand sich eine Empfangstheke, hinter der niemand saß, links davon ein langer Korridor. Ich ging – leicht humpelnd, da ich vom Parkplatz aus hergerannt und dabei auf dem Eis ausgerutscht war – zur Theke vor, meine Handtasche an den Bauch gepresst, und drückte auf die kleine silberne Klingel auf der Theke, und eine Frau in Uniform kam hinter einer Wand aus Aktenschränken hervor.

Kann ich helfen, Miss?, fragte sie in zögerlichem Englisch.

Ich nickte. Die Frau und ich wechselten ein paar Worte, deren Sinn die jeweils andere nicht recht begriff.

Sie schaute auf die Papiere, die vor ihr lagen. Auf der linken oberen Ecke des obersten Blatts klebte ein gelber Post-it-Zettel. Sie zog ihn ab, sah mich an, sah wieder auf den Zettel und wieder zu mir. Sie sprach in sanftem Ton, und ich nickte zustimmend, auch wenn ich die Freundlichkeiten, die sie vermutlich vorbrachte, nur zum Teil verstand. Dann wurde ich in einen kleinen Warteraum geführt. Die Tür wurde hinter mir geschlossen. Die Wände waren lindgrün gestrichen. Es roch nach gebratenem Fisch. Ich pulte an meinen Fingernägeln herum, schaute auf das flackernde blaue Flämmchen des Gasofens. Dann klopfte es an der Tür. Unwillkürlich sagte ich: Herein. Es war dieselbe Frau. Diesmal hatte sie etwas in der Hand.

Ich blieb auf der Bank sitzen. Sie neigte grüßend den Kopf und reichte mir etwas. Für Sie, sagte sie. In Ihrem Zustand. Das verblüffte mich. Was wusste sie über meine Geschichte? Was war mit meinem Zustand? Sie reichte mir eine Schüssel warmen Reis mit Butter und eine reife Kaki. Man sieht es Ihnen an, sagte sie. Ich war tatsächlich sehr hungrig, hatte seit Tagen nichts Anständiges mehr gegessen. Ein paar gesalzene Erdnüsse auf dem Schiff. Die Gratis-Kekse aus dem Hotel. Mit einer erneuten Verbeugung verließ sie rückwärts wieder das Zimmer. Ich aß mit plötzlichem Heißhunger, dann stellte ich die Schüssel neben mich auf die Bank. In der Ferne hörte ich jemanden pfeifen. Das Pfeifen kam näher, wurde lauter, dann rief ein Mann meinen Namen.

Er stand auf der Schwelle, und als ich nicht gleich vortrat, rief er abermals meinen Namen und winkte mir, ihm zu folgen. Ich begrüßte ihn auf Japanisch, woraus er fälschlich schloss, ich beherrschte die Sprache: Er redete schnell und ohne mich anzusehen weiter, während er die Tür zu einem Treppenhaus öffnete und mir mit einer Geste bedeutete, ich solle vorausgehen. Ich versuchte ihm zu erklären, dass ich seine Worte nicht verstand, erst in seiner Sprache, dann in meiner. Es war niemand in Sicht, der hätte dolmetschen können, niemand, der Englisch sprach. Die Treppe führte zu einem weiteren Korridor hinunter, dem wir erst nach rechts, dann nach links folgten, bis wir vor einer Metalltür standen. Er sagte wieder etwas, das ich nicht verstand, dann vollführte er mehrere Gesten, ballte beide Hände zur Faust, drückte eine Faust gegen die Handfläche, machte eine Art Schneidebewegung am Körper. Meine japanischen Sprachkenntnisse beschränkten sich auf Wünsche, Bedürfnisse – der Wortschatz von Touristen, das, was Patrick und ich für die Reise gelernt hatten: *Sumimasen, kore kudasai.* Könnte ich bitte dies hier bekommen, könnte ich das da drüben bekommen. Ich möchte etwas essen, ich möchte etwas trinken. *Tabe mass. Nomi mass. Chotto ii desu ka?*

Ich kannte keine Wörter für Widerstreben, Unwillen, Unwissenheit, ich hatte nicht gelernt, etwas abzulehnen. Ich war gar nicht auf die Idee gekommen, dass ich so etwas brauchen könnte. Nein, wollte ich sagen. Ich bin noch nicht bereit, ich will nicht schauen, ich weiß nicht, ob ich das kann, ich weiß, dass ich es nicht will. Ich kann das nicht alleine machen. Könnte ich es vielleicht so ausdrücken: Ich möchte gern nicht dies? Ich trat in den kalten Raum, und der Mann warf einen Blick auf sein Klemmbrett. Ein jüngerer Mann im OP-Kittel erschien. Er verbeugte sich und begrüßte mich mit entschuldigender Miene auf Englisch. Dann sagte er: Madam. Zu Ihrem Mann bitte hier entlang.

Die beiden Männer gingen voraus, und ich folgte. Sie unterhielten sich, deuteten hierhin und dorthin, schauten prüfend auf das Klemmbrett. Der erste Mann, derjenige, der kein Englisch sprach, drehte sich kurz zu mir um und sagte dann etwas zu seinem Kollegen. Der lachte. Der erste machte eine spiralförmige Handbewegung über seinem Kopf, und ich hätte vermutet, dass sich das auf meine wilden Locken bezog, eine Kuriosität in diesem Land, hätte ich nicht gewusst, dass es auch eine Geste für Dummheit war. Ich spürte, dass ich errötete. Der andere Mann erwiderte etwas mit leiserer Stimme, und dann hoben beide das Kinn ein wenig an, wie um sich zu fassen, und beschleunigten ihren Schritt. Im Hintergrund lief leise Musik: »Morning Has Broken«, mit japanischem Text. Der Englisch sprechende Mann drehte sich zu mir um und sagte: Hier entlang, Madam.

Patricks Leichnam, so hatte mir der Ermittlungsbeamte am Telefon gesagt, war mit der Strömung von der Kamtschatka-Halbinsel zur nördlichen Spitze von Hokkaido getrieben und dort von der Besatzung eines Fischerboots entdeckt worden. Sie hatten die Behörden informiert, und jetzt stand ich vor dem Sack, in dem sein Leichnam bereitlag. Einer der Männer zog den Reißverschluss von unten her auf, etwa bis zur Hälfte, dann verhakte er sich. Ich schloss kurz die Augen, hatte den Kopf leicht gesenkt. Ich richtete meine Aufmerksamkeit nirgendwo bewusst hin, sah nur, was vor mir war. Sonst nichts. Konnte mich nicht dazu durchringen. Ich konnte nicht gezielt hinschauen. Ich sah einfach nur etwas. Die Musik im Hintergrund hatte gewechselt: Jetzt erklang eine Panflötenversion von »Greensleeves«. Ich fragte, ob sie die Musik vielleicht ausschalten könnten. Einer der Männer grunzte, aber nicht zustimmend, wie ich zunächst glaubte. Der andere sagte, das sei ihr Arbeitsplatz, und sie arbeiteten gern zu dieser Musik, sie helfe ihnen, sich zu konzentrieren. Ich hielt nicht dagegen. Sie öffneten den Reißverschluss ein bisschen weiter. Jetzt fokussierte ich meine Aufmerksamkeit. Ich sah ein Stückchen von seiner Brust, dunkles gekräuseltes Haar. Einen pickeligen Ausschlag auf der Haut. Das reichte mir schon, um Gewissheit zu haben.

Ja, sagte ich zu den beiden Männern. Das ist er. Dieser Ausschlag hatte ihn in den Monaten vor unserer Reise schier in den Wahnsinn getrieben. Das klingt übertrieben, aber es stimmt. Er drehte fast durch. Der Ausschlag juckte und brannte Tag und Nacht. Der Arzt sagte, es sei kein Ekzem, aber was es sei, wisse er auch nicht. Eine allergische Reaktion auf einen Insektenstich vielleicht, eine Nahrungsmittelunverträglichkeit. Aber Antihistaminika bewirkten gar nichts, und der Verzicht auf Laktose und Weizen genauso wenig. Patrick kratzte sich, bis er blutete, und dann musste er die schlimmsten Stellen mit Gaze abdecken, um die Haut zu schützen. Aber dadurch ließ die Reizung nicht nach, sondern wurde womöglich sogar noch schlimmer, weil er unter der Abdeckung schwitzte, und wenn er sie ablöste, riss er auch immer ein paar Brusthaare mit ab. Der Ausschlag begann sich von der Brust auf den Rücken auszubreiten, an Stellen, wo er schlecht hinkam, also rieb er sich an der Wand oder bat mich, ihn zwischen den Schulterblättern zu kratzen. Schließlich ging er zu einem Hautarzt, der ihn ganz langsam von Kopf bis Fuß musterte und dann sagte: Tragen Sie kein Schwarz mehr. Was?, erwiderte Patrick. Sie meinen wohl, das ist eine Art kosmischer Witz, oder wie? Zu viel angestaute negative Energie? Der Hautarzt schaute in seine Unterlagen und fuhr dann fort: Wenn Sie helle Farben tragen, Weiß, Creme, Gelb, wird der Ausschlag im Nu verschwinden. Patrick schnaubte. Sie wollen mich wohl verarschen.

Es sind die Giftstoffe in den Färbemitteln, erklärte der Hautarzt. Besonders dunkelblaue und schwarze Kleidung, die natürlich viel intensiver gefärbt ist als helle Sachen, gibt Giftstoffe an die Haut ab. Ich fürchte, Professor– er warf einen Blick auf seine Unterlagen – Professor

Heller, es handelt sich weder um einen Pilz noch um eine Lebensmittelallergie. Es sind einfach Chemikalien, die nicht mit der Haut in Berührung kommen sollten. Aber natürlich sind sie billig und modern, wir haben ja im Allgemeinen keine Ahnung, wie Sachen hergestellt werden oder woraus sie bestehen. Aber ich kann Ihnen versichern: Wenn Sie nur noch weiße Kleidung tragen, vor allem weiche Baumwollstoffe, dann wird Ihr Ausschlag innerhalb von wenigen Tagen verschwinden.

Natürlich wollte Patrick das nicht. Selbst ich hatte ihn – jedenfalls seit vielen Jahren – nur äußerst selten in irgendetwas anderem als schwarzen oder dunkelblauen T-Shirts und schwarzer Jacke gesehen, bei wirklich wichtigen Besprechungen vielleicht auch mal in einem Hemd, aber das war meistens ebenfalls dunkel, oder er trug ein dunkles T-Shirt unter einem helleren Hemd. Er konnte nicht in weicher weißer Kleidung zur Arbeit kommen. Die Leute würden denken, er habe den Verstand verloren. Jedenfalls sagte ich das im Scherz, denn es gab tatsächlich Leute, die nur darauf warteten, so etwas behaupten zu können, die noch die leichteste Andeutung von Geistesschwäche oder Unmoral nutzen würden, um ihn zu Fall zu bringen oder ihm zumindest einen Dämpfer zu versetzen. Diesen Status hatte er inzwischen erreicht. Er war zur Kultfigur geworden. Ich würde mich lächerlich machen, sagte er zu dem Dermatologen.

Nimm dir eine Weile frei, schlug ich vor, und trag die weißen Sachen zu Hause. Und dann?, erwiderte er. Der Arzt hatte ihm gesagt, dass sein Körper eine Intoleranz gegenüber den Färbestoffen entwickelt habe, sodass auch künftig jeglicher Kontakt mit ihnen diese Reaktion auslösen würde. Die Beschwerden waren kaum auszuhalten. Dann weiß ich auch nicht, sagte ich müde. Du könntest die weißen Sachen unter den schwarzen tragen, dann sieht sie keiner.

Das hielt er für einen guten Kompromiss, doch als wir zu unserer Reise aufbrachen, war der Ausschlag noch nicht zurückgegangen. Deshalb erkannte ich Patrick sofort, als mein Blick auf seine Brust fiel. Das sagte ich ihnen auch, den Männern, die hinter mir standen. Ja, sagte ich noch einmal. Das ist mein Mann. Auf seiner Brust war immer noch eine kleine haarlose Stelle, rosa von der Sonne, wo er erst kürzlich die Wundauflage abgerissen hatte. Aber Sie haben doch nur ein Stück von seinem Oberkörper gesehen, sagte der eine. Das reicht, sagte ich. Wer es nicht besser wusste, hätte meinen können, jemand hätte versucht, ihm das Herz herauszureißen, oder er es sich selbst: diese tiefen Kratzer auf der linken Seite, oberhalb der Brustwarze.

Wir müssen Sie bitten, auch das Gesicht anzuschauen.

Ich will das Gesicht nicht anschauen.

Das müssen Sie aber leider.

Ich hörte, wie der Reißverschluss weiter aufgezogen wurde, bis ganz oben. Bitte, Madam, wenn Sie so weit sind.

7

Ich fuhr nicht wie geplant am selben Abend mit dem Zug nach Sapparo zurück. Stattdessen buchte mir die Frau, die mir die Kaki gebracht hatte, ein Zimmer in einem nahe gelegenen Ryokan. Da können Sie zu Fuß hin, sagte sie. Es ist ganz nah. Lassen Sie das Auto hier auf dem Parkplatz. Es wird abgeholt. Sie zeichnete mir eine Wegbeschreibung auf. Die frische Luft werde mir guttun, sagte sie, und zeigte mir die Route, die ich nehmen musste. Von der Straße aus gebe es drei Zugänge, erklärte sie, aber nur über einen gelange man tatsächlich zu dem Ryokan. Der erste führe über einen Hügel, der für Autos zu steil sei und nur zu Fuß überwunden werden könne. Der zweite erscheine zwar auf der Karte als die direkteste Route, sei aber tatsächlich durch ein Tor versperrt, zu dem nur die Stadtverwaltung einen Schlüssel habe. Der dritte sehe auf der Karte wie ein Waldweg aus, denn er sei gelb eingezeichnet statt blau, und wer die Gegend nicht gut kenne oder den Friedhof, durch den der Weg führe, nie besuche, komme nicht auf die Idee, dass das der beste und direkteste Weg sei. Den nehmen Sie, sagte sie.

Ich ließ das Auto wie angewiesen stehen und folgte dem Weg. In meiner Handtasche klingelte schon wieder mein Handy. Ich hatte keinen der Anrufe vom Vortag erwidert.

Wie ich befürchtet hatte, war der Artikel in der Boulevardzeitung nur der Anfang gewesen, und jetzt wollten alle mit mir sprechen, nicht nur Patricks Team. Journalistinnen, Freunde, Kollegen. Aber es war mir unvorstellbar, mit irgendwem zu reden. Wie konnte ich all das, was gesagt werden musste, laut aussprechen und dann auch noch gegenüber so vielen Leuten wiederholen? Auf den Gräbern ringsum pickten Krähen an dem Salzfleisch und den süßen Reiskuchen, die Trauernde als Opfergabe dort hingelegt hatten, ungeachtet eines Schildes mit der Mahnung, auf den Gräbern keine Nahrungsmittel zu hinterlassen, die giftig für Tiere sein könnten. Ich ging bergauf Richtung Hotel, blieb auf halbem Weg stehen, um Atem zu schöpfen. Während ich dort stand, überholte mich ein alter Mann, der mit Hilfe eines Stocks ging. Weiter oben am Hang befand sich ein Schrein, und davor stand ein alter knorriger Ahornbaum, mit Schnur umwickelt und mit papiernen Gebetsfahnen behängt. Ich sah zu, wie der Mann Gesicht und Hände an den Stamm legte und seine Gebete in die Rinde flüsterte. Ich beneidete ihn, stellte mir vor, dass er von der unverbrüchlichen Gewissheit erfüllt sein musste, es gebe eine göttliche Ordnung. Der Geruch von Weihrauch stieg mir in die Nase, und ich ging weiter.

Im Ryokan zog ich die Schuhe aus und trat in die Eingangshalle. Eine alte Frau kam aus einem Hinterzimmer, einen Stapel zerschlissener weißer Handtücher auf den Armen. Wir begrüßten uns, die Frau aus dem Leichenschauhaus hatte meine Ankunft telefonisch angekündigt, ich wurde also erwartet. Die Alte führte mich nach oben und gab mir den Schlüssel zu einem kleinen beigefarbenen Zimmer mit einem großen Fenster, das auf die Berge hinausging. In einer Nische neben dem Waschbecken standen ein Wasserkocher sowie eine Kochplatte mit einem Topf, in dem ich Essen warm machen könne. Das habe sie für westliche Touristen so eingerichtet, sagte die Frau, die äßen um Mitternacht gern noch eine Tütensuppe.

Ich hatte ihr nicht gesagt, was mich in diese Stadt hier im Norden geführt hatte, und sie fragte nicht nach. Aber sie muss wohl etwas in meinem Gesicht gesehen haben, denn ihre Züge wurden weich, so wie die einer Mutter, die ein leidendes Kind betrachtet. Sie reichte mir die Handtücher, neigte den Kopf und sagte: Hier, Sie brauchen Tee und ein Bad. Und dann ruhen Sie sich aus. Ich gehe jetzt. Später bringe ich Ihnen etwas zu essen.

Ich tat, was sie vorgeschlagen hatte, und setzte Wasser auf. Ich fühlte mich schwach vor Erschöpfung, die Grenze zwischen Wachen und Schlafen war erodiert: Ich war ein ins Tageslicht verirrtes Nachtlebewesen, das fälschlich Stunde um Stunde in einer zu hellen, unvertrauten Welt verbrachte. Vor Müdigkeit war mir ganz übel, und ich hatte an diesem wieder neuen Aufenthaltsort endgültig keine Orientierung mehr. Ich hätte überall sein können, hatte das Gefühl, nirgendwo zu sein. In wie vielen Zimmern hatte ich geschlafen, seit wir zu unserer Kreuzfahrt aufgebrochen waren? Es war drei Wochen her, dass ich in meinem eigenen Bett gelegen hatte, und jetzt war ich an einem Ort, der mir so fremd war, dass ich nicht wusste, wo ich Milch und etwas zu essen kaufen könnte, wie die Müllabfuhr funktionierte, welches Obst und Gemüse gerade Saison hatte, wie man die Heizung einschaltete, ob man das Leitungswasser ungekocht trinken konnte, wie man sich eine U-Bahn-Karte kaufte, falls es hier überhaupt eine

U-Bahn gab. Wie ich nach Hause kommen könnte. Es klopfte an der Tür. Ich machte auf, und die alte Frau stand wieder davor, diesmal mit einer Tüte aus rosa Glanzpapier, die Bänder als Griffe hatte, wie eine Geschenktüte. Kartoffeln für Sie, sagte sie. Aus dem Garten. Falls Sie heute Nacht Hunger bekommen und keine Suppe dabeihaben. Wir essen hier viele Kartoffeln. Ich dankte ihr, sie verbeugte sich und ging. Die Tüte war schwer und, wie sie gesagt hatte, voller ungewaschener Kartoffeln, die nach feuchter Erde rochen. Hinter mir schaltete sich mit einem Klacken der Wasserkocher ab. Ich stellte die Glanzpapiertüte neben die Kochplatte und nahm eine Prise grünen Tee aus dem angebrochenen Päckchen, das ich in dem kleinen Schrank unter dem Waschbecken gefunden hatte. Ich gab den Tee in einen großen Keramikbecher und überbrühte ihn.

In meiner Handtasche klingelte schon wieder mein Handy. Es hörte gar nicht mehr auf – wer immer da anrief, ließ sich nicht beirren, wusste, dass ich in der Nähe war. Schon den ganzen Tag waren immer wieder Anrufe von ein und derselben, mir unbekannten Nummer eingegangen. Schließlich griff ich zwischen die Papiere, zerknüllten Taschentücher und verhedderten Kopfhörerkabel und zog mein Handy heraus.

Wieder diese Nummer – es war Max, Patricks Manager. Seine Mobilfunknummer hatte ich in meinen Kontakten gespeichert, aber er rief vom Festnetz aus an.

Ich weiß nicht, sagte ich, als er schließlich mit seiner Frage zur Beerdigung herausgerückt war. Schon von dem Wort wurde mir ganz anders, ein seltsamer Druck schien sich in Kopf und Brust aufzubauen. So weit habe ich echt noch nicht gedacht. Ich meine, ich kann nicht –

Es wäre nämlich gut, sie würde hier in der Gegend stattfinden, und zwar bald, sagte er. Also – wenn dir das zu viel ist, könnte ich … Ich weiß, dass er eigentlich nicht aus London ist, aber hier sind einfach so viele Leute. Und er war hier zu Hause. Wenn du mir sagst, was seine Familie, ich meine, was du, also, dann kann ich schon mal loslegen – hier spitzt sich die Lage allmählich zu, alle reden von nichts anderem. Du musst dich wirklich irgendwie äußern, ein Interview geben oder so was. Die Geschichte in deinen Worten erzählen. Und ja, wegen der Beerdigung müssen wir eine Entscheidung treffen.

Wir. Ich.

Gott, Max, sagte ich. Ich kann darüber jetzt wirklich nicht reden. Ich komme gerade von – ich kann nicht klar denken … Außerdem ist die Verbindung schlecht, und –

Draußen hörte ich Sirenen. Eine, dann noch eine und noch eine. Max redete wieder. Ich trat ans Fenster. In der Ferne sah ich eine graue Wolkenmasse, die weiter anwuchs und sich in meine Richtung bewegte. Ich wusste nicht, ob es Regen oder Rauch war, und schaute gebannt zu, wie das Grau erst die Ortschaft unten, dann die Bäume am Hang und schließlich auch das Ryokan umnebelte. In dem Zimmer, das noch Momente zuvor von fahlem Sonnenlicht erhellt gewesen war, wurde es plötzlich kalt. Ich nahm einen alten Kaschmirpullover aus meinem Koffer und stellte das Telefonat auf laut, damit ich mir den Pullover anziehen konnte. Als ich ihn über den Kopf zog, roch ich noch einen Hauch von Patricks Rasierwasser. Letzte Rückstände. Letzte Hinterlassenschaften. Der Schrecken vergänglicher Lebensspuren. Hör zu, sagte Max. Ich habe mit Carla geredet, und sie hat gemeint, wir könnten vielleicht –

Carla?

Die zweite Assistentin. Das neue Mädchen. Frau, meine ich.

Ah ja, natürlich.

Sie hat gemeint, als Ort wäre –

Was er sagte, ergab keinerlei Sinn für mich. Ich hatte Schwierigkeiten, ihm zu folgen. All die Namen und Zahlen. Cateringfirmen, Räumlichkeiten. Irgendwas über den möglichen Ablauf der Trauerfeier. Unten im Haus klingelte das Festnetztelefon. Dann hörte ich, wie die alte Frau meinen Namen rief und dabei die Treppe heraufkam.

Max, sagte ich, es tut mir leid, aber ich muss aufhören, da ruft mich jemand – und ich legte auf, bevor er etwas erwidern konnte.

Miss Blackwood, rief die alte Frau erneut. Telefon, sagte sie, Ferngespräch. Mein Magen verkrampfte sich. Ich ließ mein Handy auf dem Fensterbrett liegen und folgte ihr hinunter zu dem Tischchen neben der Haustür, auf dem das Telefon stand. Ich hielt den Hörer einen Moment lang ans Ohr, ehe ich etwas sagte. Es knisterte in der Leitung, am Anfang klang es wie das Geräusch von Fröschen oder Grillen in der Ferne. Dazwischen hörte ich jemanden atmen, ein scharfes Lufteinziehen, gefolgt von einem Seufzer. Jemand wartete. Hallo?, sagte ich.

Oh mein Gott, sagte sie. Du bist es. Oh mein Gott, es tut mir so leid. Es war Ada, meine Verlegerin. Ich habe es erst gestern erfahren, ich weiß nicht, warum ich nicht früher davon gehört habe, und es war ein echter Albtraum, dich aufzuspüren. Niemand scheint irgendwas zu wissen. Nirgendwo ist etwas dokumentiert. Ich versuche schon die ganze Zeit, dich zu finden. Ich habe sämtliche Hotels auf dieser Insel abtelefoniert und nach dir gefragt. Sogar deine Schwester habe ich angerufen. Ich dachte, sie weiß vielleicht, wie ich dich erreichen kann, aber sie war selbst schwer zu erreichen. Anscheinend geht es ihr nicht so gut? Ich weiß keine Einzelheiten, aber sie will unbedingt mit dir sprechen. Und was ist eigentlich mit deinem Handy los?

Natürlich war es Ada, die mich aufspürte. Wir arbeiteten seit fast zehn Jahren zusammen, und sie war in dieser Zeit zu einer meiner engsten Freundinnen geworden.

Es tut mir so leid, sagte ich. Ich habe ständig Anrufe gekriegt. Irgendwann konnte ich nicht mehr draufschauen, geschweige denn rangehen, da habe ich wohl vergessen –

Hör zu, ich setze mich ins nächste Flugzeug und hole dich.

Das musst du nicht, sagte ich.

Quatsch. Ich komme dich holen, ob du es willst oder nicht.

Es tut mir leid, sagte ich. Es tut mir so leid. Ich meine, ich will keine –

Red keinen Unsinn. Was zum Teufel – ich meine, was in aller Welt ist eigentlich passiert?

Ich fing an zu weinen, und zwischendrin stieß ich schluchzend hervor: Ja, komm, bitte komm – ich hätte mir noch gar keine Gedanken darüber gemacht, sagte ich, wie ich nach Hause gelangen würde, ich sei total erschöpft. Aber was ich nicht sagen konnte, weil ich es noch nicht begriffen hatte, war, dass ich seit ein paar Tagen unabänderlich allein war, dauerhaft allein, in den innersten und mir fremdesten Bereichen meiner selbst allein. Genau wie Patrick es gewesen war – allein, als er fiel, allein, als er ertrank, allein, als er ins Jenseits überging oder auch nicht, und in meinem Alleinsein konnte ich meiner Vorstellung von ihm Gesellschaft leisten, seinem letzten Zustand die Treue halten. Jemand hatte einen kleinen Blumenstrauß auf das Tischchen mit dem Telefon gestellt. Ich zupfte die Blütenblätter eines Gänseblümchens ab. Er liebt mich, er liebt mich nicht. Er liebt mich.

Bleib, wo du bist, sagte Ada. Bleib einfach dort, tu nichts, fahr nirgendwohin, ich bin bald bei dir. Dann können wir über alles reden. Ich habe mit Valerie gesprochen, sie wird dich auch anrufen. Wir müssen auch noch über andere Dinge – Augenblick mal. Ich hörte ein Hupen im Hintergrund. Entschuldige, sagte sie. Das ist mein Taxi. Morgen bin ich da.

Ada traf am nächsten Vormittag ein. Oh Schätzchen, sagte sie wieder und wieder und drückte mich fest an sich. Oh Schätzchen, es tut mir so leid. Jetzt entspannst du dich erst mal, ich kümmere mich um dich. Sie besorgte von unten ein paar Zutaten, zog weitere aus ihrer Handtasche, hantierte mit einer kleinen Bratpfanne. Sie bereitete mir Reis mit Eiern zu, und während ich aß, ging sie sie nach nebenan, um mir ein Bad einzulassen. Oh verdammt, rief ich ihr nach, denn mir war plötzlich etwas eingefallen. Was ist mit dem Preis? Seit dem Unfall hatte ich überhaupt nicht mehr daran gedacht.

Vergiss ihn einfach, rief Ada zurück. Mach dir darüber keine Gedanken. Das ist jetzt wirklich nicht wichtig.

Aber was passiert damit?

Ich werde mit denen reden, sagte sie, während sie wieder aus dem Bad trat.

Es sollte eine Überraschung werden, sagte ich. Für Patrick, meine ich. Ich hatte ihm nichts davon gesagt. Selbst die Shortlist wurde erst nach dem Unfall veröffentlicht.

Ach Herzchen, sagte Ada und legte ihre Hand auf meine. So blieben wir einen Moment lang sitzen, hingen unseren Gefühlen nach. Dann trank ich den letzten Schluck Kaffee, und Ada ging ins Bad und drehte das Wasser ab.

Ich möchte da hin, sagte ich, als sie wiederkam. Ich will das machen.

Du musst das nicht, sagte sie, das weißt du, oder? Es ist doch gerade erst ein paar Tage her, dass das alles passiert ist, noch keine Woche. Auch Valerie macht sich Sorgen um dich. Wir haben uns gedacht, dass wir das Ganze vielleicht lieber hinter den Kulissen abwickeln sollten, ohne das Rampenlicht,

Nein, sagte ich. Es ist besser für mich, wenn ich das durchziehe. Das weißt du doch. Ich will nicht kurz vor dem Ziel in der Versenkung verschwinden. Ich will meinen großen Auftritt. Mit allem, was dazugehört. Geht das? Patrick hätte es auch so gewollt.

Ich wusste, was das bedeuten würde: die Preisverleihung und das damit verbundene öffentliche Interesse – Interviews, Podiumsdiskussionen und dergleichen mehr.

Könntest du das organisieren?, fragte ich. Was immer dafür notwendig ist? Wirklich, ich brauche das. Bitte. Augenblick, sagte Ada. Lass mich mal überlegen. Hier ist es jetzt, Moment, genau zehn Uhr, und wir sind New

York dreizehn Stunden voraus. Wenn wir uns sofort auf den Weg machen, wenn wir heute einen Flug kriegen, dann würden wir am Nachmittag der Preisverleihung ankommen. Wir könnten es gerade so schaffen. Sie sah mich an und drückte meine Hand. Bist du dir sicher? Wirklich ganz sicher?

Ich nickte. Absolut.

Es ist zu früh, um Valerie anzurufen, bei ihr ist es jetzt, hm, zwei Uhr morgens. Ich schicke ihr vom Flughafen aus eine Nachricht oder aus dem Flugzeug. Also gut. Du legst dich jetzt in die Badewanne, und ich erledige in der Zwischenzeit ein paar Anrufe.

Während ich im heißen Wasser lag, hörte ich, wie sie meine Sachen neu packte, den Reißverschluss zuzog und die Verschlüsse der fluoreszierenden Koffergurte einrasten ließ. Als ich aus dem Bad kam, reichte sie mir eine Tablette und ein Glas Wasser. Valium, sagte sie. Nimm es. Du kriegst das hin, sagte sie. Das weiß ich. Du bist so tapfer. Und du hast so hart gearbeitet. Um ehrlich zu sein, kenne ich niemanden, der so hart gearbeitet hat wie du. Alles ist gepackt. Du musst dich nur noch anziehen. Und wenn das Ganze vorbei ist, bringen wir dich nach Hause. Ich schluckte die Pille und trocknete mich ab, schlüpfte in eine Jeans und zog ein Hemd an, das Patrick gehört hatte. Ich verknotete die Hemdschöße vor dem Bauch und ließ den Kragen offen. Dann setzte ich mich mit der Sonnenbrille auf der Nase ans Fenster und starrte in die Sonne, während ich darauf wartete, dass das Medikament zu wirken begann, dass dieser chemische Geschmack in meinem Mund auftauchte, sich scharf und beißend auf der Zunge ausbreitete. Ich merkte, wie sich meine Muskulatur zu entspannen begann und das Gehupe, die Sirenen, die Stimmen aus der Ortschaft allmählich in den Hintergrund schwanden, bis ich sie nur noch als ein einziges anhaltendes Geräusch wahrnahm. Ada beugte sich über mich und nahm mir die Sonnenbrille ab. Bist du so weit?

Beim Start hielt sie meine Hand. Ich saß am Fenster, und während wir höher und höher aufstiegen, schaute ich hinunter auf den Wald, die Insel, das Meer. Die Gestalt der Insel war von oben gut zu erkennen: eine Raute, in deren Mitte sich eine Gruppe grüner Berge erhob. Faszinierend fand ich vor allem, wie die Insel an den Rändern unmerklich ins Meer überzugehen schien – das Wasser zunächst transparent, wo es noch seicht war, dann türkis und mit zunehmender Tiefe schließlich dunkelblau. Von meiner Warte aus erschien der Teil der Insel, der über die Wasseroberfläche ragte, winzig, seine Existenz prekär – wie nah das Meer war, wie weit es sich erstreckte, wie leicht es trockenen Boden wieder verschlingen konnte. Schwindel erfasste mich, was nichts damit zu tun hatte, dass wir hoch oben in der Luft waren und ich nach unten blickte: Vielmehr begriff ich plötzlich, wie fragil alles war, die bewohnbare Erde ein bloßer Nebeneffekt, purer Zufall – diese Insel, die so verwundbar in dieser riesigen Masse sich endlos bewegenden kalten Wassers lag.

Wir hatten einen Billigflug genommen, weil so kurzfristig kein anderer verfügbar war. Deshalb landeten wir nicht auf dem JFK, sondern auf einem kleineren Flughafen in Upstate New York. Während wir auf unser Gepäck warteten, pingte Adas Handy. Die Frau ist echt unglaublich, sagte sie, den Blick auf das Display gerichtet, und scrollte weiter. Die Nachricht war von Valerie. Sie hatte uns ein Hotel gebucht und einen Fahrer organisiert. Er sollte euch direkt vor der Gepäckausgabe erwarten, schrieb sie. Und da war er auch schon, ich konnte ihn hinter der Absperrung sehen, er hielt ein Schild mit meinem Namen hoch. Wir folgten ihm hinaus, und er schwang unser Gepäck in den Kofferraum, während wir uns auf den Rücksitz schoben. Ich schnallte mich an und schloss die Augen, und Ada machte Small Talk, damit ich es nicht tun musste. Sie öffnete das Fenster einen Spaltbreit, sodass ich das Gras, das Ackerland riechen konnte. Ruh dich ein bisschen aus, sagte sie. Ich drehte mich zum Fenster und schaute hinaus.

Ich döste ein paarmal ein und wachte wieder auf, und nachdem wir eine Weile gefahren waren, kündigten mehrere aufeinanderfolgende Schilder am Straßenrand eine Raststätte in weniger als einem Kilometer an. Ada bat den Fahrer, dort für eine kleine Pause anzuhalten.

Der Fahrer setzte uns vorne ab und fuhr dann, eine Staubwolke aufwirbelnd, zum Parkplatz hinüber. Ein kalter Wind wehte. Das Gebäude aus alten Schalbrettern und Wellblech sah aus, als wäre seit den Fünfzigerjahren nichts mehr daran gemacht worden. Entlang der Regenrinne war eine lange Wimpelschnur befestigt, lauter kleine Dreiecke aus gemustertem PVC oder sonst einem Plastik, als hätte eine gelangweilte Hausfrau all ihre Gartentischdecken zerschnitten und aufgehängt und wäre dann hineingegangen, um Milkshakes zu mixen. Die Wimpel flatterten im Wind, es klang wie Regen oder Applaus, und wir gingen darunter hindurch, öffneten die Fliegentür und traten ein.

Ada bestellte sich einen Kaffee, ich mir einen Erdbeer-Milkshake. So was hatte ich seit meiner Kindheit nicht mehr getrunken, aber ich sah, dass die Milkshakes hier noch in diesen großen Metallbechern serviert wurden, mit gestreiften Papierstrohhalmen – rot und weiß, rosa und blau. Im Radio lief Patsy Cline. Wir setzten uns an den Tresen, auf hohe Barhocker. Ich stützte die Füße auf den Querstreben zwischen den Hockerbeinen ab, wie wenn sich ein Vogel auf einem Ast festkrallt. Während wir auf unsere Getränke warteten, wollte ich Joshua eine Nachricht schicken, doch kaum hatte ich mein Handy eingeschaltet, begann es wie wild zu pingen, um mir all die verpassten Anrufe und neuen Nachrichten zu melden, und das lenkte mich ab.

Meine Güte, sagte Ada, du bist ja eine begehrte Frau. Sie sah zu, wie ich die meisten Nachrichten einfach löschte, andere kurz überflog. Natürlich äußerten alle ihr Beileid, jede Nachricht begann mit Bestürzung und Betroffenheit. Aber es gab auch Arbeit zu tun, die nicht aufgeschoben werden konnte. Die letzten paar Monate waren für Patrick hektisch gewesen, denn die Deadline für seinen neuen Film rückte rasend schnell näher. Vor unserer Abreise hatte er die abschließenden Arbeitsschritte an seinen Cutter delegiert, der jetzt mit mir reden wollte. Einige Szenen mussten nachgedreht werden, und da wir die frühen Fassungen des Drehbuchs zusammen erarbeitet hatten, wollte der Script Supervisor zu den vorgeschlagenen Änderungen meine Meinung hören. Schlimmer war, dass die Geldgeber infolge des Unfalls kalte Füße bekamen. Zudem schickten etliche Journalisten unaufhörlich Textnachrichten oder sprachen mir auf die Mobilbox. Nicht irgendwelche mir unbekannten Reporter, sondern Leute, mit denen ich schon zu tun gehabt hatte, weshalb sie auch meine Nummer kannten, Journalisten, die mich wohl irgendwann mal interviewt, mit mir telefoniert hatten. Aber jetzt wurden sie immer penetranter, je länger ich mich nicht äußerte. Das fand ich unerträglich.

Unsere Getränke wurden gebracht. Ich schlürfte meinen Milkshake und trat dabei leicht gegen den Metallbeschlag am Tresen. Ada streichelte sanft meine Hand. Jahre zuvor hatte sie mal auf einer Party meine Hand umgedreht und darin gelesen: ein langes, glückliches, ruhmreiches Leben. Sie kippte den Kaffeesatz in ihrer Tasse herunter. Ich geh mich mal frisch machen, sagte sie. Und fügte noch hinzu, als sie sah, wie ich mich gewissenhaft durch meinen riesigen Milkshake arbeitete: Pass auf, dass dir nicht schlecht wird.

Als sie von der Toilette zurückkam, nickten wir einander zu: Ja, startklar. Die Glocke über der Tür klingelte, als wir hinausgingen. Ada winkte dem Taxifahrer, und als er vorgefahren war, setzten wir uns wieder auf die Rückbank. Du solltest noch ein bisschen schlummern, sagte sie. Schlummern. Wie lange hatte ich dieses Wort nicht mehr gehört? Die zweite Frau meines Vaters hatte das immer gesagt, meine Joany. Aber Ada sagte das in so einem Ton, mit so besorgter Stimme, dass mir Tränen in die Augen stiegen. Ich wischte sie weg. Ich wusste, dass ich mich zusammenreißen musste. Wir hatten einen straffen Zeitplan – der Fahrer würde uns am Hotel absetzen, wo ich vielleicht eine halbe Stunde haben würde, um mich für den Abend fertig zu machen, und dann gleich ins nächste Taxi springen musste. Wir bogen auf eine lange, leere Fernstraße, und Ada fragte den Fahrer, ob er etwas schneller fahren könne, die Zeit dränge, und wir hätten wohl eigentlich, wie ihr jetzt bewusst wurde, auch keinen Zwischenstopp einlegen sollen. Ich zitterte leicht – womöglich lag das an den Tabletten, dachte ich, eine Valium vor dem Start, eine weitere gleich danach im Flugzeug und eine dritte auf halber Strecke. Die sind ziemlich niedrig dosiert, hatte Ada gesagt, als ich die letzte mit einem Glas Syrah herunterspülte. Meine Kehle fühlte sich eng an. Hinten in meiner Mundhöhle sammelte sich Speichel. Und dann überkam es mich. Oh Gott, sagte ich. Oh Gott. Oh Gott. Wir müssen anhalten, sagte ich und beugte mich vor, ich glaube, ich muss brechen. Ada klopfte dem Fahrer von hinten auf die Schulter: Halten Sie an! Halten Sie an!, schrie sie. Aber er hatte es schon mitbekommen, wahrscheinlich haben Taxifahrer für solche Aussagen ein besonders feines Gehör. Der Wagen kam rutschend auf dem Schotter des Randstreifens zum Stehen, dann taumelte ich hinaus. Ich war kurz davor, mich zu übergeben, aber noch nicht ganz an dem Punkt, und in meiner Benommenheit überlegte ich, wo wohl ein guter Platz dafür wäre, wobei das ja nun völlig egal war, solange ich es nicht im Auto tat oder mich selbst oder jemand anderen besudelte. Aber wie ein Tier, das einen sicheren Ort zum Gebären oder ein ruhiges Fleckchen zum Schlafen sucht, ging ich hierhin und dahin, hielt nach etwas Ausschau, woran ich mich abstützen könnte, während ich mich erbrach. Vor einem Baum blieb ich stehen, kauerte mich hin, mit einer Hand an den Stamm gestützt, und spie einen langen Strahl rosafarbener Milch aus. Mir war vage bewusst, dass Ada hinter mir stand, mir über die Schultern strich, meine Haare nach hinten hielt. Ist ja gut, ist ja gut, sagte sie. Ist ja gut – wie eine Mutter. Und als es vorbei war, reichte sie mir ein Papiertaschentuch aus ihrer Handtasche. Also weißt du, sagte sie mit einem kleinen Lachen, als ich mich hinsetzte und den Kopf an den Baumstamm lehnte, du siehst sogar beim Reihern noch elegant aus. Ich winkte ab und schloss die Augen. Es tut mir so leid, sagte ich. So unendlich leid. Du musst das alles nicht tun. Es tut mir leid, dass du das mitansehen musstest. Ich fing an zu weinen.

Also, sagte sie. Weißt du was? Ich ruf da jetzt an und sage, dass du das nicht schaffst heute Abend. Ich sag auch Valerie Bescheid. Es ist einfach zu viel. Viel zu viel. Niemand sollte tun müssen, was jetzt von dir erwartet wird, niemand sollte durchmachen müssen, was du durchmachen musst – was du gerade durchmachst, meine ich. Das ist doch absurd. Es ist vollkommen irrsinnig. Der pure Wahnsinn. Sie kauerte sich vor mich und reichte mir noch ein Taschentuch. Ich putzte mir die Nase und schnob letzte Reste von Erbrochenem heraus. Dieses Taschentuch warf ich ins Gras. Nein, sagte ich. Das ist schon in Ordnung. Ich will das ja machen. Ich muss. Was soll ich denn auch sonst tun? Jetzt mal im Ernst? Was soll ich tun? Was mache ich bloß? Sag? Und dann fing ich richtig an zu heulen, hemmungslos zu schluchzen, dort am Straßenrand im Dreck. Ada zog mich an sich, wiegte mich, bis ich mich ausreichend beruhigt hatte, um aufzustehen, mir den Staub von den Kleidern zu klopfen und langsam wieder ins Taxi zu steigen. Die restliche Fahrt nahm ich nur verschwommen wahr, die Bäume, das Ackerland, den Fluss, als er in Sicht kam.

In der Stadt reihte sich eine Baustelle an die andere. Es herrschte Verkehrschaos. Jetzt würde es wirklich knapp werden, das wusste ich. Wir hätten keine Pause machen sollen. Wäre mir doch nur nicht schlecht geworden. Wenn wir es nach alldem jetzt nicht rechtzeitig schafften! Während der Fahrt schaute Ada geradezu zwanghaft auf ihr Handy. Es war so eingestellt, dass sich das Display nach dreißig Sekunden ohne Aktivität abschaltete, und sobald es schwarz wurde, drückte sie sofort auf den Knopf, damit es wieder anging und sie die Uhrzeit im Blick behalten konnte.

Verdammt, sagte sie. Wenn es hart auf hart kommt, müssen wir uns bei der Preisverleihung auf dem Klo umziehen. Also, ich hoffe nicht, dass es so weit kommt, aber gut sieht es nicht aus.

Der Motor lief, aber das Taxi rührte sich nicht vom Fleck. Ringsum hupte es aus allen Richtungen. Die Straße, in die wir hätten einbiegen müssen, damit der Fahrer uns vor dem Hotel absetzen konnte, war gesperrt. Tut mir leid, sagte er und deutete mit ausgestrecktem Arm auf die Absperrungen, für den Verkehr Richtung Osten sind die Straßen nicht zugänglich. Ich kann Sie leider nicht zum Hotel bringen.

Was?, sagte Ada. Was soll das heißen?

Das heißt, es geht nicht. Das heißt, die Zufahrt ist blockiert. Schauen Sie, sagte er und zeichnete eine imaginäre Karte in die Luft, ich könnte so fahren, dann so, dann so und dann so, dann wären Sie zumindest etwas näher dran.

Und wie lange würde das dauern?

Vielleicht zwanzig Minuten, eine halbe Stunde. Kommt drauf an.

Und wie weit ist es von hier aus, wenn wir zu Fuß gehen?

Hm – vielleicht zehn, fünfzehn Minuten?

Okay, dann lassen Sie uns hier raus.

Hier?

Ja, genau.

Gut, dann hier, sagte er.

Ich trat hinaus in das schmutzig weiße Sonnenlicht. Sofort verbeugte sich ein kleiner Mann mit Filzhut tief vor mir und sagte: Willkommen in New York! Der Taxifahrer wartete bei laufendem Motor, um sich zu vergewissern, dass wir wohlbehalten über die Straße kamen und in die richtige Richtung weitergingen. Es war unübersehbar, wie wackelig ich auf den Beinen war. Zunächst nahm ich nur Lärm wahr: Motoren, Hupen, wummernde Musik, die aus dunklen Wagen drang. Eine Schar grauer Tauben stieg auf und verteilte sich in der Luft, während eine Sirene heranraste. Unter Ladenmarkisen standen Männer und sogen an Zigarren, die Augen zusammengekniffen. Auf den Bürgersteigen türmten sich hüfthoch Müllsäcke, und die Luft stank nach Galle und Verwesung. Auf dem Boden sah ich dunklere Stellen, wo Erbrochenes angetrocknet oder weggespritzt worden war. Ein Lastwagen fuhr rückwärts. Eine Polizeisirene heulte los. Zu meinen Füßen eine Bettlerin, die einen Plastikbecher mit Münzen schüttelte. Ein helles, hohes Geräusch, wie kleine Glöckchen, als wären höchstens zehn von diesen kleinen kupferfarbenen Ein-Cent-Münzen drin. Ich hatte kein Kleingeld zur Hand. Ich fühlte mich einer Ohnmacht nahe. Dachte, wir wären vielleicht doch irgendwo falsch abgebogen oder der Taxifahrer hätte sich geirrt und uns in die falsche Richtung geschickt. Eigentlich hätten wir längst da sein müssen, aber es war weit und breit kein Hotelschild zu sehen. Ich ging weiter, durch Schwaden von Zigarrenrauch und über dunkle Rinnsale von Hundepisse, und mein Koffer schlug mir immer wieder gegen das Bein, weil eines der Räder kaputtgegangen war.

ZWEITES BUCH

8

So, sagte Ada schließlich. Da wären wir. Ein Portier öffnete uns eine sehr saubere Glastür mit Messinggriff, und ich trat ein. Die Geräusche der Stadt verebbten. Wir checkten ein und fuhren mit dem Aufzug auf unsere Etage. In meinem Zimmer schloss ich meinen Koffer auf und nahm das Kleid heraus, das ich für den Anlass eingepackt hatte. Es war ein Kleines Schwarzes – eins von der Sorte, die man wochenlang zusammengeknüllt in einer Tasche stecken lassen kann, und wenn man es schließlich herausnimmt, hat es keine einzige Falte. Ein schwerer, glänzender Stoff, der genau richtig fiel, sich an die Kurven schmiegte. Taschen. Kein Reißverschluss. Waschmaschinenfest. Ich duschte, putzte mir die Zähne und zog mir das Kleid über den Kopf. Warf einen letzten Blick in den Spiegel und fragte mich plötzlich, ob ich nicht doch lieber etwas Langärmeliges hätte auswählen sollen. Aber dafür war es jetzt zu spät. Ich steckte meine Schlüsselkarte ein und machte mich eilig auf den Weg ins Foyer, wo ich mich mit Ada treffen sollte.

Als ich aus dem Fahrstuhl trat, pingte mein Handy. Es war eine Nachricht von Valerie. Sie schrieb, sie stecke im Stau fest und werde sich möglicherweise verspäten. Dann stand plötzlich Ada neben mir, lotste mich zur Tür und drückte mir im Gehen ein Blatt Papier in die Hand. Hier, sagte sie, ich habe dir eine Rede geschrieben. Ich dachte, das macht es dir vielleicht leichter. Ganz schlicht, sagte sie. Ich behielt es in der Hand, bis wir am Ort der Preisverleihung eingetroffen waren, und warf dann erst einen Blick auf den Text.

Er war mit schwarzem Kugelschreiber geschrieben, auf das rosastichige Briefpapier des Hotels. Ada hatte eine schöne Handschrift – künstlerisch-elegante Schwünge, in denen noch die gestochene Schrift durchschimmerte, die sie als Kind gelernt haben musste. Der Satzbau war nicht meiner, die einzelnen Satzteile zu kurz. Aber die Rede war zweckmäßig, knapp, würde mich nicht zum Weinen bringen. Ich würde nicht schwafeln, würde mich nicht wiederholen oder vergessen, was ich sagen sollte oder warum ich hier war, sie würde also bewerkstelligen, wozu ich allein in diesem Moment nicht imstande wäre. Danke, sagte ich, faltete das Blatt zusammen und steckte es in die Tasche meines Kleids.

Bleib du mal hier, sagte sie. Ich besorge uns noch was zu trinken.

Ich hielt mich im Hintergrund, war nervös. Die Preisträgerin war noch nicht bekanntgegeben worden, was die Spekulationen befeuerte, und während ich auf Ada wartete, trat eine Schriftstellerin, die ich nur von ferne kannte, zu mir. Sie sah viel älter aus als auf dem Autorinnenfoto, und ich hatte gehört, dass sie ungeachtet ihrer entschwundenen Jugend als Favoritin galt, als sichere Wette gehandelt wurde. Sie hatte große dunkle Augen, in denen Tränen aufschimmerten, als sie mit ihrer warmen Hand meinen Arm berührte. Es tut mir ja so leid, sagte sie. Ich habe erst gestern davon erfahren. Zuerst dachte ich, sie meine den Preis, aber dann wurde mir klar, dass das nicht sein konnte, natürlich sprach sie von Patrick.

Ich war perplex. Wahrscheinlich hätte ich damit rechnen sollen, bemitleidet zu werden. Der Unfall gehörte jetzt zum Allgemeinwissen. Doch aus irgendeinem Grunde hatte ich geglaubt, hier davor gefeit zu sein, in dieser Arena, die ich als meine ganz eigene betrachtet hatte, die sich nicht meinem Leben mit Patrick verdankte oder sonst wie mit ihm verbunden war. Ich hatte nicht erwartet, Sie hier zu sehen, sagte sie. Ich meine, ich kann mir gar nicht vorstellen, wie Sie das überhaupt durchstehen. Wenn ich an Ihrer Stelle wäre, würde ich nur – in diesem Moment kam Ada zurück, und ich nahm dankbar den Drink an, den sie mir lächelnd reichte.

Nein, sagte ich. Ich meine, ja, danke. Die Schriftstellerin schaute mich sanft an, als wäre ich ein bedauernswertes Kind, und plötzlich musste ich Tränen wegblinzeln. Ada spürte mein Unbehagen und mischte sich ein. Entschuldigen Sie, sagte sie, wir müssen noch etwas mit jemandem besprechen, und ich ließ mich bereitwillig wegführen. Während wir auf eine Ecke des Raums zuhielten, wo es etwas dunkler war und wir für uns sein konnten, schaute ich mich noch einmal um und sah die besagte Schriftstellerin einer anderen, irgendwo hinter mir stehenden Nominierten zuwinken. »Gratuliere!«, rief sie. »Oh mein Gott, Sie haben das ja so was von verdient!«, was ihr mir gegenüber offenbar gar nicht in den Sinn gekommen war.

In der Ecke stand ein Sessel, in dem Ada mich Platz nehmen ließ. Wir waren in der Nähe der Lautsprecher, und die Musik war zu laut. Sie beugte sich nah zu mir: Wenn dein Name aufgerufen und der Titel deines Buchs genannt wird, musst du aufstehen, zu dem Pult auf der Bühne gehen und von dem Blatt ablesen, das ich dir eben gegeben habe. Sie redete sehr langsam. Sprach die einzelnen Wörter laut und deutlich aus. Ich sah zu, wie ihre knallroten Lippen verschiedene Formen bildeten: rund, weniger rund, geschlossen, offen. Mach ich, sagte ich etwas vernuschelt. Ihr Lippenstift ließ ihre Zähne leicht gelblich erscheinen. So, sagte sie, und jetzt sollten wir dein Glas nachfüllen und mal richtig auf dich anstoßen. Ich weiß, du fühlst dich gerade nicht so, aber das ist ein Riesending hier, und du bist einfach toll.

In diesem Moment erklang eine Glocke, und der Moderator bat alle, ihre Plätze einzunehmen. Unmittelbar bevor wir das taten, sagte Ada: Warte mal kurz, ich muss noch was auf dein Blatt schreiben. Ich reichte es ihr. Sie kramte in ihrer Handtasche herum, schrieb ein paar Worte, dann gab sie mir die Rede zurück, und ich steckte sie wieder ein. Der förmliche Teil des Abends begann. Kellner gingen umher. Jedes Mal, wenn mein Glas ein kleines bisschen weniger als voll erschien, beugte sich irgendein schöner junger Mann über meine Schulter und füllte es auf. Schließlich hielt Ada die Hand über mein Glas. – Danke, das reicht, sagte sie zu dem Kellner. Ich nippte an meinem Wasser. Ich hatte schon zu viel getrunken. Die Beleuchtung war hell und dunkel: ein paar farbige Scheinwerfer, ein paar Strahler. Ich fühlte mich vage an eine Szene aus meiner Jugend erinnert, in einem italienischen Nachtclub. Mit Patrick. Die Reden gingen weiter, ich hörte sie als eine Art Hintergrundsummen, während meine Gedanken kamen und gingen, von einem Geräusch zum anderen schweiften, ab und zu jäh von Applaus unterbrochen.

Nicht mehr lang, sagte Ada und stupste mich an. Alles in Ordnung? Ich nickte und holte tief Luft, versuchte mich zu sammeln, bereit zu sein.

Ich wusste nur zu gut, dass Literatur immer irgendeiner Form gehorcht. Einer Art Landkarte, die uns Anhaltspunkte dafür gibt, wie sich die Bewegung gestalten wird und somit auch unser Zeitempfinden, wie wir in der Zeit leben werden. Wobei sich Treue zur Form auch in deren Ablehnung, deren Verweigerung äußern kann. In diesem Fall gleicht die Form den Eltern, gegen die das Kind rebelliert, die es aber trotzdem braucht, um zu überleben; zu denen es zurückkehrt, wenn es das Gefühl hat, wirklich die Kontrolle zu verlieren, wenn alle Grenzen überschritten sind.

Und wenn Literatur immer einer Form gehorcht – und sei es die des Widerstands gegen jegliche Form –, so gilt das für das Leben nicht weniger. Gerade ich wusste das nur zu gut. Wir stehen immer an der Schwelle zur Neuerfindung des Lebens, jedenfalls scheint es uns so. Wir sind immer im Klammergriff der Wiederholung, jedenfalls scheint es uns so. Wir alle, die wir auf dieser Shortlist standen, hatten unsere Bücher auf die eine oder andere Weise gelebt, hatten versucht, die jeweils gewählte Form mit dem Inhalt unseres Lebens in Einklang zu bringen oder umgekehrt – es ist eine ständige Wechselwirkung mit nur graduellen Unterschieden. Meine favorisierte Form war immer der Roman gewesen, dieser große Allesfresser, wo man ein bisschen hiervon nehmen kann, ein bisschen davon und dann noch eine Prise von dem da drüben. Ich mochte die Romanform, weil sie am ehesten der Ungebärdigkeit des Lebens entspricht, und für das Buch, mit dem ich diesen Preis gewonnen hatte, galt das genauso – es wurde als ein Roman für unsere Tage angepriesen, als ein Buch über *jetzt*, über den *Moment, in dem wir uns jetzt befinden*, über die Gegenwart, die *Zeit, die wir gerade durchleben und noch viel mehr*. Tja, hatte Ada bemerkt, Jetzigkeit ist gerade angesagt. Es gebe ohnehin keinen wirklichen Markt für Romane, erklärte man mir, als ich den Vertrag unterschrieb. Trotzdem engagierten sie sich – die Werbekampagne war clever, besänftigte die Literaturbeflissenen, die es nicht riskiert hätten, mit einem feminin eingefärbten Roman gesehen zu werden, und sprach zugleich jene an, die mit der Bestsellerliste und den Urlaubs-Lektüreempfehlungen Schritt halten wollten. Wie eine Art unbewusste Programmierung wurde im Werbematerial bei jeder Gelegenheit das Wort *jetzt* verwendet. *Jetzt* war eine Methode, etwas, das im Grunde unmodern, unnötig, unvertraut und unerwünscht war, in sein Gegenteil zu verwandeln: *Jetzt*, so etwas wie der absolute Moment: unwiederholbar und deshalb dringlich, wesentlich, topmodern – unverzichtbar, wenn man auch nur die geringste Chance haben wollte, erfolgreich durch *diesen Moment* zu kommen, einen so verwirrenden, nie zuvor erlebten Moment, einen Moment, in und mit dem zu leben wir womöglich lernen konnten, aber nur, wenn wir dieses Buch lasen, und zwar *jetzt*. Die Logik dahinter wirkte wie ein Mischprodukt à la Selbsthilfe trifft auf Hegelianischen Snobismus trifft auf Fashionista. Macht, was ihr wollt, sagte ich, als das Team das Werbematerial zusammenstellte und am Entwurf für den Umschlag arbeitete. Nur keine schwärmerisch-verzückte Frau im Profil, dieses Motiv, dem so oft der Vorzug gegeben wird gegenüber einer Luftaufnahme des Hauses, in dem sie wohnt: der Gottesperspektive, die Schriftstellerinnen gemeinhin verweigert wird. Und keine goldenen Reliefbuchstaben, sagte ich. Bitte. Kein hochauflösendes grelles Weiß.

Letzten Endes bekam ich beides, das Gold und das Weiß, was aber, wie Ada mir versicherte, durch das vorn auf dem Umschlag prangende Lob von irgendeinem Megastar aufgewogen wurde. Das war das Weiß: das Lob. Die Bücher der Nominierten waren auf der Bühne ausgestellt. Und es stimmte schon, die hochauflösende Schrift war selbst von meinem Platz aus zu sehen, sie leuchtete, wenn auch inhaltslos: Ohne Brille konnte ich die Aufschrift nicht lesen, was allerdings auch nicht nötig war – ich wusste genau, was da stand. Die Idee ist, dass Frauen ohne Sentimentalität über Frauen schreiben sollten, dass der fühlende Mensch mit kühlem, rationalem, distanziertem Blick analysiert werden sollte, dem Blick also, der traditionell dem Mann zugesprochen wird. Und wenn eine Frau sich als Anhängerin dieser Perspektive erweist, wird sie dafür gefeiert – als »erfrischend unsentimental«, wie es auf meinem Buchumschlag hieß, was als Anzeichen dafür gilt, dass es ihr schließlich und endlich gelungen ist, sich zu entfeminisieren: Sie hat über ihre eigenen Gefühle triumphiert, sich von ihnen befreit, sie bezwungen, und kann jetzt unabhängig und mit wachsamem Blick das Gefühlsgeschehen bei anderen verfolgen. So wird die Schriftstellerin in ein gnadenloses Korsett gezwängt: Wenn sie ernst genommen werden will, darf sie sich auf etliche Weisen nicht ausdrücken, über etliche Themen nicht schreiben. In etliche Richtungen nicht blicken. Nicht aufs Haus, das versteht sich von selbst. Nicht in die ferne

Zukunft, damit sie nicht dem mittelmäßigen Geschmack der Massen zum Opfer fällt, die zu viel Freude daran haben, unterhalten zu werden. Nicht in die Vergangenheit – wobei dieses Verbot offenkundig nicht für alle gilt: Was im Werk einer Frau als Nostalgie belächelt wird, gilt im Falle ihrer männlichen Kollegen als Talent für kontrafaktisches Denken oder wird als seltenes Gefühl für den historischen Moment gepriesen. Ich hätte es in meinen Büchern wohl mit Ironie oder Satire versuchen können: So ließ sich mit Emotionen arbeiten, ohne dass man sich ganz in sie hineingab, die Leserschaft bekam eine kleine Kostprobe von dem jeweiligen Gefühl, dessen volle Kraft jedoch nicht zur Entfaltung kam. Oder ich hätte mich in Richtung Sachbuch bewegen können. Aber ich wollte mehr: Ich wollte genau die Intimität, die Auflösung und Übertragung des Ich, zu der es im intensiven Kontakt mit den wirkmächtigsten Kunstwerken kommt. Ich wollte beeinflusst und verändert werden, und ich wollte, dass auch meine Bücher diese Wirkung hatten. Vor allem dieses letzte Buch, mehr als alle vorherigen.

Ich musste wieder daran denken, worüber eine meiner alten Lehrerinnen, Mrs. Harley, immer geschimpft hatte, nämlich das Zitat vorne auf einem Taschenbuch, das sie mir mal geliehen hatte – ein Buch, das sie liebte, und ein Zitat, das sie verabscheute: »Die vollkommenste englischsprachige Prosa, die je von einer Frau geschrieben wurde« – natürlich stammte die Aussage von einem Mann.

Das Zitat auf meinem Buch war etwas länger, enthielt noch ein paar Worte zum Kontext, aber die zentrale Aussage war »erfrischend *un*sentimental«. Es war die Aussage, die der Verlag haben wollte. Wieder einmal wird der Triumph einer Frau ex negativo definiert, über das Fehlen von etwas. Der Roman ist *un*erschrocken, *un*sentimental, *un*beirrbar, wird dafür gepriesen, dass er bestimmte weibliche Gefühle und Verhaltensweisen meidet, statt dass er als das beschrieben wird, was er ist: zupackend, nüchtern, beherzt, unter die Haut gehend, kernig, kraftvoll, eindringlich, kühn etc. – die Liste ließe sich beliebig fortsetzen. All die positiven Eigenschaften, die Männern zugeschrieben werden. Wir dagegen werden gemäß den Erwartungen an unser Geschlecht definiert, über das, was vermeintlich fehlt.

Vermutlich ermöglichte dieser Ansatz es, ein Buch, das selbst im Rahmen meines Gesamtwerks schwer einzuordnen war, doch irgendwie zu fassen zu bekommen.

Während es in meinem jüngsten Roman einige historische Passagen gab sowie viele realistische Passagen voller Natur und Gefühl (die, wie ich feststellte, bei öffentlichen Lesungen meist gut ankamen), spielte sich der Großteil der Handlung in der näheren Gegenwart ab und befasste sich in einer Weise mit aktuellen Geschehnissen, wie es keiner meiner bisherigen Romane getan hatte. Deshalb kamen die Mitglieder der Jury nicht umhin, in ihrer schriftlichen Stellungnahme die Bedeutsamkeit meines Romans hervorzuheben, ohne dass sie genau hätten sagen können, was denn nun dringlich oder notwendig oder belangvoll sein sollte an dem, was ich geschrieben hatte. Ich hasste diese kulturelle Aufwertung aktueller Zeitfragen – nicht aus Prinzip, ich hatte zu vielen Themen Ansichten, die ich leidenschaftlich vertrat, sondern weil diese Aufwertung oft so hohl war, sich nicht auf die künstlerische Qualität bezog, sondern darauf, ob die Bücher, Gemälde oder was immer bejubelt wurde, in das richtige Horn bliesen, und sei es noch so stümperhaft – ich hasste diese Aufwertung so sehr, dass ich versucht hatte, ein Buch zu schreiben, das sich um Zeitfragen nicht scherte, und nun war es genau das, was den Leuten so gefiel. Bloß drückten sie es nicht mit diesen Worten aus, und vielleicht war es auch so, dass ich sie an der Nase herumgeführt hatte und nicht einmal sie das bemerkten: Mein Buch war derart aktuell, derart von der Gegenwart geprägt, dass sie einfach davon ausgingen, es müsse von Zeitfragen handeln, auch wenn sie nicht hätten sagen können, von welchen. Aus diesem Grund galt mein Roman als vielschichtig und komplex. Ada beugte sich zu mir herüber und nahm meine Hand. Denk dran, sagte sie, tief durchatmen.

9

Musik ertönte, zum Zeichen, dass nun die Preisträgerin bekanntgegeben wurde. Das Scheinwerferlicht ringsum wechselte von Lila zu Grün zu Gelb, blinkte und kreiste an der Decke. Während ich den letzten Schluck kippte, sah ich zu, wie die Lichter rotierten. Valerie schlüpfte auf den Stuhl neben mir und nahm meine Hand in ihre. *Jetzt*, sagte Ada und drückte meinen Oberarm, jetzt wird gleich dein Name genannt. Und tatsächlich, der Mann, der die Gewinnerin bekanntgeben sollte, schaute auf einen Zettel hinunter, der genauso aussah wie der in meiner Tasche: blassrosa, handtellergroß. Er betrachtete ihn eingehend, als verstünde er nicht ganz, was darauf stand, vielleicht konnte er auch die Schrift nicht entziffern, oder vielleicht, dachte ich, hatte es irgendein Missverständnis gegeben. Dann räusperte er sich.

Und jetzt freue ich mich, Ihnen bekanntgeben zu dürfen: Der Preis geht dieses Jahr an –

Er hielt einen Augenblick inne. Ich war mir sicher, dass er einen anderen Namen sagen würde. Ja, ich hoffte, ich flehte innerlich, dass es so kommen würde. Ich fühlte mich außerstande, aufzustehen und zur Bühne zu gehen. Meine Beine würden mich nicht tragen. Schon gar nicht würde ich in der Lage sein, das Blatt aus der Tasche zu ziehen, es mit meinen schwitzigen, zitternden Händen aufzufalten und davon abzulesen. Das Mikrofon, direkt vor dem Mund dieses großgewachsenen Mannes, war zu hoch für mich eingestellt. Wer würde es mir richten? Andere Preisträgerinnen hatten hier lange, tiefschürfende Reden gehalten, und wenn ich das sagte, was auf dem Blatt stand, würde ich schmallippig, kurz angebunden, undankbar und altmodisch klingen. Der Moderator hatte sehr weiße Hände, die unter den kreisenden Lichtern zu leuchten, ja fast zu fluoreszieren schienen. Er öffnete sie zum Publikum hin. Dann sagte er meinen Namen: J. B. Blackwood.

Jubel brandete auf. Der ganze Raum applaudierte. Ada zog meinen Stuhl ein kleines Stück nach hinten, als ich mich auf ihr Geheiß hochraffte. Ich tat ein paar Schritte. Die hohen Absätze meiner Schuhe sanken in den Teppich. Die Musik war zu laut. Die Lichter waren grell und blinkten. Blinkten und kreisten dann wieder. Kreisten und blinkten dann wieder. Ich entdeckte keinen Durchgang zwischen den Stühlen und Tischen, obwohl es einen geben musste, von Krümeln und sonstigen Hinterlassenschaften übersät, eine Spur aus Brotkrumen, verschüttetem Wein und heruntergefallenen Servietten, daneben die an die Stuhlbeine gelehnten Handtaschen. Ich tat ein paar Schritte, lächelte. Alle drehten sich nach mir um. Meine Augen tränten, die Gesichter schienen zu zerfließen. Ich versuchte, beim Gehen das Gleichgewicht zu wahren, indem ich mich an den Stuhllehnen festhielt. Die Lichter blinkten wieder – blinkten und kreisten. Kreisten und blinkten.

Ich erinnere mich nicht daran, die Stufen zur Bühne hinaufgegangen zu sein. Ich stand einfach plötzlich da, hinter dem Rednerpult, das Scheinwerferlicht in den Augen. Ich schaute ins Publikum, in der Hoffnung auf vertraute Gesichter, aber die Bühnenscheinwerfer verhinderten, dass ich etwas sah: Die Leute waren einfach nur dunkle Flecken. Mein Herz pochte so heftig, dass ich befürchtete, ohnmächtig zu werden.

Ich wusste nur zu gut, dass ich als die Außenseiterin unter den Nominierten gegolten hatte. Natürlich war ich keineswegs unbekannt, aber in diesem Rahmen hatte man mir nur geringe Erfolgschancen eingeräumt. Vielleicht war man der Ansicht, ich hätte bereits eine ausreichend große Leserschaft. Vielleicht hatte ich für mein Alter schon zu viele Bücher veröffentlicht. Vielleicht war es von Anfang an die falsche Sorte Buch gewesen. Und ich war zwar sehr erfolgreich, doch aus bestimmten Kreisen hatte es durchaus Kritik gegeben. Bis dahin war ich als Verfasserin knapper, spannender Romane mit einer Vorliebe für Anti-Helden bekannt gewesen. Schmale Bücher, die sich auf Momente des Unglücks oder der persönlichen Veränderung im Leben Einzelner konzentrierten. Sie wurden für ihre Scharfsichtigkeit gepriesen, doch zugleich kam auch immer mal wieder die Kritik, sie wirkten abschreckend. Es waren Romane, die beim Lesen unversehens ein gewisses Unbehagen erzeugen konnten, die zu viele Emotionen enthielten oder auslösten, und dann auch oft noch die falschen: Es ging um Bloßstellung, Gewalt, Schuldgefühle oder auch heftige Liebe, die sich in etwas Dunkles, Mörderisches verwandelte. Sie waren im Wesentlichen zu pointiert, zu konfrontativ – harsch, hatte ein Rezensent mal geschrieben. Schwierig, ein anderer, was sich nicht auf die Sprache bezog, sondern auf die Gefühle, die sie hervorriefen.

Aber egal wie meine Bücher beschrieben wurden, meine Fans waren zahlreicher als meine Kritiker. Und mein Verlag trug dem Rechnung, dort wusste man, dass meine Leserschaft ein unstillbares Verlangen nach reichen und besessenen Romanfiguren hatte. Letztlich jedoch wurden die Adjektive, mit denen man meine Bücher beschrieb, auch auf mich gemünzt, und ich musste feststellen, dass ich trotz meines wachsenden Erfolgs – Verkaufszahlen, Adaptionen und so weiter – von demjenigen Segment der Literaturkritik, das von immer neuen Schwüngen leichter, von guter Stimmung erfüllter Lektüre lebt, zusehends weniger wahrgenommen wurde.

Das alles war mir bewusst. Dem Publikum, das an diesem Abend vor mir saß, ebenso. Und ich wusste, dass ich trotz alledem gewonnen hatte. Ich spürte, dass alle auf mich warteten, spürte die Hitze ihrer Aufmerksamkeit. Ich holte tief Luft, hob die Hände ans Mikrofon und versuchte, es nach unten auf meinen Mund zu richten. Dabei kam ich ihm zu nah, sodass mein Atem aus den Lautsprechern fauchte. Das Blatt, das Ada mir gegeben hatte, steckte immer noch leicht zerknittert in meiner Tasche. Ich rieb meine Hand daran, wie an einem Taschentuch. Meine Hände waren schwitzig, und ich fühlte, wie das Papier weich und feucht wurde. An dem durchsichtigen Rednerpult stehend, zog ich es heraus und strich es glatt, so gut das ging. Ich war mir nicht ganz sicher, was ich da vor mir hatte – ein gelbes Blatt im britischen Format, darauf die Adresse eines Hotels sowie etwas, das aussah wie eine Einkaufsliste: Milch, Tomaten, Katzenfutter. Ich hielt die Handschrift nicht für meine, ganz sicher war ich mir allerdings nicht. Aber ich wusste, dass ich keine Katze hatte und dass ich Tomaten nicht mochte, weil ich davon einen Ausschlag an den Lippenrändern bekam. Ich blickte auf, starrte ins Licht. Ada hatte mir wohl im Dunkeln das verkehrte Blatt gegeben. Im Vorfeld der Preisverleihung hatte ich gefragt, ob es dort ein Rednerpult geben würde, denn das, so hatte ich erklärt, beeinflusse meine Kleiderwahl, und für mich sei es hilfreich zu wissen, ob ich mich hinter irgendetwas würde verstecken können. Doch obwohl man mir gesagt hatte, dass es ein Pult gab, hatte niemand daran gedacht, hinzuzufügen, dass es eines aus transparentem Plastik war, es würde also nicht die Funktion erfüllen, die ich mir davon erhoffte, nämlich mich abzuschirmen, mich zumindest teilweise zu verdecken. Stattdessen diente es einfach nur als eine hohe, durchsichtige Ablage für mein zerknittertes Blatt, auf deren schmalem erhöhtem Rand ich mehr schlecht als recht meine Hände balancieren konnte, damit ihr Zittern nicht ganz so offensichtlich war. Auf ein ganz normales hölzernes Pult daneben hatte jemand ein Glas und eine Karaffe Wasser gestellt. Eine junge Frau trat herbei und füllte mir das Glas. Ich nahm einen Schluck, ganz vorsichtig, um nichts zu verschütten und mich nicht zu verschlucken, und stellte das Glas wieder auf den Untersetzer. Es wurde still im Raum. Ich schaute auf das Blatt hinunter: Einige Wörter waren verwischt, weil sie genau auf einem Knick standen, andere hatten kleine Risse. Ich hatte keine Ahnung, was ich sagen sollte.

Aber ich wusste, dass man mir, was auch immer ich auf dieser Bühne sagte, keinen Mittelweg zugestehen würde. War ich emotional, würde ich gleich als sentimental und rührselig gelten. War ich nicht emotional, würde man mir, wie schon geschehen, zu große Nüchternheit und Gefühlskälte vorwerfen. Was sehnte ich mich danach, genauso wie Patrick behandelt zu werden, ganz selbstverständlich jene künstlerische Autorität zugesprochen zu bekommen, die es ihm erlaubt hatte, zu tun und zu sagen, was ihm beliebte, und dafür beklatscht zu werden. Ich hatte ihn bis zu einem gewissen Grad nachgeahmt, in der Hoffnung, genauso behandelt zu werden. Natürlich war dieses aufgeblähte und gepanzerte öffentliche Ich für uns beide eine Tarnung gewesen, eine Möglichkeit, in der öffentlichen Arena als Kunstschaffende zu existieren, wir definierten damit eine Position, eine Haltung, die für jegliche weitere kritische Debatte den Ton vorgab. Zu Hause konnten wir andere Menschen sein, ein Paar, das sich gern Backwettbewerbe im Fernsehen anschaute, und sei es nur, um erwachsene Männer wegen eines klumpigen Teigs oder durchgeweichten Kuchenbodens in Tränen ausbrechen zu sehen. Aber in der Literaturszene – nun ja.

Ich lächelte ins Publikum, dann schaute ich erneut auf das Blatt Papier hinunter. Mein Buch hatte man auf das Pult neben mir gestellt, neben den Wasserkrug, und die glänzende Schrift auf dem Umschlag glitzerte im Scheinwerferlicht. Es kam mir immer noch unwirklich vor, dass ich diesen Roman geschrieben hatte – eine detailreiche, ausschweifende Geschichte, die persönlicher war als alles, was ich je zuvor zu Papier gebracht hatte. Ein Buch, das ich hatte schreiben müssen, so sehr, dass ich manchmal vor dem, was ich da gerade tat, ein bisschen Angst bekam. Oft fielen mir, was nie zuvor geschehen war, beim Schreiben vollständige Szenen ein, die ich dann so schnell wie möglich zu Papier brachte. Oder mich überkam, während ich mit irgendetwas anderem beschäftigt war, völlig unerwartet eine Erinnerung, so lebendig und intensiv, dass sie vom wahren Leben kaum zu unterscheiden war, und mir blieb gar nichts anderes übrig, als sie aufzuschreiben, wobei ich jedes Mal schon genau wusste, wo im Roman sie hingehörte. Nicht nur war das Material, auf das ich zurückgriff, von einer seltsamen Lebendigkeit, auch die Sätze, in die ich diese Szenen fasste, waren ganz anders geartet als bisher. Selbst ich tue mich schwer, das präzise zu beschreiben.

Bis dahin waren meine Sätze fokussiert und zielgerichtet gewesen, hatten die Bedürfnisse einer ungeduldigen Leserschaft bedient. Ich hatte stilistisch bewusst eine gewisse Androgynie gepflegt, die Idee des universellen, geschlechtslosen Satzes hochgehalten. Jetzt aber erkenne ich, dass ich mir da etwas vorgemacht habe, dass der Unisex-Satz einfach nur ein männlicher Satz ist, der sich als universell ausgibt. Denn meine neuen Sätze – die in dem preisgekrönten Buch – waren sinnlich-träge, vielgliedrig, zwei- und dreifach von Gedanken durchzogen. Ich spürte die Stränge ihrer Muskulatur, die Textur von Sehnen und Gewebe, spürte die Kraft, mit der sie pulsierten, sich zusammenzogen und streckten, sich bogen, was immer eben nötig war, um den Sprung schaffen, das Bewusstsein, den Inhalt zu transportieren. Dies, so empfand ich, waren endlich meine eigenen Sätze, von niemandem übernommen, ganz und gar ich. Alles Lebende schien zu mir und durch mich zu sprechen, wenn ich so schrieb. Es war, als wäre dies das Buch, das ich schon immer hatte schreiben sollen. Das Buch, das zu schreiben mein Lebenszweck, der Grund meines Daseins war. Ich übertreibe nicht, wenn ich sage, dass es mich im Laufe des Schreibens veränderte, mich schließlich und endlich zu der Schriftstellerin machte, die ich, aufgrund welcher fehlgeleiteter Überlegungen auch immer, lange geglaubt hatte, nicht sein zu sollen.

Ich räusperte mich. Alle warteten darauf, dass ich sprach, das konnte ich spüren. Ich wusste, dass ich schon zu lange nichts sagte. Ich wusste, dass das, was auf dem Blatt von Ada stand, völlig verkehrt war, dass es nicht das Blatt war, das sie mir eigentlich hatte geben wollen, sicher fragte sie sich schon, warum ich so zögerte. Ich schob die Hände wieder in die Taschen und merkte, dass noch ein anderes zusammengeknülltes Blatt darin steckte: Ich hatte dieses Kleid auch an jenem Abend auf dem Schiff getragen, als wir das letzte Mal zum Essen hochgegangen waren. Patrick hatte einen Abstecher zur Bar gemacht, um uns Getränke zu holen, und sich dort verplaudert. Während ich auf ihn wartete, zog ich Stift und Notizbuch aus der Handtasche und schrieb den Entwurf einer Rede, mit der ich aber nicht zufrieden war, deshalb riss ich das Blatt aus dem Notizbuch, und da kein Abfalleimer in der Nähe war, geschweige denn ein offenes Feuer, und in diesem Moment Patrick fröhlich mit unseren Negronis erschien, stopfte ich es in meine Kleidtasche. Dieses knittrige Blatt zog ich jetzt, am Rednerpult stehend, wieder hervor. Wissend, dass eine Rede erforderlich war, begann ich, von den Scheinwerfern geblendet, den Text abzulesen.

Die Worte waren nicht kompliziert. Die Sätze waren weder lang noch sonderlich geschliffen. Es gab nur wenige Satzzeichen, bis auf die regelmäßig gesetzten Punkte und das eine oder andere Komma. Eine Stelle, die sich zum

Innehalten anbot, hatte ich mit einem Sternchen markiert, und die nutzte ich nun, um einen Schluck Wasser zu trinken, dann einen Blick ins Publikum zu werfen und, wie es sich gehörte, allen zu danken, denen zu danken war, wobei ich die von der Oscar-Verleihung bekannte Standardformel nachschob, dass ich um Nachsicht bäte, falls ich irgendjemand Wichtiges übersehen haben sollte. Ich hatte vergessen, was genau ich an jenem Abend auf dem Schiff geschrieben hatte, vergessen, was als Nächstes folgte. Vergessen, dass ich in meiner Rede Patrick ansprach, ihm in einem langen Satz ausgiebig dafür dankte, dass er stets an meiner Seite war, mein engagiertester Unterstützer und erster Leser, ihm dafür dankte, dass er an diesem Abend mit mir hier war. Ich dankte ihm dafür, dass er mich gelehrt hatte, Dinge zu Ende zu bringen. Ich dankte ihm für seine Liebe und Zugewandtheit. Ich war in diesen Satz hineingeschlittert, ehe mir bewusst wurde, was ich da sagte, und dann, bereits mittendrin, war es zu spät. Ich konnte den Dank nicht mehr rückgängig machen. Konnte gegenüber dem Publikum nicht zugeben, dass Patrick nicht hier war, nicht mehr lebte, nirgendwo mehr war. Ich musste den Satz zu Ende führen, stur weitermachen. So tun, als wäre der Unfall nicht passiert: dieser jetzt und der auf dem Schiff. Es würde noch viel schlimmer werden, wenn ich jetzt abbrach und den Irrtum erläuterte. Ich wusste, dazu würde ich nicht imstande sein, ich würde zusammenbrechen, die Bühne verlassen müssen. Jetzt innezuhalten und neu anzusetzen würde bedeuten, seinen Tod und meine Witwenschaft anzuerkennen – natürlich war beides ohnehin allen bekannt, aber um diesen Moment durchzustehen, musste ich, zumindest vorübergehend, so tun, als wäre das alles gar nicht geschehen oder als wäre es in dieser meiner Sternstunde nicht wichtig – als existierte mein Kummer hier auf der Bühne nicht, als wäre er nicht meiner, ergriffe nicht Besitz von mir, als könnte ich lernen, ohne ihn zu sein. Also arbeitete ich mich weiter durch diesen langen, liebenswürdigen, vor Dankbarkeit triefenden Satz, obwohl ich wusste, dass ich dadurch den Eindruck zu erwecken drohte, ich stünde neben mir, hätte den Verstand verloren, befände mich im Zustand totaler Leugnung.

Als dieser Teil der Rede endlich hinter mir lag, holte ich tief Luft und setzte zum Schlusswort an. Um mich herum war es sehr still geworden. In meinen abschließenden Sätzen sagte ich nichts über Diebstahl oder Korruption, machte kein politisches Statement, stellte nicht durch die Unterstützung dieser oder jener guten Sache meine Tugendhaftigkeit zur Schau. Ich trat für nichts und niemanden ein. Kurzum, was ich sagte, ähnelte in nichts der Rede, die ich eines künftigen Tages einmal zu halten gehofft hatte, die ich mich in Momenten des Zorns oder des Überschwangs hatte halten sehen – vielleicht das Erwachsenen-Äquivalent zum Tagtraum eines Teenagermädchens, das sich ins Scheinwerferlicht auf die Tanzfläche schweben sieht, wo ihr alle Platz machen und sie in ihrem weißen, im grellen Licht schimmernden Kleid mit fliegendem Haar atemberaubende Bewegungen vollführt. Immerhin wäre es nur eine milde Übertreibung, zu behaupten, ich sei bereits öfter für Preise nominiert gewesen, als ich auf Anhieb hätte sagen können, ohne dass ich aber je einen gewonnen hatte. In der Branche kursierten Gerüchte, die nahelegten, dass das mit meiner Ehe zusammenhing: Ich konnte keinen Preis gewinnen, ohne dass man diese Verbindung als Grund für mein wachsendes Renommee anführen würde: Ich hätte in die Privilegiertheit eingeheiratet, würde es heißen, in das Geld eines Mannes, Geld, das mir die Zeit zum Schreiben erkauft, mir in der Anfangszeit das Schreiben finanziert hätte, und deshalb würde es schlecht aussehen und Argwohn schüren, wenn mir der Preis verliehen und ich somit Geld erhalten würde, das ich anderen Leuten zufolge nicht brauchte, wobei hier offenkundig die Kategorien Bedürftigkeit und Verdienst durcheinandergebracht wurden.

Patrick war schließlich meine eigene Backstory. Oder zumindest eine meiner Geschichten. Unter seiner Anleitung hatte ich, bevor wir auch öffentlich ein Paar waren, meine Abschlussarbeit über Liebesgeschichten im zeitgenössischen Film Noir geschrieben und parallel dazu, ohne dass er davon wusste, eine Novelle, die meine Gedanken zu diesem Thema in literarische Form fasste. Ich glitt förmlich in das Genre, zu jung, um es zu hinterfragen, zu leicht zu beeindrucken, zu sehr auf das Lob meines künftigen Mannes bedacht. Ich hatte ihm einige Zeit zuvor gestanden, dass ich Schriftstellerin werden wollte, und er hatte mich ermuntert.

Eine Weile hielt ich die Novelle vor ihm geheim, denn manche Dinge wollte ich einfach für mich allein haben, zudem dachte ich, ziemlich lange jedenfalls, es sei nicht die Sorte Geschichte, die Patrick interessierte. Eines Tages zeigte ich ihm dann doch einen Teil davon, aus einer Laune heraus, weil ich frustriert war über eine Passage, die nicht funktionierte – sie war irgendwie zu holprig. Ich erwartete nicht, dass er das Ganze las, nur den Abschnitt, den ich eingekringelt hatte. Kann ich das über Nacht hierbehalten?, fragte er mich, als ich aus der Dusche trat und mich anziehen wollte, um mit dem Bus nach Hause zu fahren.

Okay, sagte ich, aber es geht nur um dieses Stück. Ich brauche nur bei diesem Abschnitt Hilfe.

Alles klar, sagte er.

Früh am nächsten Morgen rief er mich an und fragte, ob er einen Kurzfilm aus der Novelle machen dürfe. Weißt du überhaupt, wie gut die ist?, fragte er. Sie hat alles, was es braucht. Ein Festival-Kandidat. Natürlich sagte ich Ja. Und dann wieder Ja und wieder Ja, zu allem möglichen, das ich auch hätte ablehnen können. Der Film wurde eine kleine Sensation. Wir lebten inzwischen in London und ließen in seinem Büro einen Sektkorken knallen, als die ersten Besprechungen erschienen. In dieser seltsamen, schwirrenden Atmosphäre meines plötzlichen Erfolgs veränderte sich etwas. Ich sage »meines« Erfolgs, doch das war er nur in unserem Privatleben. Es sei der Publicity nicht dienlich, sagte man mir, bekannt zu machen, dass der Film auf meiner Abschlussarbeit basiere, oder auch nur, dass ich die Autorin sei. Stattdessen werde man die Aufmerksamkeit auf die Stars des Films lenken, diese schönen Männer und Frauen, und auf Patrick, den Regisseur. Das Ende müsse natürlich abgeändert werden, damit es entschiedener und weniger düster sei, mehr in die Richtung einer überraschenden Pointe gehe, ansonsten aber bleibe das meiste erhalten, die gute Struktur, die Handlung, die Eigenschaften der Hauptfigur, die cleveren Wendungen im Plot.

Sein Film, hieß es in der Presse und den vielen Arenen,

in denen er unterwegs war. Als wir an jenem Tag in seinem kleinen, kein bisschen schallisolierten Büro feierten und uns betranken, blies ich ihm einen, während er sich in seinem Ohrensessel zurücklehnte. Ich hockte inmitten von Bücherstapeln, und als ich ein bisschen zur Seite rutschte, um besser an ihn heranzukommen, stieß ich einen der Stapel um. Hinterher setzte ich mich in den Sessel, und er fotografierte mich. Ich bin auf dem Bild zart errötet und wirke ziemlich zufrieden mit mir selbst, leicht verrucht mit dem geneigten Kopf und einer hochgezogenen Augenbraue. Meine Lippen glänzen, fast wie die einer Puppe – dieses Foto wurde dann für den Umschlag meines ersten Buchs verwendet, ein schmaler Band, der bei einem kleinen unabhängigen Verlag erschien. Es war nicht die Novelle, die letztlich nie als eigenständige Publikation das Licht der Welt erblickte, sondern mein nächstes Werk. Wer meinen Mann in seiner Funktion als Unidozent kannte, vermochte das Setting, den Tatort, sofort zuzuordnen: da waren die Bücherregale im Hintergrund, der Aktenschrank, der für meine zierliche Gestalt zu große Sessel. Damals kam mir gar nicht der Gedanke, das Foto vielleicht lieber nicht zu verwenden. Meinem Verlag ging es nur darum, wie ich aussah, welches Bild von mir man vermitteln wollte. Ich wusste es nicht besser – und niemand wies mich darauf hin, dass meine Verbindung mit Patrick die Leute gegen mich in Stellung bringen und mir schnell mächtige Feinde einhandeln würde: die bösartigen Literaturwissenschaftler in den Jurys der Stipendien und Preise, die Frauen, die sich über Patricks angeblich laxe Moral empörten und mir unterstellten, dass ich bewusst von dem Verhältnis profitierte. Nachdem ich im

Laufe der Jahre auf einer Shortlist nach der anderen versauert war, ging ich irgendwann selbstverständlich davon aus, auf eine bestimmte Weise übersehen zu werden.

Natürlich stand nichts von alledem auf dem feuchten, knittrigen Blatt, von dem ich gerade ablas. Und ich wusste nur zu gut, hatte es immer gewusst, dass ich diese Geschichte niemals würde erzählen können. Als ich in diesem Moment im Scheinwerferlicht vor dem Publikum stand, zitternd hinter meinem durchsichtigen Stehpult, gab es eine Stimme in mir, die am liebsten gesagt hätte: Hier, behaltet euren Preis. Vor Jahren hätte ich ihn gebrauchen können, aber jetzt brauche ich ihn nicht mehr, denn jetzt ist mein Leben zu einer anderen Geschichte geworden, einer, die ich nicht kenne, mir nie vorgestellt habe, die ich niemals hätte vorhersehen können, einer Geschichte, die ich nicht schreiben und von der ich nicht erzählen kann, weil ich an einem Ort bin, von dem aus ich nicht sprechen kann, weil die Mühe zu groß ist, weil ich nichts anderes mehr sehen oder fühlen kann, und ich habe keine Ahnung, wie ich das noch verbergen soll – was ich für euch sein soll. Ich hatte solche Willenskraft aufgebracht. Hatte immer neue Kraftquellen in meinem Innern auftun, den Eimer wieder und wieder hinabsenken müssen, wie man es bei einem tiefen Brunnen täte, der in einer kargen Landschaft, wo es fast nie regnet, in einen felsigen Hang gegraben und nur allzu oft kurz vor dem Versiegen ist, und doch war ich unbeirrt hingegangen, durstig und entschlossen, und hatte zu guter Letzt gefunden, was ich brauchte, um das Buch zu schreiben, das mich nun an diesen Punkt in meinem Leben gebracht hatte – hinter dieses Stehpult, wo ich jetzt den Preis annahm. Ich hob mein

Kinn ein wenig an, schaute mit festerem Blick geradeaus. Ich spürte, dass die Leute mich ihrerseits anstarrten: verstummt, ja geschockt. Und ich begriff, dass ich sogar in diesem Moment größten Triumphs – und vielleicht würde das immer so bleiben – von Patrick überschattet wurde, womöglich mehr denn je. Noch im Tod besaß er die Macht, meine Errungenschaften in den Hintergrund zu drängen. Denn natürlich wusste ich, während ich in diesen Raum voller Menschen schaute, dass sie nur zum Teil an das Buch dachten, das ich geschrieben hatte, an meine schriftstellerische Leistung. Schlimmer noch, vielleicht sahen sie mich gar nicht mehr als Schriftstellerin. Seit Patricks Unfall war ich, so wurde mir klar, zuvorderst seine Witwe.

Ich hob mein Glas, prostete dem Publikum zu und trank. Jemand drehte die Musik auf.

10

Am nächsten Morgen erwachte ich in meinem Hotelzimmer, weil der Wecker klingelte. Tageslicht drang durch den Vorhangspalt. Hatte mich jemand hierhergetragen? Ich war mir nicht sicher. Ich konnte mich nicht erinnern. Meine Muskeln fühlten sich schwer an. Ich drehte mich um – eine vage Erinnerung an das am Abend zuvor Gesagte – und zog mir das gestärkte weiße Laken bis unters Kinn. Der Kissenbezug war kühl und glatt. Vielleicht hatte ich es ja doch nicht gesagt. Vielleicht waren diese Worte nur Gedanken. In meinem Dämmerzustand merkte ich, dass ich noch meine Partyklamotten anhatte: Kleid, Strümpfe. Ich drückte auf die Snooze-Taste. Mein Kopf tat weh, besonders um die Schläfen herum, ein seltsamer, scharfer Schmerz entlang der Knochen. Ich erinnerte mich daran, wie mir das Scheinwerferlicht in die Augen geschienen hatte. Ich hatte furchtbaren Durst, meine Zunge war dick und pelzig. Ich brauchte Wasser. Auf dem Nachttisch stand ein Glas, halb voll. Mir fiel ein, dass ich es vor Stunden, kurz bevor jemand das Licht ausschaltete, zur Hälfte geleert hatte, weil mir die Pille im Hals hängen geblieben war und ihre Bitterkeit sich auszubreiten begann. Ich hatte heftig geschluckt, dann hatte eine Frauenhand – Ada, nehme ich an – das Glas wieder auf den Untersetzer unter der Lampe gestellt. Der Wecker klingelte erneut. Durch den Spalt zwischen den Vorhängen sah der Tag zu hell aus. Ich spürte, wie sich der Schmerz in meinem Hinterkopf ausbreitete. Ich war so müde. So unglaublich müde. Ich konnte nicht klar denken. Der Wecker klingelte abermals. Und noch einmal. Ich schleppte mich ins Bad, pinkelte. Dann legte ich mich wieder hin. Ich griff nach dem Glas Wasser auf dem Nachttisch. Ein Zettel lag darunter. Ich zog ihn hervor: Ruf mich an, wenn du wach bist. LG, A.

Ada hatte das Hotelzimmer neben meinem. Hätte ich die nötige Energie gehabt, hätte ich einfach an die Wand hämmern können, so wie Proust es getan hatte, wenn er seine Großmutter brauchte. Aber ich hatte so lange geschlafen, dass sie sicher längst geschäftlich unterwegs war. Bilder vom Abend zuvor stiegen in mir auf, und mir wurde flau im Magen – diese Frau, die mich am Arm berührt hatte, ihr mitleidiger Blick –, und dann fiel mir ein, dass ich für diesen Mittag eine Lesung zugesagt hatte. Und danach? Darüber hatte ich mir bisher kaum Gedanken gemacht. Kaum Gelegenheit dazu gehabt. Ich wollte nicht darüber nachdenken. Ich schob die Bettdecke weg, ließ die Dusche laufen, bis das Glas beschlagen war, dann schrubbte ich mich unter dem brühheißen Wasserstrahl am ganzen Körper ab. Mein unberührter Körper. Mein unberührbarer, durch Schicksalsschlag und Trauer unberührbar gewordener Körper. Mein einzelner, verwitweter Körper. Ich stellte das Wasser so heiß, wie ich es nur irgend aushielt: schmerzhaft, schwindelerregend. Dann hüllte ich mich in den Bademantel, öffnete die schweren Vorhänge und rief beim Zimmerservice an.

Valerie kam hereingeschneit, als ich gerade die letzten Schlucke Kaffee trank, sie hatte eine Tüte mit Gebäckstücken dabei. Sie war großgewachsen und trug immer einen extravaganten, architektonisch anmutenden Designer-Mantel über einem sackartigen Seidenteil, das an ihr unglaublich elegant aussah.

Oje, sagte sie, während sie aus dem Mantel schlüpfte und ihn über eine Stuhllehne hängte.

Ich kann das alles gar nicht glauben – wie fühlst du dich? Hast du ein bisschen schlafen können? Der Abend gestern war ja ziemlich heftig. Es tut mir so leid, sagte sie. Du musst das alles nicht machen, weißt du, du kannst alles absagen, wenn du willst, das ist kein Problem. Ich kann alles umorganisieren. Oder du machst nur die Lesung heute und mehr nicht. Überleg's dir, sagte sie, während sie mit der Gebäcktüte zu dem kleinen Tisch am Fenster ging und sich setzte.

Ich verstand, was sie da sagte. Mir war klar, dass die Preisrede eine Katastrophe gewesen war. Aber ich hatte Ada bereits gesagt, dass ich weitermachen wollte, und daran hatte sich nichts geändert. Nein, sagte ich. Nicht jetzt, nach all den Jahren. Nachdem ich so viel Arbeit investiert habe, um an diesen Punkt zu kommen.

Sie wusste, was ich meinte, schließlich hatte sie mich die meiste Zeit begleitet, wir waren gemeinsam so weit gekommen. Valerie und ich hatten uns vor Jahren auf einem Literaturfestival kennengelernt, als ich noch eine vielversprechende junge Autorin war, wie man es so schön nennt, und sie als Agentin gerade erst anfing. Damals vertrat mich noch jemand anders, und ich war mit dem Arrangement alles andere als zufrieden. Valerie und ich trafen durch einen Zufall im Aufenthaltsraum für die Künstler zusammen, weil im Veranstaltungsplan etwas durcheinandergeraten war. Man hatte unsere Namen verwechselt, sodass ich auf ihrem Podium angekündigt war und sie auf meinem. Aber es war ein glücklicher Zufall – nachdem ich sie kennengelernt hatte, war für mich die Sache klar. Für uns beide.

Ich hab gestern Abend überstanden, sagte ich, dann schaffe ich alles andere auch. Ich weiß, dass ich das durchziehen kann, und ich will es. Ich brauche das.

Du hast den Terminplan aber schon gesehen, oder?

Ich nickte. Ich krieg das hin, versicherte ich ihr. Außerdem ist es besser so. Sie neigte den Kopf ein wenig, als wäre sie sich da nicht ganz sicher.

Na, egal wie, sagte sie, du musst jedenfalls was essen. Valerie riss das Ende von einem Croissant ab und schob es sich in den Mund, wobei sie es irgendwie hinbekam, dass weder an ihrem fuchsienroten Lippenstift noch an ihren Fingern Krümel hängen blieben. Trotzdem wischte sie sich die Hände sorgfältig an einer Papierserviette ab. Sie war in allem, was sie tat, ökonomisch und untadelig, verhalten, könnte man sagen, bis auf ihre glamouröse Kleidung. Sie zupfte das andere Ende des Croissants auf die gleiche Weise ab. Ich hatte sie nie irgendetwas ganz aufessen sehen.

Hör zu, sagte sie. Ich habe mit deiner Schwester gesprochen. Ada hatte mir ihre Nummer gegeben. Wir versuchen, was zu organisieren. Unterstützung für dich. Das wird bald alles erst so richtig über dich hereinbrechen. Sie stand auf, um den Wasserkocher zu füllen. Du hast wirklich einen vollgepackten Terminkalender. Auch wenn wir weitermachen, und das willst du ja, wäre es gut, ein bisschen mehr Luft zu haben. Ich habe so eine Art Schonfrist für dich ausgehandelt – etwa eine Woche, danach geht es dann richtig los –, aber es wäre eine Untertreibung, zu sagen, dass das Interesse riesengroß ist. Leider nicht nur an dem Preis.

Die Presse saß nicht nur Ada und Valerie im Nacken, sondern auch James, meinem Presseagenten. Man wollte unbedingt mit mir sprechen. Die drei reagierten mit der gleichen Formel: Sie sagten, ich stünde für eine Stellungnahme derzeit nicht zur Verfügung – etwa so, als würden sie sagen, die Dame des Hauses ist nicht zu sprechen, sie ist indisponiert. Vielleicht benutzten sie sogar dieses Wort. James würde sich durchaus so ausdrücken. Trotzdem hörten die Anrufe nicht auf. Früher oder später musst du dich äußern, sagte Valerie. Wenn du mit den Journalisten sprichst, werden sie so tun, als riefen sie wegen des Preises an, aber dann, das weißt du ja sicher, werden sie versuchen, etwas über den Unfall in Erfahrung zu bringen. Du solltest in deinem eigenen Interesse eine Erklärung abgeben, eine Pressemitteilung veröffentlichen, damit du sie loswirst.

Ich wusste nicht, was ich sagen sollte. Ich wollte nichts sagen. Was gehörte in so eine Erklärung hinein? Ich befürchtete, was immer ich sagen könnte, würde falsch klingen oder mir falsch ausgelegt werden. Ich wusste, wie einfach es war, ein Zitat für Zwecke zu missbrauchen, für die es nicht gedacht war. Die scheinbar harmlosen Auslassungszeichen, mit denen entscheidende Wörter getilgt werden. Du musst das hinter dich bringen, sagte Valerie, ich schreibe dir gern einen Entwurf.

Ich betrachtete Valerie schon lange als meinen Schutzengel. Sie hatte ein geradezu unheimliches Geschick dafür, hinter den Kulissen die Strippen zu ziehen, wusste, wann sie mit wem reden musste. Und wusste auch, so wie jetzt wieder, wann ich mich mit Kommentaren zurückhalten und wann ich sprechen sollte. Sie zog eine Schachtel Berocca aus ihrer Handtasche und gab eine orangene Brausetablette in mein Glas Wasser. Hier, trink das, sagte sie.

Nach der Lesung heute – bist du dir wirklich sicher, dass du das schaffst? –, nach der Lesung packen wir deine Sachen und machen dich reisefertig. Deine Schwester will unbedingt mit dir reden. Ich glaube, sie will versuchen, dich heute Abend anzurufen. Ich habe vor der Lesung noch eine Besprechung, aber ich werde da sein. Ach so, und dann hast du noch einen letzten Telefontermin mit dieser Journalistin vom *New Yorker*, für das Porträt. Aber nach dem Interview und der Lesung machen wir dich reisefertig. Wir haben dir einen Flug gebucht. Am liebsten würde ich dich ja selbst nach Hause bringen, aber ich habe hier geschäftlich noch einiges zu erledigen. Ich bin in einer Woche wieder in London.

Reisefertig? Einen Flug? Wohin?, fragte ich verwirrt.

Nach Hause, antwortete sie. Du musst nach Hause. Mir zuckte ein Bild durch den Kopf – als wären wir noch Kinder, meine Schwester und ich, auf der Suche nach unserem Zuhause, unsicher, was das wohl war, wo wir es finden könnten: verlorene Lämmchen.

Ach so, sagte ich und schaute aus dem Fenster, in den von weißen Wolkenstreifen durchzogenen Himmel. Ich hatte ein Exemplar meines Romans in der Hand, wusste, dass ich noch eine Textpassage für meine Lesung in dem Buchladen auswählen musste.

Gut, also, sagte Valerie nach einem prüfenden Blick auf ihr Handy, wir müssen uns beeilen. Dein Telefoninterview ist in zehn Minuten. Iss du mal dein Croissant fertig, und ich hole dir noch ein Glas Wasser und vielleicht einen Kamillentee, was meinst du? Dann schicke ich ihr eine Nachricht, dass du so weit bist.

Ich zog meinen Stuhl näher ans Fenster und räusperte mich. Du wirst das hervorragend machen, sagte sie. Wie alles, was du tust. Und denk dran – keine Fragen beantworten, mit denen du dich nicht wohlfühlst.

Kurz darauf klingelte das Telefon. Ich ließ es drei Mal klingeln, dann ging ich ran. Es war ein Mann von der Rezeption: Ein Ferngespräch für Sie, Madam. Augenblick, ich verbinde. Ein Rauschen in der Leitung, gefolgt von Radioklängen – ich war in der Warteschleife. Dann meldete sich eine Frauenstimme. Ja, sagte ich. Ich bin dran. Valerie stand noch an der Tür. Sie hielt mit fragendem Blick den Daumen hoch – alles in Ordnung? –, und als ich nickte, ging sie leise hinaus.

Die Journalistin, deren Namen ich nennen könnte, aber nicht werde – ihr Text ist nach wie vor verfügbar, wer will, kann ihn lesen, aber ich will ihn nie wieder zu Gesicht bekommen, ganz sicher nicht –, gratulierte mir. Sie klang herzlich, und ihre Begeisterung wirkte echt – mittlerweile kannte sie mich ja gut. Unsere Gespräche hatten einige Monate zuvor begonnen, als sie mit Valerie Kontakt aufgenommen und gefragt hatte, ob sie ein Porträt über mich schreiben könne. Der Zeitpunkt schien ideal, schließlich sollte bald mein neues Buch erscheinen – von dem Preis wussten wir damals noch nichts. Auf meinen Wunsch trafen wir uns zunächst auf einen Kaffee, ich hatte ein Café bei mir in der Nachbarschaft vorgeschlagen. Ich wolle erst einmal sehen, ob wir einen Draht zueinander hätten, erklärte ich ihr. Es war im Spätfrühling. Wir saßen draußen. Ich war nervös – sie war jünger als ich und auffallend selbstbewusst. Ich wusste aus Erfahrung, dass sie sich mit dem Text bei ihresgleichen würde profilieren wollen, oder zumindest bei denjenigen Personen aus der Welt des Journalismus, die sie am meisten bewunderte. Ich betrachtete das mit Argwohn – betrachtete sie mit Argwohn. Aber sie kannte mein Werk gut, und ihre Einstiegsfragen waren klug und interessant. Auch war das Porträt keine Auftragsarbeit, sondern ihre eigene Idee. Also ließ ich mich darauf ein. Nach jenem ersten Kaffee trafen wir uns mehrmals in der Stadt. Sie war Amerikanerin, lebte aber in London. Mal aßen wir mittags zusammen in einem altmodischen italienischen Restaurant, mal gingen wir abends in eine Bar. Sie hatte etwas Unaufgeregtes, strahlte Gelassenheit aus. Ihr Gesicht war ruhig und offen.

Manchmal denke ich, dass sie mich von Anfang an eingewickelt hat. Dass sie wusste, wie sie mich dazu bringen konnte, mich ihr zu öffnen, ohne dass ich es überhaupt bemerkte. Ich hätte wachsamer sein sollen. Normalerweise war ich das auch. Aber bei diesem letzten Gespräch in dem Hotelzimmer passte ich nicht auf, oder jedenfalls nicht so konsequent wie sonst. Wir begannen mit dem üblichen freundlichen Austausch, doch dann nahm das Gespräch eine Wendung, mit der ich nicht gerechnet hatte.

Bei diesem Thema würde ich gern in Sie hineinschauen, sagte sie, in Ihren Kopf. Ein Gefühl dafür bekommen, was in Ihnen vorgeht. Ich weiß, wir haben uns darüber schon unterhalten, aber ein paar Dinge sind beim letzten Mal dann doch nicht zur Sprache gekommen, und da wollte ich gern noch mal nachhaken. In einer unserer Unterhaltungen vor ein paar Wochen haben Sie das Verschwinden Ihrer Mutter erwähnt. Ich weiß, dass sich in Ihren Romanen oft ähnliche dramatische Ereignisse abspielen, die das Leben Ihrer Heldinnen verändern. Wir haben jetzt seit ein paar Wochen nicht mehr miteinander gesprochen, das letzte Mal vor – na ja, vor diesen schrecklichen Ereignissen, und da wollte ich fragen, also, es muss sich doch seltsam anfühlen, plötzlich selbst zu erleben –

Ich war verblüfft von dieser Unverfrorenheit und fiel ihr ins Wort. Nein, sagte ich. Tut es nicht. Und so ist es auch nicht. Ich wusste, worauf sie hinauswollte, aber da wollte ich nicht hin. Ich wollte nicht, dass meine eigene Geschichte die Antwort auf ihre Frage sein würde, deshalb war es besser, wenn sie die Frage gar nicht erst stellen konnte. Sie hatte schon recht, das alles, was ich da gerade erlebte, war mir in gewisser Weise durchaus bekannt. Aber ich wollte nicht über Patrick reden. Nicht in diesem Moment. Nicht mit ihr. Zugleich wusste ich, dass mich meine schroffe Reaktion hartherzig und gefühllos erscheinen ließ und ich das zurechtrücken musste, damit es in dem Porträt nicht so dargestellt würde.

Eins allerdings stimmt, lenkte ich also ein, machte einen kleinen Rückzieher. Eine Weile, sagte ich, war das Verschwinden meiner Mutter allgegenwärtig. Im Radio, in den Zeitungen – es war schrecklich. So etwas vergisst man nicht, darüber kommt man nicht hinweg. Schon gar nicht als Kind.

Natürlich, sagte sie.

Ich griff nach dem Tee, den Valerie mir hingestellt hatte, und verbrannte mir die Zunge. Die Journalistin nutzte die kurze Pause und redete rasch, sie machte deutlich, dass sie informiert war, Bescheid wusste: eine Frau, die sich kundig gemacht hatte und nicht bereit war, sich abwimmeln oder umlenken zu lassen. Ich war verblüfft. Sie wusste Dinge aus meiner Vergangenheit und über mein Buch, bei denen mir bis heute schleierhaft ist, wo sie sie herhatte. Einzelheiten aus meinem Leben mit Patrick. Fakten über meine leibliche Mutter. Informationen, die sie offenbar gesammelt, ja gehortet hatte, um sie im passenden Moment einzusetzen, und mit denen sie mich jetzt überfiel, die sie gleichsam als Waffe benutzte, um mich unter Zugzwang zu setzen. Aber warum? An einzelne Formulierungen erinnere ich mich: Hungergeister, hinter den Kulissen, persönliche Dämonen. Ich weiß nicht, wie sie das alles herausgefunden hatte. Mit wem sie gesprochen, was sich verändert hatte. Nachdem wir über mehrere Monate hinweg lange, weitschweifige Unterhaltungen geführt hatten, schor sie plötzlich alles, was ich geschrieben hatte, über einen Kamm und behandelte es als schlichte Bekenntnisliteratur, so als wäre das von vornherein ihr Ziel gewesen: mein Leben und meine Romane miteinander zu verknüpfen, zu einem Ganzen zu verweben. Ich war so überrascht, dass ich nicht angemessen zu reagieren vermochte, nicht in meinem damaligen Zustand, und so stammelte ich blindlings drauflos. Ich weiß nicht, wie viel von dem, was mir damals durch den Kopf schwirrte, ich laut aussprach.

Aber Sie haben recht, erwiderte ich, wenn ich mich

recht entsinne – gewisse Überschneidungen gibt es vermutlich immer. Ich erinnerte mich noch gut an die Aushänge mit dem Bild meiner Mutter, die an den Telegrafenmasten klebten, an die Radionachrichten, die mein Vater mit seinem kleinen braunen Apparat hörte. Das Knistern, die abgebrochene Antenne. Kann sein, dass ich ihr das am Telefon beschrieb, vielleicht aber auch nicht. Womöglich spielt das gar keine Rolle, diese Journalistin kannte mein Werk, sie war solchen Einzelheiten zweifellos schon hier und da begegnet. Doch dieser Fall war abgeschlossen, rief ich ihr in Erinnerung. Wobei es eine Lüge gewesen wäre, zu behaupten, jene Zeit in meinem Leben hätte nicht in der einen oder anderen Form Einzug in meine Romane gefunden. Ich wusste, dass ich wahre Details in fiktionale Szenen eingebaut hatte. Es war meine Art, damit umzugehen, dass mir bestimmte, lang zurückliegende Episoden aus meinem Leben immer wieder durch den Kopf geisterten. Denn der Fall war nicht deshalb abgeschlossen, weil wir wussten, was geschehen war, sondern weil es sich nicht herausfinden ließ. Ich versuchte, mit dieser Tatsache zu leben. Was ich der Journalistin, glaube ich, nicht sagte. Allerdings war ich erschöpft, verkatert, in Trauer. Ich kann nicht sicher wissen, was ich laut aussprach und was ich nur dachte. Niemand meldete sich damals mit irgendwelchen Hinweisen, es wurden keinerlei Spuren entdeckt. Entweder war es tatsächlich nicht möglich, meine Mutter zu finden, oder sie wollte sich nicht finden lassen. Wir wussten nicht einmal, ob sie überhaupt noch am Leben war. Es ist besser, wenn wir davon ausgehen, dass sie tot ist, sagte unser Vater einmal, denn er wollte, dass wir mit dem Ganzen abschlossen, nach vorne schauten, wie er es gern nannte. Er war imstande, so zu leben – bewusst zu vergessen, sich nur selektiv zu erinnern. Aber wie soll man so tun können, als wäre ein Elternteil tot, wenn selbst ein realer Tod etwas ist, das man radikal infrage stellt, immer wieder anzweifelt, eine Tatsache, die man allen Beweisen zum Trotz auf Schritt und Tritt leugnen, widerlegen, für unwahr erklären will. Unmöglich. Ich schaute aus dem Fenster, ein Kondensstreifen zog sich über den blauen Himmel. Wir Kinder konnten das jedenfalls nicht, wir konnten es uns nicht vorstellen. Also lernte ich, mit diesem Nichtwissen zu leben, mit dem ungeklärten Zustand, der manchmal als Hoffnung daherkam: Ja, vielleicht war unsere Mutter tot, aber vielleicht würde sie auch im nächsten Moment vor der Tür stehen. Ich habe gelernt, mit dieser grundlegenden Ungewissheit zu leben, sagte ich möglicherweise, meine Vergangenheit mittels dieses Spannungszustandes zu begreifen: War sie noch am Leben oder war sie tot? Existierte sie oder existierte sie nicht? Und von dort war es natürlich nicht mehr weit zu der Frage: War sie eine reale Person oder war sie es nicht?

Ich umklammerte den Telefonhörer so fest, dass die Finger meiner rechten Hand kribbelten, halb taub waren. Draußen fuhr ein Feuerwehrauto mit gellender Sirene vorbei. Ms. Blackwood, fragte die Journalistin. Sind Sie noch da?

Was? Ja. Ja, ich bin noch da.

Sie fragte etwas anderes, aus einem anderen Blickwinkel, eine Frage mit zwei, dann drei Anknüpfungspunkten. Ich war plötzlich furchtbar müde und hatte Mühe, ihr zu folgen, fühlte mich gezwungen, Souveränität vorzutäuschen. Sie sollte nicht denken, dass ich ihre Fragen nicht mehr erfassen konnte oder nicht verstand, dass ich unkonzentriert war, geistesabwesend. Das könnte alles in dem Artikel erscheinen. Deshalb redete ich. Ich redete, um ihr zu beweisen, dass ich dazu noch in der Lage war. Dass ich auf ihre komplizierte Frage mit einer ebenso komplizierten Antwort reagieren konnte, die zu erfassen sie ihrerseits womöglich Mühe haben würde.

Ja, sagte ich, wobei ich mir als Kind nicht sicher war, worauf ich mich da einhasse – äh, was habe ich da gesagt? Einlasse, meinte ich. In Bezug auf das, was mein Vater von uns verlangte. Ich räusperte mich und setzte neu an. Wissen Sie, sagte ich, ich habe schon oft gedacht, dass ich vielleicht nicht zuletzt deshalb Schriftstellerin geworden bin, weil mein ganzes Denken im Grunde fiktional ausgerichtet war, denn dadurch konnte ich mit dem Verschwinden meiner Mutter und all den Ungewissheiten besser umgehen und mir meine Mutter in gewisser Weise erhalten. Als Kind und auch noch als junge Frau habe ich viel Zeit mit hypothetischen Überlegungen verbracht (was wäre gewesen, wenn ich nicht; was, wenn sie doch; wie wäre es, wenn wir; vielleicht ist sie; ich könnte). Auf diese Weise habe ich gelernt, eine gewisse psychische Energie, die für solche Mutmaßungen und Spekulationen erforderlich ist, zu entwickeln und aufrechtzuerhalten und eben auch umzuwandeln – eine Energie, die aus meiner heutigen Sicht eng mit jener verwandt ist, die man zum Romanschreiben braucht. Eine Art verkehrte, nein, ich meine umgekehrte Lebensgestaltung. Als Kind habe ich diese Energie genutzt, um meine Vorstellung von meiner Mutter lebendig, ihr Bild intensiv und in Bewegung zu halten – um die Erinnerung an einzelne Worte und Sprechweisen zu schärfen, an ihre Art, sich zu bewegen, an die Details ihres Gesichts. Ich konnte sie in die Realität holen, indem ich sie lebendig erscheinen ließ. Oder ich konnte sie lebendig erscheinen lassen, indem ich ihr diese reale Anmutung gab. Im Grunde war sie die erste Protagonistin, die ich je im Kopf hatte.

Die Journalistin am anderen Ende der Leitung murmelte etwas. Ich verstand es nicht richtig. Sie konnte sehr leise sprechen, wenn sie es für notwendig erachtete, und hatte die Angewohnheit, sich im Gespräch ein wenig vorzubeugen, was mir den Eindruck vermittelte, sie höre wirklich zu. Ich stellte mir vor, dass sie das auch jetzt gerade tat, obwohl wir nicht im selben Zimmer saßen. Im Laufe der Zeit hatte sich die Journalistin mein Vertrauen erworben – heute weiß ich, dass ich ihr nie hätte vertrauen dürfen. Aber ich fühlte mich immer schlecht, geradezu schäbig, wenn ich mich den Fragen irgendwelcher Presseleute verweigerte – so als sollte ich eigentlich froh sein, dass man überhaupt etwas von mir wissen wollte. Es war mein eigener Widerwille, der mir Unbehagen bereitete, hatte ich mir oft einzureden versucht, nicht ihr aufdringliches Fragen. Das in diesem Fall auch gar nicht so aufdringlich war. Die Journalistin vom *New Yorker*, deren Namen ich nicht aussprechen werde, pflegte langsam zu nicken, selbst wenn ich gerade nichts sagte. Es war wie ein Körpersprache-Signal für: *Okay, das ist gut, ich bin ganz bei Ihnen, wir machen das gemeinsam.* Sie nickte, während sie an ihrem Drink nippte, und in das Schweigen hinein begann ich dann zu reden – weil ich ein bisschen nervös war und dachte, ich könnte mich in eine bessere Lage, einen angenehmeren Zustand reden; weil sie immer weiter nickte, ermunternd und zugleich bestätigend, als äußerte sie schon jetzt ihre Zustimmung zu etwas, was ich noch gar nicht gesagt hatte, aber gleich sagen würde; weil ihr meine Worte zu gefallen schienen, was nun genau die Sorte Schmeichelei war, auf die ich immer wieder hereinfiel. Hinterher machte ich mir jedes Mal Sorgen, was ich ihr da womöglich alles erzählt hatte. Ich konnte mich nie so recht daran erinnern, unsere Mittagessen, unsere Abende in der Bar dauerten immer länger, als ich erwartet hatte.

Es gibt eine Frage, sagte sie an jenem Tag am Telefon, die ich Ihnen zu diesem Buch, dieser Geschichte, noch nicht gestellt habe, auch wenn wir das Thema in Bezug auf Ihr restliches Werk schon ausführlich besprochen haben. Es ist eigentlich eine ganz simple Frage, aber sie scheint mir wesentlich.

Seit ich Schriftstellerin bin, werde ich in Interviews gefragt, warum ich immer wieder die gleichen Themen aufgreife, warum in so vielen meiner Bücher jemand eine fürchterliche Ungerechtigkeit erleidet – verlassen oder zugrunde gerichtet wird – und schließlich, wenn auch aus unterschiedlichen Gründen, vielleicht sogar das erlebt, was man gemeinhin als Zusammenbruch bezeichnet. Wobei einige Leserinnen und Kritiker bestreiten, dass es sich bei dem, was ich da beschreibe, um Zusammenbrüche handelt. Einige behaupten, was diese Figuren täten, wie sie sich anderen gegenüber verhielten, sei eine ganz normale, erwartbare Reaktion auf das, was ihnen widerfahren sei. Ja, es sei die angemessene Reaktion, wenn man die Umstände bedenke. Andere werfen meinen Figuren

Nachlässigkeit vor und möchten sie bestraft sehen, und sei es nur durch ihren, der Leserschaft, Hass, den sie öffentlich kundtun, indem sie erklären, wie sehr sie die von mir erschaffene Figur verabscheuen und deren fiktionale Existenz missbilligen. Schon mehrmals sind Leute allein deshalb zu meinen Lesungen gekommen, um mir das zu sagen. Sie harren eine geschlagene Stunde lang aus, während ich spreche, dann stellen sie sich noch mal eine halbe Stunde lang an, nur um mir schließlich von Angesicht zu Angesicht mitteilen zu können, wie sehr sie die von mir erfundene Figur verabscheuen. Während sie das sagen, pressen sie mein Buch an ihre Brust und weigern sich, es mir zu reichen. Nein, sagen sie, ich will es nicht signiert haben.

Das tut mir leid, sage ich. Dass Sie die Figur nicht mögen, meine ich.

Aber vielleicht sollte ich mich nicht entschuldigen. Es gibt nun mal Menschen, die sich genötigt fühlen, laut zu urteilen, und andere, die sich eines Kommentars enthalten.

Ich habe keine Ahnung, was ich an jenem Tag auf die Frage der Journalistin antwortete. Ich weiß, dass ich zu schnell und zu viel redete. Wie üblich versuchte ich, um die Frage, die ich nicht beantworten wollte, herumzureden. Ich habe das nicht entschieden, versuchte ich zu erklären – ich habe nachgeforscht oder habe es zufällig entdeckt. Oder vielleicht hat es mich entdeckt. Meine Stimme versagte. Oh, sagte sie. Tut mir leid, ich wollte Sie nicht aus der Fassung bringen. Sie müssen nicht –

Nein, nein, sagte ich und holte tief Luft. Es geht schon. Geht schon. Valerie hatte eine Plastikflasche mit Wasser auf dem Tisch stehen lassen. Ich versuchte sie zu öffnen, aber der Deckel saß zu fest. Ich klemmte den Telefonhörer zwischen Kinn und Schulter und probierte es mit beiden Händen. Vom vergangenen Abend war ich völlig dehydriert. Jetzt bewegte sich der Deckel, die gezackte Plastikversiegelung war aufgerissen. Ich trank. Sie muss gehört haben, wie gierig ich schluckte.

Es war allgemein bekannt, dass ich einmal mitten in einem Interview davongelaufen war. Ich weiß noch, wie ich damals unter irgendeinem Vorwand das Café verlassen hatte und zu dem Parkplatz auf der anderen Straßenseite gegangen war, wo es eine öffentliche Toilette gab, in deren hinterster Kabine ich mich einschloss. Ich lehnte mich an die Wand, machte die Augen zu und versuchte, tief ein- und auszuatmen. Ich erinnere mich, dass die Wände in einem grausigen Gelb gestrichen waren, der Farbe von Galle. Ein Teil dieser Episode – die Tatsache meiner Flucht – fand dann auch den Weg in den damaligen Zeitungsartikel. Als Konsequenz – zur Schadensbegrenzung und auch um meiner Neigung gegenzusteuern, zu viel zu reden, den Faden zu verlieren und dann in bebende Nervosität abzugleiten – hatte Valerie inzwischen eine Handvoll ausgefeilter Rechtfertigungen in petto, mit denen sie mich zu schützen versuchte, zudem gab sie mir, wie es in der Politik gang und gäbe ist, eine Reihe sprachlicher Versatzstücke an die Hand. Die lernte ich auswendig, für ein Buch nach dem anderen. Der Roman »potenzierte eine Erfahrung um ein Vielfaches« und fiktionalisierte sie auf diese Weise. Oder er »basierte auf wahren Erlebnissen« oder »testete die Grenzen der Erinnerung aus« – alles Fingerzeige, dass es einen Kipppunkt gab, ab dem das Erzählte nicht mehr der Realität entsprach, sondern unwahr, erfunden war. Je ausgeklügelter diese PR auf zweiter Ebene allerdings wurde, desto mehr drängte sich mir die Frage auf, ob ich die Wahrheit nur aus dem Grunde wiederholt verschleiert hatte – so sah ich es jedenfalls –, weil ich eine Frau war, oder ob ich nicht vielmehr, so wie viele Kunstschaffende, befürchtete, wenn ich zu gut verstünde, aus welchen Quellen sich meine schöpferische Arbeit speiste, würden diese austrocknen und womöglich für immer verschwinden. Vielleicht aber ließ ich mich auf dieses Werbegeschwafel auch ein, weil ich bei all den konkurrierenden Versionen – die Bücher selbst, das PR-Material im Hintergrund und was aus alldem erwuchs – langsam das aus dem Blick verlor, wovon ich eigentlich zu sprechen versucht hatte, es so sehr aus dem Blick verlor, dass ich gar nicht mehr darüber zu sprechen vermochte. Oder vielleicht – dies war die Interpretation, in deren Richtung ich abzuirren, auf die ich mich zu stützen, die ich mehr als alles andere zu fürchten begann – lag es daran, dass es doch etwas gab, worüber ich lügen musste. Dieser Gedanke kam mir allerdings erst nach dem Unfall.

Ich weiß, dass der Tod Ihres Mannes erst wenige Tage – acht, glaube ich? – her ist, sagte die Journalistin. Es tut mir so leid. Ich kann mir gar nicht vorstellen –

Ich ließ den Blick aus dem Fenster schweifen, während zugleich in meinem Kopf immer wieder der Autostunt in Truffauts *Die amerikanische Nacht* ablief. Wieder und wieder ließ ich das Immer-wieder-ablaufen-lassen aus dem Film in meinem Kopf ablaufen. Ab welchem Moment weiß man, dass etwas Schreckliches passieren wird? Ein Tod steht bevor, doch wir wissen nicht, wer sterben wird.

Es ist uns fern. In *Je vous présente Pamela*, dem Film, um den es in Truffauts Film geht, kommt Pamela selbst schließlich bei einem Autounfall ums Leben, was wir allerdings nicht zu sehen bekommen. Es ist nicht wichtig. Stattdessen sehen wir einen als Pamela verkleideten Stuntman den Wagen fahren. Er springt im letzten Moment heraus, und der Wagen schießt über die Abbruchkante, stürzt den felsigen Hang hinunter und landet im Fluss. Gleich der erste Take gelingt. Wir sehen, wie die Filmfigur Ferrand die Szene schneidet, sie schnell vorwärts, rückwärts und wieder vorwärts laufen lässt. Das Auto saust zurück und verschwindet hinter der unübersichtlichen Kurve, dann kommt es wieder hervorgeschossen. Der Stuntman springt heraus. Das Auto rast über die Abbruchkante. Dann lassen sie das Ganze wieder rückwärts laufen, das Auto schwebt aus dem Wasser nach oben, saust erneut hinunter, prallt unten auf. Mehrmals geht es so vor und zurück, während sie nach genau der Abfolge von Momenten suchen, die Pamelas Tod echt erscheinen lassen wird, überzeugend, eben wie einen Unfall und nicht wie eine sorgfältig inszenierte Filmsequenz. Uns befriedigt das nicht, weil wir wissen, dass es nicht wahr ist. Dass alles nur gestellt ist. Trotzdem ist die Erwartung eines Unglücks in uns angelegt worden, wir wurden entsprechend vorbereitet und rechnen deshalb mit einem Unglück, ohne zu wissen, worin es bestehen wird.

Nein, sagte ich. Das können Sie wahrscheinlich nicht. Aber deshalb sind Sie ja jetzt am Telefon und befragen mich. Fragen mich, warum ich mir Dinge ausdenke und wie ich sie mir ausdenke. Ich hörte sie mit Papieren rascheln, vielleicht überflog sie ihre Notizen und überlegte, welche Frage sie mir als Nächstes stellen sollte oder ob sie irgendwas vergessen hatte. Ich war unruhig. Das Ganze dauerte länger, als es hätte dauern sollen. Ich musste mich noch für die Veranstaltung in der Buchhandlung umziehen, musste entscheiden, welche Passage ich lesen würde, und daran denken, sie auch zu markieren, damit ich mich nachher nicht lächerlich machte, indem ich orientierungslos in meinem eigenen Buch herumblätterte. Aber ich wusste, dass ich es nicht riskieren konnte, sie zur Eile anzutreiben.

11

Als ich das Telefonat endlich beenden konnte, war ich schon eine halbe Stunde zu spät dran für die Lesung. Ich sprang in ein Taxi, und am Ziel nahm Valerie mich in Empfang. In der Buchhandlung hatte man eine große Fläche freigeräumt und mehrere Stuhlreihen aufgestellt, die alle besetzt waren. Jemand reichte mir ein Glas Wein, während Valerie mich zwischen den Leuten hindurch nach vorn zu einer improvisierten Bühne führte. Meine Hände waren feucht. Ich fuhr mir vorn übers Kleid und setzte mich. Neben mir stand ein kleiner Tisch mit einem halb vollen Wasserglas. Ich stellte das Weinglas daneben und strich mir die Haare hinter die Ohren, während der Organisator auf mich zu kam. Doch statt mir die Hand zu reichen, wie ich es erwartet hatte, berührte er mich leicht an der Schulter und beugte sein Gesicht ganz nah ans meines.

Ich kann Ihnen gar nicht sagen, wie leid mir das alles tut, sagte er. Sind Sie sicher, dass Sie das wirklich machen wollen? Ich hatte mit der Journalistin am Telefon schon zu viel geredet und wusste, dass ich in Tränen ausbrechen würde, wenn ich in diesem Moment versuchte, noch etwas zu sagen, deshalb wedelte ich mit beiden erhobenen Händen, als wäre das alles nicht der Rede wert, und griff dann nach dem Glas Wasser. Ich schaute zum Publikum.

Alle sahen mich erwartungsvoll an, ich spürte ihre Blicke, vielleicht fragten sie sich, ob ich die Veranstaltung durchstehen würde. Mir kam der Gedanke, dass womöglich alle dachten, ich hätte den Preis nur aus Mitleid bekommen: die verwitwete Schriftstellerin, die durch ihren Schmerz noch an Glamour gewinnt. Wenn das nun tatsächlich so war? Aber es konnte nicht sein, rief ich mir in Erinnerung, denn ich hatte von dem Preis schon erfahren, bevor wir das Schiff auch nur betreten hatten, viele Wochen vor dem Unfall. Ich trank noch einen Schluck Wasser. Das Glas roch leicht nach Ei. Ich sah Fingerabdrücke darauf und am Rand Lippenstiftspuren einer anderen Frau. Ich blätterte in meinem Roman. Die Stellen, die ich vorlesen wollte, waren mit gelben Klebezetteln markiert. Ich hatte sie in aller Eile ausgewählt, im Taxi auf dem Weg vom Interview zur Buchhandlung. Jetzt befürchtete ich, eine schlechte Wahl getroffen zu haben. Der Organisator richtete mir das Mikrofon. Wie lange soll ich lesen?, fragte ich. Ich bin von zwanzig Minuten ausgegangen.

Ja, das wäre perfekt, erwiderte er.

Ich nickte. Er tippte ans Mikro, und die Leute verstummten. Dann sagte er ein paar einleitende Worte, und es wurde applaudiert. Ich lächelte ins Publikum. Vielen Dank, sagte ich. Ich freue mich, dass ich hier sein kann. Ich weiß, dass wir ein bisschen spät dran sind, deshalb fange ich direkt an zu lesen, und zwar gleich am Anfang, oder jedenfalls kurz nach dem Anfang. Ich werde aber nichts erklären, ich will für diejenigen, die das Buch noch nicht gelesen haben, nicht zu viel verraten. Dann räusperte ich mich und schlug das Buch auf.

Ich begann mit einem Abschnitt über den Tag, an dem meine Mutter verschwand, und dann jenen schrecklichen Vormittag, als die Polizei den Flussgrund absuchte. Der Fluss war umgeleitet worden, und in dem trockengelegten Stück klaubten die Männer mit ihren blauen Plastikhandschuhen vorsichtig bestimmte Gegenstände aus dem Schlamm und siegelten sie in transparente Tüten ein. Einen Schuh, sagte man mir. Eine Lesebrille. Den Gürtel eines Mantels. Andere, größere Gegenstände erschienen als von Schlick überzogene Erhebungen im Flussbett, etliche viktorianische Tresore, alle geknackt, kaputte Fahrräder, Wellblechstücke, Schulstühle. Es herrschte ein furchtbarer Gestank: die freigelegte Wasserpest, die an der Luft zu faulen begann, die flachen Gumpen mit schwarzem, von Algen überzogenem Wasser. Tote graue Bäume reckten ihre Äste aus dem Schlick. Ich hatte mich aus dem offenen Fenster des Hotelzimmers gelehnt und laut nach ihr gerufen. Nach meiner Mutter. Aber mein hohes Stimmchen verlor sich im stürmischer werdenden Wind. Ungefähr um diese Zeit – kurz davor oder danach – muss es auch gewesen sein, dass man mir die Fingernägel schnitt, so kurz, dass die Ränder des weichen, rosigen Nagelbetts zum Vorschein kamen. Jemand hielt meine Hand, umfasste sie noch fester, als ich zurückzuckte. Man schnitt mir die Nägel, weil ich mir das Gesicht blutig gekratzt hatte. Danach ließ die andere Hand meine los. So, fertig, sagte jemand, und ich rannte ans Fenster, riss es auf und schrie in den Wind hinaus. Jemand griff von oben nach mir und trug mich fort. Dann bekam ich weiche Wollhandschuhe angezogen und einen Becher mit heißer Milch gereicht, die einen medizinischen Beigeschmack hatte. So schläfst du besser, sagte jemand, und dann: Schau mal diesen Becher an! Was hat Peter wohl jetzt wieder vor? Unartiger Peter – auf dem Becher war ein verblasstes Bild von Peter Rabbit in seiner blauen Jacke, der die aus Mr. McGregors Garten geklauten Karotten futterte. Unartiger Peter, sagte die Stimme noch einmal. An Peters Jacke fehlten die Knöpfe. Der Becher hatte auf beiden Seiten Griffe, sodass ein sehr kleines oder aufgeregtes Kind ihn gut halten konnte. Ich erkannte den Becher nicht, er gehörte nicht mir, aber er musste schon oft und sehr gründlich gespült worden sein, ein Lieblingsbecher, der mit dem Schwamm geschrubbt worden war, bis das Bild von Peter zu verblassen und verschwinden begann. Als ich den Becher in die Hände gedrückt bekam, war vor dem weißen Hintergrund nur noch wenig mehr als die langen Ohren und die blaue Jacke zu erkennen.

Ich erklärte, mir sei erst später klargeworden, dass es mein Vater gewesen war, der mir die Handschuhe überstreifte und die mit Brandy und Honig versetzte heiße Milch reichte. Danach zog er die Vorhänge zu, sodass es im Zimmer dunkel wurde. Sie kommt wieder, sagte er. Du wirst schon sehen. Meine Stimme brach, als ich diese Stelle vorlas. Ich fühlte mich seltsam nervös. Es war schwieriger, als ich erwartet hatte, mich mit diesem Material noch einmal zu befassen, es laut vorzulesen. Meine Hände begannen zu zittern. Das Gefühl, angestarrt zu werden, war irgendwie beunruhigend, obwohl es das wahrlich nicht sein sollte. Um dem entgegenzuwirken, beschloss ich, das Publikum direkt anzusprechen, sozusagen einen freundschaftlichen Kontakt herzustellen. Es zumindest zu versuchen. Ich klappte das Buch für einen

Moment zu, ließ den Finger aber zwischen den Seiten stecken.

Ich sollte vielleicht erklären, sagte ich, um der unvermeidlichen Frage am Ende zuvorzukommen und das Wesen dieses Romans begreiflich zu machen, dass der Vater im Buch, Henry, meinem eigenen Vater in vielfacher Hinsicht sehr ähnlich ist, nur in wenigen Aspekten nicht. Das Merkwürdige ist, dass mein Vater eigentlich anders hieß, und natürlich hätte ich der Romanfigur seinen Namen geben können, doch stattdessen habe ich so viel Zeit mit der fiktionalen Version meines Vaters verbracht, dass ich mich schließlich dabei ertappt habe, wie ich von dem echten Menschen unter dem Namen sprach, den ich seinem Avatar gegeben hatte: Henry. Ulkig, sagte ich, eher zu mir als zu ihnen, denn es war wirklich seltsam. Andere Figuren, fuhr ich fort, oder vielmehr Personen, haben ihren echten Namen behalten – sie durften ihn behalten, sagte ich mit einem kleinen Lachen. Und nein, ich habe sie nicht um Erlaubnis gebeten. Na ja. Das sind so ein paar Sachen, von denen ich dachte, ich erzähle sie Ihnen mal, denn danach wird üblicherweise gefragt. Natürlich sage ich später gern mehr dazu, ergänzte ich und erinnerte mich mit einer Art lähmendem Entsetzen an das Interview, das ich vor gerade mal einer Stunde gegeben, und an jene anderen Fragen, denen ich mit solcher Mühe ausgewichen war.

Ich schlug das Buch wieder auf; es war mein Vorabexemplar, fleckig und voller Eselsohren. Ich blätterte um. Entschied mich schließlich, doch nichts über die Szene zu sagen, in der meine Mutter erklärte, sie habe etwas für uns im Auto liegen, ein Geschenk für jede von uns – eine Szene, die ich in mehreren Büchern aufgegriffen hatte, immer wieder leicht abgewandelt. In diesem Buch kam sie kurz vor der Stelle, wo das Mädchen sich an den Fensterrahmen klammert und hinausruft, ehe es dann mit etwas alkoholischer Nachhilfe in den Schlaf befördert wird. Ich bin gleich wieder da, hatte meine Mutter gesagt, *ruckzuck*. Versprochen, sagte sie mit einem Zwinkern. Und dann schlüpfte sie aus dem Zimmer und ward nie wieder gesehen.

Bei der Lesung erwähnte ich das nicht, weil ich nicht zu viel verraten wollte. Es hätte womöglich die Spannung verdorben, wenn ich diese Szene detailliert beschrieben und weiter geschildert hätte, wie meine Schwester und ich danach warteten und warteten und unbedingt herausfinden wollten, was wir da geschenkt bekommen würden. *Sie hat es versprochen!*, jammerte ich. Sie hat es versprochen! Dieses Wort, das für ein Kind ein goldener Talisman ist, ein Wort, das eine fast magische Verbindung herstellt, unzerstörbar, leuchtend vor Kraft, bis es dann besudelt wird. Niemand vergisst diesen Moment der Ernüchterung in der Kindheit, die plötzliche Erkenntnis, dass das Leben von Erwachsenen eine Aneinanderreihung von Täuschungen ist: Du hast doch gesagt, du würdest, du hast versprochen, dass ich, du hast mir gesagt, wann. Ich blätterte um und holte tief Luft.

Vor dem Unfall auf dem Kreuzfahrtschiff hatte Ada vorgeschlagen, dass ich bei den anstehenden Buchvorstellungen den Abschnitt lesen solle, wo das Mädchen und seine Schwester sich im Getriebe der Ermittlungen wiederfinden. Ada gefiel dieser Abschnitt – er sei ein guter Teaser, fand sie, ziehe die Leute in die Geschichte hinein. Aber ich wusste, dass ich das in meinem derzeitigen Zustand, zu diesem Zeitpunkt, unmöglich vorlesen konnte. Ich konnte die Beschreibung, wie die Polizei in dem Hotel eintrifft, wo Henry und die Mädchen gerade wohnen, nicht einmal ansehen. Es war während des Frühstücks, und all die anderen Gäste, die gerade mit ihren Eiern und Würstchen vom Büffet an ihren Tisch zurückkehrten, drehten sich nach uns um. Ich kannte diese Passage auswendig. Hätte sie fast Wort für Wort wiedergeben können, ohne einen Blick auf die Buchseite zu werfen, und je mehr ich versuchte, nicht daran zu denken, desto beharrlicher kehrten meine Gedanken dorthin zurück. An jenem Morgen sollten unsere Zimmer nach etwaigen Hinweisen durchsucht werden, und meine Schwester und ich wurden unterdessen hinausgeschickt. Ich weiß noch, wie eine Polizistin May und mich in Klubsesseln im Foyer Platz nehmen ließ und ein Kellner uns heißen Kakao brachte, den ich nicht anrührte, sodass sich auf dem erkaltenden Kakao eine gelbliche Milchhaut bildete. Unser Vater wurde lange befragt. Ich konnte ihn am anderen Ende des Raums sehen, er hatte den Kopf in die Hände gestützt. Andere Hotelgäste blieben stehen und gafften, oder sie gingen zu ihm und sagten, wie leid ihnen das alles tue. Ältere Frauen mit zu viel Parfüm an der Innenseite ihrer Handgelenke hinterließen dessen Geruch an den Stellen, wo sie uns anfassten: Sie strichen uns übers Haar, legten uns die Hand auf die Schultern. Es war kein Trost, diese allseitige Anteilnahme, sondern ein plötzlicher und schrecklicher Übergriff. Selbst als Kind spürte ich, dass uns schlagartig unsere Privatsphäre verloren gegangen war. Als hätte unsere Welt einen Riss bekommen und die gesamte Atemluft wäre entwichen.

Ich war erst fünf, oder vielleicht sechs, und hatte Mühe, den Fragen der Polizistin zu folgen. Oder war ich sogar noch jünger? Irgendwann kam dann nur noch das Immergleiche: »Erzähl einfach, erzähl uns, woran du dich erinnerst. Erzähl vom letzten Mal – dem letzten Mal, als du sie gesehen hast.« Aber ich erzählte nicht genug, und dann erzählte ich zu viel, und dann stimmte das, was ich zuerst gesagt hatte, nicht mit dem überein, was ich als Nächstes sagte, und als ich erneut befragt wurde – diesmal von jemand anderem, einem Mann – und dann noch einmal und noch einmal, zum hundertsten Mal, so schien es mir, veränderte sich die Stimme des Polizisten. Er klang verärgert, und ich wusste nicht, was ich falsch gemacht hatte, befürchtete, es könnte das Gleiche sein, was meine Mutter anscheinend falsch gemacht hatte, was immer das sein mochte, oder was mein Vater getan hatte, und plötzlich konnte ich nicht mehr reden, weil die Wörter nicht mehr herauskamen, weil ich zu hastig atmete und zu heftig weinte und weil ich die Spucke nicht herunterschlucken konnte, ich fing an zu husten und würgen, und schließlich kam eine Frau, legte mir die Hände auf die Schultern und sagte zu dem Polizisten: Meinen Sie nicht, das reicht jetzt? Draußen am Straßenrand stand inzwischen eine ganze Reihe von Streifenwagen, und hinter dem Hotel wurden bestimmte Bereiche – die am Fluss gelegenen – abgesperrt. Durch die Fenster im Foyer konnte ich sehen, wie vorbeifahrende Autos vor dem Hotel langsamer wurden und die Insassen herüberschauten. Die Klubsessel standen recht nah am Fenster, dort setzten sich abends die Gäste hin, die gern ein bisschen auf das Treiben in den Straßen hinausblickten. Aber ich fühlte mich an jenem Morgen dort nur exponiert. Ich hörte jemanden ans Fenster klopfen und hob den Kopf, um zu schauen. Ein Blitz zuckte – ein Reporter hatte ein Foto gemacht, das Bild, das am nächsten Tag in der Zeitung erschien: die beiden Mädchen in den riesigen Sesseln, jetzt mutterlos. Nichts würde je wieder so werden, wie es gewesen war.

Das alles erwähnte ich jedoch nicht, ich übersprang es und sagte nur, dass wir damals weitere drei Tage im Royal blieben, in der Hoffnung, meine Mutter würde doch noch zurückkommen. Mein Vater bat eindringlich darum, die Polizei möge die Suche noch ausweiten. Er war immer gut darin gewesen, Contenance zu wahren, aber in dieser Zeit begann sie zu bröckeln – seine Augen verengten sich, wenn er versuchte, nicht vor uns zu weinen, er vergaß, sich zu rasieren, die Manschetten seiner Hemden waren fleckig. Für eine Weile führten wir ein unstetes Leben, denn mein Vater suchte nun selbst nach ihr, zog von einem Ort zum anderen, bis irgendwann auch er aufgab und er einen Platz fand, der für uns drei genau richtig schien – das kleine Cottage in Oxfordshire.

Ich hielt inne und griff nach dem Glas Wasser. Der Raum war überheizt. Ich hatte vorgehabt, bis zum Ende des Kapitels weiterzulesen, merkte aber, dass ich aus irgendeinem Grunde erlahmte – das Ganze erschien mir plötzlich flach, weniger fesselnd geschrieben, als ich es in Erinnerung hatte, es war doch nicht die richtige Passage für eine Lesung. Valerie saß an der Seite des Raums, links von mir. Sie achtete immer darauf, bei solchen Veranstaltungen für mich gut sichtbar zu sein, damit sie mir gegebenenfalls ein Zeichen geben konnte. Sie hatte eines für »die Zeit ist gleich um«, ein anderes für »mach weiter«.

Das »Mach-weiter«-Zeichen war ein langsames Nicken oder einfaches Neigen des Kopfs, es konnte für verschiedene Zwecke eingesetzt werden. Darauf hoffte ich jetzt, und sei es nur als Ermunterung. Die hätte ich gerade gut gebrauchen können. Aber Valerie machte keine derartige Geste. Sie hob auch nicht die Hand, um zu signalisieren, dass nicht mehr viel Zeit war. Sie lächelte bloß angespannt und schaute dann auf ihr Handy hinunter. Also machte ich weiter, und zwar mit dem Abschnitt, in dem ich die abweichende Version des Geschehens wiedergab, die meine Schwester erzählte. Sie nämlich behauptete, unsere Mutter sei an jenem letzten Tag, als sie zum Auto hinunterging, um unsere Geschenke zu holen, tatsächlich wiedergekommen. Ich könne mich daran nicht erinnern, sagte meine Schwester, weil ich schon geschlafen hätte. Angeblich setzte sich meine Mutter ans Bett meiner Schwester und strich ihr übers Haar. Aber dann war mein Vater ins Zimmer gekommen. Unsere Eltern stritten sich zornig im Flüsterton, und dann ging unsere Mutter wieder weg, dieses Mal für immer.

Meiner Schwester zufolge brachte mein Vater unsere Mutter dazu, endgültig wegzugehen, er entriss ihr die Handtasche, durchwühlte sie und warf sie dann gegen die Tür. Unsere Mutter hatte tatsächlich Geschenke dabei: Süßigkeiten in einem kleinen Glas, das sie auf den Nachttisch stellte, bevor sie ging. Als sie weg war, ging mein Vater ins Bad und weinte, May dagegen entdeckte das Glas, öffnete es und stopfte sich den Mund mit Bonbons voll. Die meisten, erzählte sie, seien rosa-weiß oder blau-weiß gestreift und nicht verpackt gewesen, aber es habe ein Bonbon von einer Sorte gegeben, die sie noch nie gesehen habe, vielleicht sei es versehentlich in das Glas geraten. Es war größer als die anderen und in ein an beiden Enden verzwirbeltes Stück Wachspapier eingewickelt. Sie packte es aus und steckte es sich in den Mund. Ein weiches Karamellbonbon. Als sie aufwachte, stand das Glas, in dem die Bonbons gewesen waren, nicht mehr neben ihrem Bett, doch das gewachste Papierchen hatte sie noch in der Hand.

Ich wusste nicht, ob ich ihr glauben sollte. Dann guck, sagte sie in unserem Zimmer in Oxfordshire, während unser Vater bei der Arbeit war, und zog ein quadratisches Papierchen, weiß und brüchig, aus der Kleidtasche. Das Papierchen war ganz knittrig, weil es so häufig gefaltet worden war, und in den Knicken, in denen sich das Wachs gesammelt hatte, etwas dunkler. Vom vielen Anfassen war es weich wie ein Papiertaschentuch. Ich drehte den Kopf weg. Na los, sagte sie, riech dran! Sie hielt mir das Papierchen unter die Nase. Du musst einatmen, sagte sie. Wir alle wissen, auch wenn wir nicht darüber nachdenken, dass wir einatmen, weil wir, kurz bevor wir es tun, den Druck des Erstickens verspüren: Es ist der Überlebensinstinkt, der uns atmen lässt, wieder und wieder. Deshalb konnte ich nicht umhin, ihn zu riechen: den intensiven Geruch von verbranntem Zucker, der in das Papier übergegangen war und durch das Wachs erhalten wurde. Woher soll ich denn wissen, ob du das nicht von ganz woanders herhast?, sagte ich.

Es war unmöglich, zu wissen, ob May die Wahrheit sagte. Sie zeigte mir das Papierchen als Beweis, und ich wollte ihr gern glauben – glauben, dass unsere Mutter unseretwegen noch einmal zurückgekommen war. Oder zumindest wegen May. Mit ihr hatte meine Mutter geredet. An ihrem Bett hatte sie an jenem Abend gesessen. Warum auch hätte sie bei mir sitzen sollen, mich aufwecken und mit ihrer kühlen Hand über meine Stirn streichen, meine Haare zur Seite schieben und mir zu naschen geben sollen? Schließlich war ich diejenige, die alles ruiniert hatte.

Ich trank einen Schluck Wasser, räusperte mich. Die Zeit, las ich. Die Zeit kann in der subjektiven Wahrnehmung sowohl gedehnt als auch komprimiert werden. Wenn man zurückblickt, verschiebt man unwillkürlich einzelne Szenen, setzt sie neu zusammen. Man mag das eine Neigung nennen, einen Reflex, Instinkt, vielleicht eine Schwäche – es ist ein Ausdruck menschlicher Fehlbarkeit, der bei Kindern oft in besonderem Ausmaß zutage tritt. Unsere früheste Wahrnehmung unseres Menschseins – unser Ich-Gefühl – rührt aus den Geschichten, die wir hören, und den Geschichten, die wir erzählen, sie erwächst aus unserer Fähigkeit, uns die Mittel des Erzählens anzueignen und sie dann selbst anzuwenden. Genau das übte ich wahrscheinlich, wenn ich mir als Kind die Geschichte unseres Verlassenwerdens in Erinnerung rief, sie wieder und wieder durchspielte. Ich versuchte auf diese Weise, meine Fehler wiedergutzumachen – das, was ich in meinen heftigen Wutanfällen gesagt und getan hatte. Ich war immer davon überzeugt gewesen, dass sie wegen mir gegangen war. Dass es meine Schuld war, dass sie uns verließ. Dass ich sie überforderte. Mich zu schlecht benahm.

Ich hatte etwas im Auge, ein Staubkorn, Stadtschmutz. Ich setzte kurz die Brille ab, um mir das Auge zu reiben.

Meine kindlichen Wutanfälle, das ließ sich ohne Übertreibung sagen, waren bei uns in der Familie legendär – ich weigerte mich, zu schlafen oder zu essen, oder brüllte mir die Seele aus dem Leib. Ein Kind mit außergewöhnlichen Gefühlsausbrüchen – bis es schließlich einer zu viel war. Mein langes Haar, zu einem verfilzten Zopf geflochten. Die Nachmittagssonne schien hell durchs Fenster herein, während ich um mich trat und kreischte, mich meiner Mutter mit der Bürste zu entwinden versuchte, bis sie schließlich zur Nähschere griff und mir den Zopf einfach abschnitt.

Es lag an mir, hatte ich immer gedacht, dass sie verschwand. Was hatte sie einmal gesagt? *Du bringst mich noch ins Grab*, und lange Zeit hatte ich geglaubt, dass es so kommen würde oder schon so gekommen war. Auf die eine oder andere Weise glaubte ich das immer noch. Ich wurde nie das Gefühl los, nicht zu genügen: im Unrecht zu sein und deshalb nicht wirklich liebenswert, oder nicht liebenswert zu sein und somit im Unrecht. Diese empfundene Unzulänglichkeit war für mich als Kind ein Quell der Scham, und aus dieser Scham wiederum erwuchs ein Gefühl von Schuld: Es war meine Schuld, dass ich so und nicht anders war. Natürlich war sie wegen mir verschwunden.

Nichts davon habe ich je gegenüber May geäußert. Aber meine Schlechtigkeit war etwas, das ich nie vergessen, mir nie verzeihen konnte. Versteckt findet sich das wohl in etlichen der Figuren in meinen Büchern wieder.

Ich blinzelte. Das Staubkorn war weg. Ich setzte die Brille wieder auf und las eine Passage über Joany – die Kinderfrau, die uns irgendwann zu Hilfe kam, nachdem meine Mutter weggegangen war. Sie war eine große, füllige Frau mit gewaltigen Brüsten, die von den Knöpfen an ihrer Bluse nur mit Mühe im Zaum gehalten werden konnten, sodass ich immer mal wieder einen Blick auf ihre weiße Unterwäsche erhaschte. Ich charakterisiere sie vor allem über dieses Merkmal, weil das für mich oft das Schönste war: dieses tröstliche Gefühl, an sie gedrückt zu werden, auf ihren Schoß zu klettern und in die Wärme ihres Körpers zu sinken, mich ganz davon einhüllen zu lassen. Über der Oberlippe hatte sie einen feinen schwarzen Flaum, und ihre Haut war so durchscheinend, dass ich in ihrem Gesicht und an ihrem Hals ein Netz feiner blauer Äderchen sehen konnte. Ich legte gern meine kleinen Finger auf die weiße Haut über ihre Oberlippe, spürte die kitzelnden samtigen Härchen ihres Damenbarts.

Das ist Mrs. Charleston, sagte mein Vater an dem Tag, als sie zu uns kam. Und wir quiekten irgendeine Antwort. Aber für uns wurde sie schnell zu Joan oder Joany oder unserer Joany. Es dauerte nicht lange, bis mein Vater sie heiratete.

Nachdem ich einen Teil von alledem vorgetragen hatte, blätterte ich ein paar Kapitel vor. Ich springe jetzt ein Stück vor zu der letzten Passage, die ich heute Abend vorlesen will. Sie ist ziemlich kurz. Ich werde nichts dazu sagen. Außer ich erkläre – nein, besser nicht. Das würde zu viel preisgeben. Also, hier kommt sie.

Ich las noch etwas weiter, dann klappte ich das Buch zu. Einen Moment lang war es still, genau wie ich es erwartet hatte. Natürlich wollte man als Leser oder Leserin wissen, wie es mit den Schwestern weiterging, aber auf das Unglück, das die beiden als Erwachsene aus der Bahn warf – die Passage, die ich kurz angerissen hatte –, war man doch nicht recht gefasst. Ich verriet nicht viel, gab nur eine kleine Kostprobe, dementsprechend war es ein überraschtes, ein gespanntes Schweigen, das mich jetzt umgab: Würde ich weiterlesen, ihnen mehr erzählen, oder würde ich sie wirklich so in der Luft hängen lassen? Die Sätze in diesem Teil des Buchs waren lang, voller Kommata und Konjunktionen – es war nicht einfach, sie vorzulesen, und obwohl ich es geübt hatte, musste ich jetzt in der Buchhandlung feststellen, dass mir der Atem ausging. Ich musste schneller lesen, um das Ende des Abschnitts zu erreichen, konnte nicht mitten im Geschehen langsamer werden, das Tempo war von größter Bedeutung. Allerdings ließ das den Eindruck entstehen, ich sei nervös, zu sehr in meiner selbst geschriebenen Geschichte befangen, und müsse so abrupt aufhören, weil ich mich außerstande sah, fortzufahren, wo ich doch tatsächlich nur wegen der Syntax schneller dem Ende entgegen las. Hätten sie einen Blick auf den Klappentext geworfen, hätten sie zumindest eine Ahnung von dem furchtbaren Ereignis gehabt, das im Mittelpunkt des Buchs stand – das ich jedoch gerade beim Lesen nur angetippt hatte. Sie hätten das Buch gekauft oder aufgeschlagen, weil die Andeutung dieses Ereignisses ihre Neugier geweckt hätte. Nur entsprach das Buch eben nie ganz dem Klappentext, sie waren nicht deckungsgleich. Viele meiner Bücher wurden auf diese Weise beworben oder im Klappentext zusammengefasst – die Havarie, ob im wörtlichen oder übertragenen Sinne, das Feuer, die Schießerei wurden immer besonders hervorgehoben. In diesem Buch hatte eine der Schwestern einen schrecklichen Fehler begangen. Und während die klassischen Lesekreis-Fragen vorrangig auf Ursache und

Motiv abzielten, gleichsam den Anfang einer moralischen Inquisition darstellten – warum hat sie das getan? –, war ich immer viel mehr an den Folgen interessiert gewesen. Ich wusste, dass die Leute nach der Lesung weggehen und die Details dessen, was ich vorgelesen hatte, schnell vergessen würden, aber sie würden gewisse Eindrücke in Erinnerung behalten, bestimmte Bilder, die irgendwann einmal, wenn ich längst aus ihrem Leben verschwunden war, traumartig in ihnen aufsteigen würden: eine Frau in einer blauen Hose, die durch einen Flughafen rennt; ein Mann, der mit der Faust gegen die Wand schlägt. Sie erinnerten sich womöglich an diese Bilder, wussten aber nicht mehr, wie sie miteinander in Zusammenhang standen, welches als Erstes dagewesen war.

Im nächsten Moment hatte sich das Publikum gefangen, und alle applaudierten. Ich griff nach dem Glas und trank noch einen Schluck Wasser. Nicht weil ich Durst hatte, nur um meinen Mund zu befeuchten. Ich setzte meine andere Brille auf – eine zum Lesen, eine zum Herumschauen –, und mein Blick fiel auf die Uhr an der Wand. Es tut mir leid, sagte ich leise zu dem Mann, der die einleitenden Worte gesprochen hatte. Ich glaube, ich habe zu lang gelesen. Nein, sagte er und errötete. Überhaupt nicht. Sie waren großartig.

Die Zeit reicht nur noch für drei Fragen, sagte er ins Publikum, es sollten also gute Fragen sein.

12

Am nächsten Morgen flog ich nach Hause. Bei einer Geschichte, so hatte ich am Tag zuvor, als die Fragen gestellt wurden, meinem Publikum erklärt, ist es oft ein angenehmes Gefühl, nicht zu wissen, was als Nächstes passieren wird – es bildet gleichsam den Eckstein unseres Lesevergnügens. Wenn es gut gemacht ist, empfindet man dieses Nichtwissen nicht als Stagnation, als Unterbrechung, als ein Fehlen von Leben, sondern vielmehr als ein Moment der Erhebung, als in der Schwebe gehaltene Lebendigkeit – ermöglicht wird diese Wahrnehmung durch die Gewissheit, dass etwas geschehen wird, das Vertrauen darauf, dass bedeutsame Entwicklungen zu erwarten sind, weil zuvor die Bedingungen dafür geschaffen wurden. Irgendwann nimmt das Geschehen unweigerlich seinen Lauf, vollzieht sich die Handlung eines Lebens: die kraftvolle Freisetzung zuvor ins Spiel gebrachter Energien. Dieses Nichtwissen ist zugleich ein Wissenwollen, und es geht einher mit der Überzeugung, dass dem Wissenwollen nachgekommen wird, dass ihm nachgekommen werden muss und dass der größere Teil des Lebens noch bevorsteht, sich erst entfalten wird.

Im wahren Leben jedoch ist dieses Gefühl des Nichtwissens selten angenehm, hat man selten ein so ausgeprägtes, ja unverbrüchliches Vertrauen auf eine schlüssige Entwicklung. Ich wusste, dass es an der Zeit war, nach Hause zurückzukehren. Ich wusste nicht, was als Nächstes kam. Es schien undenkbar, dass überhaupt noch etwas geschehen, dass sich weiterhin Dinge zutragen würden. Und so konnte ich nur tun, was Reisende eben tun: in einen Bus oder ein Taxi steigen. Das nächste Flugzeug nehmen. Die Logistik bewältigen. Mich anschnallen. Den Blick von der Sicherheitseinweisung abwenden. Mich durch das Dunkel bewegen. Treiben, schweben, sausen: die Vorstellung von Flucht.

Ich hatte einen Fensterplatz, und während das Flugzeug in die Höhe stieg, schaute ich auf die funkelnde Stadt hinunter. Leichte Übelkeit, ein flaues Gefühl im Magen, ich wappnete mich fürs Hinsehen. Die Abkürzung MOB – für »Mann über Bord« – wird auch verwendet, wenn eine Frau über Bord gegangen ist. Der japanische Vernehmungsbeamte in jenem kleinen Raum mit den Betonwänden hatte sich, wohl wegen seiner beginnenden Glatze, den Kopf geschoren, der somit von kurzen Stoppeln bedeckt war. Ich weiß noch, dass ich das Muster, das die Sommersprossen auf seinem Schädel bildeten, eingehend betrachtete. Der Fachliteratur zufolge, erklärte er mir, verbirgt sich hinter Höhenangst der aufrichtige Wunsch, zu springen.

Im Sommer sind mein Mann und ich oft im Fluss schwimmen gegangen. Zu Beginn der Saison war das Wasser immer sehr kalt – so kalt, dass es tief in den Muskeln schmerzte. Ich wusste das, und deshalb zog ich es vor, diese Pein nicht noch in die Länge zu ziehen, indem ich langsam ins Wasser ging, ich watete bis zu den Knien hinein und sprang dann ohne Zaudern kopfüber ins Wasser, tauchte unter, öffnete in der trüben Tiefe kurz die Augen und schoss wieder hoch an die Oberfläche. Sobald ich oben war, stieß ich einen Schrei aus: vor Kälte, vor Erleichterung und vor Freude, es getan zu haben – jetzt konnte ich entweder schwimmen oder den Rückzug antreten, das war egal, denn der Sieg war mein. Patrick war da ganz anders. Er zog sich aus, blieb dann eine Weile am Rand stehen und schaute aufs Wasser, ging schließlich bis zu den Knöcheln hinein. Er schnappte nach Luft: Es war wirklich zu kalt, um ganz reinzugehen. Aber ich war drin, und er würde es auch schaffen. Also ging er etwas weiter hinein, bis zu den Knien. So blieb er wiederum ein paar Minuten stehen und überlegte, ob er noch tiefer hineingehen sollte. Was er natürlich tat. Zwei, drei Schritte. Er japste, die Taubheit erreichte jetzt seine Oberschenkel, stieg von den Fußsohlen auf, die gefühllos geworden waren, fast jedenfalls, vielleicht spürte er noch den schlammigen Untergrund, die kleinen Steinchen. Ich schwamm weiter, hin und her, mein Körper schmerzte von der Kälte, mein Atem ging flach und schnell. Ich sah zu, wie er sich zentimeterweise vortastete. Zwischendurch entfuhr ihm ein kehliger, gepresster Schrei, der sehr angestrengt klang – als hätte er gern richtig geschrien, kämpfe aber zugleich dagegen an, hielte es zurück, versuche, sich nicht der Kälte hinzugeben. Es war derselbe Laut, den er ausstieß, wenn er versuchte, einen Orgasmus zurückzuhalten, entweder mir zuliebe, weil er auf mich wartete, oder weil seine Lust so groß war, dass er gern geschrien hätte, im Nachbarzimmer aber sein Sohn schlief, auf den er Rücksicht nahm, sodass wir dann Sex hatten, der zwar schön war, aber nicht in restloser Hingabe und Selbstvergessenheit gipfelte. Die Kälte vertrieb jegliche Gedanken aus meinem Kopf, aber diesen Laut nahm ich in seiner Vertrautheit wahr – wie nah Lust und Schmerz im körperlichen Ausdruck doch beieinanderliegen können. Ich wollte, dass er nicht diesen Laut von sich gab, sondern sich einfach ins Wasser stürzte und mit mir schwamm, aber er ging ganz langsam weiter hinein, Schrittchen für Schrittchen, und das Wasser kroch weiter an ihm hoch, erreichte seine Leistengegend, dann den Bauch, Zentimeter um Zentimeter. Er sagte, er müsse sich an das Wasser gewöhnen, worauf ich erwiderte, das sei gar nicht möglich bei dieser Kälte, er solle einfach reinkommen, außerdem würde ich bald wieder rausgehen. Beeil dich, damit wir noch zusammen schwimmen können, sagte ich. Er spritzte sich Wasser auf die Arme, stöhnte wieder, schnappte ab und zu nach Luft. Schließlich tauchte er unter, wobei er sich die Nase zuhielt, und als er wieder an die Oberfläche kam – er schoss empor, als hätte er sich mit aller Kraft vom sandigen Boden abgestoßen –, hatte er Augen und Mund weit aufgerissen, doch kein Ton kam über seine Lippen. Es war, wurde mir bewusst, genau der Gesichtsausdruck, den er hatte, wenn er sich schließlich doch nicht mehr beherrschen, nicht mehr abwarten konnte, wenn es sein musste, jetzt, es nicht mehr anders ging und er kam, stumm, ganz nach innen gekehrt, einen schockierten Ausdruck im Gesicht, weil ihm so etwas passierte. Der einzige Laut, der seiner angespannten Kehle dann schließlich doch entwich, war ein langgezogenes Keuchen. Ich bin der Fluss, dachte ich. Der Fluss bin ich. Und dann war da natürlich noch das Meer.

Das Flugzeug hatte seine Flughöhe erreicht. Das Anschnallzeichen erlosch. Eine heftige Übelkeit erfasste mich: Das Bewusstsein meiner neuen Realität breitete sich langsam in mir aus, die Tatsache, dass ich nach Hause zurückflog, und zwar allein. Ich drückte den Knopf auf der Armlehne, mit dem man eine Stewardess herbeirufen konnte, und bestellte einen Rotwein. Vielleicht musste ich mich einfach nur ein bisschen entspannen. Sie brachte mir eine kleine Flasche und einen Plastikbecher. Ich aß den Rest der Kartoffelchips, die am Anfang verteilt worden waren, und schenkte mir den Wein ein. Vielleicht würde ich danach noch einen trinken, dachte ich, und dann einschlafen. Auf dem Bildschirm vor mir lief der Vorspann eines Films. Ich trank den Wein und schaute dabei aus dem Fenster: Wolken, manchmal ein flüchtiger Blick auf Wasser. Der Wein machte mich schläfrig, aber er minderte nicht meine Übelkeit, und plötzlich spürte ich, dass ich mich übergeben musste. Ich würde es nicht mehr schaffen, rechtzeitig eine der Toilettenkabinen zu erreichen, deshalb griff ich in die Sitztasche, zog die Spucktüte heraus und erbrach mich in sie. Die Stewardess kam wieder. Die beiden Passagiere neben mir wurden umgesetzt, und als ich fertig war, wischte ich mir mit einer Papierserviette den Mund ab, steckte sie in die Tüte und verschloss diese. Die Stewardess nahm mir die Tüte ab, hielt sie dabei von sich weg, und ich trank noch einen Schluck Wasser, lehnte mich in meinem Sitz zurück und sank schließlich und endlich in tiefen Schlaf.

Stunden später wankte ich durch das Ankunftsgate, kaufte mir eine Packung Aspirin und trat hinaus, um mich am Taxistand anzustellen. Eine Frau in einer orangenen

Sicherheitsweste wies mich zur richtigen Haltebucht, und bald fuhr ein Großraumtaxi vor. Es war zu groß für mich, aber ich stieg trotzdem ein, zog den Koffer mit in den Sitzbereich hinein.

Sie sind bestimmt froh, nach Hause zu kommen, sagte der Fahrer, als ich ihm die Adresse genannt hatte, und setzte den Blinker. Keiner da, um Sie abzuholen?, fragte er und lächelte mir im Rückspiegel zu. Ein großer Blumenstrauß, das wäre das Richtige. Und ein paar von diesen Heliumballons. Frauen lieben doch Willkommensfeiern – meine Frau jedenfalls.

Ich nickte höflich und blinzelte das Brennen aufsteigender Tränen weg. Also, sagte er, während er die Fahrspur wechselte, ich für mein Teil wäre jederzeit für eine Willkommensfeier zu haben, nach einem langen Tag am Steuer zum Beispiel. Stellen Sie sich das mal vor.

Ich versuchte es. Es war schwer, aus dem Fenster zu schauen und all die Straßen zu sehen, auf denen Patrick und ich gemeinsam unterwegs gewesen waren – jetzt würde ich allein auf ihnen unterwegs sein. Ich war nur seinetwegen hierhergekommen, in diese Stadt, in dieses Land. Durch ihn war dies meine Heimat geworden. Nur seinetwegen war ich hiergeblieben. Ich bedachte den Fahrer mit einem angespannten Lächeln, setzte mir die Sonnenbrille auf und fingerte an meinem Handy herum.

Während des Flugs hatten sich einige verpasste Anrufe angesammelt. Und als ich sie jetzt durchging, klingelte das Telefon gleich schon wieder. Es war Robert, Patricks Agent, der in Max' Namen fragte, was denn nun mit der Beerdigung sei. Ich kann mir gar nicht vorstellen, wie das alles für dich sein muss, sagte er, aber wir wollen dir wirklich einfach nur helfen. Die Zeit wird langsam knapp, mahnte er, und ich rechnete im Kopf nach: Der Unfall war vor – wie viel? – gerade mal neun Tagen passiert. Wie konnte da die Zeit knapp werden? Wie konnten wir nicht genug Zeit haben, wo ich doch das Gefühl hatte, mir sei nichts geblieben als eine endlose Zahl von Stunden ohne ihn? Draußen begann es zu regnen. Ein Tröpfeln. Bist du noch da?, fragte Robert. Ich räusperte mich. Er müsse eine Pressemeldung aufsetzen, sagte er, wenn ich nichts sagen wolle. Ich verstehe das schon, fügte er hinzu. Aber er müsse Einladungen verschicken. Es gebe bereits einen Nachruf, den ich gegenlesen solle, möglicherweise kam die Bitte auch von Max, und er gab sie nur weiter. Und wenn du mal Zeit hast, fuhr er fort, würde Max gern mit dir über eine eventuelle Sonder-Filmvorführung sprechen – während der Feiertage, war sein Gedanke, ein angemessener Abschied. Der Regen wurde heftiger, und die Scheibenwischer jagten hin und her. Was immer Robert sagen mochte, ich konnte das nicht, ich konnte nicht über diese Dinge reden. Konnte nicht Ja sagen.

Während er weiterredete, hörte ich im Hintergrund das Anklopfen eines anderen Anrufs. Es tut mir wirklich leid, sagte ich, wollte nichts mehr, als dieses Gespräch zu beenden. Da kommt gerade ein anderer Anruf, den muss ich leider annehmen, ich rufe dich zurück. Ich brach das Telefonat abrupt ab, nahm das andere aber nicht an, sondern schaltete den Ton aus und ließ es auf meinem Schoß vibrieren. Schließlich schaute der Taxifahrer über den Rückspiegel zu mir nach hinten und sagte: Kümmern Sie sich nicht um mich, ich kriege hier alles Mögliche zu hören. Früher oder später klärt sich alles. Er lächelte. Also ging ich doch ran: Es war Patricks Cousin Nick, derjenige, der in Upstate New York lebte.

Gott, sagte er. Es ist einfach unfassbar. Vollkommen unfassbar. Ich versuche seit Tagen, deine Nummer ausfindig zu machen.

Ich hatte ihn auf Lautsprecher gestellt und änderte das sofort wieder. Patrick?, sagte er, als spräche er ihn direkt an, als säße Patrick auch im Taxi. Patrick war doch irgendwie unsterblich, sagte er. Ich meine, natürlich war er das nicht, aber ich kann es einfach nicht fassen. Ich murmelte ein paar mitfühlende Worte – irgendwie war ich zu jemandem geworden, der gegenüber man am Telefon nicht unmittelbare Anteilnahme, sondern schiere Fassungslosigkeit zum Ausdruck brachte, ich war diejenige, die stabil und beruhigend wirken musste, die Stimme der Wahrheit, die leibhaftige Bestätigung, und das galt in besonderem Maße für die häufiger werdenden Anrufe von Patricks Verwandtschaft. Er hatte zu niemanden aus der Familie ein enges Verhältnis gehabt. Tatsächlich war er nicht zuletzt deshalb weggezogen, um mehr Abstand zwischen sich und die Familie zu legen, die Mutter mit ihrer ständigen Neugier und erdrückenden Liebe. Der Taxifahrer bog erst rechts, dann links ab. Jetzt war es nicht mehr weit. Das sagte ich auch zu Nick, tut mir leid, sagte ich, ich muss jetzt aufhören – ich sitze im Taxi und –

Hör zu, sagte ich, ich melde mich noch mal wegen der Beerdigung. Ich rufe dich an. Dann beendete ich das Gespräch und steckte das Handy in die Gesäßtasche meiner Jeans.

Sie können mich hier rauslassen, sagte ich, als unser Haus in Sicht kam. Der Fahrer hielt an der Straßenecke, und ich reichte ihm meine Kreditkarte. Während ich auf die Quittung wartete, fielen mir die Topfpflanzen auf dem Balkon ins Auge, die gegossen werden mussten, die Reklame, die aus dem Briefkasten ragte. Anzeichen von Leben. Von außen sah alles aus wie immer, doch als ich die Hausstür aufmachte, bemerkte ich sofort einen Unterschied: Es roch nach Raumspray, nach Reinigungsmitteln. Ich stellte mein Gepäck neben dem Schuhregal ab – Koffer, Handtasche, die Henkeltasche, die ich außerdem noch mitgeschleppt hatte. Normalerweise hatte unsere Wohnung einen herben, leicht hefigen Geruch – eine Mischung aus Feuchtigkeit, Staub, den mürbe werdenden Äpfeln in der Obstschale. Aber jetzt hingen die Taschen und Mäntel ordentlich an den Haken im Eingangsbereich, die Post war säuberlich auf dem Sideboard gestapelt. Es war deutlich zu spüren, dass jemand in der Wohnung gewesen war, jemand Wohlmeinendes. Ich ging ins Bad: Das Waschbecken war blank geschrubbt, die angetrockneten Schaumflocken von der Glastür der Duschkabine entfernt, frische Handtücher hingen über der Stange – zwei. Mir schwindelte leicht. Ich setzte mich auf den Klodeckel, versuchte mich aufs Atmen zu konzentrieren, rieb mir das Gesicht, wie man es tut, wenn man aus einem seltsamen Traum erwacht, wie Leute es in Filmen tun, so als würde durch diese Berührung die eigene körperliche Präsenz im Raum bekräftigt. Dann fiel mir das Scharnier am Fenster ins Auge: Es war ein altes Fenster mit Milchglasscheiben und zwei Flügeln, die nach außen geöffnet wurden, zu dem seitlich des Hauses gelegenen Gartenstück hin, sodass man vom Bad aus in einen wild wuchernden Sommerflieder schauen konnte. Das Scharnier war herausgebrochen worden, wohl mit einer Art Keil, einem Stemmeisen, und dann sorgfältig wieder eingesetzt, die Seite des Fensterflügels war an den Rahmen gelehnt, aber nicht richtig befestigt. Panik erfasste mich: Ich machte die Badtür zu, schloss ab und presste das Ohr an das Holz, denn ich dachte, es müsse jemand in der Wohnung sein, einer oder mehrere, die mich nicht hatten heimkommen hören, oder vielleicht hatten sie mich gehört und warteten nur darauf, dass ich nichtsahnend, gedankenverloren, durchs Haus spazierte.

Es sei denn, er hatte doch überlebt, war an Land gekommen, hatte allein nach Hause gefunden oder war, völlig desorientiert, hierhergebracht und vor dem Haus abgesetzt worden, und da er natürlich weder Gepäck noch Schlüssel bei sich hatte, war er eben eingebrochen. Wo war er dann jetzt? Vielleicht ruhte er sich auf dem Sofa neben dem langen Fenster aus. Saß an seinem Schreibtisch und machte sich Notizen. Beide Vorstellungen erfüllten mich mit Schrecken. Ich horchte, aber das Einzige, was ich hörte, war das verstärkte Geräusch meines Atems, meines Herzschlags. Ich wartete eine Weile: Vielleicht stellten wir wie Kinder gegenseitig unsere Geduld auf die Probe, warteten beide darauf, dass der andere aus seinem Versteck herauskam oder unser eigenes fand, bis wir uns womöglich irgendwann, wie Kinder, die den Gedanken, sie könnten entdeckt werden, nicht mehr aushielten, genötigt sahen, uns zu zeigen. Es gibt immer einen Mitspieler, der die Suche aufgibt, und einen, der früher als die anderen diesem Impuls nachgibt: Hier bin ich! *Hier!* Aber das würde nicht ich sein, das würde nicht ich sein, das würde nicht ich sein, sagte ich mir, während ich auf den gefliesten Boden hinuntersank.

Wie lang blieb ich dort sitzen? Mir wurde kalt, und ich bekam Hunger. In der ganzen Zeit, die ich dort verbrachte, hörte ich nichts, außer dem Scharren eines Vogels in der Dachrinne. Verkehrsgeräuschen. Stimmen auf der Straße. Ich raffte mich hoch; meine Unterschenkel und Füße waren eingeschlafen, und als ich jetzt stand, begannen sie zu kribbeln und stechen. Ich schüttelte die Beine aus, trat von einem Fuß auf den anderen. Im Flur klingelte das Telefon. Ich blieb stehen, gab keinen Mucks von mir. Wartete, ob jemand abnehmen würde. Eindringling, Besucher, Ehemann. Schließlich sprang der Anrufbeantworter an, und ich hörte ganz leise eine Frauenstimme. Ich schloss die Tür auf und trat aus dem Bad, als die Nachricht gerade endete.

Ringsum im Haus war es nicht nur ruhig, sondern vollkommen still. Ganz anders als früher. Selbst wenn Patrick zu Hause arbeitete oder las, spürte ich das Flirren seines Bewusstseins. Diese Energie. Ich hatte ihn nie gern gestört. Allein die Intensität seines Nachdenkens lud die Atmosphäre auf, gab ihr eine gewisse Dichte. Etwas Kostbares. Jetzt war das alles verschwunden, und ich spürte die eigenartige Spannungslosigkeit, die mich umgab. Die totale Leere. Der Kühlschrank brummte. Das Ticken der Wanduhr kam mir lauter vor, als ich es in Erinnerung hatte. Jetzt wünschte ich mir mehr als alles andere, dass er aus seinem Arbeitszimmer treten, sich in die Tür stellen und sagen würde: Ach, du bist zu Hause, ich hab dich gar nicht gehört. Ich würde zu ihm gehen, während er die Arme ausbreitete, damit ich mich an seinen breiten, großen Körper lehnen, die Wange an den weichen Stoff seines T-Shirts pressen konnte, auf seinen Schultern ein paar Schuppen, und vielleicht würde er mir sanft übers Haar streichen, ehe er sich zu mir herunterbeugte, um mich zu küssen. Hast du Hunger?, würde er fragen. Es war undenkbar, dass sein Bewusstsein sich einfach so in Luft aufgelöst haben, einfach verschwunden sein sollte. Bitte, hätte ich am liebsten gerufen, als wäre ich wieder das Kind, das Verstecken spielte, Gib mir einen Hinweis! Nur einen winzigen Hinweis! Dann würde hinter einem zugezogenen Vorhang ein Murmeln oder ein Pfiff ertönen und mich zu seinem Versteck führen.

Ich merkte, dass ich nur noch ganz flach atmete, mich leicht benommen fühlte. Ich wusste, dass ich hinsehen musste. Ich musste ins Schlafzimmer gehen, zumindest um die Möglichkeit auszuschließen, dass doch jemand im Haus lauerte oder dass er es war, musste dort hinschauen, wo wir so lange zusammen gelegen hatten, mein Mann und ich.

Normalerweise ließen wir die Zimmertüren offen stehen: Bad, Arbeitszimmer, Schlafzimmer. Wir hatten ja weder Kinder noch Haustiere, denen irgendwo der Zugang hätte verwehrt werden müssen. Deshalb überraschte es mich, dass die Schlafzimmertür geschlossen war. Ich näherte mich ihr auf Zehenspitzen – vielleicht, dachte ich, ruht sich die Person, die unsere Wohnung so gründlich geputzt hatte, wer immer es sein mochte, dort drinnen gerade aus, ein kurzes Schläfchen nach der Arbeit, bevor er oder sie zusammenpackte und ging. Es war eine alte, schwere Tür, die sich gern mal verkantete – wenn das Wetter feucht war, quoll das Holz auf, sodass man der Tür, nachdem man den Knauf gedreht hatte, mit der Schulter einen kräftigen Stoß verpassen musste, damit sie aufging. Obwohl ich ahnte, was mich erwartete – auch das Schlafzimmer würde, wie der Rest der Wohnung, geputzt und aufgeräumt sein –, war ich nicht darauf gefasst, was das in mir auslöste. Das Bett war frisch bezogen, die Kleider, die zusammengeknüllt auf dem Boden gelegen hatten, waren gewaschen, gebügelt und in den Schrank gehängt worden, die Bücherstapel auf den Nachttischen waren zurechtgerückt, die auf dem Boden liegenden Bücher ins Regal zurückgestellt worden. Unsere Schuhe standen ordentlich aufgereiht unter den Hemden, und der Spiegel war auf Hochglanz poliert. Es roch seltsam nach Vanille. Ich hörte Stuhlbeine über die hölzernen Dielen scharren und drehte mich erschrocken um – und begriff im nächsten Moment, dass es die Nachbarn im angrenzenden Reihenhaus waren, die ich durch die geteilte Hauswand hörte.

Von dem Foto über dem Regal auf der anderen Seite des Zimmers schaute Patrick zu mir herüber, als beobachtete er mich – es war mein Lieblingsbild von ihm, zeigte ihn als jungen Mann in einer studentischen Theateraufführung. Das Bild hing oft etwas schief, weil der Drahthaken des Rahmens nicht mehr ganz fest saß, aber jetzt war es perfekt ausgerichtet. Er hatte dieses Bild nicht mehr haben wollen, hatte es eines Tages beim Durchsehen alter Unterlagen gefunden und in den Papierkorb geworfen. Ich hatte es wieder herausgefischt und behalten, wollte ein Bild von ihm aus der Zeit, als ich ihn noch nicht kannte. Um mich gedanklich in seine Vergangenheit hineinversetzen zu können. Womöglich war ich noch nicht einmal geboren, als dieses Foto gemacht wurde. Ich weiß nicht, welche Figur er verkörperte – er schaut auf dem Bild konzentriert in eine mittlere Entfernung, sagt nichts, sondern hält sich einen Finger vor die Lippen. Es ist nicht klar zu erkennen, ob er damit jemanden zum Schweigen bringen will oder ob der Finger anklagend erhoben ist. Etwas war im Begriff zu geschehen, etwas geschah um ihn herum, doch ich würde nie erfahren, was es war. Ich hatte ihn nie danach gefragt. Oder vielleicht hatte ich ihn gefragt, und er hatte es selbst nicht mehr gewusst. Sein Gesicht war blass, der Kiefer klar konturiert, die ernste Miene durch die zusammengezogenen kräftigen Augenbrauen markant. Ich stellte mir vor, dass er ein Schwert umgegürtet hatte, eine Hand auf dem Griff, bereit, im entscheidenden Moment zu handeln, nach vorn zu springen, den Gegner, Verräter, Spion, der auf der anderen Seite der Bühne seinen üblen Machenschaften nachging, mit dem Schwert zu durchbohren. Sein weißer Kragen war gestärkt und zugeknöpft, der Hintergrund war dunkel, leer, eher blau als schwarz, aber ungleichmäßig, körnig, hier und da fleckig. Ich liebte dieses Foto. Er muss darauf etwa so alt gewesen sein, wie ich es war, als ich ihn kennenlernte. Ein junger Mann an der Schwelle zu etwas Großem. Ich kam erst später. Schicksal – oder schicksalhaftes schlechtes Timing.

Ein völlig neuer, unerwarteter Kummer durchzuckte mich, wie aus der Tiefe der Erde stieg er auf, stieg auf durch meine Fußsohlen, durch Beine und Bauch und Herz und Gesicht und schwächte jeden Körperteil, den er machtvoll durchfuhr. Ich sank vornüber aufs Bett, rollte mich zusammen und schluchzte in den sauberen Kissenbezug – selbst die letzten Spuren seines Körpers, den Geruch seines Haars auf dem Kopfkissen hatte man mir genommen. Mir war klar, dass die Geste gut gemeint war, dass jemand die Wohnung in meiner Abwesenheit genau deshalb sauber gemacht hatte, damit mir die schmerzliche Begegnung mit den letzten Anzeichen seiner körperlichen Existenz erspart blieb, ich nicht ein letztes Mal hinter ihm aufräumen musste. Doch wie sehr sehnte ich mich genau danach – nach den Erinnerungen an seinen Alltag, all den Dingen, die sich zu einer eigenen Geschichte zusammengefügt hätten, dem ganzen Katalog wesentlicher Einzelheiten, die Aufschluss gegeben hätten über seine letzten Handlungen, bevor er das Haus zum letzten Mal verließ. Welches Buch lag ganz oben auf dem Stapel neben seinem Bett? Bis zu welcher Seite hatte er gelesen? Welches Hemd hatte er vor dem Duschen getragen, welche Schuhe? Ich musste diese Sachen anfassen, sie mir zu eigen machen, zu einer Geschichte zusammensetzen: Wie war sein letzter Tag zu Hause verlaufen, jener ganz normale Tag, bevor wir abgereist waren, bevor alles anders wurde? Doch die Gelegenheit, dem Phantom seines Körpers noch einmal zu begegnen, war mir nun verwehrt – er war auf mehr Ebenen, als ich es ertrug, aus meinem Leben getilgt.

Ich kroch voll bekleidet, sogar die Schuhe hatte ich noch an, unter die Bettdecke und weinte. Ich fühlte mich ausgehöhlt vor Sehnsucht, wie ausgeweidet. Ich wollte den Arm ausstrecken und Patricks Hand berühren, die warm und faltig war und größer als meine, wollte in den frühen Morgenstunden seinem leisen Schnarchen lauschen, seinen Nacken streicheln, die kleine Einbuchtung unter dem Schädel. Ich hatte das schreckliche, nagende Gefühl, nicht das Beste aus ihm, aus unserer gemeinsamen Zeit gemacht zu haben, ihm nicht oft genug gesagt zu haben, wie sehr ich ihn liebte.

Patrick hatte so müde ausgesehen, als er am Tag vor unserer Abreise zur Arbeit ging. Er hatte seine Lederjacke ganz langsam übergezogen, als wäre sie mit Gewichten beschwert, dann hatte er das Skript, das er gerade überarbeitete, auf dem Tisch aufgestoßen, damit die Seiten sauber aufeinanderlagen, und es sorgfältig in seine Tasche gesteckt. Es gab noch ein paar letzte Änderungen zu besprechen, außerdem musste er am Abend einen Gastvortrag halten, den man ihm, wie er klagte, nicht auch noch hätte aufdrücken dürfen.

Tatsächlich war er an diesem Tag dann in Hochform, so war später zu hören. So wurde es mir zugetragen. Es lag an der Jacke, in dieser Jacke lief er immer zur Hochform auf. Er musste nur in seinem schwarzen Leder erscheinen, dann wussten alle, was kam. Und man liebte ihn dafür – für den Monolog, der unweigerlich folgen würde. Er holte tief Luft, ging ein paar Schritte auf und ab, stieß die Luft wieder aus und fing an. Manchmal, wenn ein offiziellerer Termin anstand, tauschte er die schwarze Lederjacke gegen einen schwarzen Blazer. Was hätte man nicht an ihm lieben können? Er war der Typ von Mann, der nach einem langen Arbeitstag mit einer ganzen Reihe möglicher Pointen für den Bildunterschriften-Wettbewerb auf der Rückseite des *New Yorker* aufwarten konnte. Und abends, nach einem Drink, wurde er zu dem Mann, der die siegreiche Bildunterschrift ersann, wenn nicht gleich mehrere. Das erfuhr ich schon nach jener Taxifahrt durch den Regen. Das betreffende Bild zeigte einen Lebkuchenmann in einem Krankenhausbett, oder war es das mit dem Schwein in der Beschwerdestelle? Egal, ich musste jedenfalls furchtbar lachen, und diese verspielte Albernheit, der er Vorschub leistete, ging auch in den Sex ein, oder sie ging in den Sex über, besonders in der Anfangszeit, als ich noch äußerst befangen war und er, obwohl ich ihn darum bat, nicht das Licht ausschaltete. Aber sein Geblödel entwaffnete mich. Er vermittelte den Eindruck, nichts ernst zu nehmen und zugleich alles ernst zu nehmen. Oder, um es anders auszudrücken, er hielt Albernheit, und zwar in sämtlichen Erscheinungsformen, für bedeutsam, sinnhaft, berechtigt. Dass er in diesem Bereich so wenig differenzierte, war zunächst verwirrend. Ist das dein Ernst?, fragte ich ihn, als er mir eines Tages ein Hühnerkostüm schenkte und sagte, ich solle es gleich anziehen, wir würden essen gehen. Witze konnten für ihn eine ernste Angelegenheit sein. Gleichzeitig behandelte er ernste Angelegenheiten oft als Witz. Es war schwer zu sagen, wo ich in Bezug auf diese beiden Möglichkeiten stand – schwer zu erkennen, wann er einen Witz machte und wann er seine kritischen Fähigkeiten auf einen Witz anwandte. Als ich es nicht kapierte, ihm blind vertraute und das Hühnerkostüm anzog, statt zurückzuflachsen, wurde ich selbst zum Witz. Aber er brach daraufhin in ein derart heftiges, ansteckendes Gekicher aus, dass auch ich einen Lachanfall bekam und wir schließlich vor lauter Lachen gar nicht mehr wussten, worüber wir uns eigentlich so amüsierten.

Irgendwann muss ich eingeschlafen sein, denn als ich erwachte, war es fast dunkel. Einen Moment lang war ich verwirrt, wusste weder, wo ich war, noch verstand ich meine neue Lebenslage – da waren nur Fragmente, Bruchstücke, die nicht zusammenpassten. Erinnerungsfetzen.

Und dann kam schlagartig alles zurück, innere Justierung wie ein schlechter Trip: Ich war allein. Ich war jetzt seine Witwe. Ich war nicht mehr seine Frau. Und ich wusste, dass ich so – als das, was von uns als Paar übrig blieb – nur leben konnte, wenn er wirklich und wahrhaftig tot war. Ich hatte einen Ehemann gehabt. Ich war eine Ehefrau gewesen. Ich habe das Plusquamperfekt nie sonderlich gemocht, immer die Ungewissheit und Unmittelbarkeit der Gegenwart vorgezogen, in der auch das Banale bedeutsam ist, einfach deshalb, weil man nicht weiß, wohin es führen mag, aber diese Zeitform war nicht mehr meine, sie passte nicht mehr. Ich setzte mich auf, wischte meine Kleider ab, als hätte ich im Sand oder Gras gelegen. Durchs Fenster sah ich, dass sich ein zarter Abendnebel gebildet hatte, der die Bäume einhüllte. Ich sah die Glyzinie, die über den Zaun an der Hauswand hochrankte, und das flammende Orange des Kakibaums, der seine letzten leuchtenden Blätter noch nicht hergeben wollte.

Mein Handy steckte noch in meiner Gesäßtasche, und jetzt klingelte es wieder. Ich zog es heraus, und diesmal wusste ich gleich, dass es Max war. Er legte los, ehe ich ein Wort sagen konnte. Hör zu, sagte er, wenn ich das richtig mitbekommen habe, hat Robert ja vorhin schon mit dir gesprochen. Es tut mir leid, dass jetzt ich wieder anrufe, aber wir müssen einfach ein paar Sachen klären. Diese nächsten Schritte können wir nur tun, wenn du uns grünes Licht gibst. Ich habe eine Gästeliste für die Beerdigung aufgesetzt, und wir müssen überlegen, was der beste Ort für das gemeinsame Kaffeetrinken hinterher ist.

Kaffeetrinken?, wiederholte ich verständnislos, es war eine absurde, unwirkliche Vorstellung. Dann fragte er noch etwas anderes, es ging um die Überreste. Patricks sterbliche Überreste.

Ich weiß nicht, sagte ich. Ich habe in Japan so viele Formulare unterschrieben, nachdem sie den Leichnam gefunden hatten, nachdem Patrick – vielleicht weiß Valerie mehr, sagte ich. Also, ich nehme an, dass er inzwischen eingeäschert worden ist. Das war jedenfalls sein Wunsch. Ich konnte es nicht fassen, dass ich das nicht wusste.

Ich versuchte mich zu erinnern, war mir sicher, dass ich etwas Entsprechendes unterschrieben hatte. Ich hatte mich nach Einzelheiten erkundigt – Kosten, Logistik, Terminplanung. Mir war leicht übel. Ich schaute aus dem Fenster, eine Katze schlich auf dem Zaun entlang, in Richtung des Kakibaums. Das Geflatter von ein paar kleinen Vögeln.

Hallo?, sagte Max. Bis du noch dran?

Ja, sagte ich müde. Ja, ich bin noch dran.

Okay, fuhr er fort, meinst du, du könntest mir eine ungefähre Vorstellung davon vermitteln, in welche Richtung wir uns deiner Meinung nach bewegen sollten?

In welche Richtung?

Der Gedanke an jegliches weitere öffentliche Aufsehen war mir unerträglich – allein die Vorstellung, von all diesen Leuten umgeben zu sein, in meiner Trauer beobachtet, gefilmt, fotografiert zu werden, mich Kommentaren zu meiner Kleidung auszusetzen, zu meinem Zustand, dem Maß an Glamour oder Verwahrlosung, zu meinen neuen Lebensumständen, wie auch immer sie aussehen mochten. Die Unersättlichkeit der Leute, ihr Wunsch, sich Patricks Geschichte zu eigen zu machen und ihre eigene kleine Rolle darin zu spielen. Nein. Nein, so durfte es nicht kommen. Ich wollte ihn ganz für mich behalten. Musste.

Und das sagte ich dann schließlich auch. Hör zu, sagte ich zu Max. Ich glaube nicht, dass ich das schaffe. Wirklich. Ich glaube, ich will überhaupt keine Beerdigung. Ich überlasse es euch, eine Veranstaltung zur Würdigung seines Werks zu organisieren, aber keine Beerdigung. Es kann höchstens sein, dass ich irgendwann was Privates mache, im ganz kleinen Kreis, vielleicht später im Winter. Und dann beendete ich das Gespräch.

Ich blieb einen Moment lang stehen, leicht benommen, dann ging ich langsam durchs Haus, stützte mich an den Wänden ab. Tief in meinem Innern wusste ich, dass ich in Bewegung bleiben musste, dass ich nicht hier in unserer gemeinsamen Wohnung bleiben konnte, in dem Bett, das wir geteilt hatten. Und seine Asche? Einen Augenblick lang befürchtete ich, etwas übersehen zu haben, irgendein Detail. Aber nein, das konnte nicht sein. Valerie war absolut gewissenhaft, egal worum es ging. Wenn ich mich recht erinnerte, hatte ich sie auf einem der Formulare als Kontaktperson angegeben. Was vollkommen angemessen war, sie managte inzwischen mein halbes Leben. Ich trank ein paar Schlucke Wasser und hörte die Nachrichten auf dem Anrufbeantworter ab.

Die erste Nachricht war von May. Mein Gott, sagte sie. Wo bist du nur? Ich versuche seit Tagen, dich zu erreichen. Falls du jetzt in eurer Wohnung bist und meine Nachricht hörst, solltest du wohl eigentlich dringend woanders sein, egal wo, nur nicht dort. Komm doch für eine Weile zu uns, wenn du magst, damit du ein bisschen Abstand kriegst. Rufst du mich an? Oder nein. Ich rufe dich an.

Oder du kommst einfach. Egal. Also, ich meine, was dir am liebsten ist. Ich versuche es später noch mal.

Eine kurze Pause signalisierte das Ende der Nachricht. Eine automatische Ansage kündigte die nächste Nachricht samt Datum und Uhrzeit an, dann begann eine Frau zu sprechen. Die Stimme kam mir bekannt vor, aber es dauerte einen Augenblick, bis ich sie zugeordnet hatte: Es war Trudi, Patricks erste Frau und Joshuas Mutter. Erst sprach sie mir wortreich ihr Beileid aus, dann folgte eine Erklärung. Ich wollte dir irgendwie helfen, sagte sie, aber ich wollte keine Blumen schicken – ich wusste ja auch gar nicht, wann du wiederkommst, und habe gedacht, von einem welken Strauß vor der Tür empfangen zu werden macht alles nur noch schlimmer. Ich weiß noch genau, wie qualvoll das damals für mich war, als Patrick mich verlassen hat, ständig über Sachen von ihm zu stolpern – es kam mir jedes Mal vor, als würde die ganze Geschichte unserer Ehe und ihres Scheiterns neu aufgerollt, das war unerträglich. Irgendwann habe ich all die Sachen, die er dagelassen hatte, in den Garten getragen und dort verbrannt. Es war toll, eine richtige Befreiung, es hat etwas ungeheuer – dann war die Nachricht zu Ende. Sie hatte die Zeit überschritten, dann aber offenbar erneut angerufen, um ihren Monolog fortzusetzen, denn nach der Pause am Ende der Nachricht und der automatischen Ansage mit der Uhrzeit des nächsten Anrufs setzte Trudis Stimme wieder ein: … etwas ungeheuer Kraftvolles, zuzusehen, wie Dinge vom Feuer zerstört werden. Ich wünschte, ich hätte das schon viel früher gemacht, statt immer wieder so zu leiden, wenn ich zufällig auf Sachen von ihm gestoßen bin. Diese Erfahrung wollte ich dir ersparen, deshalb habe ich meine Putzfrau gebeten, vor deiner Rückkehr eure Wohnung aufzuräumen und sauber zu machen. Eine echte Perle, die Frau. Joshua hat seinen Schlüssel nicht gefunden, deshalb sind wir durch das Badfenster eingestiegen. Kann sein, dass du für das Scharnier eine neue Schraube brauchst, aber sonst hat das eigentlich alles noch ganz okay ausgesehen. Gegangen sind wir dann natürlich durch die Wohnungstür, nachdem die Putzfrau gekommen war. Ich hoffe, wir haben dir das Nachhausekommen dadurch ein bisschen erleichtert. Es wäre übrigens gut, wenn du bei Gelegenheit mal mit Joshua über das, was passiert ist, reden könntest – also, irgendwann mal, wenn es für dich passt. Er hat viele Fragen. Also dann, ich hoffe, du lebst dich allmählich wieder ein. Alle denken an dich.

Während ich mir das alles anhörte, kratze ich mich unentwegt am Hals – an der Kehle, im Nacken, ein nervöses Kratzen. Ein aggressives Kratzen. Als sie ausgeredet hatte, griff ich nach dem Gerät und schmiss es an die Wand. Durch den Aufprall ging wohl etwas kaputt, jedenfalls wurde der Signalton in Gang gesetzt, das Ding lag auf den Dielen und piepte unentwegt. Wie ein Herzmonitor, dachte ich. Ich trat ein paarmal dagegen, und schließlich hörte es auf. Ich raffte ein paar Sachen zusammen, stopfte sie zu den anderen in meinem Koffer, der immer noch neben dem Schuhregal stand, zog die Wohnungstür hinter mir ins Schloss und lief zur Hauptstraße, um ein Taxi anzuhalten. Dann rief ich Valerie an. Ich erzählte ihr, was ich zu Max gesagt hatte und dass ich für eine Weile weg musste, dass ich Ruhe und Abstand brauchte, so weit wie möglich von allem entfernt sein wollte.

Natürlich, sagte sie. Vollkommen klar. Das liegt jetzt alles hinter dir. Wirklich. Lass dir so viel Zeit, wie du brauchst. Und wenn doch noch irgendwas zu klären ist, kümmere ich mich darum.

Es heißt immer, nach einem unerwarteten Verlust solle man keine folgenschweren Entscheidungen treffen. Und man solle nicht allein sein. Daran hatte mich meine Schwester mit ihrer Nachricht erinnert. Ruf mich an, hatte sie gesagt. Egal, um wie viel Uhr. Ruf einfach an. Oder du kommst einfach.

DRITTES BUCH

13

Vierundzwanzig Stunden später traf ich in Sydney ein. Der Himmel war strahlend blau, die Sonne unerträglich hell. Ich nahm ein Taxi zu May. Adam, ihr Mann, machte mir auf. Hier entlang, sagte er und bat um Entschuldigung, weil May mich nicht selbst in Empfang nahm. Sie schläft, erklärte er. Das Zimmer, zu dem er mich führte, lag im ersten Stock, am Ende des Flurs hinter dem zweiten Bad.

Es war das Gästezimmer: Ein schmales Bett stand direkt unter dem Fenster, an der gegenüberliegenden Wand ein hohes Regal voller Taschenbücher. Außerdem gab es eine Kommode und einen Kleiderständer; eine Vase mit Blumen stand neben dem Bett, Wildblumen mit verzweigten Stielen. Die haben die Mädchen für dich gepflückt, sagte er. Ich berührte die weißen Blütenköpfe der Schafgarbe. Wie schön, sagte ich, vielen Dank. Er hatte mir den Koffer hochgetragen und stellte ihn jetzt neben dem Bücherregal ab. Gut, sagte er, dann lass ich dich mal in Ruhe ankommen. Die Mädchen sind draußen. May wacht sicher bald auf. Sie musste sich nur einen Augenblick hinlegen, bevor sie sich ans Kochen macht. Also, wenn du irgendwas brauchst, sag Bescheid. Ich bin unten.

Ich rieb meine Hände – teils aus Nervosität, teils weil es im Zimmer kühl war, die Nachmittagssonne erreichte das

Fenster nicht. Danke, sagte ich. Das passt erst mal alles. Gut, sagte er und neigte den Kopf ein wenig, als er hinausging – erst hielt ich das für eine leicht deplatzierte galante Geste, eine Art verkürzte Verbeugung, aber dann begriff ich, was es war: ein gewohnheitsmäßiges Senken des Kopfes, um nicht gegen den Türrahmen zu stoßen. Die pragmatische Gewohnheit eines groß gewachsenen Mannes.

Ich schloss leise die Tür und schaltete mein Handy ein. Eine Textnachricht von Valerie poppte auf: Sie hatte meinem australischen Verlag Bescheid gesagt, dass ich kommen würde, nur für den Fall, dass ich irgendetwas brauchte. Ich schrieb rasch zurück, um mich zu bedanken. Dann sah ich, dass sie mir ein paar Stunden danach auch noch eine E-Mail geschrieben hatte und später eine weitere, aber das Herunterladen dauerte ewig. Ich trommelte mit den Fingern, während ich wartete. Schließlich ging die erste Nachricht auf. Das australische Team hat ein paar Veranstaltungen organisiert, schrieb sie, siehe Anhang. Sorry. Ich habe nichts davon gewusst. Ich warte noch auf Einzelheiten. Die nächste Nachricht ließ sich gar nicht herunterladen. Ich versuchte es immer wieder, in der Betreffzeile stand DRINGEND. Dann klingelte das Telefon. Es war Valerie, warum in aller Welt rief sie um diese Uhrzeit an? Das sagte ich ihr auch, bei ihr musste es doch unchristlich früh sein.

Ich habe gerade deine Nachricht bekommen, sagte sie, und dachte, ich rufe dich lieber an und erklär dir die Lage. Ich weiß wirklich nicht, was die sich gedacht haben, aber deine australische Presseagentin hat allen Ernstes ein Live-Interview mit dir in der *Morning Show* zugesagt.

Was?

Ich weiß, ich weiß. Und zwar schon morgen früh, wenn ich die Zeitzonen jetzt nicht völlig durcheinanderbringe.

Verdammt, sagte ich. Valerie erläuterte, was geschehen war: Das australische Team hatte alles eigenmächtig organisiert, ohne sie in irgendeiner Weise einzubeziehen. Sie war stinksauer.

Du stehst zu sehr unter Druck, sagte sie. Das habe ich doch bei der Lesung in New York gesehen, da hast du völlig neben dir gestanden. Aber das kapieren die einfach nicht. Die denken bloß: Klasse, ein Superstar. Echt unmöglich! Wahrscheinlich wollen sie dich für sich vereinnahmen, jetzt wo du wieder im Land bist.

Vor meinem Fenster begann ein Rasenmäher zu brummen, aus den Bäumen ertönten die Rufe von Currawongs.

Herrgott, sagte Valerie, und dann ausgerechnet auch noch die *Morning Show*! Also, wir können da jetzt nichts mehr machen, es ist zu spät, um abzusagen, aber sie hätten mich ja wenigstens mal fragen können. Wirklich, man sollte doch meinen –

Ich wusste, dass ich das durchziehen musste. Okay, sagte ich. Ist schon okay. Aber kannst du denen klarmachen, dass sie keine Fragen zu Patrick stellen sollen? Es darf in dem Interview nur um mein Buch gehen. Wirklich. Ich kann nicht immer wieder diese Nacht durchspielen. Ich kann das einfach nicht mehr, und schon gar nicht im Fernsehen. Wir wussten beide, dass man mich schon vor dem Unfall nur selten ausschließlich zu meinen Büchern befragt hatte, früher oder später war es immer um meine Ehe gegangen, in deren Kontext alles, was ich schrieb, unmittelbar eingeordnet wurde.

Ja klar, sagte Valerie. Aber eigentlich finde ich wirklich, das ist zu viel. Ich mach mir Sorgen um dich.

Ich weiß, ich hätte die letzte Passage neulich in der Buchhandlung nicht lesen sollen.

Komm, sagte sie, das ist vorbei. Denk nicht mehr darüber nach. Aber ich werde all deine übrigen Veranstaltungen in England absagen, besonders die zu Beginn des neuen Jahrs, vielleicht sogar bis Ostern. Der Terminplan war proppenvoll, das wussten wir beide.

Ja, gut, sagte ich, während ich die Sommerluft einsog, die hereinwehte, den Duft von Flieder und Glyzinie. Ich stimmte ihr zu, dass das wohl das Beste sei, vielleicht würde ich sogar eine Weile hierbleiben. Wenn ich nicht zurück musste. Wenn es keinen Grund gab, zurückzukehren. Das Rascheln des Winds draußen in den Bäumen. Der viele Sonnenschein. Es war so lange her, dass ich mal richtig hier gewesen war, allein. Patrick hatte sich nicht gern länger hier aufgehalten, außerdem war ihm der Flug immer zu lang gewesen.

Yasmin, deine australische Presseagentin, wird sich demnächst mit dir in Verbindung setzen, sagte Valerie. Ich glaube, die wollen nach dem Interview noch ein paar Buchhandlungen besuchen, sozusagen den Schwung ausnutzen. Es ist nur dieser eine Tag, wenn ich das richtig verstanden habe. Es tut mir wirklich leid, aber ich habe das alles nicht mehr in der Hand. Du musst doch völlig erschöpft sein.

Das ist schon in Ordnung, sagte ich. Es wird schon alles gut gehen.

Rufst du mich an, wenn du das Ganze hinter dir hast?

Klar.

Ich steckte das Telefon in meine Handtasche, strich über die Bettdecke – Seersucker, zitronengelbe Baumwolle – und legte mich hin. Ich hörte Adam im Wohnzimmer umhergehen. An der Zimmerdecke über dem offenen Fenster hingen kleine Spinnweben. Der Duft frisch gemähten Grases wehte herein, dazu eine pfeffrige Note, Laub im Regen vielleicht, irgendwo in der Ferne. Dann hörte ich die Stimme meiner Schwester, tief und gebieterisch, mit perfekter Artikulation. Rupert!, rief sie. Rupert! Das galt dem Hund. Würde man meine Schwester nur aus der Ferne hören, ohne sie zu sehen, würde man sich eine majestätische Gestalt vorstellen: groß, aufrecht, das Kinn ein wenig angehoben, hohe Wangenknochen vielleicht, ein markantes Kinn. Sie hatte eine tiefe, fast samtige Stimme, in der jedoch zugleich ein heller, melodischer Ton mitschwang, fast ein Oberton. Eine Stimme, die auch in der freien Natur weit trug und auf die jegliches Lebewesen hörte – Hunde, Kinder, Männer. Eine Stimme, die Autorität ausstrahlte und Gehorsam einforderte.

Sitz!, hörte ich sie sagen. Und sie musste es nicht wiederholen, der Hund – ein schöner Dalmatiner – gehorchte sofort. Genau aus diesem Grund war ich kein Hundemensch: Ich mochte es nicht, die Stimme zu erheben oder Autorität ausüben zu müssen, hatte kein Verlangen danach, ein anderes Lebewesen herumzukommandieren oder, wenn meine Macht oder meine Stimme nicht ausreichte, es zu disziplinieren und zu bestrafen. Meine Versuche, mir Tiere gefügig zu machen, waren immer gescheitert: Der Hund – jeglicher Hund – durchschaut mich, oder vielleicht sollte ich sagen, durchhört mich. Bei meiner Schwester hingegen schwang nicht ein Hauch von Selbstzweifel in der Stimme mit, ihre Stimme war fest, gleichbleibend laut und entschieden, stellte sich nicht infrage, da gab es kein Murmeln, keine unbeendeten Sätze. Ich fand das absolut außergewöhnlich, denn ich selbst war genau das Gegenteil, war wohl das, was man einen Katzenmensch nennen könnte, denn mit Katzen muss man nur leise sprechen, es ist nicht nötig, ihnen Befehle zu erteilen, das Leben mit ihnen ist eine Übung in wechselseitiger Unabhängigkeit und gemeinsamem Schweigen, der Austausch beschränkt sich auf gelegentliches Murmeln und hin und wieder eine Frage. Der Geruch bratender Zwiebeln stieg mir in die Nase, und ich hörte Geschirr klappern. Dann wieder die Stimme meiner Schwester, diesmal rief sie ein Kind.

Ich hob meinen Koffer aufs Bett und öffnete das Schloss mit einem winzigen silbernen Schlüssel ähnlich jenem, mit dem ich als Teenager mein Tagebuch auf- und zugeschlossen hatte. Ich hatte nur sehr selten etwas in dieses Tagebuch geschrieben, erlebte nicht viel Berichtenswertes, aber die Idee der Geheimhaltung, des Privaten gefiel mir. Damals ging es weniger um das Erleben als um das Anvertrauen. Jetzt dagegen hatte ich so viel zu erzählen und wusste nicht, wohin damit. Hatte keinen Ort dafür, niemanden, dem ich es erzählen konnte. Meine Schwester hatte die oberen Schubladen der Kommode leer geräumt. Es war eine massive Eichenkommode, die Schubladen waren schwergängig und quietschten, als ich sie herauszog. Sie waren mit hellblauem Papier ausgekleidet, das mich an das extradünne, sehr leichte Luftpostpapier erinnerte, auf dem wir früher unsere Briefe nach Übersee geschrieben hatten, um Porto zu sparen. Ich packte meine

Sachen aus, faltete jedes einzelne Kleidungsstück neu und legte es dann auf dieses blaue Papier. Ich hörte Schritte auf der Treppe, dann klopfte es an meiner Tür.

Herein, rief ich. Es war Lexi, Mays ältere Tochter. Sie war groß geworden, schlaksig. Eine Elfjährige, die für vierzehn durchgegangen wäre. Die Stirn von winzigen Pickeln übersät.

Hallo, sagte sie. Mum hat gesagt, ich soll dich fragen, ob du einen Tee willst?

Ja gern, antwortete ich, danke. Ich komme gleich runter.

Lexi lächelte rasch, ein Kind, das nicht recht wusste, wie man ein Zimmer wieder verlässt, nicht recht wusste, wie sie mich begrüßen sollte und ob sie noch ein bisschen bleiben und mir neugierig zuschauen oder lieber ganz besonders höflich sein sollte. Dann drehte sie sich um und rannte die Treppe wieder hinunter. Ich hörte sie schreien: Sie hat Ja gesagt!

Ich bürstete mir das Haar und zog ein anderes T-Shirt an. Dann ging ich auch nach unten.

In dem Getöse – die Kinder, die Stimmen aus dem Fernseher, der Jazz aus dem Radio – hörte May mich nicht hereinkommen. Sie stand mit dem Rücken zu mir über die Arbeitsplatte gebeugt und hackte Kräuter. Die Kinder stritten sich während einer Werbepause, Lexi schlug mit einem Kissen auf Jess ein, worauf diese einen schrillen Schrei ausstieß, der es mit jeder Alarmanlage aufnehmen konnte, sodass meine Schwester sich jäh umdrehte, das Messer noch in der Hand, und nun natürlich auch mich sah. Das Messer war eine zufällige Requisite, hatte aber den Effekt, dass die Mädchen unmittelbar verstummten. Als May mich bemerkte, erschien ein strahlendes Lächeln auf ihrem Gesicht. Sie legte das Messer weg und trat mit ausgebreiteten Armen auf mich zu.

Oh Lucie, sagte sie und zog mich an sich. Wir verschmolzen miteinander, ihr Körper an meinem fühlte sich vollkommen vertraut an. Ich spürte ihr Haar, das weich in mein Gesicht schwang. Ich sog ihren Duft ein: Seife und Kaffee. Aber es war der Klang meines Namens, der den Knoten in meinem Innern löste: Meine Lucie, sagte sie noch einmal, und diesmal hielt sie mich ein Stück von sich weg, um mir ins Gesicht zu sehen. Als ich das hörte, waren all die Jahre wie weggeblasen, das komplexe, weiträumige geografische Geflecht, das uns so lange voneinander getrennt hatte, verschwand nicht nur, sondern schien nie existiert zu haben, als wären wir nie auseinandergegangen, als hätte nicht jede von uns ihre persönliche Geschichte hinter sich, als wären wir nie erwachsen geworden. Es war sicher an die fünf Jahre her, dass ich sie das letzte Mal gesehen hatte.

Sie schien sich kaum verändert zu haben, und zugleich wirkte sie auf unerklärliche Weise anders, so als wäre sie irgendwie in ihr Gesicht hineingewachsen, dieses Gesicht, das mein Vater so bewundert hatte. Für ihn war May immer die Hübschere gewesen: Was hat deine Schwester doch für schöne Augen, hatte er oft gesagt. Und neben mir, dem Wildfang, traten ihre Reize noch deutlicher hervor. Ich hatte als Kind nie gern Kleidchen getragen, mich beim Spielen oft dreckig gemacht und auf kurzen Haaren bestanden. Sie zog mich erneut an sich, und als ich ihren Körper an meinem spürte, kam es mir einen Moment lang so vor, als wären wir wieder Kinder, teilten uns ein Zimmer in dem Cottage in Oxfordshire und flüsterten im

Dunkeln miteinander. Aus dem Nachbarzimmer, wo unser Vater schlief, drangen die leisen Klänge von Dylan Thomas' *Unter dem Milchwald*, die Stimmen des Hörspiels verwoben sich mit unseren. Unser Vater hörte das gern zum Einschlafen, er dämmerte weg, bevor das Ende der Schallplatte erreicht war, und wenn ich spätabends in sein Zimmer schlich, weil ich noch ein Glas Wasser brauchte oder aufs Klo musste, hörte ich aus dem Lautsprecher das elektrisch verstärkte Schuck, Schuck, Schuck der staubverkrusteten Nadel, die immer wieder in die Rille zurücksprang. Am Anfang, als ich noch nicht wusste, was es mit dem Geräusch auf sich hatte, hielt ich es für den rasselnden Atem eines Fremden, der hinter der Tür lauerte, und das machte mir solche Angst, dass ich mich nicht traute, hineinzugehen und meinen Vater zu bitten, mit mir aufs Klo zu gehen, sondern wieder umkehrte und ins Bett machte. Als ich dafür später zu Unrecht gescholten wurde, erklärte ich ihm, was geschehen war, und nachdem ich Bescheid wusste, mochte ich das Geräusch der Schallpatte, der die Stimmen ausgegangen waren, sogar gern, es gefiel mir, dass das Verstreichen der Nacht nicht durch das Geflüster walisischer Geister angezeigt wurde, sondern durch die Nadel, an der sich unweigerlich Staub sammelte. Schuck, schuck, schuck. Ich bezweifle, dass May das je hörte, sie schlief immer tief und fest, und morgens schlich ich dann in das Zimmer meines Vaters und hob den Arm des Plattenspielers ganz vorsichtig von der rotierenden Schallplatte, während mein Vater und Joan noch vor sich hin schnarchten. Dann zupfte ich den Staub von der kleinen schwarzen Spitze, die mich an den Stachel einer Biene erinnerte, und das Rascheln meiner

Fingerspitzen an der Nadel drang verstärkt aus den Lautsprechern, sodass mein Vater schließlich aufwachte.

May strich mir das Haar aus dem Gesicht und sah mich prüfend an. Jede Frau, die keine Schwester hat, hätte gern eine. Jede schwesterlose Frau stellt sich eine innere Verbundenheit vor, die ihr das Schicksal versagt hat. Als wir noch klein waren, hatte ich die Vorstellung, dass ich nie heiraten, sondern ledig bleiben würde, dass wir beide als ledige Frauen zusammenwohnen würden, eine oben und eine unten in einem von Blumen und Waldland umgebenen Cottage. In diesem kurzen Moment, als sie meinen Namen sagte und mich an sich drückte, war ich wieder das Mädchen an der Schwelle zu seinem gesamten restlichen Leben, eine Person, die noch nicht ins Erwachsenenalter eingetreten war und es vielleicht nie tun würde.

Es tut mir so leid, Lucie, sagte sie.

Ich atmete scharf ein. Es war seltsam, bei diesem Namen gerufen zu werden, kaum jemand nannte mich noch so. Ich publizierte unter den Initialen meines Zweitnamens, J. B. – für Joy-Beth –, und viele Leute kannten mich nur unter diesem Namen. Für Patrick war mein Zweitname – Joy bedeutete schließlich Freude – eine Steilvorlage: Ich war sein Freudenmädchen, seine Sinnesfreude, sein freudiges Ereignis, ein Freudenfeuer, das sein Leben heller machte, womit er seinen Namen, Heller, auch noch untergebracht hatte: Wir waren der Ausbund heller Freude. Und jetzt? Jetzt war ich wieder ich selbst – hier, für May.

Sie war schmaler als bei unserem letzten Zusammentreffen, aber ich verkniff es mir, das zu kommentieren, damit sie es nicht in den falschen Hals bekam, nicht glaubte, ich hielte es für das Anzeichen einer Krankheit oder, falls

Absicht dahinterstand, für den Ausdruck von Eitelkeit. Mir fiel ein, dass Ada gesagt hatte, es sei May wohl nicht so gut gegangen, aber von May selbst hatte ich nichts Derartiges gehört. Die Haut unter ihren Augen war verquollen, und ihr Gesicht sah abgespannt aus, zu einer dauerhaft besorgten Miene erstarrt, ungeachtet des herzlichen Begrüßungslächelns. Ich fragte nicht nach, es war nicht der richtige Zeitpunkt, die Kinder waren in der Nähe, und auf dem Herd dickte eine Soße ein. Sie schabte die Kräuter in eine Schüssel, rührte die Soße um.

Kann ich irgendwas helfen?, fragte ich. Nein nein, sagte sie. Aber du könntest einen Wein aufmachen. Such dir einen aus. Das Regal ist unten, sagte sie und deutete am Klavier vorbei, in Richtung Kellertreppe.

Seit meinem letzten Besuch waren sie umgezogen, und jetzt sah ich das Ergebnis einer glücklichen Fügung: der Immobilienmakler zur richtigen Zeit am richtigen Ort. Adam war hier in Sidney geboren, Kind einer reichen Einwandererfamilie, und kannte die Vorzüge der einzelnen Stadtviertel sowie die Wertentwicklung der dortigen Immobilien. Das Haus war groß, größer als die bescheidene Vorderfront vermuten ließ: eine hohe, aber schmale Fassade mit teilverglaster Haustür, davor eine gestutzte, glänzende Buchsbaumhecke. Das Weinregal war weniger ein Regal als ein eigener kleiner Keller, ein geräumiger Alkoven in der Wand unter der Kellertreppe, vielleicht war hier früher eine Garderobe gewesen. Die Flaschen waren sorgfältig nach Sorte und Jahr sortiert, die wahren Kostbarkeiten ganz unten, ihr dunkles Glas etwas verstaubt. Es war kühl und ruhig hier. Ich fuhr mit den Fingern über die Etiketten, hielt nach einem Bild Ausschau, das mir gefiel. Es roch gut in diesem kleinen Weinlager, nach altem Stein und Feuchtigkeit, wie in den düsteren, ungenutzten Winkeln eines Kellers oder hinten in einer Garage, ein Geruch nach Erde, Regen, Öl. Meine Schwester und ich waren es gewohnt, miteinander zu telefonieren, lange, ausschweifende Gespräche über Kontinente hinweg. Es war seltsam, mich jetzt in ihrer körperlichen Gegenwart wiederzufinden, in ihrem Haus mit all seinem Zubehör, Kindern, Essen, Wein. Ich wusste plötzlich nicht mehr, wie ich ihr mein Leben erklären sollte. Wie sich dessen Zerfall hier darstellen würde. Ich lehnte mein Gesicht an die kühle verputzte Wand und schloss die Augen. Die gedämpften Geräusche des Fernsehers drangen durch die Decke.

In unserer Kindheit hatte Joan versucht, das Eis zwischen uns zu brechen, indem sie uns üppig bekochte. Keine raffinierten Mahlzeiten, sie mochte es reichhaltig und sättigend: Bratkartoffeln, Eier mit Speck, Steak-and-Kidney-Pies. Klassisches englisches Kraftfutter, pflegte mein Vater liebevoll zu sagen. Ohne je direkt nach unserer Mutter zu fragen, erkundigte sich Joan nach unseren Lieblingsgerichten, und ich sah oft, wie sie in den alten Kochbüchern blätterte – vor allem den meistgenutzten, denen mit Eselsohren, die vergilbten Seiten von fettigen Teig- oder Soßenflecken übersät – und Rezepte auswählte, von denen sie glaubte, wir würden sie mögen. Ich sah ihr gern beim Kochen zu, und manchmal durfte ich auf der Arbeitsplatte sitzen und beobachten, wie sie mit Messbecher und Kochlöffel hantierte. Meistens aber saß ich lieber auf dem Boden und spielte mit den Katzen, die in der Hoffnung auf ein paar Leckerbissen hereingekommen waren, denn wenn Joan kochte, gab sie ihnen hin und wieder ein Stückchen Käse oder fettiges Fleisch. Wenn ich auf dem Boden saß, hatte ich Joans Füße vor Augen: Sie trug meist Pumps oder vergleichbare Schuhe mit leichtem Absatz, manchmal auch dunkelbraune Schnürschuhe. Sie hatte dicke Beine, und das Fleisch ihrer oft geschwollenen Füße quoll über die Schuhränder, sodass es aussah, als wären die Füße mit Luft gefüllt. Ich hätte sie gern berührt, traute mich aber nicht. Über mir wackelte Joan ein wenig, weil sie gerade die Eier verschlug.

Ich hörte May von oben rufen. Lucie? Alles klar bei dir? Der Hund betrachtete die Frage seiner Besitzerin als Aufforderung und lief die Treppe hinunter, um nach mir zu schauen, und als er mich gefunden hatte, schnüffelte er mir zwischen den Beinen herum. Ja, rief ich, bin schon auf dem Weg. Ich wählte rasch einen Merlot und einen Cabernet Sauvignon aus, unsicher, was besser zum Essen passen würde, und ging mit den beiden Flaschen wieder nach oben. Während meiner Abwesenheit hatte May den Tisch gedeckt und schon mal den Salat hingestellt, dazu einen Korb mit Brot. Ich sah einen Moment lang zu, wie sie Butter in eine Schüssel mit grünen Bohnen rührte. Dann öffnete ich den Merlot und schenkte mir ein Glas ein. Während ich das tat, flüsterte mir meine Schwester etwas ins Ohr, trat aber sofort von mir weg, als Adam hereinkam. Er sagte, was Männer in so einem Moment sagen: Das riecht aber gut. May stellte sich wieder an die Arbeitsfläche. Ich sah, wie er von hinten zu ihr trat, sie um die Taille fasste und an sich zog. Er tat das sanft, trotzdem zuckte sie zusammen. Er schien es nicht zu bemerken oder ignorierte es – vielleicht hielt er die Geste für reine Selbsterhaltung, ein instinktives Ducken des Kopfes, um nicht gegen den massiven Metallrand der Dunstabzugshaube zu stoßen, die über den Herd hinausragte.

Als meine Schwester Adam das erste Mal begegnet war, hatte sie ihn für einen Evangelikalen gehalten. Es war im Fitnessstudio, sie trainierte gerade auf dem Laufband. Neben ihr standen die Rad-Ergometer, und auf einem strampelte ein Mann wie ein Irrer. Er trug Kopfhörer, und sie dachte erst, er singe tonlos mit, in einer Art keuchendem Flüstern. Doch mit der Zeit wurde dieses Flüstern energischer. Er sprach schnell und lauter, als erteilte er Anweisungen. Dann verstand sie, was er sagte: Und jetzt hoch! Hoch! Aufstehen, Leute! Sie dachte, er sei vielleicht verrückt, und dieses wilde Training sei Teil irgendeines Wahnzustandes. Besorgt beobachtete sie ihn aus dem Augenwinkel. Er blickte hochkonzentriert auf die Wand vor ihm, als sähe er dort irgendetwas. Sie verlangsamte das Laufband auf Schrittgeschwindigkeit und überlegte, ob sie nicht besser das Gerät wechseln sollte: Er war groß, gut gebaut, sichtlich sehr kräftig, und der Gedanke, einem tobenden Mann dieser Statur so nah zu sein, behagte ihr nicht. Wenig später beruhigte er sich allerdings, strampelte weniger heftig und lehnte sich auf dem Sattel zurück, um einen Schluck Wasser zu trinken. Doch dann geriet er schlagartig erneut in diesen Besessenheitszustand, vielleicht hatte ihm der nächste Song einen Energieschub versetzt. Sie hörte seinem Geflüster etwas genauer zu, fasziniert von der Tatsache, dass ihm sein Verhalten offenbar überhaupt nicht bewusst war oder er glaubte, es bewege sich im Rahmen des im Fitnessstudio Üblichen. Hoch! Hoch! Jetzt alle nach oben! Er trat voll in die Pedale, und dann hörte sie ihn sagen: Herrgott. Herrgott. Das war der Moment, wo ihr der Gedanke kam, dass er vielleicht nicht im üblichen Sinne verrückt war, sondern einfach äußerst fromm, dass seine Äußerungen eine Art Andacht darstellten, einen selbst erzeugten Zustand der Erhebung, Sport als Weg zur religiösen Entrückung. Erst später wurde ihr klar, dass er einer der Fitnesstrainer des Studios war und an diesem Tag eine neue Unterrichtseinheit vorbereitet hatte – mal sollten die Leute im Stehen radeln, mal im Sitzen Tempo machen. Das war, bevor er ins Immobiliengeschäft wechselte. Es fand die Absurdität ihrer anfänglichen Fehlinterpretation irgendwie reizvoll. Sie nahm an seinen Kursen teil.

Hier, sagte sie, entwand sich seinen Armen und deutete auf den großen gusseisernen Topf, der vom Ofen noch heiß war, stell den mal auf den Tisch.

Lucie, sagte er, komm, setz dich doch. Ich dankte ihm und nahm Platz. Die Mädchen stritten darüber, wer auf welchem Stuhl sitzen würde, dabei waren es genau die gleichen Stühle. Adam hob nur ganz leicht die Stimme und sagte: Hey!, worauf sie verstummten und sich ein kleines bisschen wanden – wie kleine Kinder, wenn bei einer Geburtstagsfeier die Musik plötzlich aussetzt und jedes wie angewurzelt da stehen bleiben muss, wo es gerade ist, um nicht aus dem Spiel ausgeschlossen zu werden.

May brachte die Schüssel mit den grünen Bohnen herein, und wir entfalteten alle unsere Servietten und legten sie uns auf den Schoß. So, sagte sie lächelnd. Da sind wir nun alle. Es ist so schön, dass du endlich hier bist. Sie nahm meine Hand. Ich erwiderte das Lächeln und dankte ihr. Ganz besonders, sagte ich, nach allem, was – Aber sie ließ mich nicht ausreden, winkte ab, als scheuchte sie eine Fliege vor ihrem Gesicht weg. Nicht der Rede wert, sagte sie. Lass es dir schmecken. Es war nicht klar, ob sie meinte, ihre Gastfreundschaft sei nicht der Rede wert, im Sinne von »macht doch keine Mühe«, oder ihre Erkrankung sei bedeutungslos, oder mir sei nichts Nennenswertes widerfahren, ja keiner von uns beiden, jedenfalls sei es besser, so zu tun, als wäre das der Fall, und nicht darüber zu reden. Es gibt Dinge, schien ihre Geste auszudrücken, die man nicht am Esstisch bespricht. Nicht vor den Kindern. Auf diese Weise ließ sich Mays eigenes Schweigen rechtfertigen und umdeuten: als Fürsorge, eine Form der Rücksichtnahme.

Denn was sie mir zugeflüstert hatte, als ich vor dem Essen die Flasche Wein aufmachte: Nur damit du Bescheid weißt, mir ist die Gebärmutter rausgenommen worden. Vor ein paar Wochen. Das war schon alles. Aber es ist besser, in Lexis Gegenwart nicht darüber zu reden. Es gab ein paar Komplikationen, und ich hatte eine Infektion, aber jetzt ist alles wieder in Ordnung. Ich bin bloß noch sehr müde, sagte sie, immer noch mit gedämpfter Stimme. Aber Lex hat das Ganze total mitgenommen.

Lexis Empfindlichkeit in solchen Dingen war zutage getreten, als May aus dem Krankenhaus kam. Sie erklärte den Kindern, welche Art von Operation man bei ihr durchgeführt hatte, und da lehnte sich Lexi plötzlich an das Regal, neben dem sie stand, und sagte: Kannst du bitte aufhören, darüber zu reden? Ich fühl mich total komisch. Die anderen schauten sie an und fragten: Wie, komisch? Doch bevor sie antworten konnte, fiel sie in Ohnmacht. Sie kam ziemlich schnell wieder zu sich, ihr

Blick schweifte glasig durchs Zimmer, und sie fragte mit schwacher Stimme: Was ist denn passiert? Sie hatte Kopfschmerzen. Lexi sagte, der Bericht über die Operation und besonders das Wort *Gebärmutter* hätten dazu geführt, dass ihr erst schwindlig und dann noch ein bisschen übel geworden sei, an mehr könne sie sich nicht erinnern.

Ich griff nach dem Wasserkrug und schenkte etwas zu schwungvoll ein. Eiswürfel platschten in mein Glas. Angesichts von Mays Situation einerseits und meiner Situation andererseits fiel mir nur ein, was ich alles nicht sagen sollte. In gewisser Weise befand ich mich in einer Art Quarantäne, mein Inneres wurde abgeschottet durch die Belanglosigkeiten, die wir am Tisch austauschten (*wie steht's in London, in welcher Klasse bist du jetzt, wann seid ihr eigentlich hierhergezogen*). Ich wusste, dass ich auf diese Weise meine seelische Schädigung übertünchen, sie gleichsam versiegeln und dadurch verhindern konnte, dass etwas hinaussickerte und auf die Menschen um mich herum übersprang. Sie hatten Angst davor, von meinen Erfahrungen zu hören, wurde mir klar, trauten sich nicht, danach zu fragen. Adam drehte sich um und nahm die zweite Flasche vom Sideboard, den Cabernet Sauvignon. Es war, hatte ich ausgerechnet, fast zwei Wochen her, dass Patrick ums Leben gekommen war. Wobei auf meine Rechnung kein Verlass war: Ich hatte etliche Stunden verloren, als ich von London nach Australien geflogen war, auf dem Weg von Japan nach New York einige hinzugewonnen, und dann war da auch noch der Flug von New York nach London gewesen. Wenn ich nur lang genug in eine Richtung reiste, dachte ich damals, könnte ich diese schreckliche Nacht vielleicht tilgen – eine Anwandlung von magischem Denken. Und wenn May den Unfall nicht ansprach, nicht danach fragte, lag das vielleicht daran, dass er sich gar nicht ereignet hatte.

Ich schaute zu meiner Schwester hinüber. Sie saß sehr aufrecht vorn auf der Stuhlkante, mit gerader Wirbelsäule, wie ein braves Schulmädchen. Sie war früher immer für ihr gutes Benehmen belohnt worden: ein Kind, das gefallen wollte. Ich war viel ungestümer, und sie hatte so manches Mal miterlebt, wie mein Vater und ich in heftigen Streit geraten waren. May hob sich damals bewusst von mir ab, indem sie die Brave war. Sie tat sich auf jene eigenartige Weise hervor, die einem Kind Lob einbringt, einem Erwachsenen jedoch Unsichtbarkeit. Sie schrie nicht, stellte keine Forderungen, redete nicht ungefragt. Ich hatte oft gedacht, dass das doch furchtbar anstrengend sein musste, aber jetzt begriff ich, dass es für sie tatsächlich einfacher war: Sie wollte nicht aus der Ruhe gebracht werden. Vielleicht hatte sie nie tiefere, verstörende Gefühle gehabt. Oder falls doch, hatte sie so getan, als sei dem nicht so, und mir nicht davon erzählt. Hatte sich diese Gefühle so weit wie möglich vom Leib gehalten. Natürlich wollte sie nicht über Patrick sprechen. Jetzt nicht, und vielleicht gar nie. So wie wir auch nie über unsere Mutter sprachen. Früher, als wir noch Kinder waren und uns ein Zimmer teilten, hatte ich das ab und zu versucht. Ich hatte mit ihr geflüstert, nachdem das Licht ausgeschaltet war, aber sie hatte nie geantwortet. Ich wusste, dass sie noch wach war, hörte es an ihrem Atem. Ich wollte noch einmal die Geschichte hören, die sie mir über die Rückkehr unserer Mutter in jener Nacht erzählt hatte. Zum ersten Mal hatte May sie mir erzählt, als ich krank war. Ich hatte hohes Fieber gehabt, so hoch, dass ich meinem Vater zufolge fantasiert hatte, und als ich dann langsam genas, erzählte mir May von unserer Mutter und den Bonbons. Aber du darfst das nie Vater erzählen, sagte sie, denn er weiß nicht, dass ich davon weiß. Wir wollten ihn beide nicht wütend machen. Schließlich war er lange Zeit alles, was wir hatten. Später schrieb ich über die Szene, die May mir geschildert hatte, was sie allerdings nie kommentierte. Ich bin mir nicht sicher, ob sie überhaupt je einen meiner Romane von Anfang bis Ende gelesen hat. Wobei sie gern sehr allgemein über meine Bücher sprach. Ehrlich gesagt verunsichere es sie, hatte sie mir mal gestanden, wie sehr bestimmte Episoden in meinen Büchern mit unserer Vergangenheit übereinstimmten. Das war nicht unbedingt beabsichtigt: Wenn ich schreibe, fühle ich mich manchmal jenem fiebernden Kind von damals sehr nah. Die Szenen, die mir einfallen, kommen gleichsam glühend aus meinem Kopf, eine seltsame Mischung aus Wunscherfüllung und Vorhersage, manchmal von halluzinatorischer Kraft. Das war alles nicht nach Mays Geschmack – statt Dinge ans Licht zu holen, bevorzugte sie das Unausgesprochene. Die Frau hielt sich, genau wie früher das Kind, an den Kodex des Schweigens, wahrte den Frieden.

Adam schob seinen Stuhl nach hinten, ging wortlos an den Kühlschrank und starrte in das hell erleuchtete Innere. May warf einen kurzen Blick auf ihn, sagte aber nichts, sondern senkte den Kopf noch etwas tiefer über ihr Essen, wie um das Fleisch genauer zu betrachten, das sie gerade schnitt. Ihr Mann fragte an den Kühlschrank gerichtet: Haben wir Mayonnaise? May antwortete zu ihrem Huhn hin: Ich weiß nicht, hast du welche gekauft? Sie säbelte an ihrem Fleisch herum, als bestünde es aus einem besonders festen, widerstandsfähigen Material, das ihre volle Aufmerksamkeit erforderte, weshalb sie Adam nicht zu Hilfe eilen konnte. Schließlich fand er, was er gesucht hatte, kam an den Tisch zurück, ließ sich auf seinen Stuhl fallen und stieß einen tiefen Seufzer aus, ob vor Anstrengung oder Erleichterung, war schwer zu sagen, und vielleicht war es auch gar kein unwillkürlicher Seufzer, sondern ein Signal oder Zeichen, das zur Sprache ihrer Ehe gehörte. Meine Schwester schien diesen Laut als etwas wahrzunehmen, das keine Reaktion bei ihr auslöste, keine Frage oder Sorge, als vertrauten Teil des ehelichen Codes, der keine Interpretation erforderte. Stattdessen schob sie noch etwas Gemüse zu dem Stück Bratkartoffel auf ihrer Gabel, hob das Ganze an ihren Mund und fragte mich gleichzeitig: Wie läuft es denn mit deinem Buch, und wie war das eigentlich mit diesem Preis, sorry, das hätte ich mir wirklich merken sollen, wie er heißt, meine ich. Das war eine ziemlich große Nummer, oder?

Sie säbelte weiter an ihrem Fleisch herum. Dann rutschte das Messer ab, und ein Stückchen Brathuhn fiel auf den Boden. Rupert!, rief May, ohne den Blick zu heben. Der Hund kam hereingetapst. Meine Schwester hielt eine Hand unter den Tisch und schnalzte. Sie musste nicht einmal Blickkontakt mit dem Hund aufnehmen, damit der verstand: Es gibt was zu fressen. Es war nur ein kleines Stückchen, aber man hörte ihn über die Fliesen sabbern, und dann schnüffelte er um unser aller Füße herum, damit ihm ja nichts entging.

Ich schob mein Essen auf dem Teller hin und her,

merkte, dass Übelkeit in mir aufstieg. Hast du keinen Hunger?, fragte May.

Ich glaube, das ist der Jetlag, sagte ich, meine innere Uhr ist völlig durcheinander. Tut mir leid.

Lexi beugte sich vor und fing an, Tomatenstücke aus dem Salat zu picken, legte eins nach dem anderen auf ihren Teller. May langte über den Tisch und schlug ihre Hand weg.

He!, schrie Lex. Was soll das?

Benutz das Salatbesteck, sagte May.

Das ist zu groß für meine Hände.

Außerdem kannst du nicht einfach nur die Tomaten essen. Was ist mit den anderen, mit Lucie zum Beispiel? Vielleicht will Lucie auch ein paar Tomaten?

Ich brauche eigentlich – setzte ich an, aber Lexi fiel mir ins Wort.

Es sind noch genug da, sagte sie.

Darum geht es nicht, sagte May.

Gerade hast du aber gesagt, dass es darum geht.

Du weißt genau, was ich meine – kannst du dich nicht einfach benehmen?

Wenigstens *einmal*, meinst du?

Das habe ich nicht gesagt.

Wolltest du aber, stimmt's? Das sagst du doch gern: Kannst du nicht wenigstens *einmal* ... Lexi imitierte in einem nöligen Ton ihre Mutter.

Lexi, bitte. Ich habe einfach gemeint –

Ich weiß, was du gemeint hast, blaffte Lexi. Herrgott noch mal, das sind einfach nur Tomaten. To-ma-ten, wiederholte sie, betonte jede Silbe einzeln, als wäre ihre Mutter geistig minderbemittelt. Lexi stieß ihren Stuhl nach hinten und stampfte davon, und kurz bevor sie die Tür hinter sich zuknallte, schrie sie noch: Warum bist du nicht einfach im Krankenhaus geblieben? Als du weg warst, war nämlich alles gut.

Wir waren alle ganz still, kauten konzentriert. Mays Gesicht war errötet. Jess stocherte in ihrem Essen herum und schlenkerte den Fuß dabei immer wieder gegen das Tischbein. Ich hab keinen Hunger mehr, Mummy. Ich bin müde.

Ich weiß, Schätzchen, sagte May. Iss noch diese kleine Portion hier, sagte sie und schob ein paar Kartoffeln auf eine Seite des Tellers.

Entschuldigt mich, sagte ich schließlich, denn hinter meinen Augen begann ein Kopfschmerz zu pochen. Der Jetlag macht mir echt zu schaffen. Ich muss mich mal einen Augenblick hinlegen.

Brauchst du noch Wasser?, fragte May. Oder was Warmes zu trinken? Sie machte Anstalten aufzustehen. Nein, nein, sagte ich. Alles in Ordnung. Mir geht's gut. Ich muss mich nur hinlegen.

Dir geht's nicht gut. Brauchst du eine Wärmflasche? Oder vielleicht eine Paracetamol? Kamillentee? Es war die Sprache, die man benutzt, wenn man sich um ein Kind kümmert. Was will das Kind? Das Kind, das in einem endlosen Zustand des Wollens, dann Brauchens, dann wieder Wollens lebt. Eines so heftigen Wollens, dass es als Brauchen empfunden wird, als körperliches Bedürfnis. Es war die Sprache einer Mutter. Nicht die einer Gastgeberin. Eine Gastgeberin hätte gesagt: Kann ich dir noch etwas anbieten? Ein Glas Wasser oder vielleicht einen Tee? Sie würde niemals ein Bedürfnis unterstellen. So wie Finanzberater nie das Wort *Geld* in den Mund nehmen. Stattdessen verwenden sie Wörter wie *lukrativ, substanziell, unzureichend* – vergleichende oder quantifizierende Begriffe – oder machen Aussagen wie »um die zweihundert«. Man mochte dies oder jenes bevorzugen, aber man äußerte keine Bedürfnisse. Es gab nur Annäherungen. Die Sprache einer Gastgeberin war ganz darauf ausgerichtet, ihre eigenen Bemühungen wie auch ihre Wünsche zu vertuschen, etwaige Unannehmlichkeiten, die dadurch entstehen mochten, dass das Wasser geholt, der Tee gekocht wurde, nicht einmal ansatzweise erkennen zu lassen. Ganz anders die Sprache des Kindes oder der müden Mutter.

Ja, sagte ich. Also, noch etwas Wasser wäre prima, danke. Der Krug auf dem Tisch war leer. Ich antwortete nicht mit der Standardformel des Hausgastes: Bitte mach dir keine Umstände. Oder, wenn man mit der Umgebung vertraut ist: Bleib sitzen, ich hole es mir selbst. Ich trank das Wasser in einem Zug, während May neben mir stand und zusah. Es tut mir leid, sagte ich noch einmal. Aber ich glaube, ich muss mich wirklich hinlegen. Ich sollte sowieso früh schlafen gehen – ich habe morgen früh ein Fernsehinterview.

Ach du meine Güte, sagte sie, warum sagst du das denn jetzt erst! Meinst du, du kriegst das hin?

Wird schon gehen, antwortete ich. Es dauert nicht lang.

Für die Verkaufszahlen ist das sicher gut.

Ich zuckte mit den Schultern und schob meinen Stuhl zurück. Ich hoffe, das geht ganz fix.

In meinem Zimmer konnte ich die gedämpften Geräusche aus der Küche hören. Stuhlbeine scharrten über die Holzdielen, Besteck klapperte auf Tellern. Durch den

Jetlag hatte ich das Gefühl, der Boden unter mir schwanke, egal ob ich stand oder lag. Als ich mich jetzt unter dem Laken ausstreckte, war mir, als sackte ich weg, als drehte sich um mich herum alles. Wenn ich die Augen zumachte, schien die Dunkelheit anzuschwellen, zu wabern. Ich sank in einen unruhigen Halbschlaf, aus dem ich immer wieder erwachte. Dieses Gefühl des Wegsackens erinnerte mich zu sehr an das Auf und Ab des Schiffs im starken Wellengang. Irgendwo im Zimmer lag eine Fliege im Todeskampf. Ein heftiges Sirren, das irgendwie panisch klang. Sie sirrte und sirrte, es hörte nicht auf. Irgendwann schaltete ich die Nachttischlampe ein und stand auf, in der Hoffnung, sie aus dem wie auch immer gearteten Netz befreien zu können, in dem sie sich verfangen haben musste, aber ich fand nichts. Ich legte mich wieder hin. Das verzweifelte Summen klang wie eine Art Flehen. Warum kam die Spinne nicht und tötete die Fliege? Ich schloss die Augen.

Es war heiß und feucht im Zimmer. Zu heiß zum Schlafen. Über mir drehte sich langsam der Deckenventilator und schob die warme Luft im Zimmer herum. Ich lag unter dem Laken, und ein schwüler Luftzug strich sanft über meine nackten Schultern, mein Gesicht. Eine dumpfe Erinnerung an seine Hände, die mich dort berührten. Seine streichelnden Finger. Bei jener ersten Taxifahrt, als Patrick doch nicht zum Flughafen gefahren war – wie er herübergelangt und mir die Haare hinters Ohr gestrichen hatte. Damals gestand er mir, dass er heimlich an einem Drehbuch schrieb, im Grunde, sagte er, ist es eine Liebesgeschichte.

Ich hatte ihm ein Kompliment zu seinem Seminar gemacht, das er jedoch mit einer wegwerfenden Handbewegung abtat, er erklärte, mit all den theoretischen Überlegungen habe er es nicht mehr so, er arbeite hauptsächlich an diesem anderen Projekt. Dem mit der Liebe. Es sei keine Geschichte im klassischen Sinne, eher eine Erkundung. Aber es läuft nicht so gut, sagte er. Ich denke schon, dass ich das nötige Geld für die Produktion zusammenkriege, aber das nützt ja alles nichts, wenn das Drehbuch nichts taugt. Er seufzte tief. Die Autofenster beschlugen. Und bis das Ganze richtig in Gang kommt, liefere ich halt weiterhin dieses akademische Gelaber ab. Sorry, das hätte ich wohl nicht sagen sollen, schließlich studieren Sie das ja.

Er rieb sich das stoppelige Kinn. Jetzt winkte ich ab. Zum Teil ist es ziemlich langweilig, sagte ich.

Die werden ihn furchtbar finden, sagte er. Meinen Film. Also, die Leute hier. Er hatte die Befürchtung, der Film könnte als zu emotional gelten. Tatsächlich?, fragte ich, als er mir das anvertraute. Aber geht es nicht genau darum? Außerdem, was macht das schon?

Ah, sagte er. Genau das mag ich an Ihnen.

Die Menschen unterscheiden sich meist nicht allzu sehr von der Kunst, die sie erschaffen, und er als Person hatte eine starke Wirkung auf andere, eine elektrisierende. Mochte er auch die Sorge haben, dass andere ihn anzweifeln würden – ich hatte volles Vertrauen in ihn, schon damals. Wie hätte ich nicht an ihn glauben können? Mit seinem grau melierten Haar und dem feinen Netz ausdrucksvoller Fältchen auf seiner Stirn. Der uralten Lederjacke, unter der er an jenem Tag einen gestreiften Pullover trug. Die Jacke, fiel mir auf, roch stark nach Tabak.

Er rückte näher zu mir. Der Verkehr stockte. Der Taxifahrer schaltete das Radio ein. Als Patrick den Arm hob, um ihn hinter mir auf die Rückenlehne zu legen, sah ich, dass das Futter an der einen Seitennaht eingerissen war. Irgendwie machte ihn das nur noch liebenswerter. Wie jeder bedeutende Mann oder jeder Mann, der einmal etwas Bedeutendes getan hat, war er ein Unikat, das immer wertvoller wurde. Oder sollte ich sagen, kostbarer? Er hatte mir solche feinen Unterscheidungen immer erklären können.

Die Übelkeit kam wieder. Sie war schlimmer, wenn ich auf der rechten Seite lag, auf der linken ging es einigermaßen. Die Hitze machte das Ganze nicht besser. Auf dem Rücken war das Schwindelgefühl unerträglich. Das Geräusch der gefangenen Fliege war immer noch zu hören, aber nicht mehr durchgängig. Ich stand auf und ging auf Zehenspitzen ins Bad, um mir noch ein Glas Wasser zu holen. Im Zimmer stellte ich den Deckenventilator auf die höchste Stufe und legte mich unter sein Schwirren. Schmerzende Einsamkeit erfüllte meinen Körper, eine tiefe Sehnsucht nach seinem Gewicht, seinem Umfang. Ich hörte seine Stimme, so deutlich, als wäre er hier bei mir im Zimmer, hörte meine eigene Stimme antworten.

Sie müssen sich doch keine Sorgen machen, sagte ich damals im Taxi zu ihm und ließ zu, dass er mein regennasses Haar berührte. Wenn der Film erfolgreich ist, wird man Sie dafür feiern, dass Sie endlich ein Mainstream-Publikum erreicht haben, dass Sie *das heutige Lebensgefühl* getroffen haben. Wir kicherten beide. Aber zugleich wussten wir, dass es nur zur Hälfte gescherzt war. So oft wünschen wir uns genau das, was wir behaupten, nicht zu wollen. Er hatte Angst, dass sein Film ihn zum Gespött machen würde.

Nein, sagte ich. Außerdem war er eine wichtige Persönlichkeit. Für mich jedenfalls, schon damals. Eines Tages werde er mehr als das sein, und für mehr Menschen – da sei ich mir sicher, sagte ich. Aber Sie wissen ja, ihren Kultstatus behalten nur die Leute, die zu früh sterben.

Er schnaubte und sah aus dem Fenster in den Regen hinaus. Dann wandte er sich wieder mir zu und strich mir eine lose Haarsträhne hinters Ohr, ließ seine Hand über meinen Nacken gleiten. Tja, sagte er. Dann wollen wir doch mal sehen.

14

Früh am nächsten Morgen kam ein Taxi, das mich zum Fernsehstudio bringen sollte. Yasmin, meine australische Presseagentin, saß schon auf dem Rücksitz und machte mir von innen die Tür auf. Hi! Alles klar?, fragte sie, während ich mich neben sie fallen ließ. Oh mein Gott, ich freue mich dermaßen, dich endlich kennenzulernen!, rief sie und warf ihr seidiges langes Haar nach hinten. Sie war jung und quirlig und war erst vor Kurzem nach einem Praktikum übernommen worden. Sie könne ihr Glück kaum fassen, sagte sie, dass gerade sie den Tag mit mir verbringen dürfe. Also, sagte sie, während sie zugleich auf ihrem Handy herumtippte, gib Laut, wenn du irgendwas brauchst. Ich nickte, schnallte mich an und stieß einen langen, zittrigen Seufzer aus. Okay, können wir?, fragte sie, und wir fuhren rückwärts aus Mays Einfahrt.

Im Auto roch es nach Menthol und Aftershave. Leise klassische Musik lief. Der Fahrer sagte, ich könne mir gern die Flasche Wasser nehmen, die im Türfach steckte. Meine Hände zitterten so sehr, dass ich den Deckel nicht aufbekam.

Moment, sagte Yasmin und nahm mir die Flasche ab. Lass mich mal. Sie drehte den Deckel auf.

Danke, sagte ich, drückte einen Betablocker aus dem Blister und spülte ihn mit der halben Flasche Wasser herunter.

Mach dir keinen Kopf, sagte sie freundlich. Du wirst das supergut hinkriegen. Sowas in der Art hast du doch bestimmt schon tausend Mal gemacht.

Mehr oder weniger schon, aber das heißt nicht, dass es mir Spaß macht. Und ich bin immer total nervös, sagte ich und wedelte mit der Tablettenschachtel, ehe ich sie wieder in meine Handtasche schob. Nur bei Live-Aufnahmen, erklärte ich ihr. Eiserne Regel.

Mach dir keinen Kopf, sagte sie noch einmal. Es wird nur um das Buch gehen. Die finden es fantastisch, so wie wir alle.

Bis ich im Schminkstuhl saß, hatte der Betablocker angefangen zu wirken. Ich war in Jeans und Hemdbluse erschienen, was für unpassend befunden wurde, deshalb hatte man mich in einen pinkfarbenen Hosenanzug gesteckt – ein starkes Bild für Frauenpower, wie man mir sagte. Ich protestierte und sagte, das sei nun wirklich nicht meine Farbe, aber die Zeit war zu knapp, als dass ich mich noch einmal hätte umziehen können. Mein Auftritt folgte auf eine Gesangseinlage, irgendeine neue Popsängerin schmetterte ihren Hit. Das Studio war in funkelndes violettes Licht getaucht, und die Moderatoren – ein Mann und eine Frau, das Paarformat der *Morning Show* – wiegten sich im Takt. Dann nahmen sie wieder ihre Plätze auf dem Sofa ein, und ich kam herein. Mein Hereinlaufen wurde allerdings nicht gezeigt, und man sah auch mein Gesicht nicht, während die Moderatorin mich vorstellte. Eine der ganz großen Autorinnen, sagte sie, bekannt für ihre erfrischende Sicht auf das moderne Leben … ihr neues Buch … erschreckend offen … bitte begrüßen Sie …

Ich faltete die Hände in meinem Schoß noch einmal neu. Vorbildlich, keine weißen Fingerknöchel. Der Anflug eines Lächelns auf meinem Gesicht. Ich spürte, dass meine Mundwinkel ein wenig zuckten. Ich versuchte, ganz natürlich zu wirken. Liebe Liebe Liebe, dachte ich. Diebe Diebe Diebe. Die ersten Fragen waren reine Routine, vorhersehbar, und ich glitt bereitwillig in den entsprechenden Modus, antwortete automatisch und mühelos. Mein Motiv, dieses Buch zu schreiben, der schöpferische Prozess, eine kurze Diskussion über die verfehlten Lebensentscheidungen einiger meiner Charaktere und so weiter. Ich glaube nicht, dass das Moderatorenteam mein Buch tatsächlich gelesen hatte, wahrscheinlich hatte man ihnen die entscheidenden Handlungsmomente zusammengefasst. Möglicherweise stellten sie allen Autorinnen die gleichen Fragen, das konnte ich nicht wissen, ich schaute nie Frühstücksfernsehen. Dann etwas Unerwartetes: Es ist schon etliche Jahre her, dass Sie in Ihrer Heimat waren, oder? Wie ist das für Sie, wieder hier zu sein? Sie sind erst gestern angekommen, wenn ich richtig informiert bin. Diese Frage kam, ein bisschen zu gefühlvoll, von der Frau. In ihrer Stimme schwang etwas zu Ernstes, Bohrendes mit. Ich gab eine ungelenke Antwort: vollgepackter Terminkalender, Verpflichtungen in Großbritannien. Es ist uns jedenfalls eine ganz besondere Freude, Sie hier zu haben, sagte sie, denn diese Reise war eigentlich nicht geplant, oder? Eine Überraschungs-Lesereise!

Ja, erwiderte ich, so könnte man es wohl nennen.

Tja, und wir sind die Glücklichen. Allerdings vermute ich, sie senkte die Stimme, das Sie selbst sich im Moment ganz anders fühlen.

Bitte?

Na ja, Sie haben ja in der letzten Woche eine Menge durchgemacht. Also, dieser Preis, das ist natürlich ein Riesending, etwas ganz Besonderes. Schon das allein ist nicht ohne, das will erst mal verdaut werden. Aber auch schon vor dem Preis – ich meine, während wir uns hier unterhalten, gehen Beileidsbekundungen von Zuschauern ein, die das Ganze verfolgt haben.

Der Moderator, ich weiß nicht mehr, wie er hieß, beugte sich ein wenig vor, wie um vertraulich mit mir zu sprechen. Katie und John, oder waren es Sam und Kylie? Die Namen gekoppelt, ununterscheidbar. Wenn mir so etwas passiert wäre, sagte er, hätte ich auch nach Hause fahren wollen. Nicht der Preis, meine ich, sondern dieses furchtbare Unglück. Er war sehr stark geschminkt, wodurch seine Haut gummiartig wirkte. Sein Gesicht hatte die Sonnenbräune einer Ken-Puppe, und seine weißen Zähne leuchteten daraus hervor. Das muss doch sehr auf ihnen lasten, sagte er, dieser Unfall. Also, ich stelle mir vor, dass er immer wieder vor Ihrem inneren Auge abläuft. Auch bei der Arbeit, auch während Sie hier mit uns reden.

Ich spürte ein Brennen in den Augen, merkte, dass sich mir die Kehle zuschnürte. Wie ist das für Sie? Als Schriftstellerin, meine ich.

Wie ist das für Sie? Das hatte mich so direkt noch niemand gefragt. Niemand hatte wirklich wissen wollen, wie es mir ging. Alle waren erst mal nur geschockt gewesen, und dann hatten sie sich nicht getraut, mich zu fragen, oder sich zu sehr um mich gesorgt. Dies war das erste Mal, dass jemand nach meinen Gefühlen fragte und eine Antwort erwartete. Wie ging es mir? Wie fühlte ich mich? Es war fast eine Erleichterung, so unverhohlen danach gefragt zu werden. Zu erleben, dass jemand das wissen wollte und nicht zögerte, diese Frage zu stellen. Selbstverständlich davon ausging, dass ich etwas fühlte. Aber ich konnte nicht darauf antworten. Ich weiß nicht, ob ich damals überhaupt die Antwort gewusst hätte. Ob ich mein Gefühlswirrwarr auch nur ansatzweise hätte durchdringen können.

Wobei ich es durchaus versuchte, dann aber mitten im Satz wieder aufhörte. Mir war plötzlich sehr kalt und schwindlig. Ich konnte diese Frage nicht bewältigen. Nicht darum herumlavieren. Er fragte ja nicht wirklich, wie es mir ging, wie ich mich fühlte. Wieder dieses alte, sonderbare Gefühl: dass jemand unter meine Haut drang, dort schürfte. May sagt, als Lexi ihr per Kaiserschnitt aus dem Bauch genommen wurde, habe sie trotz der Betäubung sowohl auf als auch in ihrem Körper die Hände des Chirurgen gespürt, ihren dumpfen Druck, ein Schieben und Ziehen, um das Kind herauszubekommen, sie werde dieses Gefühl niemals vergessen. Ich saß zu nah bei dem Moderator, konnte sehen, dass das Make-up in den feinen Fältchen um die Augen verklumpt war. Sie hatten es versprochen. Ich hatte Valerie gebeten, ihnen dieses Versprechen abzunehmen. Also, ich meine, sagte ich. Was ich sagen will, ist –

Eigentlich hatte es klare Beschränkungen gegeben. Nur Fragen zum Buch. Ich hielt inne, schaute in der Hoffnung auf ein Zeichen zu Yasmin hinüber. Ich wusste nicht, was ich sagen sollte. Ich wollte, dass jemand dem allem ein Ende setzte. Und zwar sofort.

Es muss beängstigend gewesen sein, fuhr der Mann fort. Der Sturm. Er hielt kurz inne. Haben Sie gesehen, wie er über Bord gegangen ist?

Ich schluckte heftig, hatte einen Kloß im Hals. Nein, ich meine, ja, er war da, und im nächsten Moment – es ist alles so schnell gegangen. Mein Herz pochte heftig, als würde ich einen Hügel hochrennen. Ein unregelmäßiges Wummern in meiner Brust, dann in meinem Hals.

Das ist wohl wahr, erwiderte er. Sehr schnell. Und wir können uns das jetzt selbst einmal ansehen, sagte er in verändertem Ton, während er sich zugleich von mir wegdrehte und in die Kamera schaute, nun an all die Zuschauer zu Hause gewandt. Wir haben hier eine exklusive Filmaufnahme für Sie, die ein Mitreisender machen konnte. Yasmin stand gestikulierend neben dem Kameramann zu meiner Linken, sie forderte ihn wohl auf, das Ganze abzubrechen. Sofort.

Dann erschienen die Wellen auf dem Bildschirm. Riesige schwarze Wasserberge, die sich auftürmten und vorwärtswälzten, das Bild wackelig, von Hand gefilmt. Gischt. Laute Stimmen. Im Hintergrund das Splittern von Glas. Mein Atem stockte, es schnürte mir die Brust zu, enger und enger. Ich bekam keine Luft mehr. Wusste nicht, wo ich hinschauen sollte. Ich befürchtete, gleich ohnmächtig zu werden. Die Maskenbildnerin trat zu mir und sagte: Schließen Sie bitte die Augen, dann tupfte sie auf meinen Wangen herum und korrigierte die verschmierten Stellen, wo ich Tränen weggewischt hatte. Bitte die Augen noch zulassen. Ein Pinsel trug etwas auf, die Frisur wurde gerichtet. Ich sollte ein Kosmetiktuch an die Lippen pressen. Okay, sagte sie. Fünf, vier, drei, zwei, eins. Kamera läuft. Die Moderatoren wandten sich mir lächelnd zu und stellten weitere Fragen.

Verdammt, sagte ich und riss mir das Headset-Mikro von den Ohren. Ich fühlte mich gedemütigt, bloßgestellt. So eine verdammte Scheiße, sagte ich zu Yasmin, als mein Teil der Show vorbei war und der nächste Beitrag folgte. Warum zum Teufel bin ich nicht einfach aufgestanden und gegangen? Warum bin ich nach der Videoeinspielung noch geblieben? Wir hatten Regeln vereinbart, Grenzen. Du hast das gewusst, sagte ich, und sie haben es auch gewusst. Yasmin stand neben mir, nahm mich am Arm und führte mich weg. Mach dir keinen Kopf, sagte sie. Wir kümmern uns darum. Du musst jetzt erst mal hier raus, komm, das Auto wartet schon. Wir fahren erst mal ein bisschen herum, okay?, damit du dich beruhigen kannst. Es tut mir so leid. Gott, es tut mir wirklich leid.

Das Fernsehstudio lag am Stadtrand, in der Nähe des alten Bahndepots und der Getreidemühle. Wir nahmen einen Umweg in die Innenstadt. Ich schloss für eine Weile die Augen, machte sie kurz auf und sah die Skyline, machte sie wieder zu. Wir hielten an und tranken einen Kaffee. Ein Café mit Tischen in der Sonne, auf dem Bürgersteig. Ich hatte keinen Hunger, aber Yasmin bestellte trotzdem etwas zu essen. Meinst du, du kommst klar mit alldem, was heute noch ansteht?, fragte sie. Ich nickte. Es gab keine wirkliche Alternative. Okay, also, sagte sie und zog einen Terminplan aus ihrer Handtasche. Normalerweise würden wir das Vorsignieren im Lager erledigen, aber die Buchhandlungen haben riesige Mengen bestellt, deshalb sind die meisten Bücher bereits in den Läden. Und alle sind total begeistert, dass du kommst, sie können es kaum erwarten, dich kennenzulernen. Autorinnen wie dich kriegen sie nur selten persönlich in ihre Läden. Aber wir halten uns nirgendwo länger auf, das verspreche ich dir. Und wenn es dir zu viel wird, sag einfach Bescheid.

Ich nickte, rührte noch mehr Zucker in meinen Kaffee. Das wird schon gehen, sagte ich.

In Wirklichkeit war ich mir da nicht so sicher. Ich zitterte immer noch und hatte meine Bluse durchgeschwitzt. Mein Mund blieb trocken, egal wie viel Wasser ich trank. Wir stiegen wieder ins Auto und fuhren zur ersten Buchhandlung. Auf der Ladentheke und dem Boden erwarteten mich schon die Bücherstapel. Yasmin zog einen Filzstift aus ihrer Handtasche. Ich signierte, so schnell ich konnte, machte Small Talk mit dem Besitzer, während ich mich zugleich darauf konzentrierte, meinen Namen zu schreiben. In den meisten der Buchhandlungen wussten sie nicht, ob sie mir gratulieren oder ihr Beileid aussprechen sollten. Der Mann in der ersten tat beides. Die Frau in der zweiten tat weder das eine noch das andere, sie erklärte nur, sie sei nicht die Besitzerin, werde uns aber zeigen, wo die Stapel zu signierender Bücher waren. Ich lass Sie dann mal machen, sagte sie. Melden Sie sich einfach, wenn Sie fertig sind. Ich begriff, dass sie mit dem, was mir widerfahren war, nicht zurechtkam – meine Gegenwart hatte neuerdings diesen Effekt, ich machte den Leuten Angst. In der dritten Buchhandlung ließ mich eine freundliche Frau an einem kleinen Tisch hinten im Laden Platz nehmen und brachte mir einen Tee. Sie war etwas älter und hatte ein weiches, fülliges Gesicht. Als sie mir die Tasse auf den Tisch stellte, berührte sie kurz mein Haar. Allein an dieser kleinen Geste erkannte ich, dass auch sie großes Leid erfahren hatte und wusste, dass sich das nicht in die pragmatische Sprache des Alltags übertragen ließ. Lassen Sie sich ruhig Zeit, sagte sie. Und wenn ich noch irgendwas für sie tun kann, sagen Sie es bitte. Ich bin da drüben. Sie deutete auf ein paar Regale, die sie gerade neu bestückt hatte, als wir gekommen waren. Ich bin da. Ich musste mir auf die Zunge beißen, um nicht in Tränen auszubrechen. Meine Hände waren so schwitzig, dass ich den Stift kaum halten konnte. Allmählich wurde ich konfus, in der vierten Buchhandlung schrieb ich statt meines Namens die ersten Wörter des Satzes, den ich gerade zu dem Buchhändler sagte, brachte später das J. und das B. durcheinander. Meine Hand verkrampfte sich. Von meinem gezwungenen Lächeln tat mir das Gesicht weh. Yasmin merkte das und sorgte im nächsten Laden dafür, dass ich ganz hinten auf einem Hocker sitzen konnte, während sie vorn mit der Besitzerin plauderte; sobald ich fertig war, brachte sie mich schnell hinaus.

Am frühen Nachmittag schlug der Jetlag erneut zu: eine überwältigende Erschöpfung, wieder dieses Gefühl, der Boden schwanke unter meinen Füßen, das Verlangen, mich auf der Stelle hinzulegen und zu schlafen. Ist alles in Ordnung?, fragte Yasmin. Nur noch zwei Läden, sagte sie freundlich, dann fahren wir in den Verlag, damit wir uns ein bisschen frisch machen können.

Frisch machen?

Für die Party.

Es gibt eine Party?

Ach, weißt du das gar nicht? Ich dachte, Valerie hat es dir gesagt. Heute Abend ist unsere Jahresfeier. Sie fängt schon früh an, um halb sechs, und dauert nicht lang: Häppchen, ein paar Reden, ein bisschen mit den Leuten quatschen. Das Lokal ist nur bis um neun gebucht. Ein paar von uns wollen danach allerdings noch in den Pub gehen, glaube ich. Alle freuen sich total, dass du dabei bist – unser Ehrengast!

Ich fühlte mich kurz vor dem Zusammenbruch, mir war das alles zu viel. Ich konnte mich nicht mehr erinnern, zu was genau ich mich bereit erklärt hatte. Vielleicht hatte ich diesem ganzen Plan zugestimmt, als er mir in groben Zügen geschildert wurde, vielleicht war ich im Auto auf dem Weg zu dem Fernsehinterview mit den Gedanken abgeschweift. Valerie hätte doch mit mir Rücksprache gehalten, wenn sie davon gewusst hätte. Aus irgendeinem Grund war die Kommunikation zwischen dem englischen und dem australischen Team zusammengebrochen, und ich hatte nicht mehr die Kraft, für meine Bedürfnisse einzustehen.

In diesem Moment pingte Yasmins Handy. Sie wischte über das Display. Schöne Hände, manikürte Nägel.

Oh, schau mal, sagte sie. Das Porträt im *New Yorker* ist gerade ins Netz gestellt worden.

Das hatte ich völlig vergessen, dieses letzte, schreckliche Interview in dem Hotelzimmer. Ich beobachtete ihr Gesicht beim Lesen: sehr konzentriert, dann bewegten sich die Mundwinkel leicht nach unten. War das gerade ein Seufzer gewesen? Ein angespanntes, fast keuchendes Ausatmen. Sie scrollte rasch weiter, überflog den Text.

Meine Güte, sagte sie. Der ist ja ewig lang – als wäre das ein Grund, ihn nicht gründlich zu lesen.

Sag mir nicht, was da steht. Ich drehte mich zum Fenster, wollte nicht sehen, wie sie auf das Display starrte. Ich will es gar nicht wissen.

Echt nicht?

Nein. Nichts, auch nicht das Positive.

Aber was ist mit – sie zögerte, scrollte etwas zurück. Das hier solltest du dir wahrscheinlich anhören, da –

Nein, sagte ich.

Okaaaay, sagte sie, während ihr Fingernagel leise auf dem Display klackerte. Wobei – da stehen vielleicht ein paar Sachen drin, mit denen du nicht einverstanden wärst, ich weiß ja nicht –

Was denn?

Du solltest es wahrscheinlich doch lesen. Später, meine ich. Nicht jetzt. Es ist wirklich lang.

Was denn zum Beispiel?, fragte ich noch einmal.

Hm? Sie war immer noch am Klackern und Scrollen. Also, da steht einiges über, äh, also, über deine Familie und so. Und dann über deine Bücher. Ach komm, sagte sie zu ihrem Handy, weg mit dir! Diese Werbung zwischendrin ist echt nervig. Sie verstummte für einen Augenblick. Also, es geht auch um den Unfall. Aber ich kann das schwer beurteilen – wenn du es lesen würdest, wüsstest du gleich, wie das ist.

Wie was ist?

Na ja, ob das so stimmt. Die Einzelheiten. Sie klang komisch. Tut mir leid, sagte sie. Ich sollte im Auto nicht lesen, da wird mir immer schlecht.

Im Verlag zeigte sie mir, wo das Bad für die Belegschaft

war, dort gab es Dusche, Föhn und ein Schränkchen mit Toilettenartikeln.

Mein Schreibtisch ist da links um die Ecke. Ich erledige noch ein paar Dinge, solange du dich zurechtmachst.

Ich wusste nicht, wie ich mich weiter hätte zurechtmachen sollen. Ich hatte immer noch den grausigen pinkfarbenen Hosenanzug vom Morgen an, und mein Gesicht war von dem dicken Fernseh-Make-up überzogen. Ich rubbelte es mit Papierhandtüchern und heißem Wasser ab. Was hatte sie damit gemeint, »ob das so stimmt«? Ich brüstete mich gern damit, dass ich derlei Texte nicht las. Erklärte anderen Leuten, dass ich Rezensionen und Ähnliches ignorierte, nicht wissen wollte, was darin stand. Aber jetzt war ich beunruhigt. Jetzt wollte ich es wissen. Ich konnte mich nicht mehr daran erinnern, was ich der Journalistin bei all unseren Treffen, in unserer monatelangen Korrespondenz, den E-Mails und Telefonaten erzählt hatte, wusste nicht mehr, was genau ich ihr an jenem Tag kurz nach dem Unfall gesagt hatte, als ich in dem Hotel auf der Bettkante hockte, neben mir den Blumenstrauß. Vor allem gegen Ende des Interviews, als ich das Ganze zum Abschluss bringen wollte, damit ich noch rechtzeitig zur Lesung kam. Es schien Jahre her, dass ich in diesem Hotelzimmer gesessen hatte. Ein paar Bruchstücke fielen mir ein, aber vielleicht hatte ich die auch heute Morgen gesagt, nach der Einspielung der Videoaufnahme von dem Sturm. Die zeitlichen Zusammenhänge waren nicht mehr so richtig klar. Ich erinnerte mich, dass ich bei jenem letzten Gespräch im Hotel etwas kurz angebunden gewesen war und dass ich die Fragen der Journalistin als unangenehm neugierig empfunden hatte, anders als sonst.

Als hätte sie auf etwas Bestimmtes gelauert, nicht interessiert, sondern begierig nachgefragt. Es ließ mich nicht los – das, was ich nicht wusste, nicht gelesen hatte.

Ich setzte mich auf den heruntergeklappten Klodeckel und tippte die PIN in mein Handy ein. Ich würde den Artikel kurz überfliegen. Querlesen. Auf das Schlimmste hin abchecken. Als könnte mich das irgendwie wappnen. Aber ich hatte keinen Empfang. Das Bad war ein Funkloch. Ich stellte mich auf den Klodeckel, hielt das Handy über meinen Kopf. Vielleicht musste es nur noch etwas höher hinauf. Ich stellte mich auf die Zehenspitzen. Immer noch nichts. Ich setzte mich wieder. Jetzt meinte ich, Gas zu riechen. Als wäre irgendwo ein Leck, oder aus einem Brenner strömte nicht entzündetes Gas. Es klopfte an der Tür.

J. B.? Es war Yasmin. Wir sollten demnächst los. Brauchst du noch irgendwas?

Alles gut. Sorry. Ich komme gleich.

Ich steckte das Handy wieder ein. Wusch mir aus Gewohnheit die Hände. Strich mir ein paar lose Haarsträhnen hinters Ohr. Dann entriegelte ich die Tür und trat hinaus. Yasmin wartete am Ende des Korridors. Super, sagte sie. Gehen wir?

Die Party fand am Hafen statt, die obere Terrasse des Restaurants hoch über dem Salzwasser. Yasmin hakte mich unter und führte mich durch die Menge, blieb kurz stehen, um zwei Gläser von einem Tablett zu nehmen, und ging mit mir auf die Terrasse hinaus. Mir wurde flau im Magen. Ich versuchte, mich vom Anblick des Meers abzuwenden, aber sie war gerade dabei, mich ein paar Leuten vorzustellen oder diese mir, zog mich in einen kleinen Kreis von Frauen, die alle ein Glas in der Hand hielten und lachten. Schimmernder Lippenstift allenthalben, Schweißperlen auf Stirnen und über Oberlippen. Das Gelächter erstarb, man begrüßte mich. Ich spürte eine gewisse Spannung. Dann sahen mich andere, oder bemerkten mich, oder ich wurde zu ihnen geführt und ihnen vorgestellt.

Der untere Teil des Restaurants war Teil der alten Kaianlage, und mit auflaufendem Wasser spürte ich Bewegung unter den alten Bohlen, hörte es plätschern. Ich wollte nicht hier sein, war nicht in der Verfassung dafür. Ich spürte die Blicke der Leute heiß im Nacken. Mir war bewusst, dass alle auf die gleiche Weise zu mir herübersahen, nervös, ein bisschen misstrauisch, besorgt. Yasmin lenkte mich weiter versiert durch die Menge, und es war nicht zu übersehen, dass jedes Mal, wenn wir uns einer Gruppe näherten, das Gespräch verstummte. Schön, Sie kennenzulernen, sagte dann jemand und reichte mir eine schlaffe, feuchte Hand. Aber die Augen sagten etwas anderes. Zusammengekniffen, verschleiert. Als wollten sie sich für irgendetwas entschuldigen. Verstohlene Blicke über die Schulter. Gedämpfte Stimmen. So kam es mir jedenfalls vor. Alles schien sich ein Stück von mir entfernt abzuspielen. Ich fühlte mich unerreichbar. Abgeschottet. Während wir weiterschlenderten, wurde mir klar, dass alle daran dachten, was ich verloren hatte, was ich erlitten haben musste, wie sehr ich wohl immer noch litt, und ich empfand diese Art der Betrachtung als genauso bedrängend, ja unerträglich wie schon am Abend der Preisverleihung. Es war eine Art Ehrfurcht: der erhabene Schrecken, der vom Leid eines anderen Menschen ausgeht. Niemand wollte näher an den Abgrund treten, den ich verkörperte. Ich merkte, dass sie aufpassten, ob ich stolpern oder zusammenbrechen würde. Und dann begriff ich. Natürlich. Es war nicht nur das. Sie hatten alle die *Morning Show* gesehen, keine Frage. Und sie hatten alle das Porträt im *New Yorker* gelesen, keine Frage. Solche Dinge verbreiteten sich schnell. Ich war allein, exponiert, im Scheinwerferlicht erstarrt.

Etwas war geschehen. Ich wusste nicht genau, was, aber ich spürte, dass ich nicht mehr nur als Patricks Witwe betrachtet wurde. Mit dem Fernsehinterview und dem Erscheinen des Artikels hatte sich etwas verändert. Ich merkte, dass man mich mit Sorge ansah. Nicht mit Bewunderung, sondern mit einer gewissen Bangnis. Eine Frau kurz vor dem Kollaps, vor der Auflösung, in Kummer und Hoffnungslosigkeit versunken. Was ich in ihren Gesichtern sah, war nicht Verlegenheit oder Mitleid, sondern Zweifel, Angst: Ich war ein wandelndes Unglück, mit dem sie nicht in Berührung kommen wollten. Auf Partys wie dieser war ich kaum je ohne Patrick gewesen. An dessen Körper ich mich anlehnen konnte, dessen warme Hand mich wegzog oder in eine Ecke führte, wo wir uns küssten. Der immer eine Entschuldigung parat hatte, damit wir uns früher absetzen konnten. Plötzlich wollte ich nur noch weg. Das sagte ich auch zu Yasmin: Es tut mir leid, das war ein sehr langer Tag. Ich glaube, ich muss jetzt wirklich nach Hause.

Ja, natürlich! Es tut mir so leid, das hätte ich im Kopf behalten sollen. Sie merkte nicht, wie sehr ich litt, oder es war ihr peinlich. Vielleicht hielt sie es auch für höflicher, so zu tun, als wäre nichts, oder vielleicht wusste sie einfach nur nicht, wie sie anfangen, was sie sagen sollte. Gerade ich wusste nur zu gut, wie schwer es sein konnte, die richtigen Worte für so eine Erfahrung zu finden. Aber vorher stelle ich dich schnell noch da drüben vor – sie nahm einen weiteren Drink von einem Tablett und führte mich zum Geländer der Terrasse, näher ans Wasser. Wie viele Gläser waren es mittlerweile gewesen? Zu viele, dachte ich. Das Meer breitete sich vor mir aus, erstreckte sich bis zum Horizont. Ich leerte das Glas und nahm mir ein neues. Ich fühlte mich ein bisschen wackelig auf den Beinen. Wer war der Mann, mit dem ich mich gerade unterhielt? Yasmin war neben mir, machte Small Talk, steuerte Ergänzendes bei. Ich stützte mich am Geländer ab, um das Gleichgewicht zu halten. Jetzt müssen wir noch zu einem Menschen hier, der dich unbedingt kennenlernen will, sagte Yasmin, und das ist dann auch der letzte, versprochen. Oder vielleicht der vorletzte. Ich reichte einem vorbeigehenden Kellner mein leeres Sektglas. Schwankte leicht. Yasmin fasste mich gerade noch rechtzeitig am Arm, als ich mit der Schuhspitze an etwas hängen blieb und stolperte. Auf ihren Schneidezähnen war ein bisschen Lippenstift verschmiert. Das Wasser klatschte gegen die Pfeiler unter unseren Füßen, es roch nach Salz und Fäulnis, Nachtvögel schrien. Aus den riesigen Feigenbäumen sausten Fledermäuse durch die Luft. Es war wohl schon später, als ich gedacht hatte. In der Ferne die Lichter der Stadt. Die Fähren im Hafen begannen zu leuchten, Reihen strahlend gelber Fenster schwebten über das schwarze Wasser. Es war heiß. Sehr heiß. Schweiß rann mir den Rücken hinab. Wäre ich doch nur nicht mitgekommen. Woran dachte ich? Nur an Flucht. Daran, woanders zu sein. Heftige Reue verkrampfte mir den Magen.

Endlich setzte mich Yasmin in ein Taxi und drückte mir zum Bezahlen eine Cabcharge-Karte in die Hand. Als ich bei May ankam, schliefen offenbar schon alle im Haus – die Lichter waren aus, bis auf das in der Küche. Auf dieses hielt ich zu, ging wankend auf dem Gartenweg am Swimmingpool vorbei und hörte plötzlich Adam nach mir rufen. Ich wandte mich langsam in Richtung seiner Stimme. Ich hatte weit mehr getrunken, als ich vorgehabt hatte. Wilde Party, hm?, fragte er. Ich reagierte mit einer Mischung aus Nicken und Achselzucken. Ich musste mich hinlegen. Dir muss doch total heiß sein, sagte er. Komm und schwimm eine Runde.

Ich schaute zum Haus hinüber.

Die Mädels schlafen schon, sagte er und meinte damit sowohl die Kinder als auch seine Frau. Sind früh ins Bett. Er hatte recht, mir war wirklich heiß. Und erst dachte ich, das sei der Grund, warum mir schwindlig war. Ich roch meinen Schweiß, meine Bluse war unter den Armen und am Rücken durchgeschwitzt, hatte an der Sitzlehne des Taxis geklebt. Das Wasser sah wirklich einladend aus. Hm, vielleicht, sagte ich. Ich hatte keine Lust, ins Haus zu gehen, mich umzuziehen, wieder rauszugehen. Ich setzte mich an den Rand des Pools, krempelte die Hosenbeine hoch und hängte die Füße ins Wasser. Es war ein herrliches Gefühl, eine richtige Erleichterung. Ich zog die Hosenbeine noch etwas höher, spürte das Wasser an meinen Waden. Na, komm schon, sagte er. Davon kriegst du wieder einen klaren Kopf. Ich sagte ihm die Wahrheit – dass ich keine Lust hatte, mich umzuziehen.

Komm einfach in den Sachen rein, die du anhast.

So?, fragte ich und zeigte auf meine Kleider.

Nein, in dem, was du drunter hast. Von all den Leuten, mit denen ich derzeit zu tun hatte, war er vermutlich der Einzige, der das Fernsehinterview nicht gesehen, das Porträt nicht gelesen hatte. Jemand, dem das egal war und egal bleiben würde. Das Wasser kräuselte sich ein wenig. Okay, sagte ich. Knöpfte meine Bluse auf, stieg aus meiner Hose. Ich merkte, dass er mich beobachtete. Ich war zu betrunken zum Schwimmen. Das wusste ich. Es war jenes vage, ferne Wissen, das zu jemand anderem zu gehören scheint. Meine Zehen waren taub vom Alkohol. Mir war nicht schlecht, aber schwindlig. Es würde schon gehen, er war schließlich nüchtern. Das kalte Wasser würde guttun. Ich sprang hinein. Er schaltete die Pool-Beleuchtung aus, damit wir die Sterne sehen konnten. Jedenfalls war das seine Begründung. Ich hörte ein Platschen, und dann spürte ich, wie etwas an meinem Körper vorüberglitt, aalartig, spürte die Wasserbewegung, als er vorbeistrich. Als Kind konnte ich mich durch die bloße Vorstellung, im Wasser sei ein Hai, selbst in Panik versetzen. So sehr, dass ich fast hyperventilierte. Ich japste dann nach Luft, strampelte hektisch mit den Beinen, um ans andere, flache Ende des Pools zu gelangen. Dieses Gefühl hatte ich jetzt wieder, der dunkle Umriss seines Körpers, der durchs Wasser glitt, mich streifte, kaum spürbar. Unterwasserberührung, womöglich unbeabsichtigt. Er kam hoch, um Luft zu holen, tauchte wieder unter. Wie Kinder es machen, dieses Spiel, wenn sie einander zwischen den Beinen hindurchtauchen und dann wieder nach oben schießen. Das pubertäre Vergnügen, die nasse Haut zu streifen, die Überraschung, wenn es geschieht. Wo bist du? Wo wird man mich berühren, wird man mich berühren, was wäre, wenn. Der sich durchs Wasser bewegende Schatten. Und dann diese seltsame, plötzliche Panik, an die ich mich aus meiner Kindheit noch erinnerte. Ich hob die Beine vom Boden, stieß mich ab, schwamm eine schnelle Bahn. Am anderen Ende hielt ich an, stützte mich am Rand ab, außer Atem und jetzt von Übelkeit erfasst. Adam tauchte neben mir auf.

Alles okay?, fragte er und legte mir die Hand in den Nacken. Durch das Gewicht seiner Hand wandte ich ihm fast automatisch das Gesicht zu. Er beugte sich vor, um mich zu küssen. Ich war betrunken, verlangsamt und erlebte das Ganze wie aus der Distanz. Das Gesicht, das sich meinem näherte, das Plätschern des Wassers hinter mir. Die Fledermäuse. Der Traum der vergangenen Nacht: eine Maus, von der Katze gefangen und dann liegen gelassen. Schau, was die Katze wieder hereingeschleift hat, übel zugerichtet war sie, die Maus, und vielleicht tot oder vielleicht auch nicht, das war schwer zu sagen. Die Verzögerung, ein, zwei Sekunden nur, aber genug, um willig zu erscheinen, zumindest ein bisschen, nicht eindeutig ablehnend, seine Zunge neugierig, suchend. Dann wurde mir bewusst, was gerade geschah, und ich wich erschrocken zurück, kletterte aus dem Pool und vergaß, meine Kleider mitzunehmen, als ich durch die Dunkelheit zum Haus rannte.

15

In dieser Nacht tat ich kein Auge zu. Ich wusste, was Adam getan hatte, wie es dazu gekommen war und dass ich ihn nicht schnell genug abgewiesen hatte. Ich wusste, wie leicht meine langsame Reaktion als weibliche Ambivalenz ausgelegt werden konnte – statt als eine durch Schock, Trunkenheit, dumpfen Unglauben und aufkommenden Ekel verursachte Lähmung. Und May zuliebe würde ich ihm weiterhin gegenübertreten und dabei so tun müssen, als wäre nichts gewesen. Allein der Gedanke widerte mich an, die Erinnerung an sein lüsternes Grinsen und das Wissen um Mays bedingungslose Treue. Ich versuchte, sein Bild wegzuschieben, aber es kam immer wieder, und irgendwann, nachdem ich stundenlang im Dunkeln wachgelegen hatte, griff ich nach meinem Handy, um mich abzulenken, und landete schließlich bei dem Link zu dem Porträt. Ich klickte ihn an, und der Artikel begann zu laden. Dann war er da, ergänzt durch ein gezeichnetes Bild von mir. Der Text folgte dem üblichen Format: jüngste Erfolge, der Preis, der aktuelle Kontext und dann der langsame Treck zurück in meine Vergangenheit. Ziel und Grundgedanke dieses Formats war, zu erzählen, wie die Künstlerin zur Preisträgerin geworden war, warum sie es verdiente, gefeiert zu werden, wie sie sich entwickelt hatte. Aber das geschah hier nicht. Jedenfalls nicht in der erwarteten Weise. Zunächst wurde mein biografischer Hintergrund geschildert: meine Eltern, die beide aus Einwandererfamilien kamen, der Vater ein Kind der Teilung Indiens, das frühe Verschwinden der Mutter, meine Verarbeitung dieses Traumas in meinen Büchern. Dann der Dolchstoß: die Entschlossenheit des Kindes, die hitzköpfige Jugendliche, die junge Frau, die sich in ihren Professor verliebt, ihm wie eine Stalkerin nach London folgt, alle Brücken hinter sich abbricht. Die skrupellose Künstlerin, die ihren Vater nie mehr wiedersieht, sich weigert, nach Hause zu fahren, selbst als er im Sterben liegt. Mein monströser Ehrgeiz, die Kinderlosigkeit, die Zielstrebigkeit, mit der ich meinen Weg als Schriftstellerin verfolgte: Keine glücklichen Fügungen, nur Durchsetzungsvermögen und strategisches Kalkül. Die Frau, die ohne die Ehe, die sie eingegangen war, nie da hingelangt wäre, wo sie jetzt war. Mir brach der kalte Schweiß aus. Wie konnte sie all diese Dinge schreiben? Nachdem sie doch so freundlich, so ruhig, so großzügig gewirkt hatte. Nach unseren zahlreichen Unterhaltungen, all den E-Mails, dem monatelangen Austausch, meiner anhaltenden Bereitschaft, mich zu offenbaren, nach all den Fragen, die sie mir gestellt hatte, manchmal ein und dieselbe wieder und wieder. Unsere langen gemeinsamen Mittagessen am Anfang, die Bereitwilligkeit, mit der ich ihr ausführlich schriftlich antwortete, ohne dass ich je Aufschluss darüber verlangt hätte, wie sie meine Antworten nutzen wollte, oder ihr diesbezüglich irgendwelche Beschränkungen auferlegte. Und nicht nur waren wir des Öfteren zusammen mittagessen oder etwas trinken gegangen, ich hatte sie auch zum

Abendessen zu uns eingeladen. Patrick hatte für sie gekocht, sie regelrecht umworben. Wenn ich mir vorstellte, dass sie die ganze Zeit ihre wahren Gefühle verborgen hatte! Sofern es denn ihre wahren Gefühle gewesen waren. Oder hatte ich irgendetwas getan, das ihre Haltung mir gegenüber verändert hatte? Oder war ich womöglich tatsächlich so? Ich fühlte mich seltsam. Ich hätte das Handy weglegen, es ausschalten sollen. Stattdessen las ich weiter.

Sie beschrieb mich als gertenschlank. Ließ sich über meine uneindeutige Augenfarbe aus und über die Frage, ob mein Aussehen meinem Alter entsprach. Sie schrieb, bei unseren persönlichen Treffen hätte ich vor nervöser Energie gezuckt: eine zappelige Frau, die reihenweise Bücher geschrieben habe, aber nicht in der Lage sei, für die Dauer eines Kaffees stillzusitzen. Eine Frau, die an den Nägeln kaute. Die den kleinen Aufkleber von einem Stück Obst, den jemand auf den Tisch gepappt hatte, abpulte, wieder aufklebte, wieder abpulte. Eine Frau, die ihr Essen zurückgehen ließ, weil das Fleisch zu sehr durchgebraten war. Eine pingelige Frau. Die keine Scheu hatte, Anweisungen zu erteilen, Forderungen zu stellen. Eine nicht näher identifizierte Person aus meinem früheren Kollegenkreis wurde zitiert: »Sie hat«, hieß es da, »einen ausgeprägten Überlebensinstinkt.« In einem anderen Zusammenhang wäre das als Kompliment aufgefasst worden, aber hier erschien es als mögliche Charakterschwäche. Natürlich ging es auch um Patrick. Die Journalistin bezog sich auf etwas, das ich in einem unserer frühen Interviews gesagt hatte: »Er liest alles. Ich kann mir nicht vorstellen, jemals ohne ihn einen Roman zu schreiben. Seine Ideen sind für die Fortentwicklung meiner Arbeit von größter

Bedeutung.« Das stimmte, wir hatten jahrelang eng zusammengearbeitet, manchmal auch als Team. Ich hatte ihm bei seinen Drehbüchern genauso geholfen wie er mir bei der Überarbeitung meiner Texte. Er war immer mein erster und mein bester Leser gewesen, aber in dem Artikel wurde das stark übertrieben, es klang, als wäre er der Quell, aus dem sich mein Schaffen speiste, dessen wahrer Ursprung.

Und dann folgte die Geschichte des Unfalls. Er wurde so geschildert, dass man eine Passage aus einem meiner Bücher zu lesen meinte, »genau wie Blackwood es hätte schreiben können«, stand da, »eine Szene, die sie sich in allen Einzelheiten ausgedacht haben könnte, um sie dann zu Papier zu bringen.« Es folgten Überlegungen dazu, wie sich mein Verlust auf mein künftiges Schaffen auswirken würde. Patrick als mein einziger Vertrauter, mein Verbündeter, meine bessere Hälfte, wie ich ihn selbst einmal beschrieben hatte. Mutmaßungen über all die Bücher, die ich ohne ihn nicht würde schreiben können, darüber, dass es ab jetzt – logische Konsequenz meines Verlusts – für mich nur bergab gehen konnte. Zum Zeitpunkt der Drucklegung dieses Porträts, hieß es, dauerten die Ermittlungen noch an.

Mein Herz setzte kurz aus. Wieso wusste ich davon nichts? Davon wusste ich doch nichts, oder? Er war tot – für mich war damit alles beendet. Man hatte ihn gefunden, und er war tot. Ich hatte gedacht, nachdem ich den Leichnam gesehen, all die Fragen beantwortet und man mich entlassen hatte, sei das Ganze abgeschlossen. Davon war ich ausgegangen. Plötzlich fiel mir das Atmen sehr schwer.

Als ich am nächsten Morgen nach unten ging, war es ruhig im Haus. Die Spülmaschine brummte, und es hing noch eine gewisse Turbulenz in der Luft, wie man sie nach einem geschäftigen, eiligen Aufbruch spürt. Es roch nach verbranntem Toast. Die Schultaschen der Mädchen hingen nicht mehr an den Haken neben der Tür. Adams Auto stand nicht in der Einfahrt. Ich ging hinaus in den Garten, ganz nach hinten, wo das Grundstück an den Busch angrenzte. Es war heiß. Ich spürte das Brennen der Sonne auf der Haut. Ich schloss die Augen: eine Kindheitserinnerung, Eukalyptus, Hitze. Ringsum das Schrillen der Zikaden, dann plötzliche Stille. Als wären sie gestört worden, aufgeschreckt und dann verstummt. Von mir gestört, wie ich jetzt tiefer ins Gestrüpp vordrang: Akazie, Geißblatt, Zylinderputzer, hohe fedrige Gräser um meine Beine. Ein Kreis von Stille um mich herum. Dann überlief ein Frösteln meine Arme – das Geräusch von Stimmen, murmelnden Stimmen. Woher? Aus den Bäumen, zwischen den Bäumen hindurch. Tiefe Stimmen, mal rechts, mal links, den besten Weg suchend, oder kamen sie von hinten? Da ist sie. Glaubte ich, meinte ich zu hören. Bildete ich mir womöglich ein. Ich drehte mich rasch um. Nichts. Aber immer noch dieses Geräusch, dieses Murmeln mal hier, mal da. Als würde gleich etwas vor mir erscheinen, im nächsten Moment. Und dann die banale Erkenntnis: Schmeißfliegen. Summend sausten sie nach links, nach rechts und wieder nach links, und das tiefe, immer wieder unterbrochene Summen erinnerte an ferne Männerstimmen, erst eine, dann eine andere. Ich erschauerte. Hatte das Gefühl – ungeachtet meines törichten Irrtums –, dass über mich geredet wurde. Weil Adam womöglich etwas gesagt hatte. Oder wegen des Porträts, in dem es hieß, in dem Fall werde noch ermittelt. Die neongrell leuchtenden Zähne dieser Moderatorin der *Morning Show*, die mich anlächelte, während sie mir ihre Fragen stellte, Kate und John, oder waren es Sam und Kylie, was weiß ich, die Schweißtropfen auf der Halbglatze des Vernehmungsbeamten, in einem anderen Land, ja einer anderen Epoche – es schien Jahre her zu sein. Was es inzwischen ja auch ist. Wie schwierig war es für Sie, hatte die Journalistin gefragt, eine eigenständige Künstlerin zu werden? Wo Sie doch verheiratet sind mit – Ihre Mutter Ihnen in die Quere – wieder dieses Gesums. Trockener Mund. Was immer ich in diesem Buch geschrieben hatte, was immer das Buch darstellte, es war von den Ereignissen in meinem Leben überlagert worden. Es wurde jetzt wie eine Art Beweismaterial gelesen: rückwärts, gegen den Strich. Ich hatte gefragt, ob ich den Roman unter Pseudonym veröffentlichen könnte, weil so viel von meinem eigenen Leben drinsteckte, viel mehr als in all meinen vorherigen Büchern. Er war noch nicht einmal fertig, als ich das fragte. Ada und Valerie dachten beide, ich mache Witze. Nein, sagte ich. Das meine ich ernst! Valerie sah mich an, sie verstand mich.

Aber mal ehrlich, sagte ich. Warum denn nicht?

Es würde rauskommen, sagte sie. Und dann würden sie dich in die Mangel nehmen, um herauszufinden, warum du es unter Pseudonym veröffentlicht hast, das wäre viel schlimmer. Langfristig jedenfalls. Glaub mir.

Etwas stach mich in den Knöchel, und ich trat einen Schritt zurück, stolperte über einen heruntergefallenen Ast, konnte mich gerade noch an einem Schössling festhalten, dann hörte ich May rufen. Ich war weiter in den Busch hineingegangen, als mir bewusst gewesen war. Ich habe Kaffee gemacht!, rief sie. Jetzt war es zu spät. Egal was ich in der vergangenen Nacht, im Dunkeln, getan hatte, wo ich hingegangen war. Sie rief noch einmal. Und noch einmal. Lauter. Wo bist du denn? Einen Moment lang überlappten sich in meiner Wahrnehmung zwei Stimmen – ihre Stimme war der unserer Mutter, damals vor all den Jahren, so ähnlich. Sie verschmolzen miteinander. Ich erinnere mich körperlich an diesen Klang, spüre ihn. Auch jetzt noch. Wir hatten wohl am Fluss gespielt. Oder im Garten herumgebuddelt. Jedenfalls waren wir außer Sichtweite. Sie rief: Lucie! May! Und nach ihrem Verschwinden hörte ich das noch oft, ihr Rufen. Aber wenn ich dann aufsah, war es eine andere Frau, die nach einem anderen Kind rief, im Park, am Wasser, nur der Tonfall war identisch. Frauen behaupten gern, alle Kinder klängen gleich, wenn sie nach ihrer Mutter rufen, wenn sie weinen. Aber umgekehrt stimmt das genauso. Ich war sofort bereit, zu dieser Stimme zu laufen, rechnete fest damit, unsere Mutter auf uns zukommen zu sehen, das Kleid vom Gegenwind um ihre Beine nach hinten geweht. Das blaue Kleid mit den weißen Tupfen oder Pünktchen, oder vielleicht eins mit Blumen darauf. Und sah dann doch jedes Mal eine andere auf der Wiese oder dem Weg oder im Sand stehen, ihr Körper fest und kompakt – wodurch ich das Verschwinden meiner Mutter noch intensiver empfand, als wäre sie über den Rand der Erdscheibe gefallen. Keine Nachricht, keine Spur, keine Hinweise. Fand sie ihr Glück? Bekam sie letztlich, was sie wollte? In dem Porträt stellte die Journalistin die gleichen Fragen über mich. Ich spürte etwas an meinem Bein: kleine dunkle Ameisen krabbelten daran hoch. Ich langte hinunter, um sie wegzuwischen. Da bist du ja! Sie rief von oben, vom Balkon aus. Mays Stimme. Ich rufe schon die ganze Zeit. Hast du mich nicht gehört? Doch, nein. Ich war mir nicht sicher. Meine weiße Bluse war durch das Gestrüpp hindurch sichtbar. Ich schaute zu ihr hoch. Ich komme!, rief ich und bückte mich, um über die längliche rote Schwellung zu reiben, die sich gerade an meinem Knöchel bildete.

Hallo Fremde, sagte sie, als ich ins Haus trat. Ich habe vorhin versucht, dich zu wecken, aber das war völlig aussichtslos. Ich trank den Kaffee, den sie mir reichte.

Welcher Tag ist heute?, fragte ich. Im Hintergrund signalisierte die Spülmaschine mit einem Piepen, dass sie fertig war. May klopfte eine Zigarette aus der Schachtel. Machst du Witze? Sie ging auf den Balkon hinaus. Ich folgte ihr.

Ich wusste gar nicht, dass du –

Extreme Zeiten, extreme – setzte sie an und unterbrach sich dann selbst, um einen Zug zu nehmen. Du weißt schon, sagte sie, nachdem sie den Rauch ausgestoßen hatte, nahm einen weiteren Zug und wedelte mit dem Feuerzeug, während sie den Rauch in der Lunge hielt.

Maßnahmen, beendete ich ihren Satz.

Sie nickte und ließ den Rauch entweichen. Hast du dich von deinem Jetlag erholt?

Ich denke schon, sagte ich und nahm ihr die Zigarette aus den Fingern.

Gott, sagte sie. Ich bin fix und fertig. Es tut mir wirklich leid, dass gleich dein erster Abend hier so abgelaufen ist, mit Lexi und so. Kein schöner Empfang. Ich meine, es wäre nett gewesen, wenn wir uns wenigstens dir zuliebe hätten zusammenreißen können.

Ich lachte ein bisschen, atmete den Rauch aus. Mir wurde flau im Magen.

Wie war eigentlich die Party? Ich hab dich ja bisher kaum gesehen. Also, der ganze PR-Kram, das war alles gestern, oder? Hat es Spaß gemacht? Und die *Morning Show*? Ich hab sie verpasst – Elterntaxi.

Die Luft hier oben war schwülwarm, drückend. Ein leichter Wind wehte zu uns herauf und kühlte unsere Gesichter. Ich spürte ihn erst am Arm, dann auf den Wangen. Dann legte er sich wieder. Ich zuckte die Achseln, sog an der Zigarette. Wie geht's Lex?, fragte ich.

Aah, ächzte sie. Es nimmt kein Ende. Weißt du, ich muss sie nur bitten, irgendwas zu tun, ihr Oberteil vom Boden aufzuheben, zum Beispiel, oder ihr nasses Handtuch ins Bad zu bringen, und dann zieht sie eine Grimasse, als wäre ich der letzte Trottel und es gäbe nicht den geringsten Grund, zu tun, was ich von ihr verlange, denn in ihren Augen bin ich irrelevant geworden. Jedenfalls setzt sie alles daran, mich irrelevant zu machen, weil die Alternative für sie unerträglich wäre – so als wäre der Prozess der Selbstwerdung nur ex negativo möglich, indem sie mich auslöscht, sich auf meine Kosten selbst findet. Wie auch sonst? Mich zu akzeptieren UND sie selbst zu werden, das schließt sich gegenseitig aus – das ist inkompatibel. Manchmal zischt sie mich sogar an, weißt du? Wenn sie sich an mir vorbeischiebt, statt einfach zu tun, worum ich sie bitte. Und diese Geschichte mit dem Ohnmächtigwerden: Es ist die Vorstellung vom Innern meines Körpers, die sie abstößt.

Irgendwo in der Nähe setzte die leichte Brise ein Windspiel in Bewegung, ein leises, zweitöniges metallisches Klimpern. Sie drückte die Zigarette aus, kippte ihren Kaffee herunter. Ich weiß nicht. Vielleicht liegt es auch einfach am Wetter.

Es war wirklich sehr heiß, zu heiß, draußen wie drinnen. Die Schwüle war belastend, machte alle gereizt, die Luft schien an der Haut zu kleben, wirkte zäh, als widersetzte sie sich jeder Bewegung. Man fühlte sich darin wie eingesperrt. Am Horizont türmten sich riesige graue Wolken auf. Vielleicht gibt es ein Gewitter, sagte May, irgendwann später.

Ich war für einen Alltag in solcher Hitze nicht gerüstet, hatte kaum mehr im Koffer als zuvor auf dem Schiff – ein paar Jeans, einen Bikini, einen Sarong, das eine Kleid für die Kreuzfahrt-Dinner und für die Preisverleihung. Ich sagte das zu meiner Schwester, als wir mit unseren Tassen in den Garten traten, mein ganzer Körper von einer Schweißschicht überzogen, wie von einem öligen Film. Es war fast elf. Adam war in aller Frühe zur Arbeit gefahren und würde erst nach dem Abendessen wiederkommen. Wir haben den ganzen Tag für uns, sagte sie, als wäre es eigentlich unzulässig, dass wir Zeit zusammen verbrachten.

Ich muss unbedingt mal wieder hier raus, sagte sie. Ich bin seit meiner Operation nicht mehr richtig aus dem Haus gegangen. Ob das nicht noch zu früh sei, fragte ich, aber sie verneinte. Wir sollten shoppen gehen, sagte sie. Du brauchst ja eh ein paar neue Sachen. Ich trinke nur noch einen zweiten Kaffee.

Okay, sagte ich. Gern.

Wir parkten das Auto in der Tiefgarage, fuhren mit dem Aufzug nach oben ins Kaufhaus, traten hinaus in grelles Licht und den Dunst von Parfüm. Froh über die Ablenkung, die unser kleiner Ausflug bot, folgte ich May, die nach links ging, dann nach rechts, der Route folgte, die sich vor ihr auftat, dem glänzend weißen Weg zwischen den Waren hindurch. Hier und da warteten Frauen im schwarzen Kostüm darauf, dass wir näher kamen, und bedachten uns mit ihrem strahlenden Lächeln. Sie lockten uns mit kleinen rechteckigen Pappkärtchen, auf die sie einen Duft gesprüht hatten. Die Damen?, sagten sie und streckten uns ihre Kärtchen entgegen, Guten Morgen, die Damen, Willkommen, die Damen, Kann ich Ihr Interesse wecken? Ich atmete nur ganz flach und schürzte die Lippen zu einem abweisenden Lächeln. All das Licht, die Spiegel und der gleißend weiße Marmorboden machten mich ganz benommen. May eilte weiter voraus, ihres Weges durch das Warenlabyrinth sicher. Um uns herum hatte jede Parfümmarke – und weiter hinten die Hautpflege- und Make-up-Produktreihen genauso – ihr eigenes Set von Regalen und Drehvitrinen, die im Kreis oder Karree aufgestellt waren, sodass in der Mitte ein Raum entstand, in den eine Frau hereingebeten werden konnte. Der marmorne Weg wand sich zwischen diesen Verkaufsinseln hindurch, mal hierhin, mal dorthin, verwirrend.

Hier bin ich!, rief May. Ich entdeckte sie in der Ferne bei den Hüten, war mir aber nicht sicher, was der direkteste Weg zu ihr war. Ich musste die Abteilung für Damenbekleidung finden – ich lebte seit Wochen aus dem Koffer, mein Partykleid zwischen ein Paar Sneakers und eine Plastiktüte voll schmutziger Socken und Unterwäsche geknüllt.

Ich sah mich um. Es musste doch irgendein System hinter der Anordnung dieser Verkaufsinseln geben und einen Weg, der hinausführte, aber all die teils senkrecht, teils schräg angebrachten Spiegel, einige auf Schulterhöhe, andere weiter oben, und dazu die von Ferne erklingende Klaviermusik brachten mich völlig durcheinander. Genau darauf warteten die Verkäuferinnen wahrscheinlich, sicher erkannten sie diesen Ausdruck plötzlicher Hilflosigkeit und Erschöpfung, den Moment, in dem die Frau, in diesem Falle ich, stehen bleibt, sich umsieht, sich abermals umsieht und tief seufzt. Sie legt die Finger auf eine Tube Gesichtscreme oder ein Fläschchen Mascara, während sie sich fragt, was sie jetzt tun, wo sie hingehen soll, wie sie überhaupt hierhergelangt, warum sie hier ist. Sie berührt es, dieses kleine Fläschchen vor sich. Sie ist ein bisschen neugierig und ein bisschen irritiert – wenn auch auf eine eher abstrakte Weise – angesichts der zahlreichen Varianten dieses einen Produkts: Mascara für gebogene Wimpern, für einen Falsche-Wimpern-Look, in Farben von schwarz bis stahlblau. Ich steckte das Fläschchen gerade wieder in das kleine Fach des Verkaufsdisplays, da erschien wie aus dem Nichts eine Frau im weißen Kittel, machte eine ausladende Armbewegung zwischen mir und den aufgereihten Augenkosmetikartikeln und fragte, ob sie mir helfen könne. Ich schaute wohl erschrocken drein, denn sie lächelte mich sehr liebenswürdig an und hielt mir dann einen ovalen Spiegel vor, sodass nun auch ich klar vor Augen hatte, wie erschöpft ich aussah. Mit ihrer freien Hand berührte sie eine Lidschattenpalette. Diese Farben hier würden bei Ihnen hinreißend aussehen, sagte sie.

Danke, nein, erwiderte ich, abrupt zu mir gekommen. Ich habe mich nur ablenken lassen. Eigentlich suche ich jemanden. Ich drehte mich um, spähte über die Regale – meine Schwester war nirgends zu sehen.

Es kostet nichts, sagte die Frau, die wohl bemerkte, dass ich wie gelähmt dastand. Das Styling. Und wenn Sie eines der Produkte kaufen, bekommen Sie das zweite zum ermäßigten Preis. Kaufen Sie drei, bekommen Sie das vierte sogar umsonst. Wie wär's, sagte sie und berührte sanft meinen Blusenärmel, Wollen Sie nicht eine kleine Pause machen?

Ich bin wirklich müde, dachte ich, das stimmt. Ich sagte es mir als eine Art Rechtfertigung, während ich mich auf den Hocker setzte und meine Handtasche auf den Schoß nahm. Ich könnte einfach hier warten, dachte ich, hier sitzen bleiben, irgendwann wird meine Schwester schon zurückkommen und mich finden. Aber falls Sie sie sehen, sagte ich, sie hat ein hellgelbes Kleid an.

Die Verkäuferin schien mich nicht zu hören. Also, sagte sie, erst einmal suche ich die passenden Farben heraus. Wenn Sie vielleicht die Augen schließen könnten? Ich tat wie geheißen. Ich spürte die Wärme ihres Gesichts, das sich ganz nah zu meinem herunterbeugte, dann eine kühle Pinselspitze, die etwas Cremiges in meine Lidfalte strich, dann in die kleine Mulde zwischen Augenwinkel und Nasenrücken, schließlich entlang der größeren Wölbung, wo der Augapfel in den Schädel eintritt. Als Erstes lasse ich die Schatten verschwinden, sagte sie. Der Pinsel bewegte sich mit winzigen fedrigen Strichen über meine Haut. Diese dunkleren Stellen wollen wir nicht. Als wäre ein Gesicht am besten flach, ohne jede Erhebung. Eindimensional. Sie legte die Finger ihrer freien Hand auf meine Schläfe, um zu verhindern, dass sich mein Kopf unter dem Pinsel bewegte. Ihre Fingerspitzen waren kühl, die Berührung ganz leicht. Eine Berührung, an die man sich durchaus gewöhnen könnte. Würden Sie kurz die Augen aufmachen und nach oben schauen? Und jetzt wieder zu? Sehr schön, sagte sie. Jedes Mal, wenn ich die Augen öffnete, war sie direkt vor mir, ganz nah, ich konnte die feinen hellen Härchen auf ihrer Wange sehen, die Sommersprossen auf ihrem Nasenrücken. In diesem Moment war ich wieder das Kind, das mit geschlossenen Augen still dastand, während mir jemand mit einem warmen Waschlappen übers Gesicht fuhr, mir sanft das Haar bürstete und mir half, die Arme in die Ärmel meines Pullovers zu stecken – war wieder dieses Kind, das so behutsam hergerichtet, für die Welt bereit gemacht, geliebt wurde. Wie lange gab es diese Kleine, dieses Kind schon nicht mehr? Ich fragte mich, wo meine Schwester wohl abgeblieben war, ob sie nach mir suchte, aber ich konnte die Augen nicht aufmachen, denn die Verkäuferin hielt jetzt mein Kinn, während sie mir mit einem anderen Pinsel, der sich eher wie ein Schwämmchen anfühlte, etwas auf den Wimpernansatz auftrug. Wenn ich als Kind nicht einschlafen konnte, setzte sich Joan manchmal zu mir und streichelte mich auf eine ganz ähnliche Weise, fuhr mit den Fingerspitzen zart über die durchscheinende Haut meiner Lider. An jenen Abenden gelang es mir einfach nicht, die Augen zuzulassen – ich könne nicht schlafen, erklärte ich, weil meine Augen nicht zublieben; jedes Mal, wenn ich sie schloss, klappten sie von selbst wieder auf, obwohl da nichts Bestimmtes war, das ich hätte anschauen wollen, ich nicht einmal wirklich etwas sah mit meinen offenen Augen. Das Zumachen und Zulassen der Augen war eine Grundbedingung fürs Schlafen, die ich als Kind leicht vergaß, deshalb kam Joan ab und zu und erinnerte mich daran. Sie zog mir die Decke bis zum Kinn, hockte sich auf den Rand der Matratze, sodass die Federn unter ihrem Gewicht quietschten. Die Matratze neigte sich ein bisschen, und ich rollte zu ihr, landete mit den Knien an ihrer fülligen Hüfte. So, sagte sie, nun mach schön die Augen zu, und dabei glitten ihre Finger über meine Lider bis hinunter zu den Wangenknochen, hoben sich von meinem Gesicht und begannen auf den Augenbrauen von neuem. Meine Schwester schlief längst, ließ ab und zu ein kurzes Schnaufen oder Schnarchen hören, sie bekam nichts von meinem Kampf mit. Wenn ich den Kopf in Richtung ihres Bettes drehte, sagte Joan, lass mal, die interessiert uns gerade gar nicht, jetzt geht es um dich, und ihre Finger strichen stetig über meine Augen, wieder und wieder. Zu dieser Zeit am Abend rochen ihre Hände leicht nach dem Spülmittel, das sie ins Abwaschwasser gespritzt hatte, und nach den Gummihandschuhen, die sie trug, um ihre Haut vor dem heißen Wasser zu schützen. Überlagert wurde dieser Geruch von der Creme, mit der sie ihre Hände einrieb, wenn sie die Küche aufgeräumt hatte, einem süßeren Duft, manchmal mit einem leicht herben Einschlag von der Vaseline, die sie in ihre von der Kälte oft rissige Nagelhaut einmassierte. Manchmal kaute sie tagsüber an den weißen Hautfitzelchen herum, die an den Nagelrändern hochstanden, und wenn sie eines schließlich abgebissen hatte, sah man an der Stelle ein kleines rotes Pünktchen, wie von einem Nadelstich. Wieder und wieder und wieder strichen ihre Finger über mein Gesicht, wie wenn ein Fluss sich über Jahrhunderte des Regens ins Gebirge gräbt, und unter ihren Fingern spürte ich, wie meine Augen allmählich ihre Härte verloren, die Spannung nachließ, bis ich schließlich einschlief, gebannt von Joans Händen, ihren dicken, weichen Fingern, die ein bisschen fettig waren von den Cremes und vorne an den Spitzen, wenn die Gummihandschuhe nicht dicht gewesen waren, manchmal faltig und schrumpelig.

So, sagte die Verkäuferin. Sie nahm den Pinsel von meinem Gesicht. Ich spürte ihre Körperwärme, die Intensität ihrer Gegenwart, als sie ihr Werk begutachtete. Sie können die Augen jetzt aufmachen. Alles war verschwommen. Ein großer silbriger Kreis schwebte vor meinem Gesicht – die Frau hielt mir einen Spiegel hin. Ich blinzelte. Sie hielt den Spiegel näher vor mein Gesicht, dann drehte sie ihn um, auf der Rückseite vergrößerte er stärker. Bevor ich aufstehen konnte, hob sie zu einem Monolog an, nannte Preise und Ermäßigungen, erläuterte mögliche Verbesserungen des Hauttons und andere bleibende Wirkungen dieses oder jenes Produkts. Ich wandte den Blick ab, stand auf. Schön geworden, sagte ich. Danke. Aber jetzt muss ich mich wirklich auf die Suche machen. Wo war sie nur?

Ich roch das Make-up auf meinem Gesicht. Meine Wimpern fühlten sich schwer an unter der dreifachen Schicht Mascara. Ich konnte May nirgends entdecken. Gerade wollte ich nach meinem Handy greifen, da fiel mir ein, dass ich es im Haus hatte liegen lassen, es lag abgeschaltet in der Schublade.

Plötzlich stand sie neben mir. Da bist du ja!, sagte sie. Sie hatte bekommen, was sie wollte. Tut mir leid, sagte sie, aber wir müssen jetzt gehen. Hast du gefunden, was du brauchst?

Ich hatte vergessen, was ich brauchte. Egal, sagte sie, wenn nicht, kommen wir morgen einfach wieder. Lexi hat nämlich heute Nachmittag Schwimmtraining. Normalerweise ist das Donnerstagvormittag, aber wegen irgendwelchen Weihnachtsveranstaltungen haben sie es diese Woche auf den Nachmittag verlegt. Es tut mir echt leid, ich hatte das total verschwitzt, aber ich muss sie von der Schule abholen, und wir haben leider keine Zeit mehr, vorher nach Hause zu fahren. Ich hoffe, das macht dir nichts aus?

Nein, sagte ich, natürlich nicht.

Jess geht heute zu einer Freundin, Adam holt sie dann auf dem Heimweg ab. Es geht nur um Lexi. Es wird vielleicht eine Stunde dauern, maximal.

Als wir aus der Tiefgarage kamen, blendete mich die Sonne. Das grelle Neonlicht im Kaufhaus war schon nicht ohne gewesen, aber die Helligkeit der australischen Sonne war noch mal etwas ganz anderes: ein fast unirdisches Leuchten, die Sorte Licht, die jede Faser, jede Zelle des Körpers durchdringt, als könnte es ihn in seine Bestandteile zerlegen. Ihn auflösen. Pulverisieren. Ich wühlte in meiner Handtasche nach meiner Sonnenbrille. Hob sie ins Licht, um zu sehen, ob die Gläser verschmiert waren. Die Manschetten meiner Bluse rutschten etwas nach unten. Die blauen Flecken waren noch sichtbar, aber nur noch schwach, bald würden sie verschwunden sein. Wie fest er mich an den Handgelenken gepackt hatte. Nicht, tu das nicht. Hatte einer von uns gesagt. Bitte. May beobachtete den Verkehr, wartete auf eine Lücke, in die sie sich einfädeln konnte. An der Innenseite beider Handgelenke je ein gelblicher Kreis, in dem ein paar dunkle feine Äderchen zu sehen waren, wie unter dem Mikroskop. Ich drückte probeweise mit dem Daumen auf den Bluterguss, um zu sehen, wie empfindlich er noch war. Bei der Vernehmung war niemand auf die Idee gekommen, mich danach zu fragen, es hatte kein Anlass bestanden, mich zu untersuchen – schließlich war es nicht mein Körper gewesen, zu dessen Zustand ermittelt wurde.

Ich rieb die Gläser sauber und setzte mir die Sonnenbrille auf.

16

Wir holten Lexi vor der Schule ab, fuhren zum Hallenbad und ließen sie am Eingang raus, bevor May uns einen Parkplatz im Schatten eines Baums suchte. Im Auto war es kalt von der Klimaanlage, und als ich in die pralle Sonne trat, wurde mir schwindlig. Und wieder ein bisschen übel – vielleicht lag es doch am Wetter und nicht am Jetlag. Auf der Straße schmolz hier und da der Asphalt. Am Eingang des Sportzentrums öffneten sich die automatischen Schiebetüren, und ein Schwall feuchter Chlorluft drang heraus, dazu gellendes Kindergeschrei. Wir traten ein, und die Schiebetüren schlossen sich hinter uns. Es roch nach Eis, Chips, Instantkaffee. May zeigte ihr Ticket vor, und wir gingen in die Schwimmhalle, wo wir uns auf eine feuchte Metallbank in der Nähe der Startblöcke setzten. Die Luft war warm und stickig und von dem beißenden Chlorgeruch geschwängert. Lexi stand leicht vorgebeugt bei den Blöcken, die Arme vor dem Bauch verschränkt, während der Trainer Anweisungen für die ersten Bahnen erteilte. Sie hatte ihre Badekappe auf, die lila Schwimmbrille auf den Augen, fest angepresst. Wir sahen, wie sie nickte, sich dann die Nase zuhielt und blies, um den Druck in den Ohren auszugleichen. Sie hatte lange, dünne Beine mit knubbeligen Knien, die sie jetzt aneinanderdrückte und ein bisschen beugte, als wäre ihr kalt, was unmöglich sein konnte in dieser feuchtwarmen Luft. Sie machte sich kleiner, startklar, ihre Muskeln bereiteten sich auf den Sprung und den anschließenden Sprint vor, das geschmeidige Durchs-Wasser-Gleiten, bei dem ihr präpubertärer Körper fast unsichtbar sein würde, so wie sie es wollte, ein Strich blaues Lycra unter der gekräuselten Wasseroberfläche. Hin und her schwamm sie, hin und her. Am Ende der Bahn machte sie eine Art Rolle unter Wasser, sodass ihr Körper wieder in die Gegenrichtung zeigte, stieß sich an der Beckenwand ab und hinterließ eine Spur silberner Bläschen.

Als Folge des Preises hatte man mir für meinen nächsten Roman einen lukrativen Buchvertrag angeboten, den ich, von Adas Begeisterung mitgerissen, unterschrieben hatte – ich stand in dem Moment noch leicht neben mir und dachte nicht daran, dass ich keinerlei Vorstellung hatte, was ich als Nächstes schreiben könnte. Du bist einfach brillant!, hatte Ada gerufen, und wir finden dich alle großartig – ich weiß, dass du etwas Tolles schreiben wirst. Aber die Deadline war sehr knapp, und das wurde mir jetzt allmählich bewusst. Ich dachte an all die Szenen, die ich aus dem vorigen Roman gestrichen hatte, und fragte mich, ob ich sie wohl für ein neues Buch nutzen könnte. Ich hatte sie auf Adas Drängen gestrichen, und der Roman war dann in genau der Weise, wie sie es sich vorgestellt hatte, zum Erfolg geworden, aber ich dachte immer noch voller Zuneigung an diese Passagen – viele von ihnen waren biografisch eingefärbt. Verwaiste Szenen, könnte man wohl sagen, aus einem Leben in der Provinz. Auch May hatte mich gebeten, sie wegzulassen, als ich ihr davon erzählt hatte.

Sie dachte nicht gern an diese Dinge. Und schon gar nicht wollte sie meine Version davon lesen. Wohingegen ich alles drehen und wenden wollte. Bitte, tu das nicht, hatte sie gesagt. Oder vielleicht hatte sie auch gesagt: Ich weiß nicht, wie du das schaffst. An diese gestrichenen Passagen dachte ich nun, während ich zusah, wie Lexi durchs Wasser glitt, hin und her, hin und her, die Leichtigkeit, ja Anmut ihrer Bewegungen hatte etwas Beruhigendes. Etwas Hypnotisches. Ich spürte, wie sich in meinem Kopf eine schläfrige Schwere breitmachte – das Gegenteil von Migräne, der Anfang jedes schöpferischen Akts. Eine Art Benommenheit, das Gefühl, verlangsamt zu sein, zu offen, leicht ablenkbar, durchlässig. Die Gedanken wie eine dicke Hummel, die wieder und wieder gegen die Fensterscheibe taumelt. Wobei meine Migräneattacken dieses Gefühl manchmal sogar herbeiführten, es noch steigerten, meine Wahrnehmung schärften: Wie dünn und weiß das Licht war, wie intensiv die Luft roch, wie seltsam bitter plötzlich manches schmeckte, was am Tag zuvor noch völlig normal geschmeckt hatte. Käse. Erdnüsse. Dunkles Brot. Alles schien plötzlich leicht vorstellbar und umso schwerer umzusetzen. Wie unvermittelt die Welt fremd werden kann.

Was immer ich jedoch geschrieben, ganz gleich wie ich es in einer der vielen gestrichenen Szenen geschildert hatte – es stimmte, dass Joan eines Nachts im Winter völlig unerwartet gestorben war. Ein Aneurysma, hieß es. Sie starb lautlos, und mein Vater erwachte am nächsten Morgen und fand sie tot neben sich. In einer früheren Fassung hatte ich das ausführlich geschildert und noch etwas ausgeschmückt. Aber das war gar nicht nötig – das

Geschehnis war schrecklich und sprach für sich. Es gab nichts anderes dazu zu sagen, als dass es passiert war. Zumindest sagte man uns das in unserer Kindheit, und es gab keinen Grund für uns, es anzuzweifeln. Ihr plötzlicher Tod war für meinen Vater unbegreiflich, und er war am Boden zerstört. Man kann nicht beliebig viele Verluste verkraften, nicht beliebig viel verarbeiten, bewältigen, tragen. Er hatte nie dauerhaft in England bleiben wollen, und nun, da Joan tot war, gab es dazu auch keinen Grund mehr. Er buchte uns einen Flug nach Sydney, schloss einen langfristigen Pachtvertrag über ein winziges Antiquariat in der Hauptstraße eines Orts ab, der einer ländlichen Geisterstadt glich, und kaufte ein kleines Stück Land, das ein Farmer loswerden wollte.

Unsere Fahrt dorthin werde ich nie vergessen, egal wie oft ich sie aus meinen Manuskripten streiche. Um zu unserem neuen Haus zu kommen, fuhren wir stundenlang auf einer langen Straße Richtung Westen. Zuerst gab es noch den einen oder anderen Haltepunkt am Straßenrand: einen Obststand, einen Imbiss, eine öffentliche Toilette in einem Park, aber bald kamen wir nur noch an verlassenen Gebäuden vorbei – die Farbe abgeblättert, in den Vorgärten verrostete Fahrzeuge, wucherndes Gras. Hier und da standen Pappeln am Straßenrand, manche wohlplatziert und stattlich, andere in kleinen Dickichten wild gewachsen. Es war Herbst, und das Laub an den Ästen war von einem tiefen Goldgelb, wie man es aus Märchen kennt. Irgendwann wichen die Bäume vertrocknetem Gras, dürres Grasland erstreckte sich endlos in die Ferne. Manchmal verlief die Straße parallel zur Bahnlinie, dann wuchsen dort hohe fedrige Gräser, von weißen Büscheln gekrönt, und kürzere mit lila Fruchtständen. Wenn die Straße nicht an der Bahnlinie entlangführte, zog sie sich durch Weiden und Ackerland, riesige verdorrte Flächen, die mit Stacheldraht umzäunt waren. Hier und da hatte sich Schafwolle in den Stacheln verfangen oder Reste von Plastiktüten, die im Wind flatterten wie verwitterte Gebetsfahnen in einem fernen Land. Der Boden entlang des Seitenstreifens war hell. Dann wurde er steinig, grau mit grünen Flechten, und schließlich säumten Böschungen aus roter Erde die Straße. Wolken warfen breite, schwerfällige Schatten. Wir fuhren Stunde um Stunde. Wir fuhren mit geöffneten Fenstern, das Auto war von trockener, heißer Luft erfüllt. Hinter uns wirbelte Staub auf. In diesem Teil des Landes hatte es seit Monaten nicht mehr geregnet. Was normalerweise grüne Weiden voller Klee und Hirse gewesen wären, war jetzt Ödland, der Boden war hart und ausgebleicht. Man konnte den Stiefelabsatz auf den Boden rammen, ohne dass ein Riss entstand.

Unser neues Haus hieß Hilltops. Es stand auf einer Anhöhe in einem vertrockneten Feld, dahinter ein Stück Wald. Früher hatte hier ein Landarbeiter gewohnt, aber dieser Boden eignete sich nicht mehr als Weideland, war unfruchtbar und erodiert, jeder Windstoß trug Wolken staubtrockener Erde davon. Hinter dem Haus stand ein großer metallener Wassertank, vor dem Haus lag ein verwilderter Gemüsegarten. Weiter im Norden brannten Buschfeuer, am Horizont sah man dicke orangene und graue Rauchsäulen. Am Fuß der Anhöhe schimmerte Wasser – der als Tränke für die Schafe des Nachbarn angelegte Stauteich war zu einer Pfütze geschrumpft. Auf beiden Seiten standen große abgestorbene Eukalyptusbäume, die früher reichlich Schatten gespendet haben mussten. Weiße Tiere sammelten sich an diesem Schlammloch, um zu trinken.

Patrick hatte diese frühe Szene gelesen, die auch in der vierten oder fünften Fassung meines jüngsten Romans noch enthalten war, und er fand, das müsse alles so stehen bleiben. Moment mal, protestierte er, als ich ihm sagte, dass ich einen Großteil der Kindheitsgeschichte streichen würde. Nicht zuletzt den Abschnitt, in dem ich auf jener ersten langen Fahrt zu der Farm zu unserem Vater sagte: Vielleicht erwartet uns Mummy ja dort. Vielleicht überrascht sie uns wieder.

Bitte?, sagte mein Vater.

So wie damals in dem Hotel, antwortete ich. May hat es mir erzählt.

Ich weiß noch, dass mein Vater leise ächzte: ungläubig, überrascht, vielleicht war es sogar ein erstickter Schreckenslaut. Er umfasste das Lenkrad fester. Du hattest schon immer zu viel Fantasie, sagte er, ohne den Blick von der Straße abzuwenden. Schätzchen, du hast deine Mutter ewig nicht mehr gesehen – seit du ein kleines Kind warst. Es wundert mich, dass du dich überhaupt an sie erinnerst.

Das kannst du nicht machen, sagte Patrick. Du kannst nicht diese ganze Szene weglassen, die Fahrt und das alles. Die ist großartig. Ich schüttelte den Kopf, fand es schwierig, an diese Episode auch nur zu denken, mich an sie zu erinnern. Ich konnte sie nicht in einem Buch veröffentlichen. Ich hatte das schon bei früheren Büchern versucht und die Szene jedes Mal im letzten Moment gestrichen, hatte die Lücke dann durch irgendeine überleitende Passage gefüllt. Außerdem, fuhr Patrick fort, warum ist heutzutage alles immer so ahistorisch? Als wären wir alle aus gottverdammtem Plastik, glatt und kühl – was wir natürlich irgendwie schon sind oder jedenfalls bald sein werden, mit all den Mikropartikeln und so. Lass sie doch weiterlabern. Es ist schließlich dein Leben. Oder ihres, meine ich.

Okay, sagte ich. Okay. Aber Ada wird das überhaupt nicht gefallen.

Die Zusammenarbeit zwischen Patrick und mir schien vom ersten Tag an zwingend. Es bereitete uns größte Freude, gegenseitig unsere Texte zu lesen und die angefangenen Sätze des anderen, ob schriftlich oder mündlich, zu Ende zu bringen. Unsere Zusammenarbeit war, so dachte ich manchmal, noch besser als unser Sex. Dieses Gefühl, dass unsere Gedanken verbunden waren, dass wir gemeinsam, im Einklang miteinander dachten. Die Veränderungen, die das bei und in mir bewirkte. Den besten Sex hatten wir tatsächlich, wenn wir uns, wie wir es ab und zu taten, parallel zu unserer Lust über irgendein Bild oder einen Ausdruck austauschten oder wenn einer dem anderen eine Frage stellte, die beantwortet werden musste – man musste antworten, während man zugleich auf eine Weise berührt wurde, die es unglaublich schwierig machte, einen zusammenhängenden Satz zu äußern. Der Kontrast schien alles zu verstärken, jedes Gefühl zu intensivieren: Tut mir leid, sagte er dann. Ich habe deine Antwort nicht ganz verstanden. Könntest du sie noch mal wiederholen?

Waren vollständige Sätze in diesem Szenario eine Bedingung, so tauschten wir uns bei der Arbeit oft nur bruchstückhaft aus – er äußerte eine Überlegung, führte sie aber, von irgendetwas abgelenkt, nicht zu Ende, ich griff den Faden auf und spann den Gedanken weiter. Ich formulierte die Sätze aus, wohingegen er oft den großen Bogen und die innere Logik herausarbeitete, aber die Bilder, die Vorstellungen, das Verknüpfen visueller Aspekte, das war Gemeinschaftswerk. Schwer zu sagen, wie meine Bücher – alle – ohne seine redaktionellen Vorschläge, wie ich sie gern nannte, ausgesehen hätten. Seine Kommentare zu meiner Arbeit waren immer weitreichend und ausführlich gewesen; wenn er meine Entwürfe las, unterbrach er die Lektüre oft, um mich darauf hinzuweisen, dass diese oder jene Passage noch ausgebaut werden könnte. Oder er erfand neue Handlungsschritte an Stellen, wo ich nicht weiterkam. Darin war er besonders gut: sich dramatische Komplikationen auszudenken. Ich glaube, da ist genug Raum, um noch etwas über den Moment zu schreiben, wo –, setzte er an, und ich hob die Hand, um ihn zu bremsen. Augenblick, sagte ich, während ich nach Stift und Notizbuch griff. Okay, leg los, sagte ich, und er redete weiter.

Also, dieser Moment, wo sie im Hotel ankommen und der Portier – wie wäre es, wenn das so weiterginge … Patrick konnte seine Vorschläge in perfekter Syntax äußern, ganze Absätze, die ich direkt mitschrieb, was ich nur manchmal unterbrach, um einen Satz aufzugreifen, den er nicht zu Ende geführt hatte. Wie wäre es denn, sagte ich, wenn sie es nicht so formulieren würde, sondern sich erst noch mal kurz umdreht, hineingeht, um etwas zu holen, und dann –

Er nickte heftig. Ja, ja, genau, sagte er, und das würde bedeuten, dass das Timing –

Ich überarbeitete diese neuen Passagen dann noch einmal, bevor ich sie in den Entwurf einfügte. In jedem meiner Bücher gab es etliche dieser kleinen Gemeinschaftsarbeiten – nicht nur kurze Absätze, sondern lange, komplizierte Sätze, ungewöhnliche Formulierungen und längere Passagen, manchmal ein oder zwei Seiten lang –, so viele, dass ich längst den Überblick verloren habe und sie wohl auch kaum mehr identifizieren könnte. Aber sie sind da, ziehen sich wie ein Schussfaden durch das Gewebe meines Werks. Er war mein erster Leser und vielleicht der einzige, auf den es wirklich ankam. Ich hatte nicht damit gerechnet, so zu empfinden – hatte, wie mir jetzt bewusst wurde, noch gar nicht darüber nachgedacht, dass es sich als unmöglich erweisen könnte, ein Buch ohne ihn zu schreiben. Wobei wir nicht nur an meinen Romanen zusammengearbeitet hatten. Auch an den Drehbüchern, den Gastvorlesungen, den gelegentlichen öffentlichen Vorträgen, die mal er, mal ich halten sollte. Es hatte immer etwas sehr Intimes, wenn wir etwas gemeinsam erarbeiteten, ganz gleich, was es war. Nie bin ich dem Gefühl, ganz und gar verstanden zu werden, näher gekommen. Und dieses Gefühl, diese Verbindung, wollte ich bewahren. Nichts sollte es stören – nicht die Familie, nicht irgendwelche Wochenendhobbys und schon gar nicht Kinder. Joshua stellte in dieser Hinsicht immer eine Herausforderung dar, denn er belegte viele unserer Wochenenden und Abende mit Beschlag. Ich liebte ihn so sehr, wie eine Frau ein Kind lieben kann, das nicht ihr eigenes ist. Aber ich gab nie vor, wahre mütterliche Zuneigung für ihn zu empfinden: Ich war eine Verbündete, manchmal eine Freundin. Und er war mir gegenüber immer ein bisschen argwöhnisch, spürte, wie Kinder so etwas eben spüren, dass es mich ärgerte, Patrick mit jemandem teilen, gemeinsame Zeit opfern zu müssen.

Am Schwimmbecken erfasste mich erneut eine Welle von Übelkeit. Hätte sie wirklich mit dem Jetlag zu tun gehabt, hätte sie sich mittlerweile gelegt haben sollen. Vielleicht lag es an der chemiegesättigten warmen Luft, dem Chlorgeruch oder dem Lärm. Auf solche Dinge reagierte ich oft empfindlich. Oben in den Ecken der Halle hingen Lautsprecher, aus denen jetzt eine Durchsage ertönte, eine Autonummer wurde genannt. Am Bewegungsbecken, wo gleich ein Aqua-Aerobics-Kurs beginnen würde, erklangen Weihnachtslieder. Kinder kreischten. Irgendwo lief ein Radio. Die Geräusche überlagerten sich.

May redete, aber ich hatte Mühe, ihr zu folgen. Irgendetwas über Adam, über Lexi. Meine Aufmerksamkeit zerfaserte. Schon in der Zeit vor der Veröffentlichung meines Buchs hatte ich Probleme gehabt, mich zu konzentrieren, und es war noch schlimmer geworden. Meine Gedanken kamen nicht zur Ruhe. Es fiel mir schwer, sie zu bündeln. Wenn ich las, kamen mir die Worte fern vor, gedimmt. Ich konnte nicht still sitzen, fand keine bequeme Position. Beim Zuhören schweifte ich innerlich ab. Ich hatte das Gefühl, nicht zusammenhängend denken zu können. Diese Veränderung schlug sich sogar in meiner Handschrift nieder: Die Wörter sahen krakelig und flach aus, so als fehlten bestimmte Buchstaben, früher dagegen hatte ich sauber und ordentlich geschrieben.

Es ist doch naheliegend, hatte Patrick gesagt, als sich der Roman seiner endgültigen Fassung näherte und die Pressearbeit schon anlief, dass du bei diesem Buch nervös bist. Aber ich glaubte nicht, dass es das war. Jedenfalls nicht allein. Wobei es wahrscheinlich einfacher gewesen wäre, meinen Zustand auf diese normalen Belastungen zurückzuführen, die ja vorübergehen würden.

Es hängt schließlich viel davon ab, sagte er.

Wie meinst du das?

Na ja, du hast lang daran gearbeitet.

Ich arbeite an allem lang.

Nicht unbedingt, sagte er. Bei diesem Buch ist es jedenfalls anders. Ich meine – er verstummte, während er weiter auf seiner Tastatur herumtippte, das blaue Licht des Bildschirms spiegelte sich in seinen Brillengläsern.

Was? Was meinst du damit?

Er unterbrach seine Tätigkeit und sah zu mir hoch. Ich weiß nicht, wahrscheinlich meine ich, dass du für dieses Buch einiges aufgegeben hast. Er nahm seine Brille ab, rieb sich die Augen. Oder wie immer du es ausdrücken willst. Wir haben beide einiges aufgegeben.

Ich wusste, wovon er sprach, und wollte nicht darüber reden, hielt es nicht für möglich, dass wir noch sinnvoll darüber reden könnten. Dass es dazu noch irgendetwas zu sagen gab. Es war gegen Ende des Winters, und ich war müde. Das monatelange nasskalte Wetter schlug mir aufs Gemüt. Er wusste, wie wichtig mir meine Arbeit war, und ich war es leid, mich immer wieder dafür rechtfertigen, meine Gründe erläutern, über das Kind reden zu müssen, das ich nicht wollte.

Ich dachte, sagte er immer wieder, du hättest dir das alles von der Seele geschrieben, du hättest damit abgeschlossen. Die alte Angst, die Fehler meiner Mutter zu wiederholen. Wir haben das doch alles durchgearbeitet, sagte er, Seite um Seite um Seite. Ist es nicht an der Zeit, mal nach vorne zu schauen? Das hier hätten wir doch trotzdem noch zusammen.

Letzten Endes hatte sich meine Mutter gegen mich entschieden. So hatte ich es jedenfalls verstanden, so hatte man es mir gesagt. Oder vielmehr, gegen uns – May und mich. Ich dachte oft darüber nach, manchmal geradezu zwanghaft: Ich wusste, dass mein Drang, zu schreiben stärker war als jedes andere Bedürfnis. Ich könne das einfach nicht riskieren, hatte ich Patrick erklärt, eine Wiederholung des Kollateralschadens, den May und ich damals erlitten hatten, der Verletzungen, die gleichsam als Nebenwirkung entstanden, als meine Mutter verschwand. Patrick war impulsiv und dachte nicht an etwaige Konsequenzen, oder er fühlte sich schon so lange gegen derlei Dinge gefeit, dass es ihm egal war. Doch für mich gab es keine Frage: Meine künstlerischen Ambitionen standen an allererster Stelle. Das war immer so gewesen. Es war so und ist es bis heute. Er wusste das, und ich hatte geglaubt, genau das liebe er an mir. Aber wie lange kann eine Frau auf ihre Ambitionen bestehen, bevor es auf sie zurückfällt? Bevor ihr unterstellt wird, sich ihrer Weiblichkeit zu berauben und ein falsches Leben zu führen? Bevor ihr Verhalten infrage gestellt und ihr zur Last gelegt wird? Patrick, der mir erklärte, wie viel wir beide geopfert hätten. Es war eine Frage von Tapferkeit, einer anderen Form des Aufgebens, wobei der eine Verzicht als akzeptabler galt als der andere.

Er seufzte und wandte sich wieder seiner Arbeit zu. Ich hatte angefangen, an diesem Buch zu schreiben, als ich so alt war, wie meine Mutter es zu dem Zeitpunkt gewesen war, als sie uns verließ, meine Schwester und mich. Irgendwie erschien es mir passend, dieses numerische Anknüpfen: Dort anzufangen, wo sie aufgehört hatte, dieselbe Zahl zugleich Endpunkt und Startpunkt. Ich wollte den Ereignissen Gestalt geben, damit sie sich nicht wiederholten, wollte ihre Geschichte, soweit ich sie kannte, erzählen oder jedenfalls meine Version davon. Es war ein Versuch, ihr Leben von meinem abzugrenzen und es zu würdigen, denn ich wurde das Gefühl nicht los, dass ich ihre unabgeschlossene Geschichte in mir trug, dass diese nur darauf wartete, ausgelebt zu werden – das Kind als Medium für die Frau. Während ich heranwuchs, sagte mein Vater oft, wie ähnlich wir uns doch seien, Mutter und Tochter. Wie aus dem Gesicht geschnitten, sagte er manchmal ganz leise. Sein Blick leicht verträumt. Mich beängstigte das eher, als dass es mich stolz machte.

Unser Vater sagte, sie sei gegangen, weil sie es nicht mehr ausgehalten habe. Was genau sie nicht mehr ausgehalten hatte, darauf legte er sich allerdings nie fest. Einmal sagte er, es sei die Hitze gewesen. Oder das Land, in das er sie mitgenommen hatte. Ein anderes Mal, als wir beide einen Trotzanfall hatten, rief er in seiner Wut: Kein Wunder, dass sie gegangen ist! Jahrelang hingen noch ihre Kleider im Schrank. Sie nahm ihre Haarbürste mit, ließ den Schmuck aber zurück. Unser Vater war ein stolzer Mann, keiner, der seine Gefühle preisgegeben hätte. Und er hätte auch niemals gesagt, dass sie seinetwegen gegangen war oder dass er Schuld daran hatte, dass sie weggelaufen war – so nannte er es einmal, als wäre sie selbst noch ein kleines Kind gewesen. Sie hat ihre Entscheidung getroffen, sagte er, und wir müssen nun damit leben.

Doch nicht lange nachdem ich die Arbeit an diesem Buch begonnen hatte, damals mit Anfang dreißig, hörte ich wieder damit auf. Es war zu schwierig, überforderte mich. Zehrte zu sehr an mir. So ging das nicht, deshalb schob ich das Ganze beiseite, archivierte meine Aufschriebe in irgendeinem Ordner. Letzten Endes zwang sich mir die Geschichte dann irgendwann auf – ich versuchte, meine Aufmerksamkeit umzulenken, indem ich mich einem anderen Projekt widmete, stellte jedoch fest, dass dieses alte Material beharrlich an die Oberfläche drängte. Also gab ich ihm nach. Ich tat, was ich tun musste.

May stand auf. Entschuldige, sagte sie, ich muss kurz auf Toilette. Sie blute immer noch ein bisschen, erklärte sie mir. Was in die Binden laufe, erinnere sie an die wässerige, rosafarbene Flüssigkeit, die sich in den Styroporschalen des abgepackten Fleisches aus dem Supermarkt sammele. Das Fleisch ist vollkommen tot und vollkommen essbar, sagte sie, und man denkt nicht darüber nach, bis man es hochhebt und merkt, dass noch etwas heraussickert.

Vor uns stieg eine Gruppe fülliger Frauen mit genoppten Bademützen vorsichtig ins Wasser. Sie hatten runde Bäuche und dünne Beine. Der Kursleiter stand am Beckenrand und führte ihnen die Bewegungen vor: ein leichtes Joggen im Takt von »Jingle Bells«, Kniebeugen im Rhythmus von »Dashing Through the Snow«. Die Frauen sangen mit. Der Kursleiter trug eine rote Zipfelmütze mit Glitzerbommel und ein T-Shirt, auf dem Santa's Little Helper stand. Ich sah weiter zu, wie Lexi geschmeidig durchs Wasser glitt, und als sie schließlich fertig war, trat

May an den Beckenrand und hielt ihrer Tochter das ausgebreitete zerschlissene Badetuch hin. Sie legte es ihr um die Schultern, dann trat Lexi zur Seite und zog sich Schwimmbrille und Badekappe vom Kopf, ihr blondes Haar ein helles Gestrubbel.

Als wir hinausgingen, kaufte ich ihr an der Snackbar ein Eis. Die Tante darf das, sagte ich, als May mich missbilligend ansah. Dann stiegen wir in das heiße Auto und machten uns auf den Heimweg – nur um wenig später festzustellen, dass die Schnellstraße wegen eines Unfalls völlig verstopft war. Über den Bergen sank langsam die Sonne, während wir im Verkehr feststeckten. Ich lehnte mich zurück, ließ den Blick zum Seitenspiegel wandern. Ich konnte Lexi auf der Rückbank sitzen sehen: schläfrig, mit glasigem Blick. Den Kopf seitlich an den Gurt gelehnt. Hinter uns hupte jemand. Ein blinkendes Signal lenkte alle Fahrzeuge auf eine Spur. Ich muss mal pinkeln, sagte ich. Was meinst du, wie lang das dauert?

Weiß der Himmel, sagte sie.

Der Motor lief im Leerlauf. Die Ampel sprang auf Grün, aber wir rührten uns nicht vom Fleck. Dann wieder Rot. Und wieder Grün. Ich konnte sehen, dass die vordersten, der Ampel am nächsten stehenden Fahrzeuge zentimeterweise vorrückten. Lexi war auf dem Rücksitz eingeschlafen, ihr Mund leicht geöffnet, die Wange weiterhin an den grauen Sicherheitsgurt gelehnt. Als es endlich langsam vorwärts ging, trat der Fahrer vor uns plötzlich voll auf die Bremse. May drückte auf die Hupe. Hey, du Idiot!, brüllte sie. Entschuldige, schob sie nach, während sie sich zu Lexi umdrehte, merkte dann aber, dass diese sie nicht hatte fluchen hören. Wie nennt sie mich neuerdings?

Sie kniff die Augen zusammen, weil die Sonne schräg durch die Windschutzscheibe hereinfiel. Heuchlerin, sagt sie zu mir. *Sei nicht so eine Heuchlerin. Du fluchst doch selbst*, imitierte May ihre Tochter. Sie seufzte tief.

Als sie noch ganz klein war, ein Neugeborenes, war das ganz anders. Da hat sie nur geschlafen. Und in unserer beiderseitigen Erschöpfung waren wir völlig im Einklang. Man sagt das ja gern so daher, dass jemand »schläft wie ein Baby«. Sie hat damals so alt und runzlig ausgesehen und so müde von der Anstrengung, auf die Welt zu kommen. Und jetzt sind wir in gewisser Weise wieder im Einklang: Wir treiben uns gegenseitig in die Erschöpfung. May warf einen kurzen Blick in den Rückspiegel. Die ist völlig weg. Sie zuckt sogar, wenn sie träumt. Genau wie der Hund.

Der Verkehr war wieder völlig zum Erliegen gekommen. May beugte sich über das Lenkrad. Ich bemerkte, dass sie an der rechten Hand Joans Smaragdring trug – er war ein Geschenk unseres Vaters gewesen, und Joan hatte ihn jeden Abend abgezogen und in ein Glas auf dem Fensterbrett gelegt, bevor sie den Abwasch machte. Wie war May an den Ring gekommen? Ich wollte schon etwas dazu sagen, da führte sie ihren Gedankengang fort. Es ist so eine Art seltsame Regression, sagte sie, oder Inversion. Wenn ich fahre, schläft sie ein. Wenn ich sie bitte, ins Bett zu gehen, schreit sie mich an. Ich will nicht, dass sie mich hasst, ich will nicht mal die Möglichkeit in Betracht ziehen, dass sie mich hassen könnte, aber manchmal tut sie es, glaube ich, und ich glaube, dass sie das eigentlich selbst nicht will, und dann ist sie so verwirrt und wütend über ihre eigene Reaktion – die sie ja nur wegen mir hat –, dass sie mich auf eine eigenartige, komplizierte Weise noch mehr hasst als vorher, weil ich schließlich diese Gefühle bei ihr auslöse. Und dann ist sie überrascht oder vielleicht sogar entsetzt oder abgestoßen von ihrer eigenen Reaktion, und weil sie nicht weiß, was sie erst mit der Abneigung und dann mit dem Abgestoßensein anfangen soll, knallt sie mir das einfach alles an den Kopf. Nach dem Motto: Ist mir doch egal. Ich weiß nicht – ich meine, irgendwie hab ich gedacht, das alles kommt erst viel später. Sie ist elf – noch nicht mal ein richtiger Teenager. Ich dachte, ich habe noch ein paar Jahre, bevor das alles losgeht.

Es kam wieder etwas Bewegung in den Verkehr, sie beschleunigte zu stark und bremste im nächsten Moment heftig. Ich sah, wie der Finger mit dem Ring über das Lenkrad glitt. Jetzt hupte das Auto hinter uns. Auf meinem Fenster befanden sich angetrocknete Milchflecken, weil Jess einen Karton zusammengedrückt hatte und Milch herausgespritzt war. Ich kratzte mit dem Fingernagel daran herum.

Die Schnellstraße war, zumindest in dem Bereich, in dem wir feststeckten, von Palmen gesäumt, deren breite Wedel vom Wind in eine leicht kreisende Bewegung versetzt wurden. In der Ferne konnte ich bis zu den Blue Mountains sehen, und ich stellte mir das weite Land vor, das sich dahinter erstreckte und durch das wir auf unserem Heimweg von der Schule immer gefahren waren, zu jenem dürren Stück Farmland, das immer noch irgendwo da draußen lag. Die Blumen in der Hitze verbrannt, zu Staub und Fasern zerfallen. Keine Wegweiser.

Ich war nie dorthin zurückgekehrt, auf die Farm. Jedenfalls nicht als Erwachsene. Aber ich erinnerte mich noch daran, klar und deutlich, an den weiten Blick über die Felder bis zu der Bergkette in der Ferne. An den Boden der Farm, der hart und felsig war, über so lange Zeit von so viel Vieh beweidet, dass wir uns glücklich schätzen konnten, wenn im Frühjahr das Gras wieder grün aus dem Boden spross. Die Erde war rötlich, das trockene Gras fahlgelb, fast weiß. Ich weiß noch, dass ich oft zusah, wie der Wind es in eine Richtung strich. Es war nicht hoch genug, um zu wogen, doch es wurde vom Wind gezaust, sodass man Glanz und Schatten sah – von Weitem sah es dicht und kräftig aus, wie der Flor auf einem Stück Samt. Weiter draußen, jenseits unserer Grundstücksgrenze, sprenkelten weiße Flecken die Leere: gebleichte Tierknochen. Im Winter war das Haus der kälteste Ort, den ich kannte: der Boden mit braunem Linoleum belegt, die Fenster aus altem, dünnem Glas. Sitzbank und Schränke in der Küche waren aus lindgrünem Resopal, in ihren Winkeln suchten Mäuse Schutz, fraßen Löcher ins Brot, nagten die Cornflakes-Schachtel durch.

In gewisser Weise stimmte es, was die Journalistin vom *New Yorker* geschrieben hatte. Selbst als mein Vater im Sterben lag, war ich nicht zurückgefahren. Wir hatten uns Jahre zuvor überworfen und waren beide zu stolz und zu gekränkt, um wieder aufeinander zuzugehen. Natürlich hatte er Joans Ring nicht mir geschenkt. Er hatte Patrick nie kennengelernt, und was ich ihm erzählte, gefiel ihm nicht, ja er ging so weit, Patrick für die Bücher, die ich schrieb, verantwortlich zu machen; die Bücher, mit denen ich so erfolgreich war, die mein Vater jedoch verabscheute. Er fand, dass ich mich exponierte, meine Erfahrungen abwertete, indem ich so offen darüber schrieb – wenn nicht in den Büchern selbst, dann in den Interviews, die später folgten. In einem unserer letzten Telefonate hatte ich versucht, ihm zu erklären, dass ich Romane schrieb, also literarische Fiktionen, in denen etwaige Fakten mit den Methoden des fiktionalen Erzählens vermittelt wurden. Man sollte das Gefühl haben, alles, was man lese, sei wahr: eine gut erzählte Lüge sollte wie die Wahrheit klingen. Er empfand meine Bücher als bekenntnishaft, was ihm ganz besonders missfiel – mochte ich ihm noch so oft erklären, dass genau diese seine Empfindung bewies, wie gut die Bücher gelungen waren: die Errungenschaft der Glaubwürdigkeit. Aber ich war sein Kind, und er konnte diese erzählerische Raffinesse nicht erkennen, konnte an den gelegentlichen Fakten, die nur er als solche erkannte, nicht vorbeisehen. Vor allem aber hatte er sich als Einwandererkind die britische Wesensart so grundlegend angeeignet, dass die Idee der Schicklichkeit und der Glaube an die rettende Kraft der Contenance es ihm unmöglich machten, meine liberalere Haltung zu tolerieren. Vielleicht hatte unter diesem Unverständnis auch meine Mutter gelitten. Er begriff bis zum Schluss nicht, warum ich mich mit Patrick eingelassen, warum in aller Welt ich diese Entscheidung getroffen hatte.

Welches Terminal?, fragte der Taxifahrer. Zwei, bitte, sagte Patrick. Aber auf halber Strecke, die Hand auf meinem Bein, besann er sich um. Entschuldigung, sagte er, zum Fahrer vorgebeugt. Das war ein Irrtum. Würde es Ihnen etwas ausmachen, umzudrehen und uns woanders abzusetzen? Ich wusste, dass er viel älter war als ich, aber zugleich wirkte er irgendwie alterslos, so wie alle neuen Götter in den Augen derer, die sie verehren. Natürlich hatte es vor ihm andere gegeben, Jungs hauptsächlich – Jungs, die den Akt schnell vollzogen, die Sportsocken noch an den Füßen. Manchmal hing ihnen die Hose noch um die Knöchel. Du weißt ja, was du dadurch verlierst, muss einer von ihnen zu mir gesagt haben – der Erste, der Junge, mit dem ich im letzten Highschool-Jahr ging. Oder fragte er: Bist du wirklich dazu bereit? Oder sogar: Du weißt schon, was das heißt, oder? Wahrscheinlich saßen wir in der Cafeteria, aßen Pommes mit Chicken Salt und Soße. Hinterher war mir schlecht. Er war sauer, weil ich nicht geblutet hatte, er nahm an, jemand anders sei ihm zuvorgekommen. Nein, sagte ich, aber er glaubte mir nicht. Wasser spritzte gegen mein Fenster, als das Taxi durch eine Pfütze fuhr. Der Plan hat sich geändert, hatte Patrick vielleicht zu dem Fahrer gesagt, nicht: ein Irrtum.

17

Vielleicht lag es an Mays Fahrstil, dachte ich, dass ich mich immer schlechter fühlte. Sobald sich eine kleine Lücke im Verkehr auftat, beschleunigte sie und bremste dann gleich wieder abrupt, sodass es uns jedes Mal durchschüttelte. Oder vielleicht lag es an dem Geruch im Auto: Sie hatte eines dieser Duftbäumchen am Rückspiegel hängen. Wie auch immer, ich musste dringend auf die Toilette und brauchte außerdem etwas zu trinken. Mein Mund war trocken und zugleich irgendwie klebrig. Die Flasche Wasser aus meiner Handtasche hatte ich längst geleert, es war lauwarm gewesen und hatte nach Plastik geschmeckt, und jetzt war mir schwummrig. May beschleunigte wieder und trat ein weiteres Mal voll auf die Bremse. Mir war kotzübel.

Es dauerte fast eine Stunde, bis wir uns zur Kreuzung vorgearbeitet hatten, während die Ampel von Grün auf Rot auf Grün sprang, wieder und wieder. Weiter vorne Blaulicht, an der Unfallstelle. Lexi war aufgewacht und klopfte auf dem Rücksitz im Takt irgendeines Lieds, das sie im Kopf hörte, gegen das Fenster. Hinter der Kreuzung schien sich der Verkehr etwas zu normalisieren – vor der Ampel hatte sich die Fahrbahn verengt, dahinter war eine Ausfahrt. An der geräumten Unfallstelle sammelte ein

Polizist gerade die orangenen Leitkegel ein und winkte die Autos weiter. Eine Reihe von Blinkern leuchtete auf, da etliche Wagen von der inneren auf die äußere Spur wechselten. May trommelte mit den Fingern auf das Lenkrad. Sie langte zum Handschuhfach herüber. Sorry, sagte sie. Kannst du das mal aufklappen? Da sollte irgendein Süßkram drin sein. Seit der Operation fühle sie sich oft etwas wackelig, erklärte sie mir. Der Blutzuckerspiegel, angeblich. Zwischen dem Fahrzeughandbuch und einer Packung Papiertaschentücher steckte eine Tüte Bonbons. Gib mir einfach eins zu Fuß, sagte sie. Die Tüte war offen, und ein widerlich süßer Geruch drang heraus, nach Pfefferminz und Himbeere. In der Hitze waren sie geschmolzen und zusammengepappt. Macht nichts, sagte sie, so ein Klumpen ist auch okay, sogar noch besser. Ich reichte ihr einen.

Meine Güte, sagte ich, roch an meinen Fingern und wischte sie dann an meiner Jeans ab. Ich verstehe nicht, wie du so was essen kannst. Kommen da nicht all die Erinnerungen in dir hoch?

Was für Erinnerungen?

An diesen Abend damals. Ich schaute aus dem Fenster. Als unsere Mutter mit den Bonbons noch mal ins Hotel zurückgekommen ist. Das hast du mir doch erzählt.

May runzelte die Stirn und schaute in den Rückspiegel, ehe sie die Spur wechselte.

Hm?, machte sie und hob die Hand hoch, um dem Fahrer hinter uns zu danken. Sie ist nicht zurückgekommen, sagte sie. Ich meine, ich kenne die Szene aus deinem Buch. Den Teil habe ich gelesen. Aber das ist doch erfunden? Der Wagen neben uns auf der inneren Fahrspur hupte. Schau mal!, rief Lexi, plötzlich munter. Sie presste die

Handfläche gegen die Fensterscheibe. Da ist ein McDonald's! Da drüben, schau! Können wir da hin? Ja, Mum? Ich verhunger gleich. Echt, ich bin voll am Verhungern! Bitte! Nur dieses eine Mal? Ja? Bitte! Das geht doch eh nicht vorwärts hier. Bitte Mum! Ich werd gleich ohnmächtig vor Hunger!

Ich wollte May eigentlich fragen, wie sie das gerade gemeint hatte, aber für diese Frage war jetzt kein Raum mehr.

Ganz sicher nicht, sagte May. Diesen Fraß isst du nicht. Außerdem hast du gerade erst ein Eis gegessen.

Das ist ewig her. Außerdem ist das kein Fraß.

Wir haben jede Menge Essen zu Hause. Und wir brauchen nicht mehr lang.

Aber Dad macht das auch!

Was macht er?

Er isst bei McDonald's.

Tja, das sollte er genauso wenig wie du, außerdem bist du nicht Dad. Siehst du, der Stau löst sich auf.

Na und? Es dauert trotzdem noch Stunden bis zum Abendessen, und ich brauche JETZT ETWAS ZU ESSEN. Hast du nicht gesehen, wie schnell ich geschwommen bin?

May schaute in den Rückspiegel, und ihre Blicke trafen sich.

Schließlich willigte sie ein, oder kapitulierte – je nachdem, wie man es nimmt. Also gut, seufzte sie. Okay. Sie hob die Augenbrauen. Ausnahmsweise. Eine Welle der Erleichterung stieg in mir auf: Vielleicht würde eine kalte Limonade gegen die Übelkeit helfen. Vielleicht musste ich einfach nur aus dem Auto steigen. May schaltete den

Blinker ein. Aber das wird nicht wiederholt, ist das klar? Dann die leuchtende Neonanzeige über uns. Zwei Pfeile, die uns zu der Sprechanlage wiesen, wo wir unsere Bestellung aufgeben und dann zur Ausgabe weiterfahren konnten.

Ich wollte keinen Drive-Through, sagte Lexi empört. Ich hab nicht gesagt, dass ich Drive-Through will.

Das geht aber schneller, und dann kannst du beim Essen Musik hören.

Ich will aber sitzen.

Machst du Witze?, sagte May. Du sitzt doch.

Ich will an einem Tisch sitzen, weil die Soße immer rausläuft, außerdem muss ich aufs Klo. Das stimmt!, sagte sie. Das stimmt wirklich.

May zog eine Grimasse, dann wendete sie und fuhr auf den Parkplatz. Sie parkte rückwärts ein, aber schief, sodass der Wagen über die Begrenzungslinien ragte. Lexi und ich stiegen aus, und May parkte noch einmal neu ein. Während ich dort stand, am Rand des Rinnsteins balancierend, hatte ich ein seltsames Déja-vu-Gefühl, das irgendwie mit der schäbigen Buchsbaumhecke rund um den Parkplatz zusammenhing, die Pflanzen kaum mehr als Stümpfe und alles andere als buschig, lauter einzelne, kränkliche Pflanzen, die eine strahlendere Version ihrer selbst in sich trugen. Der Boden um die einzelnen Pflanzen herum war nicht braun, wie man es von Erde erwarten würde, sondern grau, er erinnerte an schmutzigen Sand. Hier und da lagen Zigarettenkippen darin herum und Flaschendeckel aus Plastik oder Metall. In der Nähe stand eine Mülltonne, der Deckel voller Vogeldreck. Ich wusste schon nicht mehr, was an diesem Tag passiert war, hatte keine klare Erinnerung. Das helle Licht des Einkaufszentrums, Neon auf Weiß, der Chlorgeruch. Die Eindrücke waren intensiv, die zeitliche Reihenfolge aber unklar. Alles überlagerte sich, schien gleichzeitig geschehen zu sein, dabei wusste ich doch, dass die einzelnen Geschehnisse über einen längeren Zeitraum verteilt waren.

Lucie, rief Lexi. Lucie! Kommst du? Ich hatte die Schuhspitze durch die Erde gezogen, wieder und wieder, eine Linie hineingescharrt. Die beiden wollten los. Die Autoverriegelung piepte und klackte, oder vielleicht klackte und piepte sie auch. Von einem anderen Wagen kam genau das gleiche Geräusch, nur andersherum, als seine Insassen, die hier gegessen hatten und nun weiterfahren wollten, sich ihm näherten. Ich ging auf die Toilette und traf mich dann mit den anderen an der Theke, wo May unsere Bestellung aufgab. Lexi stand neben ihr und passte auf, dass sie auch ja alles richtig machte. Aber dann, im letzten Moment, als May meine Limonade und ihren Kaffee bestellt hatte, beschloss Lexi, dass sie doch etwas anderes wollte – nicht das normale McMenü, sondern die Jumbo-Version mit Triple-Cheeseburger und einem extragroßen Milkshake. Es war ein Sonderangebot, der laminierte Flyer lehnte an der Kasse. May ging nicht darauf ein, schob sie zur Seite und bestätigte die aufgegebene Bestellung, aber Lexi rief, das sei nicht okay, sie habe dieses Angebot vorhin, als sie gemeinsam die Anzeigetafel über der Theke studiert hätten, nicht gesehen, sie müssten die Bestellung ändern, direkt zur Kassiererin sagte sie das. Meine Mum hat falsch bestellt, sagte sie.

Jetzt reicht's, Lexi, zischte May. Die Bestellung ist aufgegeben, worauf Lexi ihr den Ellenbogen heftig in die

Rippen stieß, es war fast ein Reflex, so nah wie sie beieinanderstanden. Entschuldigung, sagte die Kassiererin. Welche Größe wollen Sie denn jetzt? Sie antworteten wie aus einem Munde: Normal, Jumbo, und die Kassiererin senkte den Blick und kicherte verlegen. Bitte, Mum, sagte Lexi jetzt lauter, was Aufmerksamkeit auf sich zog.

DU SETZT DICH JETZT HIN, antwortete May, laut genug, um auch von den anderen in der Schlange verstanden zu werden. Lexi wurde rot vor Wut. Von meinem Standpunkt aus, seitlich neben dem Stapel brauner Plastiktabletts, konnte ich sehen, dass sie am liebsten auf ihre Mutter eingeschlagen hätte, und letzten Endes kanalisierte sie ihre Wut, indem sie nach unten schaute und ihrer Mutter unauffällig, aber ziemlich heftig gegen den Knöchel trat. Ich sah, wie May sich zusammenriss, um sich zumindest nach außen hin nichts anzumerken lassen. Als würde sie nichts spüren. Als täte es nicht weh. Sie bückte sich nicht, um an ihren Knöchel zu fassen, rieb nicht daran, dabei konnte ich die gerötete Stelle sehen. Lexi zog sich zurück. Sie wählte einen Tisch in der Ecke, setzte sich an die Wand und schmollte. Ein paar Minuten später brachte May ein Tablett mit dem kleineren Burger, nicht dem Jumbo, den zugehörigen Pommes und den Getränken. Lexi schob das Tablett weg. Ich hab keinen Hunger mehr, sagte sie.

Ach ja?, sagte May. Na, dann kannst du alles wieder zurückbringen und sagen, dass du das Geld zurückhaben willst. Du kannst das ja alles erklären. Lexi schnaubte und murmelte etwas vor sich hin.

Was war das? Was hast du gerade gesagt?

Nichts.

Sag mir, was du gesagt hast.

Ich hab nichts gesagt. Nicht das Wort »nichts«. Ich hab einfach nichts gesagt. Ich hab geseufzt, sagte sie. Ist das erlaubt? Darf ich seufzen? Darf ich in deiner Gegenwart überhaupt atmen? Wahrscheinlich nicht, wahrscheinlich darf ich nicht mal das.

Ich sah, dass May die Tränen kamen. Wir sind wegen dir hierhergekommen, sagte sie, wir sind hier, weil du es wolltest. Jetzt hör mal gut zu: Ich hasse McDonald's. Der Kaffee ist furchtbar, hier riecht es ekelhaft, und die Beleuchtung ist zu grell. Lucie – schau dir mal Lucie an, die ist richtig grün in diesem Licht. Und du hast mich gerade getreten. In aller Öffentlichkeit. Außerdem schmeckt alles, was die hier zubereiten, nach diesen gottverdammten sauren Gurken – nach schwitzenden, schleimigen sauren Gurken.

Sie schob ihren Stuhl nach hinten. Mir reicht's. Mir reicht es wirklich. Lucie und ich fahren jetzt nach Hause. Du kannst hier sitzen bleiben und das Essen, das du haben wolltest, essen, und danach kannst du mit dem Bus heimfahren. Sie hängte sich die Handtasche über die Schulter und hielt auf die Tür zu. Ich sagte zu Lexi: Ich mische mich da nicht ein, du solltest das schnell klären. Worauf Lexi antwortete: Die blufft. Das ist immer nur Bluff. Ich sah sie mit hochgezogenen Augenbrauen an, entsetzt von ihrer Sturheit, aber durchaus auch mit Bewunderung und nicht zuletzt mit Sorge, dann folgte ich May nach draußen. Sie entriegelte das Auto, und wir stiegen ein. Sie schnallte sich an, steckte den Schlüssel ins Zündschloss. Der Motor sprang an, und sie legte den Rückwärtsgang ein. Ich stellte mir vor, wie Lexi in dem Schnellrestaurant hinter uns auf ihrem orangenen Plastikstuhl saß und weiter schmollte, nach vorn gebeugt, die Ellbogen auf den beigefarbenen Plastiktisch gestützt – wie auf einem Hopper-Gemälde.

Das machst du nicht wirklich, oder?, fragte ich. Aber May streckte nur den Arm aus und drehte am Senderknopf des Radios, bis sie den Klassiksender gefunden hatte. Obwohl wir nicht länger als eine Viertelstunde drinnen gewesen waren, war es brütend heiß im Auto. Mir wurde ganz anders. May schaltete die Klimaanlage ein, als ich gerade mein Fenster herunterließ. Vielleicht sollte ich dableiben?, sagte ich. Aber sie warf nur einen Blick in den Rückspiegel, während sie aus der Parkbucht hinausfuhr. Die Abgase waberten ins Auto herein. Sie hielt einen Moment inne, dann fuhr sie los, in Richtung der Ausfahrt.

Wirklich, sagte ich. Ich könnte mit ihr zusammen den Bus nehmen. Weiß sie überhaupt, wo wir sind? Hält hier überhaupt ein Bus? Hier ist doch nur die Schnellstraße. Das Radio fing an zu knistern und rauschen. Sie stellte den Sender neu ein und lehnte sich zurück. An der Ecke vor dem Gebäude, kurz vor der Ausfahrt, befand sich ein Zebrastreifen. May fuhr langsam und hielt am Zebrastreifen für eine Familie mit drei kleinen Kindern an: Die Mutter, die einen Kinderwagen schob, ging in der Mitte, rechts und links je ein weiteres Kind. Auf halber Strecke fiel einem der Kinder ein Spielzeug herunter – ein kleiner Stoffhase –, was ihnen allerdings erst auffiel, als sie schon fast auf der anderen Seite waren, also kehrten sie alle drei wieder um, hoben ihn auf und liefen erneut zur anderen Straßenseite. So nah an der Auffahrt zur Schnellstraße konnten wir sehen, dass der Verkehr sich offenbar gelichtet hatte. May stellte die Klimaanlage auf die höchste Stufe, und ich merkte, dass ich an den Armen Gänsehaut bekam. Das Auto vor uns bog auf die Schnellstraße. Wir waren die Nächsten. May schaltete den Blinker ein, nahm den Fuß von der Bremse. Im allerletzten Moment, als sie gerade Gas geben wollte, tauchte Lexi auf und hämmerte ans Fenster, außer Atem von ihrem Sprint, das Gesicht tränennass. May hielt abrupt wieder an, und Lexi öffnete die Tür und stieg wortlos ein. Ich langte nach hinten und tätschelte ihr das Bein, aber sie zog es weg und kauerte sich an der Tür zusammen, mit unterdrücktem Schluchzen. Während der Fahrt schaute ich nach vorn, hielt den Blick auf die Straße gerichtet, hoffte, es liege am Autofahren, dass mir immer noch schlecht war. Aber so war es natürlich nicht. Ich reichte Lexi die Schachtel Papiertaschentücher. Mir war klar geworden, woher diese Übelkeit kam, ich erinnerte mich daran – an damals, als ich mich schon einmal so gefühlt hatte.

18

Ich hatte bei jenem ersten Mal kaum davon erfahren, da bekam ich schon Krämpfe und fing an zu bluten. Es war eine ungeplante Schwangerschaft gewesen, ein paar Jahre zuvor, als ich gerade mit der Arbeit an meinem Buch angefangen hatte, und ich hatte mein Unwohlsein zuerst auf meine Nervosität wegen des neuen Projekts zurückgeführt. Die Wahrheit kam für mich völlig überraschend – ich hatte das nie vorgehabt, nie gewollt. Allerdings war ich auch nicht lange schwanger, höchstens acht Wochen. Angesichts meiner Vorerfahrung fragte ich mich jetzt, warum ich nicht schon früher eins und eins zusammengezählt hatte: Schon bevor ich bei May angekommen war, hatte ich mich übergeben müssen, am schlimmsten war es morgens gewesen. Bei jenem ersten Mal, nach der Fehlgeburt, hatte Patrick mich sehr fürsorglich gepflegt, mir Wärmflasche, Tee, Schmerzmittel gebracht, wenn ich wieder unter Krämpfen litt. Doch schon damals, während er mich in diesem Zustand erlebte, nahm er mich nicht ernst, als ich sagte, das werde nie wieder passieren. Was soll denn das heißen?, fragte er. Ich dachte, das wäre –

Nein.

Aber wenn wir –

Nein, habe ich gesagt.

Ich wusste, dass ich nicht so leben konnte wie May, die sich ihre Mutterschaft zur Lebensaufgabe gemacht hatte. Wir hatten diesen Teil unserer Vergangenheit beide auf unsere jeweilige Weise zu bannen versucht: May, indem sie selbst Mutter wurde und der Rolle eine eigene, neue Bedeutung gab, ich, indem ich mich dagegen entschied. Beide versuchten wir, unsere gemeinsame Vergangenheit auszutricksen und zu überwinden. Es gelang mir nie, mich an den Namen der Frau zu erinnern, in deren Obhut unsere Mutter uns zurückgelassen hatte, als sie uns fluchtartig verließ. Jan? Carol? Ich weinte. Die Frau hob mich hoch und trug mich in die Küche. Sie hatte dicke Oberarme, und während ich mich daran festklammerte, spürte ich ihre raue Haut, die von kleinen Pickeln übersät war, irgendeinem Ausschlag.

Du kannst mich nicht einfach so auflaufen lassen, sagte er.

Ich lasse dich nicht auflaufen. Ich sage einfach Nein. Das würde alles durcheinanderbringen. Vielleicht hatte es so kommen müssen. Vielleicht hatte mein Körper mir einen Gefallen getan. Von allem anderen abgesehen, konnte ich die Unvorhersagbarkeit, die ein Kind in unser Leben bringen würde, nicht akzeptieren.

Aber ich will Kinder, sagte Patrick, mehr als alles andere in meinem Leben.

Du hast doch schon eins, sagte ich.

Das ist was anderes.

Wieso?

Weil Trudi und ich uns schon gehasst haben, bevor Joshua überhaupt auf die Welt gekommen war. Und sie hat nicht zugelassen, dass ich ihm nahekomme. Nicht richtig.

Außerdem will ich Kinder, die unsere Kinder sind. Deine. Meine.

Du weißt nicht, was du da von mir verlangst, sagte ich. Es geht nicht, sagte ich, tut mir leid, aber es geht einfach nicht. Was ist denn mit uns beiden, mit dem, was wir zusammen haben, und außerdem, wie sollte ich denn dann noch schreiben?

Wie du schreiben solltest?, wiederholte er. Machst du Witze? Wenn es andersherum wäre, wenn du diejenige wärst, die das wollte, dann würde ich es für dich tun. Wie kannst du so reden, nach allem, was ich dir gegeben habe?

Nach allem, was er mir gegeben hatte? Wahrscheinlich meinte er das Haus, in dem wir wohnten, sein Geld, die Zeit, die dieses Geld mir erkauft hatte, die Kleider, die ich mir davon angeschafft hatte – bevor ich selbst Geld verdiente. Er betrachtete mich als eine seiner Investitionen, und jetzt verbitterte es ihn, dass ich nicht den guten Ertrag brachte, den er sich erhofft hatte. Und was ist mit alldem, was ich dir gegeben habe?, fragte ich höhnisch. Manche Junggesellen beschäftigen nicht nur eine Putzfrau, sondern gleich eine Haushälterin. Ich kochte ihm jeden Abend Essen, ich stockte unsere Vorräte auf, ich kümmerte mich um seinen Sohn, ich öffnete die Post und bezahlte die Rechnungen, ich passte seine Versicherung an und reichte seine Steuererklärungen ein. Unsere Ehe war meinen Ambitionen lange zuträglich gewesen, und Patrick hatte mich unterstützt, aber jetzt wurde mir bewusst, dass sich etwas verändert hatte oder im Begriff war, sich zu verändern: Mein Erfolg irritierte, ja ärgerte ihn.

Durch die Fehlgeburt und unseren sich hinziehenden Konflikt war ich geschwächt, und eine Weile blieb Patrick auf Distanz. Wenn ich guter Hoffnung war, dann in Bezug auf mein neues Buch, dasjenige, mit dem ich später den Preis gewinnen sollte, es schien mir alles abzuverlangen, ein kleines lebendiges Geheimnis, das in meinem Innern wuchs. Ich glaube, er ging bis zum Schluss davon aus, dass er mich würde umstimmen können, dass er mir nur genug Raum geben musste, damit ich irgendwann meine Meinung ändern und schließlich ein Kind zur Welt bringen würde. Denn wie hätte ich es mir anmaßen können, mich seinen Wünschen zu widersetzen?

An jenem ersten Abend raste das Taxi durch den Regen. Die Fenster erhellt von Wassertröpfchen und den verschwommenen Lichtern der Stadt: Neonreklame, Verkehrssignale, Straßenlampen. Wir bogen auf die Schnellstraße, der Wagen beschleunigte, und die Szenen im Autofenster wechselten schneller: fünf, zehn, fünfzehn Bilder pro Sekunde, je nachdem, wie man zählte. Eine nasse Palme, eine Zeile von Reihenhäusern mit Schornsteinkappen, ein Fußgängerüberweg, die dunkle Masse eines buschbestandenen Parks. Die Bilder sausten vorbei. Durch die Geschwindigkeit entstand ein Kontinuum – seine Stimme, die nasse, dunkle Stadt, die hin und her schnellenden Scheibenwischer. Das weiße und orangene Licht der Straßenlampen, das über sein Gesicht glitt. Es ist nicht mehr weit, sagte er und berührte mein Haar. Da vorne um die Ecke. Dann beugte er sich näher zu mir und streichelte meine Wange, und ich spürte, wie sich in meinem tiefsten Innern etwas Hartes, Gepresstes, das lang dort verborgen gelegen hatte, zu lösen begann. Es war eine ganz sanfte Berührung, sachte strich sein Handrücken über meine

Haut. Eine Berührung, wie man sie einem zarten, geliebten Wesen zukommen lässt: einem Kind, das Fieber hat, oder einer schlafenden Katze. Eine tröstende Berührung. Neugierig, staunend. Trotzdem zuckte ich zusammen. Entschuldigung, sagte er. Das sollte nicht wehtun. Hat es auch nicht, antwortete ich. Überhaupt nicht. Der Taxifahrer stellte das Radio lauter.

19

War das Gefüge von Mays Familienleben schon zuvor fragil gewesen, schien es nach der Szene auf dem Parkplatz nachhaltig beschädigt. Wir waren kaum in die Einfahrt gebogen, da öffnete Lexi die Autotür und sprang hinaus. Sie rannte hinters Haus und ging durch die Waschküche hinein. Dann verzog sie sich in ihr Zimmer. Als sie später wieder herauskam, stritt sie sich mit May wegen der Klimaanlage. Es ist zu kalt hier drin, sagte sie. Scheiße, echt – man kommt sich ja vor wie im Winter.

Hör auf zu fluchen.

Hast du doch auch gemacht, vorhin im McDonald's.

Das hörte Adam, der am Computer saß. McDonald's?, fragte er nach. Wer war denn hier bei McDonald's? Und nun zog Lexi vom Leder, erzählte in den dramatischsten Tönen, wie ihre Mutter versucht hatte, sie auf dem Parkplatz zurückzulassen.

Es war nicht auf dem Parkplatz, erwiderte May.

Das heißt, das stimmt?, fragte er.

Nein, es stimmt nicht. Und gestritten haben wir uns drinnen im McDonald's.

Jetzt wollte Lexi, dass ich für sie einstand. Sag du es ihm, Lucie – vielleicht nannte sie mich in diesem Moment sogar *Tante* Lucie –, *sag ihm, was sie getan hat.*

Wir haben sie an der Ausfahrt vom McDonald's einsteigen lassen.

Einsteigen lassen?! Ich musste ans Fenster hämmern!

Ist das wahr?, fragte er.

May wandte sich ab. Sie hat ans Fenster gehämmert. Aber die Tür war nicht verriegelt.

Das Auto ist gefahren!, rief Lexi.

Wir haben gestanden, sagte May. Ich hatte gerade die Handbremse angezogen.

Sie lügt!, schrie Lexi. Sie lügt jedes Mal! Und dann verfielen sie alle drei in einen Streit darüber, wessen Version am ehesten zutraf, einen Streit um die Deutungshoheit, um Überlegenheit. Es ging um Lexis körperliche Aggression: Sie hatte ihre Mutter getreten. (Ich hab dich nicht getreten, ich habe dich höchstens *angetippt*!). Es ging um Mays unverantwortliches Verhalten. Es ging um die Tatsache, dass der Vater bequemerweise nicht dabei gewesen war: Er war qua Abwesenheit unschuldig, ihm konnte nichts nachgewiesen werden. Ich zog mich in die Küche zurück, um Salat zu waschen – für den Fall, dass wir doch noch alle zusammen essen würden. Eine Frage der Verhandlung, vielleicht der Freundlichkeit: Könntest du mir bitte den Salat reichen, das Salz, das Brot. In den festen weißen Blattansätzen hing Erde. Ich versuchte, das Gröbste erst mal abzuschütteln. Es würde auf jeden Fall gut sein, Essen bereit zu haben – wann immer es dann gegessen wurde. Hinter mir hörte ich eilige Schritte, dann knallte Mays Schlafzimmertür zu. Als Nächstes stampfte Lexi vorbei, und auch ihre Tür knallte zu. Ich widmete mich mit größter Sorgfalt meiner Aufgabe, spülte den Salat mit gesenktem Kopf ein zweites und ein drittes Mal ab, um noch den letzten Schmutz zu beseitigen, spürte im Rücken die angespannte Atmosphäre. Adam hatte sich wieder dem Computer zugewandt und bearbeitete energisch die Tastatur. Nach einer Weile schob er den Stuhl nach hinten, sodass die Stuhlbeine über den Boden scharrten. Ich will mal sehen, was ich tun kann, sagte er seufzend.

Kurz darauf hörte ich, wie er Lexi anschrie, dann knallte abermals eine Tür. Es dauerte sicherlich eine Stunde, bis er zurückkam, nur um mir zu sagen, dass May sich nicht gut fühle und ich ruhig essen solle, wenn ich Hunger hätte. Dann verschwand er wieder. Ich ging auf Zehenspitzen durch den Flur, blieb vor Lexis Zimmertür stehen und horchte. Ich konnte ganz leise Musik hören, dazwischen ab und zu ein von Hicksern durchsetztes Schluchzen. Ich ging in die Küche, lud Essen auf einen Teller – Salat, etwas kalten Braten und Brot mit Butter – und klopfte an ihre Tür. Hau ab!, schrie sie.

Ich bin's, sagte ich. Ich hab dir was zu essen gebracht.

Ich hab keinen Hunger.

Du solltest aber etwas essen.

Ich hab KEINEN HUNGER.

Na gut. Pass auf, ich lass den Teller einfach vor deiner Tür stehen, dann kannst du ihn dir reinholen, wann du willst.

Ich ess das nicht.

Auch recht. Ich komme später wieder und hole den Teller.

Ich schaute, wo der Hund war, fasste ihn am Halsband und führte ihn hinaus. Machte die Haustür zu und schenkte mir ein großes Glas Wein ein. Dann nahm ich mir die Salatschüssel und eine Gabel und setzte mich aufs

Sofa. Als ich das Glas geleert hatte, holte ich die Flasche herüber, und als ich genug getrunken hatte, um die Wut, die in der Luft knisterte, nicht mehr zu spüren, und weder den Hund, der die Haustür anheulte, noch das laute Wummern von Lexis Musik, noch Mays Weinen, noch die Autoalarmanlage des Nachbarn zu hören, spülte ich mein Glas aus und zog mich in mein Zimmer zurück.

Später am Abend klingelte das Festnetztelefon. Ich war noch wach und hörte, dass Adam ranging. Dann seine Schritte auf der Treppe, ein Klopfen an meiner Tür. Lucie?, sagte er. Für dich. Jemand aus London, glaube ich. Anscheinend geht es um Patrick. Um den Unfall. Er hat gesagt, er muss dich was fragen.

Im Erdgeschoss war es dunkel, bis auf den Schein der Lampe, die auf einem Tischchen neben dem Telefon stand. Ich nahm den Hörer. Hallo?, sagte ich. Eine leicht kehlige Stimme fragte in förmlichem Ton: Spreche ich mit Ms. Blackwood?

Er nannte seinen Namen und seine Position, aber es ging zu schnell, ich verstand ihn nicht. Inspector Soundso, oder war es Superintendent?

Ms. Blackwood, sagte er noch einmal.

Ja? Ich bin dran, erwiderte ich.

Wir versuchen schon seit Längerem, Sie zu erreichen. Ich fürchte, ich habe unerfreuliche Nachrichten. Die Ergebnisse der Autopsie liegen jetzt vor. Es gab Verzögerungen bei der Auswertung, und dann mussten wir Sie erst noch ausfindig machen. Ich wollte Ihnen nur Bescheid sagen, dass der Coroner aufgrund der Ergebnisse ein gerichtliches Verfahren zur Untersuchung der Todesursache beantragt hat.

Ich bekam weiche Knie, wie Pudding. Die Autopsie?, wiederholte ich. Ich dachte, das wäre alles schon, ich meine, was für Ergebnisse wurden denn –

Ja, sagte der Mann.

Es gab eine zeitliche Verzögerung in der Verbindung, sodass er das, was ich sagte, immer erst etwas später hörte, und dann sprachen wir unbeabsichtigt gleichzeitig.

Möglicherweise wird man Sie zu weiteren Vernehmungen einbestellen, sagte er.

Können Sie mir sagen, was –

Vernehmungen, wiederholte er in der irrigen Annahme, ich hätte das Wort nicht richtig verstanden und danach gefragt. Mehr kann ich momentan leider nicht sagen, fügte der Mann hinzu. Aber ich wollte Sie nur davon in Kenntnis setzen. Dann erging er sich in weiteren Formalitäten, sprach von rechtsstaatlichem Verfahren, vorsorglichen Maßnahmen, Verdacht auf Fremdeinwirkung. Er erklärte mir langsam und sorgfältig, dass die Aufgabe des Coroners nicht darin bestehe, irgendjemanden zu beschuldigen, wenn es denn dazu komme, sondern vielmehr darin, die Kausalkette zu rekonstruieren, die Ereignisse, die zum Tod meines Mannes geführt hätten, richtig miteinander in Verbindung zu bringen. Die Kreuzfahrtgesellschaft habe sich kooperativ gezeigt, ihnen Zugang gewährt zu – den Rest verstand ich nicht. Alle Möglichkeiten, sagte er. Für den Fall, dass jemand anders mit ihm dort draußen gewesen sei. Ich persönlich, betonte er, kann dazu nichts sagen. Aber wie dem auch sei, ich werde mich wieder bei Ihnen melden. Bitte entschuldigen Sie den Zeitpunkt meines Anrufs, ergänzte er, womit er wohl meinte, dass es da, wo ich war, schon spät sein musste. Das Telefonat endete.

Ich hielt den Hörer von mir weg, dann legte ich ihn an mein Gesicht. Die Hörmuschel war noch warm von meinem Ohr und roch leicht nach Wachs. Das Tonsignal erklang wieder und wieder. Tuut tut. Tuut tut. Der eine Ton etwas länger und lauter als der andere, ein Wechsel mit leichter Variation. Ich stand da und wartete darauf, dass zwischen den Tönen eine Stimme erklang. Die korrigierte, was ich gerade gehört hatte, es aus meinem Gedächtnis löschte.

VIERTES BUCH

20

Wenn ich ein Buch geschrieben habe, wenn die Arbeit abgeschlossen ist, vergesse ich, was darin steht. Es taucht in meinen Tagträumen auf, doch ich entsinne mich nur noch vage an das, was ich geschrieben habe. Die Erinnerungen an das Buch und an mein gelebtes Leben verschmelzen. Ich kann nicht mehr auseinanderhalten, was eine persönliche Erinnerung und was eine Szene aus dem Buch ist. Oder ob eine persönliche Erinnerung zu einer Szene im Buch geworden ist – ein Fragment, das sich zur Geschichte entwickelt hat. Die Ursprünge dessen, was ich vor meinem inneren Auge sehe, sind nicht mehr auszumachen. Wenn sich in meinen verschiedenen Büchern dies und jenes wiederholt, so liegt das an meiner Vergesslichkeit. Wenn ich Fakten falsch rekonstruiere, geschieht das nie mit Absicht. Mit der Zeit lösen sich alle Grenzen auf oder werden überschritten: die Künstlerin will es so.

Jahrelang las ich fast alles, was Patrick schrieb: Essays, Einführungen, frühe Fassungen von Drehbüchern, die Transkripte von Interviews. Ich las, korrigierte und kommentierte – oder vielleicht sollte ich sagen, ergänzte – jeglichen Entwurf, bevor er in den Druck ging. Patrick hatte viel zu tun, und anfangs machte ich das einfach, um ihn zu entlasten – und weil es mich interessierte, ich wollte seine Arbeit besser kennenlernen, mit ihm darüber reden. Im Laufe der Zeit gewöhnten wir uns an diesen Ablauf, was so weit ging, dass er schließlich nichts mehr freigab, bevor es über meinen Schreibtisch gegangen war. Lass deine Zauberkräfte walten, sagte er gern, wenn er mir wieder einmal einen Stapel Blätter in die Hand drückte.

Diese Zusammenarbeit hatte in unserer Anfangszeit begonnen, und nachdem ihn sein erster Spielfilm – drei Jahre nachdem wir nach London gezogen waren – ins Rampenlicht katapultierte, wurde sie nur noch intensiver. Er gab seinen Posten an der Uni auf, war allerdings noch als Honorarprofessor tätig, und sein Alltag war weniger strukturiert als zur Zeit unseres Kennenlernens. Dinge ergaben sich spontan. Einladungen erfolgten. Er arbeitete viel, wie besessen. Er führte noch einige Jahre lang einen Taschenkalender, schlicht aus Gewohnheit, aber sein Leben wurde hektischer, und so trug er Termine ein, strich sie wieder aus, überschrieb sie. Ich konnte das Gekritzel nicht immer entziffern, und ich wusste auch, dass er, einfach weil er so beschäftigt war, nicht all seine Verabredungen eintrug, die Dinge oft nahm, wie sie kamen. Natürlich behielt Max alles im Auge, versuchte, das Schiff zu steuern, aber Patrick war sein eigener Herr. Je berühmter er wurde, desto weniger vorhersagbar wurde sein Alltag. Er ließ sich auf nichts festlegen, auch wenn zugleich eine Vielzahl an Aufgaben auf ihn einprasseln mochte, und bloße Launen konnten als wegweisende Ideen durchgehen. Ich achtete darauf, immer auf dem Laufenden zu sein – über seine Verabredungen und Projekte, Zeitrahmen und Deadlines, über das, was er tat, und das, was er vorhatte. Oft kam er von Ideen übersprudelnd nach Hause, mit halb ausgedachten

Drehbüchern, Bildern, die er mir wie Träume schilderte. Manchmal träumte ich dann selbst von den Dingen, die er mir beschrieben hatte: ein hellblauer Korridor, eine schwarze Tür, ein Kind, das sich unter einem Gewirr von Jasminzweigen versteckt. Oder ich schrieb eine Szene und merkte dann, dass ich darin ein Bild verarbeitete, das von ihm kam – eins, das er im konkreten Leben gerade für einen Filmdreh vorbereitete. Oft war bei ihm zu viel auf einmal im Gange, als dass er sich alles hätte merken können, und so bürdete er das einfach mir auf.

In jenen Jahren, als sein Ruhm keine Grenzen zu kennen schien, schrieben alle, die Filmwissenschaft studierten, über seine Filme, die längst Teil des Lehrplans geworden waren. Schon als ich ihn kennenlernte, wusste ich, dass er sich in diese Richtung bewegen würde, und tatsächlich wuchs sein Ansehen im Laufe unserer Ehe stetig – die Aura, die ihn umgab, wurde mit zunehmender Anerkennung intensiver und gewann ein immer stärkeres männliches Gepräge.

Man kann wohl sagen, dass die Bezeichnung »Regisseur« seiner Arbeit nicht ganz gerecht wurde. In den letzten Jahren hatte man ihn denn auch immer öfter als Autorenfilmer bezeichnet. In dem Zeitraum, den ich benötigt hatte, um die Arbeit an meinem letztlich preisgekrönten Buch abzubrechen, neu anzufangen und abzuschließen, hatte er sich als einer der innovativsten Filmemacher seiner Zeit einen Namen gemacht, einer, der sich ganz dem klassischen Medium Kino verschrieben hatte. Er mochte komplexe visuelle Kompositionen, glamouröse Totalen, atmosphärische Landschaftsaufnahmen. Schnellen Trash konnte er nicht ausstehen. Von der Kritik wurde er oft gefragt, ob er sich als Beteiligter oder als Beobachter sehe. Lebte er in seinen Geschichten oder erzählte er sie? Uns blieb es dann überlassen, zu erörtern, wer innerhalb unserer Ehe jeweils die Urheberschaft beanspruchen konnte. Wessen Form entsprach dem Thema am besten, wer durfte als Erster Anspruch erheben auf das, was uns geschehen war, auf unser gemeinsames Leben? Denn wir lebten beide für die künstlerische Darstellung – gleichsam rückwärts, in der Hoffnung, das wahre Leben könnte dauerhaft eingedampft, vereinfacht, umformuliert und wiederholt werden, auf der Buchseite und auf der Leinwand.

Vielleicht war ich in meiner Hingabe an unsere Partnerschaft und meinem Glauben an unsere gemeinsame Vision zu weit gegangen. Hatte den Bogen überspannt. Ich wollte das alles so, das steht außer Frage. Viele Jahre lang begleitete ich ihn auf diese Weise im Hintergrund: Ich tat alles, um ihm als Resonanzboden wie auch als Zwischenablage zu dienen, wenn er über neue Ideen sprechen oder sie festgehalten haben wollte. Irgendwann konnte ich ihn überreden, seinen Taschenkalender durch einen Online-Kalender zu ersetzen, auf den auch ich Zugriff hatte. Seine alten Taschenkalender bewahrte ich chronologisch sortiert auf, denn wenn ein Projekt seinen Gang nahm, wollte er oft noch einmal auf frühere Ideen, den Ursprungsgedanken zurückgreifen. Ich archivierte seine Entwürfe. Ja, es ging so weit, dass ich seine Kalkulationen durchsah, bevor er sie an die jeweilige Institution schickte, bei der er eine Förderung beantragen wollte. In Mathe war ich völlig unbegabt, aber er zählte auf meinen scharfen Blick. Ich wusste, welche Tagesspesen er veranschlagte und in welchem Hotel er sich einmieten wollte. Ich wusste, mit welcher Fluglinie er zum jeweiligen Dreh flog. Ich wusste alles. Das totale Wissen. Genau das, was er selbst einmal gewollt hatte, und nun war ich diejenige, der es gewährt wurde oder die es erlangte. Zumindest dachte ich das – bis sich die Dinge änderten.

In dem Jahr vor der Kreuzfahrt war in unserem gemeinsamen Leben eine wachsende Anspannung spürbar geworden, und wir hatten uns auseinandergelebt. Ich wusste, dass wir wegmussten, dass wir Zeit zu zweit brauchten, ohne den Druck des Alltags. Ich wollte ihn den Blicken anderer entziehen. Vor allem aber wollte ich wiederfinden, was wir früher gehabt hatten: diese berauschende Mischung aus Leichtigkeit und Begehren. Ich wollte eine Art Neuanfang. Und als dann unser Hochzeitstag nahte, ließ ich nicht locker: Tust du es für mich? Für uns? Erst wollte er nicht so recht, aber schließlich willigte er ein. Ich nahm die Sache in die Hand, natürlich ohne zu ahnen, was vor uns lag.

Vor seinem Sturz wurden schon zahllose andere Stürze auf Film gebannt. 1933 King Kongs Sturz vom Empire State Building: Der Riesenaffe prallt mehrmals von dem gestaffelten Gebäude ab, man sieht seine vollständige Gestalt aus der Ferne. Wobei weder die Proportionen noch die Geschwindigkeit restlos überzeugen.

Oder *The Squaw Man* von 1914. Der Mann rutscht aus, klammert sich an dem weißen Seil fest, man sieht die Felswand zu seiner Rechten. Das Seil ist zerschlissen und reißt wenig später, der Mann fällt, und in der nächsten Einstellung sieht man ihn, sich überschlagend, den Abhang hinunterstürzen, aber nun ist die Felswand plötzlich zu seiner Linken, die Kameraperspektive hat aus nicht nachvollziehbarem Grund gewechselt, als der Mann nun ins trockene hohe Gras rollt, die Kontinuität der Handlung ist durch den Perspektivwechsel gestört, als hätten wir etwas verpasst.

Und es gibt weitere, fehlerfreie Filmszenen, die zeigen, wie Männer in die Tiefe stürzen. *La Roue* von dem Regisseur Abel Gance, erschienen 1923: Elie klammert sich an einer Baumwurzel fest, sein Körper klein und dunkel vor dem weißen Hintergrund eines eisbedeckten Bergs. Kurz bevor er in den Tod stürzt, zuckt eine rasche Folge von Bildern vor seinem inneren Auge auf, während die Frau, die er liebt, herbeieilt, um ihn zu retten, doch es ist zu spät, er fällt, seine Gestalt schwarz vor dem weißen Schnee.

Oder *Matrix*, 1999.

Oder *Lethal Weapon*, 1987 – Scheiß drauf! Ich werde jetzt springen!

Willst du wirklich runterspringen, willst du wirklich? Na schön, ich hab nichts dagegen.

Vorwärts, springen wir, oder hast du etwa die Hosen voll, du Arschloch?

Ich tue es, ich spring jetzt – die beiden Männer springen in den hellen Tag, was die Kamera zuerst von schräg unten zeigt, sodass wir die Sohlen von Riggs Schuhen sehen, Ledersohlen, vorne spitz zulaufend, es könnten weiße Cowboystiefel sein, dann wechselt die Kameraperspektive, und wir sehen die ersten Meter des Sturzes von oben.

Dann wäre da *Auf der Flucht* von 1993, in dem Dr. Richard Kimble, gespielt von Harrison Ford, in das schäumende Wasser, das über die Staumauer der Cheoah-Talsperre in die Tiefe rauscht, hinunterschaut und dann springt. Wir sehen das von oben, er springt kopfüber, und auch bei ihm sind einen Moment lang die Schuhsohlen zu sehen – was ist das nur immer mit den Schuhen? –, diesmal sind es weiße Sneakers, dann wechselt die Kameraperspektive, und wir sehen seinen rasanten Sturz von der Seite und aus der Ferne, winzig und dunkel vor dem weißen hinabrauschenden Wasser.

Aber meine Lieblingsszene ist wohl die aus *The Game* von 1997. Wieder werden die Schuhe gezeigt, robustere Schuhe diesmal, mit Profil. Die kräftigen Sohlen sind kurz zu sehen, als Nicholas auf die Dachkante tritt, dann der Schrei, der wie ein Pistolenschuss kommt, jäh und laut. Christine ruft seinen Namen, aber es ist zu spät, er hat sich fallenlassen, fort von ihr. Auch er fällt kopfüber, die ausgestreckte weiße Hand wie ein eigenes Lebewesen.

Natürlich stürzen auch Frauen in die Tiefe, aber nicht so häufig, und im Allgemeinen ist ein Mann in der Nähe, der sie entweder zu retten versucht oder sie selbst hinuntergestoßen hat. Sie ist hilflos. Sie stürzt nicht aus eigenem Willen. Sie springt nicht. Wagt nicht den Schritt ins Ungewisse. Niemand bittet sie, ihren Mut bis zum höchsten Grad zu schrauben. Oft ist sie Teil eines anonymen Massensturzes – man denke an *Titanic* aus dem Jahr 1997: all die Fallenden, die nur als kleine weiße Platscher in Erscheinung treten, ein leichtes Aufschäumen in der Ferne, hier und da und dort. Sie sind wie kleine Lichtpunkte, diese fallenden Menschen, Sternschnuppen vor dem Nachthimmel, hell vor dem schwarzen Schiffsrumpf und dem noch schwärzeren Wasser. Heute fällt mir auf, dass die Stürze im Kino alle wie im Stummfilm ablaufen: nur der choreografierte Moment und der Soundtrack. Der Sturz selbst ein feststehender Topos im Film.

Die Aufzeichnung der Überwachungskamera auf dem Schiff war, verglichen mit dem, was wir im Kino zu sehen bekommen, eingeschränkter. Sie zeigte uns nicht, was zur Zeit von Patricks Unfall sonst noch geschah – zeitgleich, aber an anderen Orten. Der Parallelschnitt. In der Literatur haben wir dafür das Wort »währenddessen«. Und währenddessen, fragten sie mich. Wo waren Sie währenddessen?

In dem heftigen Sturm waren Tische durch den Raum geschlittert und zerbrochen. Riesige Topfpalmen rollten auf der Seite. Nur der Flügel war am Boden befestigt und bewegte sich deshalb nicht vom Fleck. Auch ich war gegen die Wand geschleudert worden, als sich das Schiff zur Seite neigte. Mein Kopf schmerzte. Er tat noch Tage später weh, außerdem war mir übel und schwindlig – ein bisschen so, wie wenn sich eine Migräne ankündigt und mein Gehirn komische Dinge tut. In dieser Phase, bevor der eigentliche Schmerz einsetzt, zucken wirre Bilder über die Leinwand meiner geschlossenen Lider. Es sind helle Fragmente, zusammenhanglos, die sich sehr schnell bewegen, als hätte jemand die Geschwindigkeit verfünffacht: Mädchenfüße in Rollschuhen gelbe Blumen eine Frau mit Schutzbrille ein Riesenrad ein galoppierendes Pferd ein goldgerahmtes Gemälde das eine Iris zeigt Schuhe die durch eine Pfütze platschen Eiswürfel Fahrradreifen Rasenmäher in Aktion auf Gras grüner Tennisball in einem Korb Kiste Wein blühender Baum. Wenn ich die Augen aufmache, endet dieser Bilderstrom. Mache ich sie zu, setzt er wieder ein, und die

Bilder erscheinen immer schneller, bis sie fast ineinander verschwimmen. Der Migräneschmerz beginnt als Licht, als unmenschlich helles Licht. Irgendwo splitterte Glas. Patrick stand mit dem Rücken zu mir. Ich sah die Wellen drohend aufragen, wogen. Ich lieferte dem Vernehmungsbeamten ein Bild nach dem anderen, so wie er es verlangt hatte. Aber Darstellungen können sich verändern. Szenen können von Neuem betrachtet werden. Dafür gibt es Vorläufer. Den Stummfilm *The Life of an American Fireman* zum Beispiel, in dem zuerst das Geschehen innerhalb des Gebäudes gezeigt wird: Man sieht die Frau im Nachthemd, von Rauchschwaden umgeben, und dann den Feuerwehrmann, der hereinkommt und sie rettet. Danach sehen wir denselben Zeitabschnitt, dasselbe Geschehen ein zweites Mal, doch diesmal von außen. Die Frau steht am offenen Fenster und ruft um Hilfe. Wir sehen genau dieselbe Begebenheit, doch aus einer anderen Perspektive. Der Zeitabschnitt wiederholt sich, wird mehrmals durchgespielt. Später hat Edwin S. Porter den Film umgeschnitten. Wir sehen das Haus erst von außen, dann von innen – die erstickende Frau wird gerettet –, dann wieder von außen – sie wird die Leiter hinuntergetragen – und wieder von innen, als der Feuerwehrmann zurückkommt, um das kleine Kind zu retten. Der Raum wechselt, wird fragmentiert, zusammengeschnitten. Zwei oder mehr Handlungen in einer Szene. Das Geschehen nimmt seinen Gang, die Zeit ist ein Kontinuum, und um das zu zeigen, muss der Raum fragmentiert werden. Jetzt dies, jetzt das, jetzt noch etwas anderes. Ein Moment im Leben jagt den anderen, sie prallen aufeinander, eine Kollision der Augenblicke.

Ich hatte das verschiedentlich zu erklären versucht, um

meine Darstellung der Ereignisse zu rechtfertigen. Zu bekräftigen.

Ich musste mich in Sicherheit bringen. Er wollte nicht mitkommen.

Vielleicht sagte ich eins davon, oder beides. Als Motiv meines Handelns mag sich das unterscheiden, aber das Ergebnis ist dasselbe. Er war draußen im Sturm, während ich mich drinnen mit der schweren Tür abmühte. Jegliche Einschätzung dessen, was zeitgleich geschieht, wird durch das, was davor geschah, kontextualisiert. So erst entscheidet sich, welches Gewicht dem Moment später zukommen, ob er von großer oder größerer Bedeutung sein wird. Aber das habe ich alles schon gesagt, hier und anderswo – Patrick und ich waren mit der Theorie wohlvertraut, wir kannten die Beispiele, die damit einhergehen. Was hatte den Brand verursacht? Das ist die große Frage. Aber wenn Porter uns das gezeigt hätte, dann würde der Film weniger von dem amerikanischen Feuerwehrmann als von der Frau und dem Kind handeln.

21

Draußen wird es langsam Herbst. Die Blätter fallen rasch. Im Winter kann man durch die kahlen Baumkronen hindurch weiter blicken als sonst. Wenn ich in dieser Jahreszeit draußen auf den markierten Wegen spazieren gehe, kann ich über den von Stacheldraht gekrönten Maschendrahtzaun hinweg auf das Land dahinter schauen. Viel ist nicht zu sehen. Eine schmale, gewundene Straße. Felder. Hier und da ein bisschen Wald. Von der östlichen Ecke des Geländes aus kann ich zwischen den Bäumen hindurch ein Haus ausmachen, ein ganzes Stück entfernt, aber gut erkennbar. Denn dieser Ort hier war nicht immer, was er jetzt ist. Früher gab es hier Nachbarn, Landbewohner, auch niederen Landadel. Wobei das Haus, das ich durch die kahlen Bäume erspähe, vermutlich niemandem vom Landadel gehört. Es ist reparaturbedürftig. Der Vorgarten ist von Gras überwuchert, aller möglicher alter Krempel liegt darin herum. Eine Seite des Hauses ist mit rostigem Wellblech verkleidet, wie eine Scheune. Wir sind fern von jeder Ortschaft, und wer auch immer in diesem Haus lebt, stellt ab und zu Sachen, die er oder sie nicht mehr braucht, an den Straßenrand und dazu ein großes Schild mit der Aufschrift: ZUM MITNEHMEN. Manchmal hält jemand an, um sich die Sachen anzuschauen, und lädt vielleicht ein oder zwei davon in den Kofferraum. Doch es kommt auch vor, dass die ausrangierten Gegenstände wochenlang dastehen. Irgendwann sind sie dann wieder verschwunden, wohl zurück ins Haus geräumt. Ich habe nie gesehen, wer das macht, wer die Sachen erst an den Straßenrand stellt und sie später wieder hereinholt.

Aber ich finde es interessant, was da vor sich geht, welche Gegenstände ausrangiert werden – bisher unter anderem ein Heimtrainer, ein Fernsehschrank und ein zusammengerollter Teppich –, denn so viele andere Anzeichen von Leben sind weggefallen. Ausgeblendet. Suspendiert. Nur aus der Ferne, auf dem Bildschirm, kann ich verfolgen, was geschieht: die Kursstürze an der Börse, die Hubschrauber, die Waldbrände im Sommer. Was eben draußen so geschieht. Hier drinnen bemisst sich die Zeit auf eine inhaltsleere, ereignislose Weise. Tagsüber, wenn ich zu den Mahlzeiten erscheine, mich beim Namensaufruf melde und meine Pflichten erfülle, läuft alles automatisch. Die Tage sind lang und immergleich – sofern ich mich nicht bemühe, auf die kleinen Dinge zu achten: auf die Veränderungen im Garten, das Sprießen neuer Blättchen an den Setzlingen, den Befall durch Schädlinge, deren Bekämpfung zu meinen Aufgaben gehört: Spinnmilben, Blattläuse, Erdflöhe. Relativ gesehen alles eher belanglos. Aber ich habe festgestellt, dass man sich antrainieren kann, an allem möglichen Interesse zu entwickeln, wenn es sein muss. Ansonsten lebe ich – wie schon immer – fürs Schreiben. Schreiben, überarbeiten, wieder schreiben. Früher habe ich das auch für Patrick getan – ich las alles, was er schrieb, auch das, was ich eigentlich nicht zu sehen bekommen sollte. Er wiederum las all meine

Texte. Ich erteilte ihm, wenn man so will, eine Vollmacht über mein Schreiben, fast bis zum Schluss. Aber jetzt habe ich die Freiheit, zu sagen, was ich will.

Natürlich gibt es Fragen, die ich in jenem letzten Buch nicht beantwortete. Auch nicht in dem davor. Handlungsstränge, die ins Leere laufen, größere Zeitspannen, die mehr oder weniger übersprungen werden. In Interviews bin ich darauf oft angesprochen worden. Es überrascht mich immer wieder, dass mein Lesepublikum die Figuren in meinen Büchern für reale Menschen hält und sich wünscht, dass ihr Leben einen schlüssigen Verlauf nimmt. Aber dann denke ich, warum nicht? Reale Menschen, mit denen wir nur in unserer Vorstellung zu tun haben, genauso wie reale Menschen, die wir verloren haben, werden in unserem Kopf irgendwann zu Figuren. Für mich gab es da nie eine eindeutige Trennline. Oder besser gesagt, mir war es nie wichtig, diese Trennlinie akribisch zu beachten. Patrick bewunderte meine fiktionalen Versionen von Henry und May. Henry wirke besonders überzeugend, fand er, vielleicht wurde ich deswegen immer wieder gerade nach dieser Figur gefragt. Selbst bei jener Lesung in New York wollten Leute wissen, was mit ihm passiert sei, als wäre er ein Freund, den sie aus den Augen verloren hatten. Ich erzählte ihnen, was ich wusste, soll heißen, was ich mir ausgedacht hatte, aber ich glaubte das mittlerweile auch selbst, als hätte ich es herausgefunden und nicht erfunden. Ich glaube, das ist folgendermaßen weitergegangen, sage ich ihnen. So habe ich Henry in meiner vorletzten Fassung erlebt. Als ich ihm das letzte Mal begegnet bin. Er ist immer noch da, geistert in den

Aufzeichnungen in irgendeinem Ordner herum. Meistens scheint die Leute das zufriedenzustellen. Ich hatte die Briefe von meinem Vater als Grundlage genutzt und sie nach seinem Tod in dem Kamin im Wohnzimmer verbrannt, wo Patrick und ich abends oft saßen. Einem Zimmer, das in all meinen Büchern eine prominente Rolle spielt. Das ich wieder und wieder beschrieben habe, mit kleinen Variationen. Wenn Leute es dann im wahren Leben sahen, waren sie immer überrascht. Patrick und ich saßen in diesem Wohnzimmer oft zusammen auf dem Sofa, das vor dem Fernseher stand. Wir schauten uns gern aneinandergekuschelt Filme an. Auf dem Sofa war die Seitenverteilung genau wie im Bett, er rechts, ich links. Manchmal blieben wir, wenn der Film vorbei war, noch eine Weile vor dem leeren Bildschirm sitzen. Aus der Küche fiel schwaches Licht herein, sodass wir uns im dunklen Glas spiegelten. Zwei dunkle Gestalten, Seite an Seite. Dieses Bild vor Augen, starrten wir dann noch etwas vor uns hin, halb schauten wir auf unsere Spiegelbilder, halb schauten wir durch sie hindurch, konnten sie zugleich sehen und an ihnen vorbeisehen, stattdessen den Staub und die Fingerabdrücke auf dem Bildschirm wahrnehmen, mit den Gedanken noch bei dem Film. Wir betrachteten uns eher unbeteiligt, denn die beiden widergespiegelten Gestalten hatten keine Gesichter. Wenn wir auf dem Sofa saßen, stand der Fernseher für uns auf Brusthöhe, sodass wir in dem dunklen Glas zwei kopflose Gestalten sahen. Es war ein Porträt. Ein Porträt von uns, das Porträt einer Ehe. Das Werk von Dichterinnen und Poeten wird gern in stilistische Phasen unterteilt: die frühe, mittlere, späte Phase. Eine Ehe ließe sich hinsichtlich der Entwicklung ihrer

Sprache in ähnliche Stadien unterteilen: Man verherrlicht weniger, erliegt weniger der jugendlichen Neigung zum Schwärmen, die weniger erträglichen Impulse werden nach und nach heruntergeschluckt und unten gehalten. Aber in diesem Porträt damals erhaschten wir einen Blick auf sie. Das geköpfte Paar. Das Gewaltpotenzial und all die heftigen Gefühle, gespiegelt in diesem dunklen Bild. Für einen kleinen Moment jedenfalls, bevor einer von uns den Arm ausstreckte und das Licht einschaltete.

Monate bevor ich die Kreuzfahrt buchte, hatte ich ihn gebeten, mein Manuskript gegenzulesen, ihn wieder und wieder darum gebeten. Er hatte all die Jahre immer alles lesen wollen, was ich schrieb, deshalb verstand ich diesen plötzlichen Widerwillen nicht. Der Frühling war schwierig gewesen, ich hatte hart gearbeitet, um die Deadline im Juli zu halten. Ich brauchte viel länger für den Roman, als ich gedacht hatte, und wollte einfach nur noch damit fertig werden. Und ich wusste, dass ich viele Ergänzungen in einem Zustand der Übermüdung und Unkonzentriertheit vorgenommen hatte, deshalb brauchte ich Patricks prüfenden Blick noch mehr als sonst. Er hatte eine frühere Fassung gelesen, aber ich war es nicht gewohnt, irgendetwas aus der Hand zu geben, ohne dass er mir grünes Licht gegeben hatte.

Es geht nur um ein paar Passagen, du sollst dir nur ein paar Änderungen anschauen, sagte ich. Aber er hatte immer irgendetwas anderes zu tun.

Das ist bestimmt alles okay, sagte er. Du bist doch eine brillante Autorin, sagte er, was blasiert klang, nicht aber überzeugend. Erinner mich morgen noch mal daran, sagte er. Oder: Vergiss nicht, mich noch mal daran zu erinnern. Worauf ich antwortete: Da tue ich ja gerade. Ich habe dich auch gestern schon daran erinnert.

Dann erinner mich halt noch mal, sagte er. Doch Tag für Tag, und sooft ich ihn auch daran erinnerte, behauptete er, gerade keine Zeit zu haben, fand die Zeit nicht, nahm sich die Zeit nicht.

Nur ein kurzer Blick?, bat ich. Nur auf die Änderungen?

Bitte jetzt keine längeren Ergänzungen mehr, hatte Ada gebeten, denn sie kannte meine Gewohnheit, in letzter Minute noch reihenweise Änderungen nachzureichen, und ich hatte mein Bestes getan, um sie in dieser Hinsicht nicht zu enttäuschen, war dennoch nervös bezüglich der Kapitel, zu denen ich doch noch etwas hinzugefügt hatte. Aber die Tage verstrichen, und Patrick las nicht. Irgendwann hörte ich auf, ihn darum zu bitten, denn die Zeit wurde zu knapp. Der Abgabetermin für mein Manuskript war an demselben Tag, an dem ich auch zu einem Autorinnengespräch nach Paris fliegen sollte. Ich wollte nicht hin. Es war Sommer, aber ich war erschöpft von der Anstrengung, den Termin zu halten, fühlte mich völlig ausgelaugt. Meine Gedanken waren besetzt. Es schien mir unmöglich, mich auf irgendetwas anderes zu konzentrieren, Small Talk mit Fremden zu machen. Bei solchen Veranstaltungen sagte ich immer Ja, wenn mir Wein angeboten wurde, weil er meine Nerven beruhigte, allerdings trübte er auch meinen Verstand, sodass ich dann auf etwaige Fragen nicht mehr klar antworten konnte und am nächsten Tag furchtbares Kopfweh hatte.

Außerdem, sagte ich zu Patrick, weiß ich nicht, was ich anziehen soll.

Zieh das an, was du bei solchen Gelegenheiten immer anziehst. Du hast noch jedes Mal toll ausgesehen.

Was ziehe ich denn immer an?

Ich weiß nicht, du hast so viele schöne Sachen.

Ich würde gern die Seidenbluse anziehen, aber die hat einen Fleck.

Dann wasch sie.

Dafür habe ich nicht mehr genug Zeit, ich fliege morgen früh, und ich habe noch einen Friseurtermin, außerdem muss ich das Manuskript abgeben, bevor ich fahre.

Dann weiß ich auch nicht, was du anziehen sollst. Letztlich ist es auch egal. Zieh irgendwas an, worin du dich wohlfühlst.

Das ist es ja, bei solchen Veranstaltungen fühle ich mich in nichts wohl.

Ich hatte mit dem Gedanken gespielt, das Ganze abzublasen, aber die Leute hatten schon Karten gekauft, alles war organisiert. Ich beschwerte mich bei Patrick darüber.

Wolltest du nicht immer genau das?, sagte er. Andere Leute würden sich alle zehn Finger nach so was lecken.

Ich dachte, er macht Witze, denn er wusste genau, wie sehr mich solche Veranstaltungen anstrengten. Dass ich sie schon Wochen vorher fürchtete. Dass ich hinterher davon träumte, mich geißelte, weil ich so ein dummes Zeug geredet hatte. Dass mir allein das Gefühl, unter vielen Menschen zu sein, angeschaut zu werden, gesehen zu werden, sichtbar zu sein, immer unangenehmer wurde. Dass es mich anstrengte, mich auf dieses Gesehenwerden vorzubereiten, ja dass allein die Aussicht darauf, gesehen zu werden, ermüdend war. Diese extreme Empfindlichkeit hatte sich über meine beruflichen Termine hinaus ausgeweitet, in den vergangenen Monaten hatte ich angefangen, öffentliche Orte mit vielen Leuten grundsätzlich als anstrengend zu empfinden. Volle Räume, volle Züge, volle Einkaufszentren. Früher hatte es mir Spaß gemacht und neue Energie gegeben, mich schön zurechtgemacht ins bunte Leben zu stürzen. Patrick hatte mich angespornt, mich gepriesen. Im Vergleich zu ihm war ich jung, und das würde immer so sein, solange es nur um die Anzahl der Jahre ging. Aber was mich ursprünglich an ihm bezaubert, für ihn eingenommen, seinen Reiz ausgemacht hatte, das war sein überwältigender, machtvoller Glaube an das faszinierende Potenzial meiner Zukunft – an all das, was ich noch nicht war, aber werden konnte. In den vergangenen Jahren hatte sich die Lücke zwischen uns geschlossen, und ich fand es plötzlich unerklärlich mühsam, sogar mir selbst gegenüber, weiter diese Rolle zu spielen, diesen seinen Glauben zu nähren.

Wirklich? Nein. Das kann nicht sein, hatte er einmal gesagt, voller Überraschung über mein jugendliches Alter. Es schien ihn zu erstaunen. Als wäre Jugend etwas Magisches, Zufälliges, ein Glückstreffer, als wäre sie nur wenigen Auserwählten vergönnt. Damals begriff ich nicht, dass das Jungsein keineswegs per se eine Tugend ist, denn er tat so, als wäre das der Fall, als wäre ich tugendhaft, weil ich jung war – als wohnte mir aufgrund dieser Eigenschaft ein eigener Zauber inne. Und ich machte den Fehler, auf diese Vorstellung stolz zu sein, mir etwas einzubilden auf eine biologische Phase, die tatsächlich nicht mir gehörte und mich keineswegs von anderen abhob, sondern im Gegenteil etwas äußerst Demokratisches war, denn wir erleben sie alle – und alle nur vorübergehend.

Damals hatte er seine Jugend schon so lange hinter sich, dass meine ihm wie ein Wunder erschien.

Letzten Endes aber holte uns, holte mich die Zukunft ein. Ich spürte, dass sein Erstaunen abebbte. Meine Jugend war relativ, definiert durch den Kontrast zu seiner Erfahrung. Als mein Maß an Erfahrung sich dem seinen anzugleichen begann und mein Erfolg – nach bestimmten Maßstäben jedenfalls – den seinen sogar noch übertraf, schwand diese Vorstellung meiner Jugendlichkeit. Ihre Anziehungskraft. Die jungen Autorinnen hingegen, mit denen er manchmal zusammenarbeitete, waren jetzt in dem Alter, in dem ich vor vielen Jahren gewesen war, die Sorte Frau, die über seine Witzeleien, dass manche Bücher wie ein männlicher Orgasmus aufgebaut seien, lachte, Frauen, die jung genug waren, um ihn über so etwas reden hören zu wollen, die ihm glaubten. Steigern, steigern, steigern, erklärte er, und dann *bäng*. Alles erledigt. Die Auflösung war eine andere Version von »hinterher schläft er auf dir ein«. In meinen Augen war das läppische Literatur, naiv und allzu simpel. Er selbst machte sich über diese Struktur lustig und präsentierte bei einer seiner Gastvorlesungen ein Handlungsdiagramm, das, wie er sagte, den weiblichen Orgasmus abbilde: komplexer, nuancierter, multipel. Es ging um eine Kurzgeschichte, ich weiß nicht welche. Ich hörte erst später davon. Alle hörten später davon. Anscheinend kicherten die Frauen, während die Männer erröteten. Es waren junge Männer, fast noch Jungs. Sie wussten wahrscheinlich noch gar nicht, wovon hier die Rede war, wie ein weiblicher Orgasmus aussehen konnte. Waren wegen ihrer Unschuld verlegen, nicht wegen des unverhohlen sexuellen Inhalts.

Solcher Übermut führte natürlich nur dazu, dass die Frauen in der Zuhörerschaft meinem Mann noch mehr verfielen, so wie es mir auch gegangen war. Solcher Übermut regte sie an, über sein Wissen zu spekulieren, zu fantasieren, sich die Theorie in die Praxis umgesetzt vorzustellen: sein Wissen über den Körper, insbesondere ihren Körper.

Und so sagte er an jenem Tag, als ich mich auf die Reise nach Paris vorbereitete, nicht zu mir: Ach, zieh doch diese blaue Hose an, in der sehe ich dich so gern. Früher hätte er gesagt: Tu mir einen Gefallen: Geh ein bisschen den Gang entlang, damit ich deinen Arsch sehe – ein minimal abgewandeltes Zitat aus unserem Lieblingsfilm *Die amerikanische Nacht*. Dem Film, aus dem wir ständig zitierten. Alphonse sagt das zu seiner Verlobten, als sie im Flur des Hotels stehen. Wir liebten diesen Film. Er gab einem das Gefühl, ein Insider zu sein, und nur hin und wieder fiel einem ein, dass dieser Film übers Filmemachen seinerseits gefilmt worden war. *Der Mann nützt wirklich alles für sich aus!* Später auf dem Kreuzfahrtschiff nahm Patrick manchmal meine Hände, so wie im Film Ferrand die von Pamela, und positionierte sie anders auf der Reling, so wie Ferrand es mit Pamelas Händen auf der Balkonbrüstung tut. Ferrand hielt ihre Hände so sanft, widmete sich ihr so aufmerksam, mit solch feinem Gespür für das spezifisch Atmosphärische jeder Geste.

Stattdessen sagte Patrick zu mir, ohne mich anzuschauen und in einem Ton, als spräche er zu einem Saal voll Leuten: Also, es ist wirklich egal, was du anziehst. Du wirst in jedem Fall prima aussehen. Die werden dich in allem toll finden. Wahrscheinlich interessiert es sowieso niemanden, was du anhast, außerdem dauert das Ganze ja nicht lang. Es ist doch nur eine Stunde, oder?

Hör zu, sagte er, wenn es dir hilft, kann ich das Manuskript für dich abgeben. Dann sparst du die Zeit.

Echt?

Klar, sagte er, nahm sich einen grünen Apfel aus der Obstschale und biss hinein.

Ich erinnere mich, dass ich nach der Veranstaltung spontan beschloss, anders als geplant doch noch am selben Abend zurückzufliegen. Aus irgendeinem Grund fühlte ich mich unbehaglich, und ich konnte mir nicht vorstellen, in einem Hotelbett zu übernachten. Von dem Preis wusste ich noch nichts. Es muss in der zweiten Juliwoche gewesen sein, all das andere geschah erst Monate später. Ich hatte noch keinen Gedanken an unseren Hochzeitstag verschwendet. Ich war so damit beschäftigt gewesen, meinen Roman zum Abschluss zu bringen, dass ich überhaupt nicht mitbekam, was sonst um mich herum geschah, selbst als ich am Flughafen Gatwick ins Taxi sprang, dachte ich noch über ein paar Änderungsvorschläge nach. Als ich nach Hause kam, war Patrick nicht da. Ich duschte und machte mir einen Toast. Dann hörte ich, wie jemand am Haustürschloss herumfummelte: Ein Mann, der zu betrunken war, um den Schlüssel ins Schloss zu bekommen. Ich öffnete die Tür für ihn, und er stolperte herein. Er war überrascht, mich zu sehen. Du?, sagte er. Er versuchte, sich etwas aufrechter hinzustellen. Ich dachte, du – ich meine, du wolltest doch morgen früh zurückfliegen?, lallte er. Er nahm seine Schultertasche ab und ließ sie auf den Boden fallen.

Ich sah, dass mein Manuskript noch drinsteckte. Und ich wusste, dass er im Verlag gewesen war, denn er hatte mir in einer Nachricht geschrieben, er werde es auf dem Heimweg dort abgeben.

Soll das heißen, du warst im Verlag und hast das Manuskript nicht aus der Tasche genommen?

Ich habe echt gedacht, das hätte ich getan. Wirklich. Ich erinnere mich, dass ich es ihr gereicht habe.

Und dann?

Ich weiß nicht, sagte er. Ich muss es irgendwo hingelegt haben, oder ich wollte es hinlegen, oder vielleicht – wir sind ins Plaudern geraten, und sie war total interessiert.

Total interessiert?

Ja. Interessiert. Ich meine, sie kennt deine Bücher und hat mir erzählt, wie toll sie die findet, und sie wollte, wie sagt man, na ja, ob ich vorhabe, das neue zu verfilmen. Ich weiß nicht. Ich habe es ihr wohl hingehalten und dann vergessen, es abzulegen, oder ich habe es hingelegt und dann wieder in die Hand genommen. Oder wieder eingesteckt. Deine Verlegerin war nicht da. Ada, meine ich. Es war später als – also, ich dachte, ich sollte vielleicht – ich meine, Annie hat gesagt –

Du meinst Anna-Maria, Rowans Assistentin?

Ich glaube schon.

Du glaubst schon, aber du kennst sie gut genug, um sie Annie zu nennen?

Plötzlich begriff ich. All das, was ich zuvor nicht verstanden, was mich aber irgendwie beunruhigt hatte. Seine Zerstreutheit, seine ungewöhnliche Ermüdung, sein Widerwillen, mein Manuskript zu lesen – und sein plötzlicher, seltsamer Wunsch, woanders hinzuziehen.

Wir könnten doch nach LA ziehen, hatte Patrick drei Monate zuvor gesagt. Denk mal an das Wetter da. An die Weite. Das wär's doch. Genau das Richtige, sagte er. Oder so was in der Art. Ein Neuanfang. Der Vorschlag kam lange vor der Kreuzfahrt, es war Frühling, doch das Wetter fühlte sich noch winterlich an.

Hm?, machte ich. Wieso denn das? Es war schon spät, und ich war damit beschäftigt, eine Szene in meinem Roman zu überarbeiten. Er ging in der Küche auf und ab, schaute in den Regen hinaus. Ich kaute am Ende meines Bleistifts, während ich die Seite überflog. Der Bleistift war rot und schwarz gestreift, und ich biss Kerben in die Lackfarbe. Der Geschmack von Holz, von Blei.

Du weißt doch, dass ich Hitze nicht leiden kann, antwortete ich, nachdem ich den Bleistift für einen Augenblick aus dem Mund genommen hatte, wobei mir meine Brille auf die Nasenspitze rutschte.

Aber dir würde es da so gut gehen, sagte er. Stell's dir einfach mal vor.

Hier, sagte ich, hör dir das mal an. Ich bewegte den Bleistift die Seite hinunter, an der ich gerade saß. Wie findest du das, und dann las ich ihm den Absatz vor, den ich eben umgeschrieben hatte. Ja ja, sagte er und wedelte mit dem Arm, das klingt super. Das wird auf jeden Fall super, egal, was du damit machst. Ich sah zu ihm hoch. Er stand am Fenster, eine Hand gegen die Scheibe gepresst, als könnte er durch sie hindurch den Regen berühren.

Hast du Hunger?, fragte er dann, ohne mich anzuschauen. Ich sah sein Gesicht im Profil. Und mir fiel auf, vielleicht zum ersten Mal, wie sehr ihn sein Ruhm gealtert hatte. Innerhalb von drei Jahren war sein Haar fast vollständig ergraut. In dieser Zeit war er fast jede Woche irgendwohin geflogen und hatte nur sehr wenig geschlafen. Ich war ihm beigesprungen, hatte ihm bei der Arbeit geholfen, wenn er mich brauchte, was aber immer seltener der Fall zu sein schien. Tagsüber gingen wir unserer jeweiligen Arbeit nach – ich schrieb an meinem Buch weiter, er schwirrte in der Gegend herum, verfilmte all die herausragenden Drehbücher, die er mit meiner Hilfe – ob ich nun Dialoge oder neue Figuren hinzufügte – auf die Beine gestellt hatte.

Nicht sonderlich, sagte ich. Er fragte nicht, warum, oder ob es mir gut gehe, oder ob wir vielleicht etwas essen gehen wollten. Er sagte nichts über seinen Tag. Früher hatte er mir immer alles erzählt. Er hatte oft gesagt, dass er mich eben deshalb – oder unter anderem deshalb – liebe: weil er mir alles erzählen könne. Aber in den letzten paar Jahren hatte sich das verändert. Deshalb fragte ich ihn, während ich zusah, wie er sorgfältig die Spaghetti umrührte, damit sie nicht am Topf festklebten – nicht gerade eine Aufgabe, die höchste Konzentration oder Stille erfordert – : Bist du müde?

Er drehte sich zu mir um, einen abwesenden Ausdruck im Gesicht, und sagte: Ja, ja, ich bin wohl ein bisschen müde. Und plötzlich wurde mir klar, dass ich sein Verhalten nicht mehr deuten konnte. Was er mir bisher bereitwillig gegeben hatte, es war mir überraschend entzogen worden. Ich konnte nicht erkennen, ob er mir nichts zu sagen hatte oder ob es etwas gab, was er mir nicht sagen wollte, oder ob er, falls er tatsächlich müde war, sich einfach nicht aufraffen konnte, mit mir zu sprechen, nicht die nötige Energie aufbrachte, oder ob meine Frage ihm womöglich ein Alibi, eine Entschuldigung geliefert hatte, die er gern nutzte, da ich sie ihm nun mal angeboten hatte, wie schon so vieles andere zuvor.

Ich wusste schon seit Längerem, dass wir uns auf unserem jeweiligen Erfolgskurs in entgegengesetzte Richtungen bewegten. Seine Arbeit hatte viele Jahre lang die meine überschattet, und als ich endlich die ersten eigenen Triumphe errang, erlaubte ich es mir, nicht hinzusehen. Ich konnte mich seiner Bedürfnisse nicht mehr so wie früher annehmen. Als wir an diesem späten Abend in der Küche saßen und Spaghetti um unsere Gabeln wickelten, während der Regen gegen die Fensterscheiben prasselte, lagen stapelweise Drehbücher auf meinem Schreibtisch, die ich längst für ihn hätte durchsehen sollen. Es galt Änderungen abzusegnen, Redundanzen zu tilgen. Rechnungen mussten bezahlt, zu viele Mails endlich beantwortet werden. Ich hatte ihn zu etlichen Filmvorführungen nicht begleiten können, weil ich jetzt eigene Veranstaltungen zu bestreiten hatte. Und obwohl ich es gewohnt war, dass er mir alles erzählte, hatte ich mir nichts dabei gedacht, als er immer häufiger in Schweigen verfiel, ungewöhnlich erschöpft und immer wieder länger abwesend war. Ich hatte keine Zeit gehabt, mir darüber Gedanken zu machen. Ich dachte einfach, er habe weniger zu sagen, weniger zu erzählen, mehr Verpflichtungen, oder ihm sei bewusst, dass auch bei mir viel los war, dass ich beschäftigt war. Ich kam nie auf die Idee, ihn anzuzweifeln, ihm irgendetwas anderes zu unterstellen als ein Übermaß an tiefen, persönlichen Gedanken, die er mir zu gegebener Zeit schon offenbaren würde, denn mit wem sonst konnte er so reden wie mit mir?

Aber das war vielleicht mein einer, mein einziger Fehler. Meine Fehleinschätzung. Meine Hybris. Er war einer der großen Regisseure seiner Generation, aber er war ein wirklich schlechter Schauspieler – ein Mann, dessen gelegentlich aufgesetztes Pokerface immer völlig unglaubwürdig wirkte. Er schenkte Wein nach. Was hatte sich in seinem Innern verändert? Was waren das für Gedanken, die er, wie ich jetzt sah, vor mir zu verbergen versuchte? Ich wusste es nicht. Ich konnte es nicht erkennen. Wohl aber wusste ich jetzt, dass meiner Aufmerksamkeit etwas entgangen war, und zwar weil er dafür gesorgt hatte. Wir waren schon so lange zusammen, dass es uns gewissermaßen konstitutionell unmöglich war, einander noch zu überraschen. Wir konnten einander entzücken, mitreißen, konnten gemeinsam etwas empfinden, das sich wohl als spontane Freude bezeichnen ließ. Ich liebte ihn. Aus tiefstem Herzen. Überraschung jedoch war etwas, was es zwischen uns – bis zu diesem Moment, wo ich merkte, dass er etwas vor mir verbarg – ewig nicht mehr gegeben hatte. Erst erkannte ich es gar nicht: ein plötzliches flaues Gefühl im Magen, ein kurzes Herzstolpern. Dieses Gefühl, wieder ein Kind zu sein, dem etwas plötzlich entgegenspringt. Hinter einem Vorhang hervor, einem Sessel. Man soll darüber lachen, gute Miene zum bösen Spiel machen, doch stattdessen bricht man in Tränen aus.

22

Wir sprachen nicht mehr an jenem Abend, als ich aus Paris zurückgekehrt und er betrunken nach Hause gekommen war, und ich stellte keine weiteren Fragen. Am nächsten Morgen fuhr er zu einem Dreh, und ich arbeitete bis zum Nachmittag, dann nahm ich ein Taxi zum Verlag und gab mein Manuskript ab. Ada führte mich in den Pausenraum, schloss hinter uns ab und hielt mich im Arm, während ich weinte.

Sein Betrug hätte mich nicht so schockieren dürfen. Schließlich war auch ich einmal diese Frau in Patricks Leben gewesen. Er bestritt das damals natürlich, versicherte mir, er habe seine Frau verlassen, es gebe niemanden außer mir, ich sei die eine, einzige. Für immer und ewig. Aber ich glaube nicht, dass Trudi das so sah. Sie wusste nicht, dass er niemals zu ihr zurückkommen würde. Er kam mir mit dieser Nummer, um mich zu überzeugen – damit ich tat, was er wollte. Doch wenn es gestimmt hätte und ich die einzige Frau für ihn war, wenn er mich so liebte, wie er es sagte, warum hatte er mich damals vor all den Jahren verstecken müssen? An jenem Tag etwa, als ich bei ihm übernachtet hatte und er mich bat, tagsüber die Wohnung nicht zu verlassen. Ich gehorchte ihm, ohne je nach dem Grund zu fragen. Ich wollte tun, was ihm gefiel, um dadurch meine eigene relative Macht zu wahren, oder das, was ich fälschlich für Macht hielt – wie schwach er doch in Momenten starker Anziehung wirkte, wie nachgiebig. Wie sehr ich doch irrte.

Seine alte Wohnung war so sauber, so ordentlich gewesen. Ich hatte an jenem Tag schließlich viel Zeit, sie mir anzusehen. Selbst die Papiere auf seinem Schreibtisch waren akkurat aufeinandergeschichtet. Auf dem Abtropfgestell kein Geschirr, das darauf wartete, weggeräumt zu werden. Kein Kleiderberg auf dem Stuhl im Schlafzimmer. Natürlich kannte ich ihn damals noch nicht so gut. Aber seine Ordnungsliebe war offenkundig – jedenfalls was den häuslichen Bereich betraf. Angesichts der Zustände in seinem Büro an der Uni war das eine Überraschung, denn dort türmten sich Bücher in wackeligen Stößen auf dem Boden, und die Papiere auf seinem Schreibtisch lagen wild durcheinander, einzeln oder auf losen Haufen.

Was ich schon damals als sein Bedürfnis nach häuslicher Ordnung erkannte, setzte sich über die Jahre fort und erstreckte sich auch auf die Aufteilung unserer Wohnung. Küche und Esszimmer voneinander getrennt, ein Bad und eine separate Toilette, ein Arbeitszimmer, aber auf keinen Fall einen Schreibtisch im Schlafzimmer. Alles hatte seinen Ort, und diese Orte sollten sich nicht überschneiden. Ein Haus mit offenem Wohnbereich wäre ihm ein Gräuel gewesen: die verwischten Grenzen, das Potenzial für Lärm und Chaos. In seinem Berufsleben hielt er es genau andersherum, und vielleicht war das bei seiner Art von Arbeit unvermeidlich. Sie erforderte eine gewisse Fluidität: die Fähigkeit, Schranken zu eliminieren oder über sie hinwegzudenken, zu klauen, zu entlehnen, einzuschmuggeln, zu überlagern, zu adaptieren. Die Ordnung in der einen Sphäre ermöglichte die notwendigen Übertretungen in der anderen. Es war eine Frage des Kontrasts: Unvorhersagbarkeit, Schock, Entwaffnung, die Diskontinuität plötzlicher Veränderung – alles austariert und relativ. Das Leben und die Kunst unterscheiden sich weniger, als wir meinen.

Jetzt endlich begriff ich, wenn auch vielleicht zu spät, was ich für ihn gewesen war, und womöglich war ich es immer noch – eine jüngere künstlerische Stellvertreterin, die kein Recht auf Überlegenheit hatte. Ein Vehikel für seine Triebe und Wünsche, seine rechte Hand, ja seine Lektorin. Ich wiederum hatte ihn als Wegbereiter betrachtet, als den Mann, der mich zur Bedeutsamkeit geleiten würde, meinem großen Ziel. Und jetzt jammerst du herum, hatte er gesagt, als ich mich vor meiner Reise nach Paris nicht entscheiden konnte, was ich anziehen sollte. Andere Leute würden sich alle zehn Finger nach so was lecken, echt wahr.

Ja, und?, erwiderte ich. Was heißt das denn, was hilft mir das? Er war ausgebrannt, und ich hatte es zu etwas gebracht. Hatte es nicht wegen ihm, sondern vielleicht sogar trotz ihm zu etwas gebracht – der lange Schatten des Sugardaddy. Tatsächlich aber hatte ich mich durchweg mehr für seinen Erfolg engagiert als er sich für meinen. An jenem Tag im Pausenraum reichte mir Ada eine Schachtel Papiertaschentücher. Ich wischte mir übers Gesicht, putzte mir die Nase. In meiner Tasche vibrierte mein Handy. Es war Joshua. Ich hatte ganz vergessen, dass er übers Wochenende zu uns kommen würde. Er hatte seinen Schlüssel verschlampt und stand jetzt vor dem Haus im Regen.

Ich steh schon ewig hier. Dad geht nicht ans Telefon, sagte er.

Okay, sagte ich. Ich brauch nicht mehr lang. Neben mir auf der Bank stand eine halbvolle Flasche Wein, die von einer Buchclubveranstaltung übrig geblieben war. Hier, sagte Ada, trink was, und sie schenkte mir ein großes Glas ein. Auf dein Buch!, sagte sie, und ich fing wieder an zu weinen.

Als ich wieder zu Hause war, kochte ich Abendessen. Irgendwann kam Patrick, wo auch immer er gewesen war, und wir aßen schweigend. Patrick trank. Danach räumte er die Spülmaschine ein. Joshua kam in der Hoffnung auf ein Eis in die Küche, und Patrick wandte sich ihm lächelnd zu, als wäre alles in bester Ordnung, die schlechte Stimmung nur Einbildung. Seit einigen Monaten kam Joshua an den Wochenenden zu uns, weil er sich mit seiner Mutter ständig in die Haare kriegte, und Patrick war es wichtig, dass er sich bei uns wohlfühlte, er wollte ihm vermitteln, dass seine Anwesenheit keine Last war, auch an diesem Abend nicht.

Wollen wir was spielen?, schlug er vor. Es war ein Ablenkungsmanöver – jegliches Anzeichen von Ärger bei Patrick konnte bei Joshua einen seiner Wutanfälle auslösen. Außerdem verhinderte Patrick mit dem Vorschlag das Gespräch, das er und ich, wie er wohl wusste, führen mussten.

Klar, gern, sagte Joshua. Wie wär's mit *Gleichgewicht des Schreckens*? Spielst du mit, Lucie?, fragte er mich.

Lucie spielt keine Spiele, sagte Patrick.

Was soll denn das heißen? Manchmal spiele ich sehr wohl, es kommt drauf an, was es ist.

Aber du spielst nie richtig.

Neulich am Wochenende hab ich bei diesem Spiel im Pub mitgemacht.

Das war ein Spiel für Unter-Fünfjährige. Ein Ratespiel.

Jedenfalls habe ich mitgespielt, und es hat Spaß gemacht.

Du weißt schon, was ich meine.

Trotzdem, warum fragst du mich nicht, ob ich mitspielen will, damit ich wenigstens selbst Nein sagen kann?

Er machte die Spülmaschine zu und drückte auf den Startknopf. Es ist einfach zu kompliziert, sagte er.

Was, mich zu fragen?

Nein, das Spiel, das wir spielen wollen. Es hat zu viele Regeln für dich.

Ich könnte sie bestimmt lernen.

Ich glaube wirklich nicht, dass es dir gefallen würde, du magst Regeln doch nicht. Du kannst sie nicht ausstehen. Du würdest mitmachen, und dann würdest du ganz schnell anfangen, dich zu ärgern, und aussteigen, und dann müssten wir wieder von vorne anfangen, diesmal zu zweit statt zu dritt, während du oben sitzen und schmollen würdest, als hätten wir dir was getan, dabei bist in Wirklichkeit du ungeduldig und bockig, sodass das unterhaltsame Spiel, das ich im Sinn hatte, durch deinen Trotzanfall ruiniert würde, und das ist keine Übertreibung, denn so läuft es jedes Mal ab. Also, sagte er und wrang den Spüllappen über dem Becken aus. Hey Josh, rief er. Bau doch schon mal alles auf.

Ich lehnte am gegenüberliegenden Unterschrank und starrte auf Patricks Rücken, während er die Arbeitsfläche abwischte. Du weißt, dass das nur passiert, wenn mir niemand richtig die Regeln erklärt, antwortete ich.

Die sind ja nun nicht kompliziert.

Das meinst du, weil du sie schon kennst.

Das ist ein Spiel für *Kinder*.

Du hättest mich einfach fragen können. Du hättest mich fragen können, ob ich mitspielen will. Ich kann selbst für mich sprechen. Stattdessen hast du an meiner Stelle geantwortet, mich herabgesetzt, als wäre ich gar nicht hier im Zimmer. Ich sagte genau das zu ihm, was ich sagen wollte, und dann sagte ich noch all das, was ich mir vorher nicht zu sagen erlaubt hatte. Und weißt du, was ich nicht ertragen kann, wenn wir zusammen etwas spielen? Wie du mich kontrollierst. Als hättest du nur auf diesen Vorwand gewartet, um mich kontrollieren zu können. Regeln zu brechen ist etwas, das *du* dir vorbehältst, stimmt's? Das ist dein Privileg. Alle wissen das, es ist der eigentliche Grund dafür, dass du berühmt bist. Für mich ist das, was du gemacht hast, mit dieser Frau gestern Abend und wer weiß, wie lang vorher schon, für mich ist das ein Spiel, *dein* gottverdammtes Spiel. Vielleicht sollten wir da mal über die Regeln sprechen? Es wäre hilfreich, um besser zu verstehen, was du so treibst, und das meine ich diesmal nicht im beruflichen Sinne. Es wäre schön, wenn du mir erklären könntest, nach welchen Spielregeln wir jetzt funktionieren. Ich glaube nämlich, du kennst die Regeln nicht mehr, oder vielleicht haben sie sich ja geändert, oder wir müssen –

Red nicht so ein dummes Zeug. Und schrei nicht so herum. Er wandte sich von mir ab, wieder dem Spülbecken zu, und wusch das Schneidebrett ab. Ich sah sein Spiegelbild im Küchenfenster. Ich wusste, dass Joshua vom Wohnzimmer aus zuhörte. Patrick hob den Kopf, und im dunklen Glas trafen sich unsere Blicke. Er sah abgespannt aus, zugleich lag eine gewisse Vorsicht in seinem Blick. Vielleicht war das seine schuldbewusste Miene.

Du hast dich verändert, weißt du, sagte er sehr leise. Ich verstehe nur nicht, wer du geworden bist.

Ich wich seinem Blick nicht aus. Du hast mich zu der gemacht, die ich jetzt bin, erwiderte ich. Was immer ich bin, bin ich nur wegen dir.

Ich habe dich nie zu irgendwas gemacht, flüsterte er. Er sog scharf die Luft ein, als käme da gleich noch etwas nach. Aber dann stieß er die Luft wieder aus, ganz langsam, durch zusammengepresste Lippen, es klang fast wie ein Zischen.

Durch die Küchentür warf ich einen kurzen Blick ins Wohnzimmer, wo Joshua stocksteif dasaß, die Augen auf seinen Schoß gerichtet. Er war errötet. Ich befürchtete, unser Streit könnte ihn wieder triggern, einen dieser seltsamen Wutanfälle auslösen, die er in letzter Zeit öfter hatte. Auf dem Kaffeetisch vor ihm lagen zwei Stapel ausgeteilter Spielkarten.

Was Patrick gesagt hatte, stimmte. Spielen war nicht mein Ding. Und es stimmte auch, dass ich Regeln nicht mochte, jedenfalls nicht die Sorte Regeln, die Patrick mochte: logische Regeln, die auf eine immer komplexere Weise aufeinander aufbauten, bis ein ganzes Universum von Ordnungssystemen entstanden war. Er mochte ernste Spiele, die strikten Gehorsam erforderten, ich mochte schnelle Spiele, die ich auch in angetrunkenem Zustand spielen konnte und die mich zum Lachen brachten. *Twister, Wer bin ich?, Schnipp Schnapp.* Selbst Spiele für draußen waren mir lieber: Versteinern, Fangen, Verstecken. Er bezeichnete das gern als eine Marotte von mir, aber so wie er es dahernuschelte, klang es immer wie marode. Ich war *marode*, meine Haltung war marode, und dieses Marode blockierte alles, sodass er es sogar seinem Sohn noch erklären musste.

In der Ferne konnte ich die Kirchenglocken hören. Erst hörte ich den Wind, der stark und böig blies, dann dazwischen das Läuten. Es dämmerte. Mir reichte es. Ich habe beim Einkaufen was vergessen, log ich. Ich hätte nicht lügen müssen – es ging mir nicht darum, ihm irgendwas vorzumachen, sondern darum, meine Privatsphäre zu behaupten. Ich wollte keinen Austausch à la: Ich gehe eine Runde spazieren. Ich brauche mal ein bisschen frische Luft. Darauf er in vorgetäuschter Unschuld: Wieso denn?

Ich: Mir wird das gerade zu viel hier.

Was denn?

Muss ich das extra sagen?

Ich habe danach gefragt.

Ich brauche einfach ein bisschen Zeit für mich.

Wofür denn? Warum gehst du nicht einfach nach oben?

Kannst du jetzt einfach mal aufhören?

Womit denn?

Und so weiter und so fort.

Alles klar, sagte er. Er hatte keine Schuhe an. Er konnte nur noch breite Sneakers tragen. Aber selbst in denen fühlten sich seine Füße eingezwängt, außerdem tat ihm davon der Rücken weh. Umgekehrt brauchte er wegen seiner Rückenschmerzen immer eine ganze Weile, um sich die Schuhe anzuziehen, deshalb war ich mir sicher, dass er mir nicht nachkommen würde. Er würde mich nicht verfolgen. Mir nicht nachlaufen, wie er es früher vielleicht getan hätte.

Er setzte sich und mischte die Karten neu. Ich nahm meinen Mantel von dem Haken neben der Haustür, schlüpfte hinein und trat in den Abend hinaus. Es war frisch und kühl draußen, feucht und stürmisch. Blätter segelten von den Bäumen herunter und blieben an meinem Mantel hängen, während ich weiterging. Die Straße erstreckte sich dunkel vor mir, schimmernd im Regen.

Im Frühsommer waren wir zusammen in einer Galerie gewesen. In der Ausstellung wurden neue Skulpturen eines angesehenen Künstlers gezeigt. Die Eintrittskarten waren teuer und die Besuchszeit festgelegt, sodass wir unseren Tag um dieses Zeitfenster herum planten: Wir fuhren mit dem Zug hin, aßen zu Mittag und besuchten dann die Ausstellung. Wir gingen die Treppe hinauf, ließen unsere Eintrittskarten abstempeln, dann betraten wir ein riesiges, von Licht erfülltes Atrium. Einen Moment lang blieben wir stehen, ließen den Raum auf uns wirken. Bei Ausstellungsbesuchen neige ich – schon immer – aus irgendeinem Grunde dazu, mich nach rechts zu wenden und gegen den Uhrzeigersinn durch den Raum zu gehen, während er sich intuitiv nach links wendet und im Uhrzeigersinn geht. Schließt sich einer von uns dem anderen an, fühlt sich das falsch an, man ist desorientiert, wenn man in der ungewohnten Richtung geht, irgendwie aus dem Gleichgewicht. Man hat seinen Instinkt – die von der eigenen, eigenwilligen Neugier vorgegebene Route – zugunsten einer gemeinsamen Reaktion missachtet, möglicherweise allein deshalb, weil einem die Vorstellung der einträchtigen Betrachtung, der geteilten Aufmerksamkeit gefällt, oder auch in pflichtbewusster Fortsetzung des Vorangegangen: der Seite an Seite bestrittenen Zugfahrt, des gemeinsamen Mittagessens, der auf nur einen Namen bestellten und mit nur einer Kreditkarte bezahlten Eintrittskarten. Aber zu größerer Zufriedenheit führt das nie. Das hatten wir gelernt. Zudem verweigerte ich mich damals weiterhin strikt jeglicher Diskussion über seinen etwa einen Monat zurückliegenden Vorschlag, nach LA zu ziehen, und sein Ärger darüber schwelte. Nachdem wir den Ausstellungsraum betreten hatten, wandte er sich also nach links und ich mich nach rechts.

Es war eine außergewöhnliche und beeindruckende Ausstellung, die mich in einen traumartigen Zustand lullte. Ich bewegte mich gegen den Uhrzeigersinn, hielt mich dicht an der Wand, und nachdem ich auf diese Weise den Raum einmal umkreist hatte, ging ich in den inneren Bereich, zwischen Skulpturen hindurch, die hier und da unter hellen Lichtern standen. Es war ein bisschen wie durch den Wald zu gehen, um uralte, gewundene Bäume von gewaltigem Umfang herum, bei denen man in die ausgebrannten Höhlungen im Stamm hineinblicken kann. An einer Stelle blieb ich schließlich stehen. Vor mir aufgeständert ein kleiner Druck, der mir nach einer Vorstudie für eine der größeren und besonders gepriesenen Skulpturen aussah. Ich war fasziniert von diesem schwarz-weißen Entwurf, er berührte mich mehr als das daraus hervorgegangene massige Gebilde aus Industriestahl, das in einer Ecke des Atriums hing. Ich weiß nicht, wie lange ich dort verweilte, aber irgendwann spürte ich, dass sich Patrick zu mir gestellt hatte.

Ich stand ganz nah vor dem Druck, so nah, wie es erlaubt war, deshalb war mein peripheres Sehen eingeschränkt. Ich spürte Patricks Gegenwart als Wahrnehmung von Gewicht und Schatten, etwas hinter mir zu meiner

Rechten, ohne dass ich ihn jedoch gesehen hätte. Er berührte mich nicht, möglicherweise, so dachte ich, weil er von der Zeichnung genauso beeindruckt war wie ich. Die Augen weiterhin auf dem Bild, sagte ich etwas zu ihm, über die Masse an dunklen Linien und deren Energie. Doch er antwortete nicht.

Findest du nicht auch?, drängte ich, noch immer ohne den Blick von der Zeichnung zu nehmen. Als er wieder nicht antwortete, drehte ich mich schließlich nach ihm um, nur um festzustellen, dass das, was ich für den lebendigen Körper meines Mannes gehalten hatte, tatsächlich eine Männerfigur war: gusseisern und lebensgroß, eins achtzig, vielleicht auch eins fünfundachtzig, schätzte ich – fast genau Patricks Größe. Auf dem Boden ein Schild mit der Aufschrift »Nicht berühren«. Ein Schauer überlief mich, teils aus Verlegenheit, weil ich befürchtete, jemand könnte gehört oder gesehen haben, wie ich mit jemandem redete, der letztlich nur ich selbst war, teils auch aus mildem Entsetzen angesichts der unfreiwilligen Erkenntnis, dass ich nicht mehr unterscheiden konnte zwischen dem lebendigen Mann, mit dem ich verheiratet war und der manchmal, wenn ich den Abwasch machte, genau auf diese Weise hinter mir stand, die Weingläser abtrocknete und mir zuhörte, und der dumpfen Kraft eines unbelebten Gegenstandes – eines Mannes aus Eisen oder Blech oder von mir aus auch aus Ton. Aber vielleicht verkörperte dieser unbelebte Mann ja auch den Stand unserer Beziehung.

Als ich von meinem Spaziergang zurückkam, saßen die beiden noch am Kaffeetisch und spielten. Ich ging direkt in mein Arbeitszimmer hoch, ohne ein Wort mit ihnen zu wechseln, und griff zu meinem Notizbuch. Ich schrieb schnell, brachte unseren Streit fast wortwörtlich zu Papier. Zwischendurch musste ich aufhören und mir den rechten Daumenballen massieren, der sich verkrampft hatte, weil ich den Stift so fest umklammerte. Ich arbeitete alles mit ein, was er gesagt hatte, seine Kommentare zu meiner Unfähigkeit, Spiele zu spielen, eine leicht abgewandelte Version seines Betrugs, bei der ich entscheidende Details um des dramatischen Effekts willen abänderte und einiges hinzufügte, sowie etwas über die blaue Hose – das Outfit, das ich in Paris dann schließlich getragen hatte. Die besten Passagen tippte ich ab, unterteilte sie noch mal in Abschnitte, die ich durchnummerierte, ehe ich dann für meine Lektorin die Seiten und Absätze auflistete, wo die neuen Abschnitte eingefügt werden sollten: auf Seite 73 nach dem zweiten Absatz den neuen Abschnitt Nr. 1, auf Seite 120 nach dem ersten Absatz den neuen Abschnitt Nr. 2 und so weiter.

Dann druckte ich das Ganze aus und schaltete den Computer ab. Ich würde Ada die Korrekturen gleich am nächsten Morgen bringen, das sollte zeitlich noch hinkommen. Ich hörte Patrick die Treppe heraufsteigen und schob die Blätter im letzten Moment in die Schreibtischschublade, ehe er leise ins Zimmer trat. Ich spürte ihn hinter mir. Er legte mir die Hand auf die Schulter, ein warmer, fleischiger Druck. Es drehte mir den Magen um.

23

Nachdem der Ermittlungsbeamte an jenem Abend aufgelegt hatte, hängte auch ich den Hörer irgendwann wieder ein. Ich machte die Lampe aus, ging in mein Zimmer hinauf und schloss die Tür. Ich legte mich ins Bett und lauschte dem Gerumpel von Lexis Strandschuhen im Wäschetrockner. Adam hatte ihn wohl noch eingeschaltet. Ich nahm eine Schlaftablette aus dem weißen Döschen und spülte sie mit dem abgestandenen Wasser herunter, das auf dem Nachttisch stand. Ich schüttelte das Kissen auf, löschte das Licht. Dann streckte ich mich aus, wartete auf das vertraute Gefühl der sich entspannenden Muskulatur – erst Nacken und Schultern, dann die Beine, die Füße, der Kopf wird schwer, der Kiefer sackt herunter, die Augen scheinen tiefer in die Höhlen zu sinken –, wartete darauf, dass sich die lange, warme Decke der Schwerkraft über mich legte und mich verschwinden ließ. Das Letzte, woran ich mich erinnere, ist das Geräusch des einsetzenden Regens, der, vom Wind gepeitscht, gegen die Scheibe prasselte wie eine Handvoll Kiesel.

Als ich am nächsten Tag aufwachte, war das Zimmer von hellem Sonnenlicht erfüllt. Mir war wieder schlecht, eine tiefe, verstörende Übelkeit. Bestimmte Bewegungen schienen sie zu verschlimmern. Ich drehte mich auf die Seite und trank einen Schluck Wasser, dann musste ich plötzlich würgen, hielt den Kopf über den Papierkorb. Ich wartete, bis ich hörte, wie Adam sich auf den Weg zur Arbeit machte. Dann stand ich auf und ging nach unten. Im Haus war es still, die Fenster waren offen und ließen die schwüle Luft herein. Den schweren Duft von Glyzinien, Orangenraute, Klebsamen. Ich trat auf die Terrasse. Ein leichter Wind bewegte das Laub. Ein Wind, wie man ihn zu Beginn einer Reise spürt, wenn der Zug an Fahrt aufnimmt.

Ich hatte nie vorgehabt, zurückzukommen, wieder herzukommen, hierher zurückzukehren. Nichts hätte so geschehen sollen, wie es geschah.

In der Küche machte May gerade Kaffee, mit Sonnenbrille. Ist alles okay?, fragte ich. Höllische Kopfschmerzen, erwiderte sie, während sie mehrere Ibuprofen aus einem Blister drückte. Sie stand leicht vorgebeugt da, eine Schutzhaltung. Trinkst du ihn schwarz?, fragte sie. Ich nickte und nahm dankbar die Tasse entgegen, die sie mir reichte. Es war das Einzige, was ich trinken konnte. Die Atmosphäre schien immer noch angespannt, nach dem gestrigen Streit über die Szene bei McDonald's. Sagst du Lexi und Jess, dass in meiner Handtasche Geld fürs Mittagessen ist? Die Hände um die Kaffeetasse geschmiegt, ging sie wieder in ihr Schlafzimmer.

Während jener letzten Tage bei May setzte Fäulnis ein. In der schwülen Hitze begannen die Pflanzen zu verwesen, die Blätter im Garten wurden weiß vom Mehltau. Auf den Kürbisranken blühte Schimmel. Andere Pflanzen verrotteten weiter unten, wo sie aus der nassen schwarzen Erde kamen. Scharen gelber Marienkäfer kamen, um von dem Moder zu fressen. Vom Küchenfenster aus konnte ich in der Ferne eine Front dunkler Gewitterwolken sehen. Ein gespenstisches gelbes Leuchten erfüllte den Garten, wenn die Sonne durch die Wolken brach, ein seimiges, unheimliches Licht, bevor Wind und Regen gegen die Bäume peitschten und die ganze Fülle noch grüner Pflaumen herunterrissen. Die Luft fühlte sich schwer und feucht an, mühsam zu atmen. Der Geruch von Jasmin und Haselwurz, deren Blüten der starke Regen zerdrückte. Später, lang nach meiner Abreise, würden die unreifen Pflaumen da, wo sie jetzt lagen, verfaulen, von Vögeln angepickt und von schwarzen Fruchtfliegen übersät. Aber bis dahin sollten noch Wochen verstreichen.

Drei Tage blieb May in ihrem Schlafzimmer, kam nur ab und zu mal heraus, um sich Wasser zu holen oder Koffein zuzuführen, stets mit Sonnenbrille, solange der Kopfschmerz pochte. Draußen hielten die sommerlichen Regengüsse an. Die Luft blieb feucht. Ich brachte May morgens ihren Kaffee und öffnete die Vorhänge, damit sie ihren dschungelartigen Garten bestaunen konnte, den rosa Hibiskus und die grellgelben Dahlien, die fleckige Kürbisranke, die über den Rasen kroch. Und ich erwachte Morgen für Morgen von dumpfer Übelkeit erfüllt. Einer seltsamen, intensiven Übelkeit, die zunahm, wenn ich mich zu schnell bewegte, meinen Kopf auf eine bestimmte Weise drehte, meine Zähne zu heftig putzte. Außerdem intensivierte sich mein Geruchssinn um ein Vielfaches: Ich konnte in meinem Zimmer die Abgase von der weit entfernten Schnellstraße riechen, der Geruch von Zwiebeln oder bratendem Fisch war unerträglich. Und jeden Abend wartete ich ängstlich und hoffte, das Telefon würde nicht klingeln, niemand würde nach mir fragen.

Weihnachten war jetzt nur noch wenige Tage entfernt, und es galt Vorbereitungen zu treffen. Ich musste an Joshua denken, an das Weihnachten, das Patrick ihm versprochen hatte. Es war kaum mehr als drei Wochen her, dass Patrick gestorben war, aber mir kam es vor, als wären seither Monate verstrichen, nein Jahre, der Abend des Unfalls schien sich in einem anderen Leben zugetragen zu haben, fast eine Fiktion. Und zugleich unvorstellbar. Trotzdem ging das Leben weiter. Bald würde Adams Verwandtschaft eintreffen, kurz vor Heiligabend. Es war mehr als offensichtlich, dass May nicht in der richtigen Verfassung dafür war und das alles nicht allein hinkriegen würde. Zugleich wusste ich, dass ich abreisen musste. Ich musste von hier weg. Es war Zeit zurückzufahren, oder noch mal ganz woandershin. Früher oder später würde ein weiterer Anruf kommen. Ich hatte ständig ein mulmiges Gefühl im Magen. Tagsüber fühlte ich mich abwesend, leicht benommen, desorientiert.

Am dritten Abend von Mays Quarantäne bestellte Adam Pizza, denn bis auf einen Becher griechischen Joghurt, einen welken Bund Mangold, dessen Stiele noch von einem Gummiband zusammengehalten wurden, und einen halben Liter Milch war der Kühlschrank leer. Jess, Lex, was wollt ihr?, rief er vom Computer aus nach oben. Sie riefen beide etwas zurück, genau gleichzeitig. Er antwortete: Ich verstehe nichts. Kommt runter und schaut euch die Karte an! Aber Lexi kam nicht, oder erst zu spät, als er die Bestellung bereits aufgegeben hatte, sodass sie dann, als das Essen geliefert worden war, über ihrem Teller Trübsal blies, den ganzen Belag von der Pizza pulte und Jess auf den Teller legte, die ihn wiederum an den

Hund verfütterte, der mit der Schnauze auf ihrem Schoß dasaß und auf Gourmet-Häppchen wartete: Oliven, marinierte Aubergine, Kapern und Feta.

Wo ist Mum?, fragten sie beide, und ich sah, wie er mit den Achseln zuckte, als wüsste er es nicht oder als wäre es ihm egal, ehe er antwortete, dass sie in ihrem Zimmer sei.

Immer noch, sagte er. Aller Small Talk, alle Nettigkeiten, die wir vier in diesen paar Tagen austauschten, hatten einen hohlen Beiklang. Ich roch die Pappe der Pizzakartons. Die leicht verkohlten Teigränder. Mir wurde wieder schlecht. Ich brachte nur ein Stück kalten trockenen Toast herunter. Und wie jemand, der sich vor der Abreise daran macht, das Zimmer aufzuräumen, um alles ordentlich zu hinterlassen, bot ich meine Hilfe an.

May!, rief ich später am Abend, als sie immer noch nicht aufgetaucht war. Ich hatte die Pizzakartons in die Recyclingtonne geworfen und die Spülmaschine eingeräumt. Die Küche roch nach Bacon und geschmolzenem Käse. Ich brachte ihr ein Glas Wasser mit Eiswürfeln, und sie hielt sich das kalte Glas an die geschlossenen Augen, während sie hektisch aufzählte, was sie alles noch tun oder organisieren musste oder nicht vergessen durfte, worum sie sich alles kümmern musste, um bei den Mädchen etwas wiedergutzumachen, um für Weihnachten bereit zu sein. Die Geschenke, die sie noch nicht besorgt hatte, die Lebensmittel, die sie noch einkaufen musste. Geschenkband, Aluminiumfolie, Knallbonbons. Meine Augen fühlen sich wie geprellt an, sagte sie und rollte das Glas auf den geschlossenen Lidern hin und her. Diese unerträglichen Kopfschmerzen. May, sagte ich. Ich kann dir doch helfen. Ich kann die Weihnachtseinkäufe für dich erledigen. Wenigstens das. Sonst reicht dir die Zeit nicht, und dann stehen plötzlich alle bei euch vor der Tür. Außerdem, sagte ich, muss ich selbst etwas besorgen.

24

Ich habe immer größten Respekt vor Patricks Medium gehabt. Die pure Visualität des Kinos, die ohne Wenn und Aber eine eigene, separate Wirklichkeit entstehen lässt – die Bildeinstellungen, durch die wir uns mit dem befassen, was wir direkt vor uns haben, was wir sonst aber übersehen würden. Insbesondere bewundere ich das Kino dafür, dass seine Frauen sich nicht erklären müssen, anders als die Frauen der Literatur. Warum ließ Chantal Akerman ihre Filmfigur Jeanne Dielman den Mann, mit dem sie gerade geschlafen hatte, umbringen? Wir haben alle unsere Theorien dazu, aber Jeanne ist nicht verpflichtet, ihre Gedanken zu äußern. Nach dem Mord sitzt sie ganz ruhig da. Wir verfolgen, wie sie ihre eigenen Gedanken verfolgt, wie sie diese Gedanken hat, während sie an ihrem mit einer Glasplatte abgedeckten Esstisch sitzt. Aber wir wissen nicht, was sie denkt. Sie muss es nicht verraten. Vielleicht weiß sie es selbst nicht so recht. Wenn ich schreibe, wenn ich mitten in einem Buch bin, warte ich immer auf etwas, das ich herausfinden werde. Etwas, das dazu da ist, von mir entdeckt zu werden. Etwas, auf das ich noch nicht den Finger legen kann, eine verlorene Sache, Ursache, eine Lücke in der Ursachenkette, etwas, das ich noch nicht verstehe oder von dem ich noch nichts weiß. Ich versuche, diese verlorene Sache zu finden, um die Lücke zu füllen. Aber lange bleibt alles im Vagen. Und ich bin leicht nervös, gereizt. Als würde mir jemand etwas verheimlichen, als würde die ganze Welt in diesem Spiel mitwirken. Ich bekomme Hinweise. Ich träume von einer dunkelbraunen Katze, und am nächsten Tag sehe ich eine in einem benachbarten Garten. Das geht mir oft so: Ich träume von etwas, das ich in den darauffolgenden Tagen dann tatsächlich sehe, besonders Tiere. Ihre Gedanken kenne ich nicht, genauso wenig wie die von Jeanne. Dass mir etwas, wovon ich geträumt habe, auf geradezu mystische Weise plötzlich im Leben begegnet, passiert mir auch mit unbelebten Gegenständen: angelaufenes Besteck mit Elfenbeingriffen, ein Babyfläschchen, ein Paar weiße Sneakers. Manche Leute würden so etwas als Omen bezeichnen: eine Spur aus Hinweisen, die zur Entdeckung führt. Zu dem Geheimnis – dem, was die eigene Arbeit noch vor einem verbirgt. Was man so gekonnt vor sich selbst verbirgt.

Ich tat wie versprochen: Ich nahm Einkaufsliste und Auto und machte mich auf den Weg zum Supermarkt. Es schüttete dermaßen, dass die Scheibenwischer gegen den sommerlichen Regenguss praktisch nichts bewirkten, die Außenwelt ein verschwommenes Grau. Scheinwerfer. Dahinkriechende Fahrzeuge. Auf den Bürgersteigen das Auf und Ab kleiner, dunkler Regenschirme. An der Einfahrt zur Tiefgarage zwei herbeigesprintete Mädchen in Schuluniform, die Schutz vor dem Regen suchten, ihre gebräunten Beine in der Nässe glatt und glänzend, die langen Haare hingen ihnen in nassen Strängen über den Rücken. Am Morgen hatte mir Ada eine Mail geschickt:

Sie hoffe, ich erhole mich gut. Bleib ruhig noch, schrieb sie. Lass dir Zeit, bis du dich ganz wiederhergestellt fühlst. Und schreib nicht!, fügte sie hinzu. Im Ernst, du arbeitest zu hart und hast eine Pause verdient. Hier ist alles in Ordnung. Valerie lässt grüßen.

Ich musste die Nachricht löschen. So tun, als hätte ich sie nicht bekommen. So etwas hatte Ada noch nie zu mir gesagt. Es war immer darum gegangen, woran ich als Nächstes arbeiten wollte und wann es fertig sein könnte, oder sie hatte mir positive Rezensionen oder Artikel geschickt, in denen ich erwähnt wurde. Ich las so etwas nicht gern, aber Patrick behielt das alles im Auge. Und jetzt? Ich fühlte mich überflüssig. Als wäre ich plötzlich irrelevant oder gar lästig. Eine Frau, von der man besser einen Sicherheitsabstand wahrt. Ich könnte einfach losfahren, dachte ich. Ich könnte den Rückwärtsgang einlegen, auf die Hauptstraße zurückstoßen und dann fahren, immer weiter. Irgendwohin, egal wohin.

Aber inzwischen hatte sich hinter mir eine Schlange gebildet, keine Chance.

Ich drückte auf den Knopf für das Ticket, zog es aus dem Schlitz, und die gelbe Schranke hob sich, um mich einzulassen, mir den Weg in das dunkle, trockene Untergeschoss des Gebäudes freizugeben, wo die Luft voller Abgase war.

May hatte Truthahn und Schinken vorbestellt. Ich kaufte Gänsefett und Custard, Sahne und Brandy. In gewisser Weise war es eine Erleichterung, sich die häuslichen Pflichten von jemand anderem aufzulasten – so konnte ich mich in ein Leben der Fülle und der festen Rhythmen hineinfantasieren. Ich holte mir einen Einkaufswagen und schob ihn Richtung Tiefkühlware, wobei ich mich auf den Griff lehnte, damit sich auch das eiernde linke Rad geradeaus bewegte. Es drehte sich knackend, bis ich vor den Kühltruhen stehen blieb. Ich schaute in ihre Tiefe, öffnete den gläsernen Schiebedeckel und roch diesen typischen Tiefkühlgeruch: klamm, abgestanden, ein bisschen säuerlich, Trockenkartoffeln oder Semmelbrösel oder Fisch. Sie hatte nicht gesagt, welche Sorte Erbsen wir brauchten: junge Erbsen oder Gartenerbsen, mit Minze oder pur, 250 oder 500 Gramm oder sogar noch mehr. Wie viele Leute kamen zum Essen? Adams Bruder mit Frau und seine Eltern, von der Zahl der Kinder hatte May nichts gesagt. Vielleicht auch noch ein Onkel und eine Tante. May hatte ursprünglich versucht, sich dem Ganzen zu entziehen, hatte ihren Gesundheitszustand und ihre Erschöpfung ins Feld geführt, möglicherweise sogar meinen Besuch, meine Anwesenheit – nicht weil sich daraus Konflikte ergeben könnten, sondern weil sie sich gern mir widmen, möglichst viel Zeit mit mir verbringen wollte –, und dann hatte sie sich doch davon überzeugen lassen, dass man nun mal Gastfreundschaft von ihr erwartete und dass sie die Kraft dafür schon aufbringen würde, sie jedenfalls in sich hatte und nur mobilisieren müsste, so wie die Kraft jeder Heldin zunächst infrage und auf die Probe gestellt wird, bevor sie sich schließlich entfaltet. Und natürlich wollte sie eine Heldin sein. Adam hatte offenbar genau das zu ihr gesagt: Sie werde zurechtkommen, sei noch jedes Mal zurechtgekommen, das wisse sie doch, außerdem, sagte er, bist du eine hervorragende Köchin, und dir geht es ja auch von Tag zu Tag besser und du wirst stabiler. Die Kopfschmerzen – oder was es nun auch ist – gehen vorüber, das ist immer so, sagte er zu mir, bis Weihnachten ist sie wieder auf dem Posten. Außerdem koche sie ja auch gern. Es mache ihr Spaß. Das sagst du doch selbst immer, erinnerte er sie. Das stimmt nicht, sagte sie.

Aber *danach*, sagte er. *Danach* bist du immer froh, dass du es gemacht hast. Die ganzen Weihnachtsvorbereitungen. Und alle schwärmen von deinem Essen, letztlich genießt du es dann auch selbst, das weißt du ja, die Gesellschaft, den Wein.

Warum lassen wir uns so leicht von der Suggestion innerer Größe überzeugen, von der Vision unserer Unbesiegbarkeit, wo wir doch wissen, dass wir tatsächlich etwas ganz anderes brauchen, nämlich die Anerkennung unseres eigentlichen, wenn auch vielleicht vorübergehenden Gefühls der Schwäche und Überforderung? Schlichte Menschlichkeit. Ich sah zu, wie er ihr diese schmeichelhafte Vorstellung von ihrer eigenen Kraft einredete, die in keiner Weise der Realität entsprach, jedenfalls nicht damals, nicht zu diesem Zeitpunkt. Aber sie wollte diese Größe, ohne sich klarzumachen, dass ihre Bemühungen, sie zu erlangen, nur dazu führten, dass er seinerseits sich der Aufgabe entziehen konnte. Sie erwartete von ihm keinen Beweis seiner Größe, seiner Kraft, niemand erwartete das von ihm, es war nicht erforderlich, er hatte nichts zu beweisen, es wurde einfach vorausgesetzt, er musste nicht demonstrieren, dass er Kränklichkeit, Schwäche, Erschöpfung überwunden hatte. Und so verausgabte sie sich gleich doppelt, indem sie versuchte, dieser Sache gerecht zu werden, die sie selbst nie gewollt hatte, aber meinte, wollen zu sollen, weil andere das für sie wollten, wenn auch zu deren eigenem, unausgesprochenen Vorteil; sie ließ sich irgendwie einreden, dass diese verborgene, nicht zum Ausdruck gebrachte Stärke ein latenter Bestandteil ihres Wesens war und bei Bedarf – etwa angesichts der Herausforderung, ein Weihnachtessen auszurichten – zutage treten würde.

Ich griff in die Tiefkühltruhe und nahm eine Jumbo-Packung normaler Erbsen heraus. Dann ging ich weiter zur Obst- und Gemüseabteilung, wo ich den in gelben Plastiknetzen abgepackten Rosenkohl fand. Rotkohl. Festkochende Kartoffeln. Die Minze gab es stängelweise in verschweißtem Plastik. Die Cranberry-Soße sei irgendwo in der Nähe vom Vegemite, hatte May mir gesagt. Dann stellte ich mich in die Schlange an der Kasse und legte meine Einkäufe der Reihe nach auf das Band. Als ich bezahlt hatte, schob ich den Einkaufswagen mit den vollen Tüten zur Drogerie, die sich direkt neben dem Supermarkt befand, unter demselben Dach. Ich stellte den Einkaufswagen vor dem Eingang ab.

Drinnen ließ ich den Blick über die Regale wandern, versuchte, nicht den Anschein zu erwecken, als suchte ich nach etwas Bestimmtem. Eine Verkäuferin fragte, ob sie mir helfen könne, und ich murmelte, nein danke, ich komme zurecht. Ich fand die Schwangerschaftstests in der hintersten Reihe ganz oben, zwischen den Baby-Feuchttüchern und den Damenbinden. Auf dem Weg zur Kasse nahm ich noch eine Tube Zahncreme, eine Schachtel Kosmetiktücher und ein Päckchen Haargummis mit, um das entscheidende Produkt zu tarnen, es durch Dinge des täglichen Bedarfs zu bagatellisieren. Damit es an der Kasse einfach Teil eines Durcheinanders aus weißen und rosa

Verpackungen sein würde. Doch als die Kassiererin die betreffende Schachtel gescannt hatte, strahlte sie mich an. Sie war jung, hatte womöglich gerade erst die Highschool abgeschlossen, und ihre Wimpern waren mit dunkler Mascara verkleistert, die Haut von einer dicken Schicht beigefarbenem Puder bedeckt. Ich drück die Daumen!, sagte sie freudig, als sie den Test mit den anderen Sachen in eine Plastiktüte packte. Ich schaute wohl überrascht drein, denn sie entschuldigte sich sofort.

Sorry!, sage sie. Ich meine, ich hab einfach gedacht, das wäre doch echt cool, ein tolles Weihnachtsgeschenk. Ich wollte nicht, ich meine, ich wollte einfach nur – also, es wäre doch voll schön, ein Kind zu kriegen? Wieder strahlte sie mich an. Ihre Zähne waren sehr weiß, und wenn sie lächelte, konnte ich ihr helles Zahnfleisch sehen. Danke, sagte ich und wühlte in meinen Geldbeutel nach den passenden Münzen. Ich winkte ab, als sie mir den Kassenzettel reichen wollte, und eilte aus dem Laden.

May schlief, als ich zurückkam. Ich fing an, die Sachen, die gekühlt werden mussten, zu verstauen, und setzte Teewasser auf. Dann öffnete ich die Packung und las die Anleitung. Ich brauchte den Test nicht. Ich spürte den veränderten Stand der Dinge in meinem Körper. Momentan verriet er noch nicht viel. Aber das würde nicht so bleiben. Meine Jeans waren mir in der Taille ein bisschen zu eng. Die Übelkeit war heftig. Ich konnte nur Bagels mit Frischkäse oder Toast ohne alles essen. Ich schloss mich im Bad ein, pinkelte auf das Plastikstäbchen, dann wartete ich mit geschlossenen Augen. Die Linie färbte sich pink – die doppelte Linie oder die mit Kreuz, jedenfalls diejenige, die anzeigte, dass das Testergebnis positiv war.

In Ihrem Zustand, hatte sie gesagt – die Frau auf der Polizeiwache in Japan. Diejenige, die mir den Reis und die Kaki gebracht hatte. Ich sank auf den Boden und weinte.

Wenn ich im Kino sitze und der Film zu Ende ist, fühle ich mich haltlos, verloren, desorientiert, empfinde fast so etwas wie Heimweh. Für einen kurzen Augenblick weiß ich nicht recht, wo ich bin, was ich getan habe, bevor wir uns hingesetzt haben, und was als Nächstes ansteht, wenn wir hinausgehen. Ich fürchte diesen Moment, den Moment, in dem der Film endet, denn ich möchte im Film bleiben. Ich möchte auf ewig Beobachterin der Leben in dem Film sein, möchte sehen, was als Nächstes passiert, der Verantwortung für mich selbst, für mein eigenes Leben enthoben sein, nicht über mein Leben nachdenken müssen, nicht gezwungen sein, zu planen, Entscheidungen zu treffen, über den besten beziehungsweise schlechtesten nächsten Schritt zu grübeln, bereits vollzogene Handlungen zu bereuen, mich davor zu fürchten, was ich später am Tag oder am nächsten Tag oder am übernächsten tun muss.

Wenn der Film endet, ist diese Schonfrist vorbei, und die Leere auf der Leinwand, bevor der Abspann erscheint, versetzt mir immer einen kleinen Schock, den ich geradezu körperlich spüre. Ich überlasse mich dem Film allzu bereitwillig, mit Haut und Haar, und aus dieser Welt wieder ausgestoßen zu werden überrascht und verstört mich jedes Mal aufs Neue. Dieser Übergang ist mir so unangenehm, dass ich manchmal, wenn Patrick vorschlug, ins Kino zu gehen, allein deshalb ablehnte, weil ich dieses Gefühl am Ende nicht haben wollte. Es war nicht ganz so schlimm, wenn der Abspann über der letzten Szene eingeblendet wurde, sodass die Liste der Namen über den

Figuren und der Landschaft abrollte und ich Zeit hatte, mich umzustellen, das Fiktionale und das Reale in Einklang zu bringen, die kunstvolle Täuschung als solche zu erkennen und mich davon loszureißen, mich herauszuziehen. Unerträglich hingegen war es, wenn die Leinwand einfach schwarz wurde und dann der weiße Text über diese Schwärze zu laufen begann. In diesem Fall musste ich mich mühsam zurückbesinnen, um wieder zu wissen, wo ich war, denn die plötzliche Erkenntnis, dass draußen das reale Leben seinen Gang nahm, das Leben, in das ich wieder zurückmusste, erfüllte mich manchmal mit einer ungerechtfertigten bösen Vorahnung. Die Trivialität des Alltags, das niedrige Emotionslevel, der fehlende Soundtrack. Je länger ich während des Abspanns dort sitzen blieb, desto schlimmer wurde dieses Gefühl, deshalb ergriff ich lieber die Flucht und verließ schon vor dem Ende des Abspanns eilig das Kino. Am liebsten stand ich gleich an dessen Anfang auf, lange bevor das Licht anging, drängte mich durch die Reihe, stieg über abgestellte Taschen und hielt auf den Ausgang und den lichterfüllten Flur zu, der jetzt zu sehen war, da die Platzanweiserin die Tür geöffnet hatte. So konnte ich als Erste auf der Toilette sein und die lange Schlange vermeiden, die sich in dem kleinen Programmkino, in das wir gern gingen, unweigerlich bildete, weil es für Frauen dort nur zwei Kabinen gab. Im grellen Licht der Toilette hatte ich einen Moment Zeit für mich und konnte mich in den Alltag zurückschocken. Patrick dagegen sah sich den Abspann gern bis ganz zum Schluss an. Er blieb sitzen, bis die Logos am Ende erschienen waren und die Leinwand schließlich leer war. Er halte das so, sagte er, um in den letzten Takten Musik noch das

Nachleben des Films zu spüren. Ihm machte der Wechsel vom Erleben des Films zu dessen Ende nichts aus. Der Schritt vom dargestellten Leben zurück zum wahren Leben brachte ihn nie ins Straucheln. Er wusste, dass es nur ein Film war. Er wusste, dass außerhalb des Kinos unser normales Leben weiterging. Ihn störte dieser Bruch nicht. Tatsächlich ermöglichte der Abspann in seinen Augen den allmählichen Übergang vom einen in den anderen Zustand, und das gefiel ihm. Also ließ ich ihn dort im Dunkeln sitzen, während ich hinauseilte, um mich ins helle Licht der Toilette zu stellen und im Spiegel mein Aussehen zu überprüfen. Es zu konsolidieren. Ich spritzte mir kaltes Wasser ins Gesicht, zog den Lippenstift nach, richtete meine Haare. In öffentlichen Toiletten sieht man Frauen so etwas ständig tun. Aber es ist nie ein nennenswerter Unterschied zwischen dem ursprünglichen und dem hergerichteten Zustand zu erkennen, wenn sie die Toilette wieder verlassen. Vielleicht wirken sie ein bisschen munterer, halten den Kopf höher. Aber es gibt keine wirkliche, keine wesentliche Veränderung. Sie haben sich einfach nur zwischen einer Phase und der nächsten – bevor sie in ein anderes Zimmer gehen, sich einer neuen Aufgabe widmen, in eine andere Stadt fahren – einen Augenblick Zeit für sich genommen, um sich ihrer selbst zu vergewissern, sicherzustellen, dass dieses Gefühl der Verflüchtigung, des Schwindens, der Auslöschung, das sie in sich tragen, falsch ist. Dass ihre Konturen nicht verschwimmen. Sie bleiben in der Tür noch einmal kurz stehen, dann gehen sie los und halten nach der realen Person Ausschau, die versprochen hat, auf sie zu warten. Ich warte da drüben, sagte er immer, unter der Uhr.

Ich wickelte den Test in die Plastiktüte, in die ihn die Kassiererin gelegt hatte, und warf ihn in den Abfalleimer. Ich wusch mir das Gesicht, trank gierig kaltes Wasser aus dem Hahn. In der Küche hörte ich Jess und Lexi streiten. Ich musste noch die restlichen Einkäufe auspacken. Ich konnte nicht klar denken. Mir war schlecht. Ich versuchte rückwärts zu zählen, wochenweise. Dann vorwärts, monateweise. Die Frage nach dem Wann und dann dem Wie. Es musste irgendwann im Monat vor der Kreuzfahrt passiert sein, als wir das Gefühl hatten, endlich wieder einen gemeinsamen Nenner gefunden zu haben, nachdem wir uns so bemüht hatten, wieder zusammenzukommen. Wir liebten einander wieder richtig, dachte ich zumindest. Was wir beide zusammen hätten, erklärte mir Patrick bedeute ihm alles, er habe nie die Absicht gehabt, das zu sabotieren. Ich dachte nicht mehr an die Änderungen, die ich in letzter Minute noch an meinem Manuskript vorgenommen hatte, an den Kommentar, den ich den Druckfahnen beigefügt hatte. Ich dachte, alles würde gut werden. Jetzt wollte ich nur noch, dass May aufstand und das Heft in die Hand nahm. Dass sie stark und gesund war, so wie früher in unserer Kindheit. Stattdessen ging ich zurück in die Küche, verstaute die Trockenware und nahm dann sämtliche Tupper mit übrig gebliebenem oder schlecht gewordenem Essen aus dem Kühlschrank, um Platz für die restlichen Einkäufe zu schaffen: Wurst, Käse, Obst. Vom Geruch der reifen Mangos musste ich mich fast übergeben.

Ein paar Stunden später kam May aus ihrem Zimmer und setzte sich auf das Sofa, trotz des Sommerwetters bis zum Kinn in eine alte Decke gewickelt. Adam sagte, er könne den Truthahn ja grillen, aber May erwiderte, sie traue ihm nicht. Er zuckte die Achseln und nahm sich ein Bier aus dem Kühlschrank, ohnehin nicht so erpicht auf diese Aufgabe – eine Auseinandersetzung war ihm das nicht wert –, er gab sich gern damit zufrieden, dass man ihm Unfähigkeit attestierte, auch wenn er seiner Frau diese Option verwehrte.

Ich kann den Truthahn doch braten, sagte ich zu May. Nicht weil ich das wollte oder auch nur gewusst hätte, wie das ging, sondern weil es besser war, beschäftigt zu sein; weil ich nicht wusste, was ich sonst hätte tun sollen; weil ich jetzt nur noch wartete, einfach wartete, und weil am nächsten Tag die gesamte Verwandtschaft anreisen würde und es zu spät war, um sie wieder auszuladen. Und zu spät für mich, um noch kurzfristig abzureisen.

25

An Heiligabend blieb ich in der Küche, während draußen Autos vorfuhren und an der Haustür lautstarke Begrüßungen ausgetauscht wurden. Die Klimaanlage wirbelte kalte Luft ins Esszimmer und blies Servietten und Knallbonbons auf den Boden. Aus der Stereoanlage erklangen Weihnachtslieder, und die Dunstabzugshaube dröhnte auf der höchsten Stufe und sog mit mäßigem Erfolg die dunstige Luft ein, während unablässig weitere Hitze produziert wurde. Ich begoss den Truthahn mit Fett, doch da ich mich gleichzeitig um das Gemüse und den Plumpudding kümmern musste, vergaß ich in der Hektik, den Deckel auf den Bräter zu legen. Als Stunden später der Küchenwecker klingelte, sah der Truthahn aus, als käme er aus dem Dörrautomat. Die Schenkel, um die schon ausgiebig gefeilscht worden war, hatten ein ungesundes, ins Schwarze tendierende Dunkelbraun angenommen, und die Haut erinnerte an straff über sehniges Fleisch gespannte Frischhaltefolie. Als ich an der Stelle in den Schenkel stach, wo er am fettesten hätte sein sollen, durchstieß die Fleischgabel die Haut wie einen Luftballon und landete erst mal im Leeren – das Fleisch war vertrocknet und hing zusammengeschnurrt am Knochen. Um den Rest des Vogels stand es kaum besser, es gab ein paar weichere, etwas saftigere Stücke an der Brust, ansonsten aber war es, wie ein mir nicht näher bekannter Verwandter am Tisch sagte, als kaute man echtes Stiefelleder. Er lachte, ich schluckte meinen Wein herunter. Ich musste an die von Raureif überzogene Heide in London denken. An den flotten Morgenspaziergang, den Patrick und ich jetzt vielleicht gerade gemacht hätten. An den milchig blauen Winterhimmel. Das vereiste Gras, das unter unseren Füßen geknirscht hätte. Sein Arm um meine Taille, um mich zu wärmen. Es hätte ein vollkommen anderes Weihnachten sein können, eines, wie wir es früher gehabt hatten – vertraulich und liebevoll. Stattdessen war ich bei meiner Schwester und schwitzte, erschöpft von der Anstrengung, ein Weihnachtsessen für eine Familie zuzubereiten, die nicht meine war. Der Rosenkohl war verkocht, die Kartoffeln nicht knusprig genug. Um den Schock etwas abzumildern, füllte ich allen großzügig die Gläser. Einem nach dem anderen, wieder und wieder. Immerhin, sagte May, haben wir ja noch den Nachtisch. Unser Vater hatte May die Dreipenny-Münzen für den Plumpudding geschenkt, dieselben, die wir schon als Kinder Jahr für Jahr nicht zu verschlucken versucht, wieder ausgespuckt hatten. Der Nachtisch wurde aufgetragen und angezündet, der brennende Brandy ein blaues Flackern. Kaum jemand aß seine Portion auf, der Plumpudding war zu gehaltvoll und schwer jetzt im Sommer und für die Kinder außerdem zu stark. Aber es komme gar nicht darauf an, ihn ganz aufzuessen, sagte May. Der erste Bissen schmecke allen, und vielleicht reiche das schon: der symbolische Akt. Alle aßen die Vanillesoße. Spuckten die Münzen aus. Ich schaute auf die metallisch glänzenden Klümpchen, an den

Münzen hingen noch gekaute Trockenfrüchte, und dachte: Die darf ich nachher alle abspülen. Lexi schlich sich in die Küche und trank die restliche Vanillesoße direkt aus dem Karton – sie nahm ihn aus dem Kühlschrank, klappte die Papptülle heraus und goss sich die kalte gelbe Pampe in den Mund, dann setzte sie sich wieder an den Tisch und leckte sich die Lippen ab. Inzwischen waren alle betrunken genug, um sich für die Witze zu interessieren, die in den Knallbonbons steckten. Sie lasen sie einander vor. Hier, ich hab auch einen, rief Adam. Ich hatte angefangen, die Teller zusammenzuräumen, um sie in die Küche zu tragen, und in dem Geklapper von Geschirr und Besteck verpasste ich die Pointe, offenbar eine gute, denn alle lachten schallend, und während ich die Teller in die Küche trug, hörte ich Lexi rufen: Hört auf, ich mach mir gleich in die Hose!

In diesem Moment klingelte das Telefon, und da ich die Hände voll hatte, ging jemand anders ran. Es war für mich. Ich stellte die Teller ab, säuberte mir die Hände mit dem feuchten Geschirrtuch und nahm den Hörer entgegen. Ich weiß heute nicht mehr, mit wem ich da sprach oder was genau er sagte. Aber ich weiß noch, dass ich dachte, an Weihnachten sollte eigentlich niemand anrufen, wobei es durchaus sein kann, dass es schon der zweite Feiertag war, vielleicht auch erst Heiligabend – ehrlich gesagt, bin ich mir nicht mehr sicher, wann May und ihre Familie ihr Weihnachtsessen veranstalteten, eine Weile lang war es für Heiligabend geplant. Angesichts des Zeitunterschieds könnte das in England vielleicht noch ein normaler Arbeitstag gewesen sein, kein Feiertag, oder vielleicht hatte der Anrufer die Feierlichkeiten verdrängt oder wollte ihnen bewusst entgehen, vielleicht erstickte er in Arbeit und wollte sie einfach nur vom Tisch haben, egal wie. Vielleicht war dies der einzige freie Moment, den er hatte, oder er arbeitete noch, um der Tortur des Weihnachtsfests zu entgehen, wie auch immer es bei ihm aussehen mochte, zu Hause, bei der Familie.

Seine Stimme war leicht belegt. Es war nicht derselbe Mann wie zuvor. Kaum fing er an zu sprechen, da erfasste mich eine maßlose Erschöpfung, das Gefühl, ich würde im nächsten Moment zusammenbrechen, ohnmächtig werden, dahinschwinden. Versuchen sie normalerweise nicht, einen zu überraschen? In den Fernsehnachrichten und im Film steht so jemand plötzlich bei einem vor der Tür. Das eigene Gesicht wird nur verschwommen gezeigt, verpixelt, unkenntlich gemacht. Lauter winzige, sich bewegende Quadrate. Und normalerweise ist es auch nicht nur ein einziger Mann. Es sind zwei, auf jeder Seite der gesichtslosen Frau steht einer. Man erhält keine Vorwarnung, keine Erklärung. Ich erinnere mich nicht mehr an seinen Namen oder daran, was genau er sagte, aber das habe ich bereits gesagt, oft sogar, das ist aktenkundig – ich erinnere mich nur daran, dass ich mich an nichts erinnerte, nichts mehr begriff, weshalb alles, was folgte, ein einziges Durcheinander ist. Schock, sagte meine Anwältin. Eine verzögerte Schockreaktion. Etwas anderes als Unzuverlässigkeit. Der Mann am Telefon hatte einen leichten Akzent, den ich jedoch nicht zuordnen konnte. Er gab mir zu verstehen, dass er bestimmte Dinge über mich wusste, ohne zu sagen, woher, wollte diese Information wohl als Trumpf einsetzen, um mein Vertrauen zu gewinnen – damit ich ihm glaubte, was er sagte, und tat, was er mir nahelegte. Es geht hier nicht um Wahlmöglichkeiten, sagte er. Was ich Ihnen sage, ist eine Warnung, eine Tatsache. Glauben Sie mir, ich tue Ihnen einen Gefallen. Sie können sich die Sache erleichtern. Es wäre klug, sich vorzubereiten. Dies waren einige seiner Aussagen, jedenfalls soweit ich mich erinnere. Sonst wird sehr bald jemand bei Ihnen vor der Tür stehen. Morgen Nachmittag vermutlich. Und es wäre gut, wenn Sie das für sich behalten, sagte er, niemandem ist an einer Szene gelegen. Tun Sie es einfach unauffällig. Was ich Ihnen sage.

Neues Filmmaterial war aufgetaucht. Ein Mitreisender hatte den Sturm gefilmt und seine Aufnahme auf YouTube veröffentlicht. Mit roten Untertiteln und einem Soundtrack versehen. Er hatte die beiden dunklen Gestalten im Hintergrund nicht bemerkt. Auf Deck. An jenem Abend vor fast vier Wochen, sagte der Mann am Telefon.

Verkompliziert wird das Ganze, sagte er, durch Diskrepanzen in den Autopsieberichten. Es gab da gewisse Probleme. Unstimmigkeiten. In dem einen Bericht wurde ein Herzinfarkt diagnostiziert, der zu dem Sturz geführt haben könnte. In dem anderen Tod durch Ertrinken. Im ersten hieß es, die Wassertemperatur – der Schock für den Kreislauf – habe dann zum Herzstillstand geführt, was jedoch nicht ausschloss, dass vorher eine andere Person beteiligt gewesen sei. Zudem waren am Leichnam Spuren eines Kampfes zu erkennen, darin waren sich beide Berichte einig. Ein gezerrter Muskel im rechten Arm, der darauf schließen ließ, dass er versucht hatte, sich festzuhalten, nicht zu stürzen, oder sich wieder hochzuziehen. Kratzer, die auf Handgreiflichkeiten und womöglich Selbstverteidigung hinwiesen. Ich legte mir die Hand auf den Bauch, dachte an die Möglichkeit, an das Kind. Es ist sehr wahrscheinlich, dass Anklage gegen Sie erhoben wird, sagte der Mann.

Ich beendete das Gespräch, und im selben Moment kam May mit einem weiteren Stapel Teller in die Küche. Sie schabte die Reste in den bereits überquellenden Abfalleimer.

Ich bring den mal raus, sagte ich. Sie trat zur Seite und stellte die Teller neben das Spülbecken, und ich beugte mich über den Eimer und löste den Müllbeutel aus der Befestigung. Ich fasste den oberen Rand an zwei Seiten und knotete den Beutel zu. Das Plastik war weiß und dünn und dehnte sich durch das Gewicht seines Inhalts, an der einen Ecke tropfte etwas dunkle Flüssigkeit heraus. Ich trug den Beutel rasch durch die Hintertür hinaus. Draußen regnete es. Die sommerliche Dämmerung setzte ein. Wegen der kleineren Kinder – mehr oder weniger entfernte Cousins und Cousinen der Mädchen – hatten wir relativ früh gegessen, und für sie war der Tag wegen des Wetters eine Enttäuschung gewesen. Sie hatten ihre neuen Pool-Spielsachen, einen großen aufblasbaren Alligator und ein gigantisches lilafarbenes Einhorn sowie ein Wasserball-Set, nicht ausprobieren können und waren stattdessen den ganzen Nachmittag im Haus herumgetobt, im Zuckerrausch und zugleich verärgert über dieses unvorhergesehene Eingesperrtsein. Dabei war der Regen nicht kalt, ich spürte die dicken warmen Tropfen auf meinem Gesicht, als ich seitlich am Haus entlang zu den Mülltonnen ging, die zwischen Zaun und Garage standen. Die Kinder hätten durchaus schwimmen, sich mit dem arrangieren können, was es war: ein Tag mit monsunartigen

Regenschauern. Tatsächlich wollte bloß keiner der Erwachsenen den Nachmittag damit verbringen, zwischen Drinks mehr oder weniger hyperventilierend Pool-Spieltiere aufzublasen. Ich sah, dass der Wind die Deckel der zu vollen Mülltonnen aufgeklappt hatte und zwei fette Krähen auf dem Inhalt hockten, sie pickten und zerrten daran herum. Der Boden lag voller Abfall: die Plastikverpackung des Bacons, das fettige Einwickelpapier der Butter, das alte Hühnergerippe von vor ein paar Tagen, das ich noch mal in einen eigenen Müllbeutel gepackt hatte, bevor ich es hinausbrachte – doch die Krähen hatten es entdeckt, hatten den Beutel aufgerissen und die Knochen über den Betonboden verteilt. Die eine Krähe hielt Wache, während die andere an irgendetwas Dunklem, Nassem im Müll zog. Ich versuchte sie zu verscheuchen, schwenkte den Arm und schrie, aber sie schauten mich nur ungerührt mit ihren kleinen Knopfaugen an. Weg da!, rief ich und trat gegen die Tonne, und nun hüpften sie träge in die Luft und flogen langsam ein paar Meter weiter, wo sie abwarteten, bis ich meiner Verrichtung nachgegangen war, damit sie sich wieder der ihren widmen konnten. Ich warf den Plastikbeutel in den Müll und klappte den Deckel zu. Ich wusste jetzt, dass es keine zweite Chance für mich geben würde, keinen Neuanfang. Es war etwas ins Rollen gekommen, das ich nicht aufhalten konnte. Von nun an würde es nur noch Wiederholung, Überprüfung, die Bewertung des Sachverhalts, Alibis, die Frage des möglichen Motivs geben. Selbst wenn es nicht so weit kam, selbst wenn das, womit der Mann am Telefon gedroht oder was er vielmehr vorhergesagt hatte, nicht eintrat: die Möglichkeit, dass es so kommen könnte, stand durch seine Andeutung im Raum. Ich konnte nicht mehr bei May bleiben. Ich konnte nicht, wie ich es bisher gedacht oder mir vorgestellt hatte, neu anfangen, so als hätte es den Unfall und Patricks Tod nie gegeben. Ich konnte eben nicht einfach losfahren, ob in die Berge oder sonst wohin. Wenn Sie tun, was ich Ihnen rate, hatte der Mann gesagt, wird alles einfacher. Sagen Sie gar nichts, oder denken Sie sich irgendeinen Vorwand aus. Ziehen Sie niemand anderen mit hinein. Sie können nicht noch mehr Aufmerksamkeit gebrauchen, als sie ohnehin bekommen werden. Vertrauen Sie mir. Das sollte vorerst unter uns bleiben, sagte er.

Ich ging hinein und gab eine Handvoll Eiswürfel in ein Scotch-Glas, dann drehte ich den Hahn auf und füllte das Glas mit Wasser. May machte gerade Tee und Kaffee. Die Spülmaschine lief bereits, aber die Töpfe und Pfannen warteten noch im Spülbecken. Ich sagte, ich könne den Abwasch gern machen, aber erst später, ich sei gerade sehr müde, der lange Tag hole mich nun doch ein, und ich müsse mich einen Augenblick hinlegen.

In meinem Zimmer wartete ich, bis die Eiswürfel angeschmolzen waren, dann presste ich mir das kalte Glas gegen die Stirn, hörte das Eis dabei im Wasser leise knistern und knacken. Einen Moment lang registrierte mein Körper diese Geräusche als seine eigenen, als wären meine Schädelknochen in Bewegung geraten, als rückten sie ein winziges bisschen auseinander. Diese Fehlwahrnehmung hatte etwas Erleichterndes – für einen Augenblick war ich überzeugt, dass aus der verborgenen Materie meines Gehirns die Anspannung wich, dass meine Schädelknochen sich ein wenig weiteten, um meinen Gedanken mehr Raum zu geben. Ich packte meinen Koffer. Dann ging ich ins Bad und räumte meine Toilettenartikel zusammen: Cremes, Deo, Make-up. Mit einem Kosmetiktuch wischte ich die angetrocknete Zahncreme von der Tubenöffnung und schraubte den Deckel zu. Ich wusch die Plastikdose aus, in der ich meine Seife verwahrte, und packte einen kleineren Kulturbeutel für mein Handgepäck – ein Döschen Gesichtscreme, einen Lippenbalsam, ein Salzwasser-Nasenspray.

Schließlich legte ich mich hin und machte das Licht aus. Ich hörte, wie die Gäste im Flur verabschiedet wurden. Das Verandalicht schien in mein Zimmer. Sie würden sich fragen, wo ich war, und schon bald vergessen haben, dass ich nicht mit an die Tür gekommen war. Autotüren wurden geöffnet und zugeschlagen. Scheinwerferlicht wanderte über meine Zimmerwand. Patrick hatte oft von der Macht des Tragischen im täglichen Leben geschwärmt, dem Puls seiner Lebendigkeit. Seiner Wirkmacht. Dem Problem der Komplizenschaft. Er bestaunte das gern aus einer gewissen Distanz, ohne dass er diese Macht unbedingt in seinem eigenen Alltag gespürt hätte. Er stand gern am Ende der Show auf und applaudierte. Er war Zuschauer, nicht Handelnder. Beobachter größerer künstlerischer Ambitionen, deren treuer Zeuge. Den ganzen Rest, das erkenne ich jetzt, überließ er mir. Ich wusste nicht, was ich zu May sagen, wie ich es ihr erklären, was ich zu meiner Verteidigung vorbringen würde.

Heute ist es leicht, die Ereignisse jener Nacht mit einem gewissen Abstand zu betrachten. Die Unvermeidlichkeit des Geschehens zu erkennen, die mir damals verschlossen war. Nachts, wenn alle anderen hier schlafen, lasse ich meinen Gedanken im Dunkeln freien Lauf, und es kommt mir geradezu einfach vor, die Details aufzudröseln, die mir damals nicht zugänglich, die undenkbar waren. Ringsum im Haus ist es still, bis auf das Rascheln der Mäuse in den Hohlräumen meiner Zimmerwand. Sie scharren im Verborgenen, machen seltsame raspelnde Geräusche, die mich erschaudern lassen. Jeden Sommer wird der Kammerjäger gerufen, damit er Gift auslegt. Aber das Gebäude ist so alt, und es gibt so viele Ritzen, durch die die kleinen Tiere schlüpfen können, dass das Problem nie wirklich behoben wird. Ich muss pinkeln. Auf der Toilette schalte ich das Licht an und höre das eilige Getrippel der Mäuse, noch bevor ich einen Blick auf sie erhasche: Zwischen der Decke und dem Türpfosten ist ein Spalt, und zu dem flitzen sie. Ein dünnes Schwänzchen. Eine spitze Schnauze. Es dauert höchstens ein paar Sekunden, was ich da in der plötzlichen Helligkeit sehe. Dann sind sie fort, wieder in den dunklen Ritzen des Gebäudes verschwunden.

Er las es auf der Kreuzfahrt, mein Buch. Zumindest las er jene im letzten Moment vorgenommenen Änderungen, die ich im Affekt veranlasst und dann vergessen hatte. Es war der Tag vor dem Sturm, das Wetter war schwül, und wir lagen auf Deck. Damals glaubte ich, dass die Kreuzfahrt ihren Zweck erfüllte. Dass wir, mitten auf dem Meer in einer kleinen Kabine zusammengepfercht, wiedergefunden hatten, was uns verloren gegangen war: diese Intimität, dieses Einssein. Während wir nebeneinander lagen, nahm er meine Hand, eine ganz sanfte Berührung. Ich spürte die Erleichterung in meinem ganzen Körper: eine neue Unbeschwertheit. Auch Patrick schien sich entspannt zu haben. Er fing an jenem Tag nicht an, das Buch von vorne zu lesen, doch er zog das Exemplar, das ich mitgenommen hatte, aus meiner Tasche und blätterte es durch, wie man das eben so tut – mit der Rechten hielt er den Buchrücken, unter dem Daumen der Linken ließ er die Seiten wegschnellen. Es war als Geste der Bewunderung gemeint: Schau, das ist dein Werk! Hier und da unterbrach er das Blättern, überflog ein paar Absätze. So fand er die Ergänzungen – jedenfalls einige, nicht alle. Natürlich war er wütend.

26

Die fließende Welt. Mit diesem Ausdruck hatte ich in Japan Leute das Leben auf Erden bezeichnen hören. Eine kurze Reise. Die Kirschblüte, hieß es, dauere nur drei Tage. Die Blütenblätter sind vergänglich, wie das menschliche Leben. Nach dem Schnee gibt es neue Blumen: ein ewiger Kreislauf von Blühen und Vergehen. Von entfalteter und dann schwindender Kraft.

Als ich die Kreuzfahrt buchte, wählte ich Japan als Ziel, weil ich dachte, das würde Patrick gefallen. Während er früher dicke Romane verschlungen hatte, fiel es ihm seit einiger Zeit schwer, sich zu konzentrieren, sodass er sich auf Lyrik verlegt hatte, insbesondere auf Haikus. Sie führten ihn zu seinen filmischen Wurzeln zurück, sagte er: das Aufeinandertreffen objektiver Bilder, die durch ihre Nebeneinanderstellung die Ganzheit eines Ereignisses auflösen konnten. Manchmal las er mir spätabends, wenn ich schon am Wegdämmern war, Haikus vor. Herbstluft still und ruhig ... zwischen Hügeln hier und da dünner blauer Rauch – Gyōdai. Oder noch besser: Auf verlassnem Weg geht dieser Dichter einsam in Herbstdämmerung – Bashō. Und dann mein Lieblings-Haiku, aus heutiger Sicht zu vorausahnend, als hätten wir insgeheim gewusst, auf was wir zusteuerten, und uns durch die Begegnung mit dem

Gedicht, wie das mit Kunst eben möglich ist, auf das, was vor uns lag, vorbereitet, ohne dass es uns bewusst gewesen wäre: Langer letzter Weg stürze und komm nicht mehr hoch ruh bei den Blumen – Kawai Sora.

In der Nacht, bevor ich Mays Haus verließ und nach London zurückflog, träumte ich von einem langen Spaziergang durch eine mir unbekannte Landschaft. Es war Frühling, die Luft von warmen und kühlen Strömungen durchzogen, der Himmel hellblau. Ich erinnere mich an die fahle Nachmittagssonne, das leuchtende Grün des Hügels, das Licht, das durch das Laub fiel. Ich war alleine losgegangen, um mir ein berühmtes Naturdenkmal anzusehen. Obwohl ich stundenlang umherlief, fand ich es nicht, und schließlich kehrte ich zu Patrick zurück und berichtete ihm von meinem Scheitern. Zusammen machten wir uns erneut auf die Suche. Inzwischen senkte sich die Dämmerung herab, das Naturdenkmal war angeblich nicht weit entfernt, und ich verstand einfach nicht, warum ich es nicht gefunden hatte, wo wir doch von so weit hergekommen waren, um es zu sehen, das war der alleinige Zweck unserer Reise. Schau mal da drüben, sagte er, da ist es. Doch es gab nichts zu sehen, bis auf einen weißen Zaun, der einen Buckel im Boden umschloss – das war alles. Wir starrten eine Weile auf die Wölbung in der Grasnarbe, dann kehrten wir um. Ich war richtig ausgehungert, hatte aber nichts zu essen dabei, und grämte mich darüber, während wir immer weiter gingen, irgendwie hatten wir die Abzweigung zu dem Haus, in dem wir untergekommen waren, verpasst. Der Weg war matschig und zugewachsen. Ich war ganz schwach vor Hunger. Patrick ging voraus. Plötzlich blieb ich stehen, denn mir lag etwas im Weg. Schau mal!, rief ich. Ein Laib Brot! Ich hob ihn auf, er war weich und frisch, mit weißem Mehl bestäubt, und roch nach Roggensauerteig. Ich wollte gerade reinbeißen, war so froh, auf diese Weise etwas zu essen gefunden zu haben: ein perfektes, frischgebackenes Brot, das womöglich jemandem aus der Einkaufstasche gefallen war, oder vielleicht hatte man es ja sogar eigens für mich auf den Weg gelegt. Halt!, schrie Patrick, als ich das Brot an den Mund hob. Das darfst du nicht essen.

Warum denn nicht?, fragte ich erstaunt.

Weil du, sagte er, nicht weißt, wer da draufgepinkelt hat.

Am letzten Tag, dem Tag des Unfalls, hatte ich in der Mittagssonne am Pool ein Buch gelesen. Die Sonne schien direkt auf die Buchseiten. Du solltest einen Hut aufsetzen, sagte er, während er sich hinter mich stellte. Oder eine Sonnenbrille. Er fuhr mir mit dem Finger über das Schlüsselbein. Es ist nicht gesund, so zu lesen, mit diesem grellen Licht auf dem Papier. Das schadet den Augen. Die Strahlung oder so. Hm, machte ich, ignorierte ihn aber, denn ich war völlig in die Geschichte versunken. Oder es war mir egal. Aber er ließ nicht locker. Ich kann sie dir holen. Du solltest wirklich nicht so lesen. Da wirst du blind. Komm doch mit rein. Vielleicht war das seine Art, sich versöhnlich zu zeigen, nachdem wir uns am Tag zuvor so gestritten hatten – über mein Buch und das, was ich darin geschrieben hatte.

Ich schaute blinzelnd auf. Im Vergleich zu ihm hatte ich junge Augen, und er hatte diese einmal schützen wollen, damit ich weiterhin in der Lage sein würde, ihn zu sehen, alles zu sehen, alles an ihm zu sehen, bis zum letzten Moment. Komm mit mir rein, sagte er wieder. Du weißt doch, wie schön kühl es da unten in der Kabine ist. Wir hatten tatsächlich immer außergewöhnlich guten, ja phänomenalen Versöhnungssex gehabt. Mir geht's gut hier, sagte ich und lehnte mich zurück, badete in diesem gefährlichen Licht. Hol dir doch noch einen Drink. Aber natürlich folgte ich ihm später nach unten.

Am nächsten Morgen tischte ich May eine Entschuldigung auf. Ich sagte, es gebe Probleme mit einem Vertrag, eine reine Buchangelegenheit, eine Klausel müsse nachverhandelt werden. Und das sei zu kompliziert, um es am Telefon zu erledigen. Meine Erklärung kam sehr plötzlich und war nicht ganz überzeugend. Wirklich?, fragte sie. Ist das wirklich alles? Hat dich irgendwas verärgert? Gestern Abend vielleicht? Es tut mir leid, dass ich dir letzte Woche so viel aufgehalst habe, das hatte ich echt nicht vor, es tut mir wirklich leid, und du hast das so toll gemacht – dass du das alles übernommen hast, ich war ja nun wahrlich keine gute Gastgeberin. Kein Wunder, dass du dich aus dem Staub machen willst. Ich meine, entschuldige, so habe ich das nicht gemeint. Aber ich weiß wirklich nicht, was ich ohne dich getan hätte. Wahrscheinlich hätte ich das nicht von dir verlangen sollen, oder liegt es doch an etwas anderem? Hat Adam irgendwas gesagt? Er kann unglaublich taktlos sein, besonders nach ein paar Drinks. Manchmal ist er richtig furchtbar. Bitte sag mir, ob ich irgendwas tun kann, um die Lage zu retten. Aber im Ernst, was willst du denn dann machen? Ich meine, danach, wenn das mit dem Vertrag geregelt ist?

Ich hatte schon ein Taxi bestellt, das mich zum Flughafen bringen würde. Es tut mir leid, sagte ich und zog mir die Sonnenbrille vor die Augen, es schnürte mir die Kehle zu. Tut mir leid, dass das jetzt so plötzlich kommt. Es ist einfach, also, sagte ich und wühlte zugleich in meiner Handtasche, um mich zu vergewissern, dass ich meine Kreditkarte dabeihatte. Ich meine – das ist alles ziemlich kompliziert. Komplizierter, als ich dachte.

May weinte. Ich erkläre dir das alles später, sagte ich, ganz sicher. Ich ruf dich an, versprochen. Sobald ich gelandet bin.

Ich werde nie das Licht an diesem Morgen vergessen, als das Taxi losfuhr. Nach dem vielen Regen sah die Welt reingewaschen aus. Das Licht war klar und intensiv. Es drang hell durch die Bäume, glitzerte auf der Wasseroberfläche des Pools. Als das Taxi zurücksetzte und auf die Straße bog, schaute ich noch einmal auf das Haus zurück und sah, dass sich in den breiten Glastüren der dunklere Hügel spiegelte, das Bild schwankte, neigte sich. Eine riesige Welle, die am Rand meines Blickfelds erschien und verschwand.

27

Ich hatte ihn gebeten, es zu wiederholen. In jener letzten Nacht auf dem Schiff. Was?, schrie ich durch den Sturm. Was hast du gesagt? Er sagte es noch einmal, und wieder ergab es keinen Sinn für mich. Es regnete sintflutartig. Das Meer und der Donner tosten ohrenbetäubend.

Sie ist schwanger!, schrie er. Ich habe gesagt, sie ist – Er war klatschnass von Gischt und Regen. Das Schiff legte sich gefährlich auf die Seite. Es tut mir leid!, rief er durch den Sturm. Ich wollte nicht – Ich klammerte mich an der Reling fest, rutschte fast aus. Ich bin der – rief er, aber der Wind trug seine Stimme fort. Wir hatten den Nachmittag unter Deck verbracht. Wir waren glücklich gewesen, rauschhaft glücklich. Jetzt ballten sich wieder all die Lügen in meinem Kopf, ein ganzer Schwarm von Täuschungen: das Vorher, das Nachher, all die Momente dazwischen. Er musste sich irren. Oder sie log. Natürlich log sie. Aber wann hatte er es erfahren? Es sei denn, es war – es sei denn, er hatte es so gewollt, hatte es gar geplant oder – Er konnte das doch nicht wirklich gesagt haben, konnte es nicht ernst meinen, nicht nach allem, was wir – Hättest du nicht, setzte er an. Hättest du nur – eine riesige Welle krachte gegen die Reling. Ich dachte an das, was wir gerade miteinander geteilt hatten, an unser vermeintliches Wiederzusammenfinden.

Und dann übernahm ein anderer Teil meiner Persönlichkeit, mein Körper bebte, von Wut durchpulst, meine Halsschlagader pochte. Die Fakten spulten sich ab, fügten sich neu zusammen. Das ist ja wohl nicht dein – rief ich, und wieder kam eine Ladung Wasser über die Reling.

In diesem Moment wollte ich einfach nur frei sein. Frei von ihm, von unserer Ehe, in der wir uns inzwischen auf vielfältige Weise zur Last geworden waren. Ich ärgerte mich maßlos über alles, was ich für ihn getan hatte. Er hatte mich ermuntert, künstlerische Größe anzustreben, ja sie mir sogar verheißen – damals im Taxi. Ob er sich daran überhaupt noch erinnerte? Stell dir nur mal vor, hatte Patrick gesagt, was aus dir werden könnte. Was aus uns beiden zusammen werden könnte. Aber für diese Ambitionen hatte ich einen Preis bezahlt – das begriff ich jetzt. Wenn ich daran dachte, auf was ich alles verzichtet hatte, weil ich mich über so viele Jahre ihm, uns, der Vorstellung unseres gemeinsamen künstlerischen Schaffens verschrieben hatte. Wenn ich daran dachte, dass er es gewagt hatte, mir vorzuschlagen, nach LA zu ziehen, wo er doch nie bereit gewesen war, mit mir in meine Heimat zu reisen. Jetzt wurde mir klar, vielleicht zum ersten Mal, was ich tatsächlich alles aufgegeben hatte: meinen Vater, meine Schwester und ihre Kinder, die Möglichkeit einer eigenen Familie, ein ruhiges, normales Leben, wie so viele andere Frauen es anstreben. Ich hatte ihm geglaubt. Meine Ambitionen, von ihm unterstützt, hatten einer asketischen Haltung Vorschub geleistet, mein Leben auf einen Punkt zugespitzt. Ich war in diesem Jahr vierzig geworden. Patrick hatte mir Perlenohrringe geschenkt, die mir nicht standen, die er aber gern an mir sah. In dieser

Nacht auf dem Schiff war ich in einem vergleichbaren Alter, wie Patrick es gewesen war, als wir uns kennengelernt hatten. Mir wurde plötzlich klar, wie viel Erwachsenenleben er schon vor mir gehabt hatte und dass ich nur einen kleinen Teil davon ausmachte, eine kurze Phase. Er hingegen machte praktisch mein ganzes Erwachsenenleben aus.

Der Sturm wurde noch heftiger. Patrick!, schrie ich. Was machst du da? Wir müssen rein! Ich fasste nach ihm, aber er schlug meine Hand weg. Die Radikalität seiner Zurückweisung durchfuhr meinen ganzen Körper, und ich stieß eine leere Drohung aus. Da hob er das Gesicht und sagte etwas, das er vielleicht nicht gesagt hätte, wenn er nicht derart neben der Spur gewesen wäre. Etwas, das er offenbar schon lange mit sich herumtrug. Das er für sich zu behalten versucht hatte. Das er oft, immer mal wieder, gedacht haben musste.

Ohne mich, sagte er, wäre nichts aus dir geworden.

Das meinst du nicht ernst, sagte ich. Du bist total betrunken. Aber dann schrie er das Gleiche noch einmal. Es stimmt, fügte er hinzu. Und du weißt es. Mit einem Kind würden wir jetzt besser dastehen.

Ich wich zurück, verstört und ungläubig.

Ich musste von ihm weg. Wir müssen rein, raus aus diesem Sturm, schrie ich, während ich schwankend Richtung Tür ging. Im Nu war er neben mir und packte mich am Handgelenk, drückte fest zu. Nicht, sagte ich. Lass das. Ich riss mich los, und er fasste wieder nach mir, der Prankenschlag eines Tigers.

Das ist alles nur, weil du nicht wolltest, sagte er. Es war das Einzige, worum ich dich je gebeten habe, aber du wolltest ja nicht!

Das Schiff krängte, und Patrick übergab sich erneut und wischte sich den Mund dann mit dem Ärmel seines Bademantels ab. Irgendwann war ich fälschlich zu dem Schluss gekommen, dass man, um eine große Künstlerin zu werden, lernen muss, Verzicht zu üben, sich fleischlicher Genüsse zugunsten eines abstrakteren Prinzips zu enthalten und dies auf den verschiedensten Ebenen zu praktizieren, bis die Arbeit einen ganz und gar durchdringt. Auf Schlaf und Geld, Fleisch und Wein zu verzichten, um schließlich und endlich zu einem reinen Vehikel zu werden, einem Medium, einer Naturgewalt. Auf Kinder zu verzichten. So sehr, wie er mich als Künstlerin liebe, hatte ich immer argumentiert, könnte er mich als Mutter seines Kindes niemals lieben. Und jetzt hatte ich tatsächlich geglaubt, die Kreuzfahrt hätte uns wieder zusammengebracht, wir könnten wieder sein, was wir einst gewesen waren. Das Einzige?, schrie ich in den Sturm. Das Einzige? Ich stieß ihm gegen die Brust. Du meinst, das wäre das Einzige, worum du mich je gebeten hast?

Hey, sagte er und hob die Arme. Dann ist das halt einfach unser Schwanengesang hier. Er lallte. Er war noch betrunkener, als ich gedacht hatte. Völlig hinüber. Spinnst du?, schrie ich. Was soll der Scheiß?, und ich schubste ihn noch heftiger, und dann gleich noch einmal, sodass er die Hände herunternahm, um mich abzuwehren. Du meinst wirklich, du hättest mich nur um eine einzige Sache gebeten? Was zum –

Mein Vater hat immer behauptet, ich wisse nicht, wie viel Kraft ich hätte. Zwar war ich älter als May, doch ich war immer die Kleinere gewesen: schmächtig und mager, dabei von einer drahtigen Energie. Manchmal hatte ich sie im Streit geschubst oder geschlagen. Sie war jedes Mal in Tränen ausgebrochen, vorgetäuschte Tränen, wie ich immer klagte, die aber dennoch die Aufmerksamkeit unseres Vaters auf sich zogen, und der schalt mich dann: Du wolltest ihr sicher nicht wehtun, sagte er, aber du weißt einfach nicht, wie viel Kraft du hast. Es war ein als Kritik getarntes Kompliment: Er wollte natürlich, dass ich kräftig war, aber ich sollte es nicht zeigen, nicht zur Schau stellen. Ich sollte meine Kraft geheim halten und lernen, dieses gefährliche Etwas im Zaum zu halten, auch wenn ich selbst es gar nicht spürte, kein entsprechendes Körpergefühl hatte. Ich kannte meinen Jähzorn, aber ich wusste nicht, was er anrichten konnte. Das behauptete mein Vater jedenfalls: Ich sollte auf diese Stärke, die mir nicht bewusst war, ein Auge haben.

Vielleicht waren Mays Tränen doch echt gewesen. Vielleicht hatte sie sich all die vielen Male nicht absichtlich fallen lassen. Vielleicht hatte ich sie heftiger geschubst, als ich es eigentlich wollte. Schließlich lernt man als Mädchen und auch später als Frau, dass man nicht mit der eigenen Kraft vertraut sein, nicht in sie investieren, sich nicht über sie definieren soll. Natürlich wusste ich nicht, wozu ich imstande war.

28

Da meine Abreise so überstürzt erfolgte, musste ich die Flugverbindung nehmen, die noch verfügbar war. Es war ein wilder Langstrecken-Zickzack über die USA und dann Frankfurt nach Heathrow. Als wir endlich gelandet waren und ich aufstand, um zum Ausgang zu gehen, konnte ich meine Beine kaum mehr bewegen. Ich schaffte es gerade noch, am Gepäckband meine Sachen einzusammeln und mir im Flughafenhotel ein Zimmer zu nehmen, war zu erschlagen, um auch nur in Erwägung zu ziehen, mich dem Berufsverkehr und der überfüllten U-Bahn auszusetzen. Wieder bekam ich eine weiße Plastikkarte. Ich hielt sie vor den Scanner an der Türklinke, und das kleine Licht darüber leuchtete grün auf. Ich öffnete die Tür und trat ein. Das Zimmer stank nach Katzenpisse. Im Foyer hatte ich Hinweise gesehen, dass es sich um ein tierfreundliches Hotel handelte, doch während des Eincheckens hatte ich nirgendwo Tiere entdeckt. Jetzt allerdings war ihre Präsenz offenkundig. Es war ein strenger Geruch, ein nervöser Kater, der sein Territorium markierte, während sein Besitzer den Ausblick begutachtete: die rote Leuchtschrift eines benachbarten Hotels, den Himmel in der Abenddämmerung. Und nachdem ich den Katzengeruch wahrgenommen hatte, hielt ich unwillkürlich nach weiteren Spuren von Tieren

Ausschau – Kratzer an der Tapete neben dem Fenster, dunklere Streifen auf dem hellbraunen Teppich. Da es keinen Wasserkocher gab, machte ich mir Wasser in der Kaffeemaschine heiß. Ich rührte Kaffeeweißer in meinen Tee. Weiße Sprenkel trieben auf der Oberfläche. Ich trank den Tee trotzdem, verbrannte mir die Zunge, dann zog ich mich aus und stellte mich unter die Dusche.

Zur Mitte des Lebens hin wird man universell. Das meine ich in dem Sinne, dass man ab einem bestimmten Punkt die eigenen Entscheidungen nicht mehr als originär, das eigene Leid nicht mehr als neu oder ungewöhnlich empfindet. Vielmehr hat man das Gefühl, all diese Entscheidungen und Leiden seien gar nicht die eigenen, gehörten einem nicht und seien auch nicht selbst erzeugt, sondern Überbleibsel aus der Familie, aus der man stammt, das ungelebte Material, das sich irgendwie in einem angesammelt, das man geerbt, in sich aufgenommen, verinnerlicht hat und jetzt in irgendeiner Weise ausleben muss, um einen gestörten Kreis zu schließen, und in solchen Augenblicken scheinen die einzig lohnenden Unterhaltungen die unmöglichen zu sein: die mit den Toten und Vermissten.

Früher, in der Zeit, als ich ab und zu unterrichtete, hatte ich gern auf Henry James' berühmten Spruch »Versuche, einer jener Menschen zu sein, an denen nichts vorübergeht« zurückgegriffen. Ich präsentierte ihn meinen Studierenden als Anweisung, als Befehl, als Herausforderung. Als Lektion für das Künstlerleben. Die Diskussion wandte sich davon ausgehend dann oft einer anderen philosophischen Fragestellung zu – nämlich, was man mit der beobachteten Welt, den Details, die man wahrgenommen und behalten hat, tun soll: Wie soll man leben? Ein paarmal beschloss ich die Diskussion mit dem gleichermaßen berühmten Satz von Rilke: »Du musst dein Leben ändern.« Der gefiel meinen Studierenden am allerbesten, auch wenn sie, genau wie ich, kaum hätten sagen können, wie man so etwas erreicht. Was mochte das wirklich bedeuten, wie würde es aussehen? Welches Risiko ginge man da ein?

Zwei Tage später wurde Anklage gegen mich erhoben, und ich erklärte mich vor dem Richter des Magistrate's Court für nicht schuldig. Aufgrund meiner Unbescholtenheit und der Schwangerschaft kam ich gegen Kaution frei, und der Fall wurde für das eigentliche Strafverfahren an den Crown Court verwiesen. In den ersten Zeitungsartikeln nach der Anklage wurde Patricks Leben ausführlich geschildert und durchleuchtet, und auch nach seinem Tod wurde noch ein Riesenbohei um ihn gemacht, wohingegen ich nicht über mein Werk – die Arbeiten, die ich unter meinem eigenen Namen veröffentlicht hatte – definiert wurde, sondern nur als Patricks Frau und Tochter des verstorbenen Gelehrten Dr. H. K. Blackwood. Es war, als hätte ich durch die Anklage das Recht auf eine eigenständige Identität verwirkt. Als Witwe hatte man mir zunächst einige Privilegien zugestanden, aber jetzt musste alles neu bedacht werden, nicht zuletzt meine eigene Geschichte, und die Presse war unersättlich. Die veränderte Erzählung löste eine regelrechte Medienhysterie aus: Die Journalisten fühlten sich zum Narren gehalten, nachdem sie mich doch erst so ausgiebig als eine Frau dargestellt hatten, die einen tragischen Verlust erlitten hat. Die Öffentlichkeit war wütend – wie konnte ich es wagen, gegen einen so gut aussehenden und liebevollen Ehemann vorzugehen, der mir doch jeden Wunsch erfüllt hatte? Denn das war natürlich das Bild, das in der Presse vermittelt wurde, so sollten die Leute Patrick sehen: der reiche, berühmte Mann, der edle Ritter, der große Geschichtenerzähler, der uns durch seine Filme so viel gegeben hat. Es war eine neue Variante jener Sorte Märchen, die wir alle so gut kennen – eine Variante, in der mir die Rolle des undankbaren Kindes, der selbstsüchtigen Tochter, der eitlen Ehefrau zukam.

De Medienberichterstattung lief rund um die Uhr. Mensch, ist das ein Zirkus da draußen, sagte Valerie an dem Morgen, als der Strafprozess beginnen sollte. Sie hatte mich von dem Flughafenhotel abgeholt, und seit man mich auf Kaution freigelassen hatte, war sie die ganze Zeit bei mir geblieben. Ada wäre eigentlich auch da gewesen, hatte aber kurzfristig ins Ausland reisen müssen, weil ihr Vater erkrankt war, und sie hatte dafür gesorgt, dass Valerie sich um mich kümmerte. Das ist völlig okay, hatte ich gesagt. Es gab keinen Grund, sich zu entschuldigen: Tatsächlich war ich sogar froh, dass Valerie mir Gesellschaft leistete. Sie war ruhig und sanft, wohingegen Ada, die Älteste von uns dreien, dazu neigte, überfallartig auf den Plan zu treten – energisch, gut organisiert und jederzeit bereit, das Heft in die Hand zu nehmen. Valerie war genau die Person, die ich in diesen Tagen brauchte. Jetzt linste sie durch den Vorhangspalt hinaus zu den Presseleuten, die bereits vor dem Haus warteten. Einige Zeugen, Mitpassagiere auf dem Schiff, durften nicht aussagen, weil sie ihre Geschichten an die Boulevardpresse verkauft hatten. Andere, neue Zeugen meldeten sich und boten ihre Mitwirkung an. May hatte eigentlich kommen und mich unterstützen wollen, aber ich konnte es nicht zulassen, dass sie mich so erlebte. Außerdem, sagte ich, brauchen deine Mädchen dich dringender.

Du solltest noch was essen, sagte Valerie, die sich jetzt vom Fenster abwandte. Aber ich war zu nervös und zudem schon für den Anlass gekleidet. Meine Hände zitterten, und ich befürchtete, wenn ich etwas äße, würde ich mich nur vollkleckern. Ich wollte es hinter mich bringen. Das sagte ich auch – dass ich die Warterei nicht mehr ertrug. Vielleicht herrschte Verkehrschaos, und ich wollte nicht riskieren, zu spät zu kommen.

Okay, sagte Valerie schließlich, band sich ihren Schal um und schaute auf die Uhr. Wenn du so weit bist, können wir. Dann tat ich das, was man Frauen tun sieht, die zum wartenden, rettenden Auto eilen und ihre Handtasche oder eine Zeitschrift hochhalten, um ihr Gesicht vor den Kameras zu verbergen. Ich hatte die Zeitschrift in der Hand, und Valerie schirmte mich mit ihrem offenen Mantel noch weiter ab. Sie fuhr. Bevor wir in das Gebäude traten und durch die Metalldetektoren gingen, zog sie mir den Blusenkragen gerade und strich mir das Haar zurück, das der Wind zerzaust hatte.

Es stimmt, an jenem Abend hat niemand meinen Blutalkohol gemessen. Es stimmt auch, dass ich mich an manches nicht erinnere. Menschliches Versagen ist schwer zu akzeptieren, vor allem bei einem selbst. Aber so hatte ich das alles nicht gewollt. So unschön. Wirklich nicht. Wer weiß, sagte ich irgendwann zum Gericht – nicht an diesem Tag, sondern später, als ich schließlich an der Reihe war, auszusagen –, wenn ich gleich mitgekommen wäre, als er damals an Deck ging. Wenn ich nicht in der Kabine geblieben wäre. Dann hätte er nicht so viel getrunken. Oder wenn ich darauf bestanden hätte, dass auch er Tabletten gegen Seekrankheit nahm, als ich welche schluckte. Wenn ich ihn zur Toilette gebracht hätte, statt ihn hinausgehen zu lassen – wer weiß. Wenn ich ihm nicht gefolgt wäre. Wenn ich nicht gekommen wäre, als er rief, sondern ihn sich selbst überlassen, die Warnungen befolgt hätte und drinnen geblieben wäre. Wenn ich nicht darauf beharrt hätte, dass wir diese Reise machten, dass wir zu unserem Hochzeitstag etwas Besonderes unternahmen, diese Kreuzfahrt antraten, die auch ein verzweifelter Versuch war, eben die Ehe, die wir zu feiern vorgaben, zu retten. Wenn ich zu Hause geblieben wäre und ihn einfach hätte weiterarbeiten und seinen sonstigen Verpflichtungen – so konnte man das wohl nennen – nachkommen lassen. Wenn ich ihn nicht gebeten hätte, das Manuskript für mich abzugeben. Und natürlich all die kleinen Dinge davor – all das, was ich hätte nicht sagen, nicht tun, nicht schreiben können. Aber zu diesem Zeitpunkt waren solche Gedanken nur noch töricht.

Danach, sage ich, saß ich drinnen fest. Nach der – ich meine, als die Tür zugeknallt war. Sie war so schwer. Aber irgendwann hab ich sie aufgekriegt und bin wieder rausgegangen, um zu schauen, ob – es war so heiß gewesen an jenem Tag, dem Tag, an dem er starb.

29

Hier, hatte er am Morgen vor dem Sturm gesagt, darauf sollten wir anstoßen. Es war sehr hell an jenem Tag, und ich erinnere mich, dass mir leicht schwindlig war: die Hitze, die Sonne, zu viele Martinis. Er hielt das Buch in der rechten Hand und blätterte mit der Linken die Seiten durch. Ich weiß, dass ich das schon erzählt habe – das Bild hat sich mir eingeprägt. Die Geste war schmeichelhaft gemeint: Schau, das ist dein Werk! Erst überflog er willkürlich einzelne Abschnitte, dann folgte ein zweites, aufmerksameres Durchblättern. Schließlich wandte er sich dem Ende zu, der Anmerkung der Autorin, die ich vor der Danksagung eingefügt hatte. Patrick war bekannt dafür, dass er sich bezüglich seines Privatlebens bedeckt hielt, auch wenn ich natürlich wusste, dass viele seiner Filme autobiografische Elemente enthielten. Er war immer davon ausgegangen, dass ich seine Haltung respektierte und Diskretion wahrte. Als er merkte, dass ich mich darüber hinweggesetzt hatte, wurde er fuchsteufelswild.

Als Autorin habe ich verschiedene formale Möglichkeiten, mein Werk und mein Denken zu positionieren. Im Gegensatz zu Patricks früheren kritischen Schriften enthalten meine Bücher keine Einführungen oder Abstracts, die einen Rahmen für Diskussion und Rezeption vorgeben würden. Das Beste, was ich bekomme, sind die Klappentexte, die – dazu gedacht, neugierig zu machen – grammatikalisch oft fragwürdig sind. Ich schreibe sie nicht selbst. Das eine oder andere Mal habe ich vorgeschlagen, die Zahl der Adjektive zu reduzieren. Den Grundton weiblichen Melodramas abzuschwächen. Deshalb hatte ich mich entschlossen, diesmal diese Anmerkung der Autorin ans Ende zu stellen – zur Erklärung. Sie war kurz und gewiss nicht anstößig. Nannte einfach die Dinge beim Namen. Was vermutlich ungewöhnlich ist. Ich beschrieb darin die Machtstrukturen, mit denen sich das künstlerische Schaffen einer Frau auseinandersetzen muss, ehe es sich entfalten kann, was nicht zuletzt eine Erklärung dafür war, warum ich für dieses Buch so lange gebraucht hatte. Ein größerer zeitlicher Abstand zwischen Büchern, genau wie zwischen Babys, gilt als Anzeichen irgendeines biologischen Problems, einer geschlechtlichen oder funktionellen Schwäche, mangelnden Engagements: Sie wird dieser Schwäche bezichtigt, solange sie nicht das Gegenteil beweist. Es zieht die Aufmerksamkeit auf sich, ist Gesprächsthema, der Ausgangspunkt für Fragen: Was war denn mit dir los? Dem wollte ich zuvorkommen. Tatsächlich war es so, dass ich Patrick immer noch viel bei seiner Arbeit half, wenn auch nicht mehr ganz so viel wie zu Beginn unserer Beziehung. Indem ich diese Tatsache und ihre Implikationen benannte, wollte ich die Regie übernehmen.

Es war keineswegs so, als hätte ich mir nicht überlegt, welche Folgen es haben könnte, das zu veröffentlichen. Ich habe diese Zeilen öfter geschrieben und wieder durchgestrichen, als ich denken kann. Die ersten Fassungen stehen in irgendeinem Notizbuch. Was schließlich gedruckt wurde, war nur noch ein schwacher Abglanz meiner ursprünglichen Tiraden. Aber das war Patrick kein Trost, er fühlte sich hintergangen. Er habe mich nie von meiner eigenen Arbeit abhalten wollen, sagte er, doch genau so klinge es bei mir – wie Absicht, ein gezielter Plan. Und er nahm es mir auch übel, dass ich seine Errungenschaften zu einem beträchtlichen Teil mir zuschrieb, dass ich bekannt machte, wie viel ich über die Jahre dazu beigetragen hatte. Dabei war es nur gerecht, dass ich für seinen Aufstieg auch etwas Anerkennung erhielt. Doch damit kehrte ich die Vorstellung, der er anhing – dass nämlich er mich zu der gemacht hatte, die ich war – in ihr Gegenteil um: Ich deutete an, dass vielmehr ich ihm zu seinem Erfolg verholfen hatte.

Nein, so sei das nicht gemeint, erklärte ich. So ist das nicht. Aber er hörte mir nicht zu.

Oder ist das eine der Sachen, die du im Nachhinein dazugeschrieben hast?, schrie er. Um dich an mir zu rächen? Mich in einem schlechten Licht darzustellen? Damit dann auch all die anderen aus ihren Löchern kriechen und mir vorwerfen können, von was ich sie alles abgehalten habe?

Im Rahmen meiner Arbeit hat sich ab und an die Notwendigkeit ergeben, die Nachlässe früherer Schriftsteller zu studieren. Ich konsultierte ihr Werk, um Lösungen für eigene Probleme beim Schreiben zu finden, vertiefte mich in ihre Manuskripte, die Hände in den erforderlichen weißen Handschuhen, um ja keine Spuren zu hinterlassen. Mich hat oft überrascht, was ich dort fand. In der veröffentlichten Form erscheinen die betreffenden Werke makellos, deshalb wollte ich mir die archivierten Vorarbeiten ansehen. Und häufig fand ich dort ein Chaos vor, wie ich es auch selbst hätte produzieren können – durchgestrichene und umgeschriebene Sätze, komplett verworfene Absätze. Ganze Seiten, die vor lauter Streichungen kaum mehr entzifferbar waren. Der Einblick in diese Mühen führte interessanterweise dazu, dass der Lesegenuss bei erneuter Lektüre der geschliffenen Endversion beeinträchtigt, wenn nicht gar ruiniert wurde. Ich konnte die fertigen Bücher nicht mehr im selben Licht sehen wie zuvor – oder zog die Vielschichtigkeit des Archivmaterials vor, all die alternativen Wörter, die an den Rand oder zwischen die Zeilen geschrieben waren, sodass das fertige Werk, wenn ich mich ihm wieder zuwandte, irgendwie dünner erschien, weniger beziehungsreich. Zu direkt. Es wird erwartet, dass wir in unseren Büchern unsere Mühen verbergen, dass wir unbedeutendere oder alternative Versionen tilgen. Möglicherweise, so könnte ich ergänzend anmerken, sollen wir unsere Mühen nicht zuletzt deshalb verbergen, damit wir später mehr zu erzählen haben, eine weitere Geschichte, die wir auf den Literaturfestivals und sonst wo in Umlauf bringen können, um den endlosen Appetit der Leserschaft auf die Geschichte über die Geschichte zu stillen. Diesen unersättlichen Hunger. So verdienen wir uns unser Brot. Wobei auch diese Theorie das Ganze ein bisschen zu sehr vereinfacht. Jegliches Verlangen kann leicht missbraucht werden. Aber was immer nun der Grund für die Tilgung sein mag, wenn man erst einmal weiß, dass es diese Alternativ-Versionen gibt, wenn man die Mühen, all das Durchstreichen und Umschreiben gesehen hat, wenn man weiß, dass das alles da ist – all die Jahre des Entwerfens und Überarbeitens –, dann spuken diese Details unabwendbar auf den Seiten herum.

Unsere Ehe fühlte sich auf dem Schiff auch ein bisschen so an. Eine Geschichte, die ich unbedingt vervollkommnen wollte, wobei ich nur zu gut wusste, wie sehr ich die Erzählung umgestaltet und wie viel ich verdichtet hatte, was nicht das Gleiche ist wie Weglassen, aber wiederum auch nicht der Dynamik der Verdrängung entspricht, mit der wir alle auf die eine oder andere Weise vertraut sind. Damals bekämpften sich in meinem Innern die beiden Versionen – die vollkommene und die verworfene –, die eine hatte die Oberhand, während die andere ruhte, bis die ruhende irgendwann mit neuen Kräften und voller Bitterkeit wieder erwachte, bereit, ihren Zwilling außer Gefecht zu setzen. Es war schwer zu akzeptieren, dass Patrick unserer Geschichte eine andere Richtung gegeben hatte, ohne mich zu fragen. Er hatte sie in eine Erzählung verwandelt, die mir nicht gefiel, die ich nicht ertrug und aus der ich nur hinausgeworfen werden konnte – eine bloße Chargenspielerin, nun, da sein Leben mitsamt dem Nachwuchs weiterging, den ich ihm verweigert hatte. Verweigert, weil ich ein Kind als störendes Element ansah, und nun hatte nicht zuletzt das unsere Beziehung ruiniert. Mich packte eine unglaubliche Wut, als ich begriff, dass er mir unsere Geschichte genommen hatte.

Letzten Endes konnte in unserer Ehe niemand gewinnen, konnte es keine Auflösung geben, keine Synthese einzelner Bestandteile. Und ich kann mein Leben nicht im Nachhinein überarbeiten und umschreiben, wie ich es gern täte, wie so viele von uns es gern täten, wenn es zu spät dafür ist. Bestimmt hatte auch Patrick versucht, sich über das, was zwischen uns vorgefallen war, hinwegzusetzen: Er muss sich an jenem letzten Tag alle Mühe gegeben haben, nicht daran zu denken, was ich geschrieben hatte, so wie ich seit Monaten versuchte, darüber hinwegzusehen, was er getan hatte. Vielleicht war er deshalb nach dem Sex plötzlich so gereizt gewesen – nach jenem unglaublichen Sex, dem Versöhnungssex, der Art von Sex, bei der man alles am anderen auslässt –, an jenem letzten Tag, als wir nichtsahnend auf den Sturm zufuhren. Was er als Verrat empfand, ließ sich nicht einfach oder schnell aus der Welt schaffen. Das Gefühl muss wieder in ihm aufgewallt sein. Vielleicht war er deshalb ohne mich an Deck gegangen, vielleicht hatte er deshalb getrunken. Es sei denn, da war noch etwas anderes gewesen, etwas nach dem Sex, in jenem Moment, als er sich von mir wegdrehte, um auf sein Handy zu schauen.

Wir hatten die Abmachung, Patrick und ich, dass wir gegenseitig unser Leben in unserer Kunst nach Belieben verwerten durften, unsere Identität aber verschleiern mussten. Es war klar, dass wir unsere schöpferischen Impulse nicht zensieren konnten: Man musste über die Dinge schreiben, über die man schreiben musste. Für uns selbst waren die Werke des jeweils anderen durch all die Insiderwitze, die Entlehnungen und charakterlichen Überzeichnungen umso ergiebiger. Aber wir hatten noch eine weitere Vereinbarung: Wenn wir etwas vom jeweils anderen in unsere Kunst aufnahmen, musste das offen und ehrlich geschehen. Wir durften nicht in unserer Kunst unsere Gefühle darstellen, uns zugleich aber weigern, über sie zu sprechen oder zuzugeben, dass sie real und nicht etwa fiktional waren. Was aber, wenn das Fiktionale zum Auslöser für etwas Reales wurde? Meine Anmerkung der Autorin kehrte unsere Abmachung um: Ich sagte darin

Dinge, die ich Patrick nie direkt gesagt hatte – Dinge, die sich meine Figuren längst gedacht hatten, bevor ich meine eigenen Worte dafür fand.

Fairerweise muss ich allerdings sagen, dass wir zwar klare Regeln hatten, was wir in unserer Kunst tun durften und was nicht, jedoch nie vergleichbare Regeln für das Leben aufstellten. Das wollte Patrick nicht. Wie sollte er Filme machen, wie sollte er Visionen entwickeln, wenn er ständig im Kopf behalten musste, wie er leben durfte und wie nicht?

Ich wusste, dass die Anmerkung der Autorin persönlicher war, als es Patrick lieb gewesen wäre. Nicht nur stimmte er meiner Aussage nicht zu, er ärgerte sich auch über die Einzelheiten, die ich anführte, um meine Behauptung zu stützen, verübelte mir den stark biografischen Einschlag. Aber für mich war es immer schwer zu sagen, wo meine Ehe endete und meine Arbeit begann. Jetzt träume ich oft, dass ich in einem schwarzen Meer treibe, das Wasser um mich herum lauwarm, wie Blut.

30

Im Gerichtssaal roch es nach Leder und Möbelpolitur. Das Rascheln von Papier, Gemurmel unter den Anwesenden. Ich spürte, wie mein Gesicht heiß wurde, alle starrten mich an. Bitte erheben Sie sich.

Nach den Anfangs-Formalitäten setzte ich mich neben meine Verteidigerin, eine grimmige junge Frau, dünn und knochig, die kein Wort zu viel sagte. Ich erklärte mich für nicht schuldig, die Geschworenen wurden vereidigt. Es geht nicht darum, dass wir gewinnen, hatte meine Verteidigerin mir noch einmal eingeschärft, sondern darum, dass die Gegenseite verliert. Dann stand der Anklagevertreter auf und begann, vor mir auf und ab gehend, den Fall in groben Zügen zu schildern. Dem Gericht zugewandt, breitete er die Arme etwas aus, die Handflächen nach oben, und sagte mit tiefer Stimme: Euer Ehren, meine Damen und Herren Geschworenen –

Ich hatte einen Kloß im Hals, schluckte heftig. Wie aus der Ferne hörte ich dem Anklagevertreter zu, während er eine Version meines Lebens zum Besten gab. Neben mir machte sich meine Anwältin Notizen, ab und zu knurrte sie missbilligend. Ich dachte an Valerie, die irgendwo hinter mir auf der Zuschauertribüne saß. Der Anklagevertreter ließ nichts aus, weder bei seiner Beschreibung von mir noch bei dem Hinweis auf Patricks Renommee, das er den Geschworenen erneut in Erinnerung rief: ein hochangesehener Mann, gefeierter Regisseur, dessen Filme äußerst beliebt waren – ein Mann, der uns die Geschichten unseres eigenen Lebens zurückgegeben hatte. Ein guter Mensch, erklärte er dem Gericht. Ein Mann, der keine Mühen scheute, um die Interessen seiner jungen Frau zu unterstützen. Der sie bekanntlich abgöttisch geliebt und eine entscheidende Rolle in ihrer Karriere gespielt hatte. Ihr erster Wohltäter, könnte man wohl sagen. Ein Mann, der seine Frau mit Geschenken überhäufte: Schmuck, Kleider, sogar eine Kreuzfahrt zur Feier des Hochzeitstags, wobei er natürlich nicht habe ahnen können, dass dieses Geschenk zu seinem Tod führen würde.

Die Kreuzfahrt war nicht Patricks Idee gewesen, das wusste ich. Aber wie hätte ich es beweisen sollen? Er wollte sie ja nicht einmal machen. Ich musste ihn dazu überreden. Ihn regelrecht beknien. Doch der Anklagevertreter brachte Patrick unbeirrt gegen mich in Stellung, betonte, wie berühmt er gewesen sei, welchen Beitrag er geleistet, wie sehr man ihn allseits geschätzt habe. Ich dagegen wurde als zänkisches Weib dargestellt: eine verbitterte, rachsüchtige Schriftstellerin, die ihren Mann gezielt falsch darstellte, ja sogar so weit ging, ihn öffentlich zu verhöhnen – zum Beleg zitierte er ein paar Zeilen aus meiner Anmerkung der Autorin.

Er hörte gar nicht mehr auf. Ich sank in mich zusammen. Ich führe hier das Schlimmste von dem an, was mir im Gedächtnis geblieben ist, aber das war zweifellos nicht alles. Sollten diese Erinnerungen jemals infrage gestellt oder korrigiert werden: Die Mitschrift existiert noch. Aber

Gott bewahre mich davor, dass ich mich mit alldem ein weiteres Mal befassen, all die Einzelheiten ein weiteres Mal durcharbeiten muss. Täuschen Sie sich nicht, hatte der Anklagevertreter gesagt, oder etwas in dem Sinne – die Frau, die Sie hier vor sich haben, hat ein Vermögen damit verdient, das Leben ihres Mannes zu verfälschen und für ihre Bücher regelrecht auszuschlachten. Eine Frau, die sich ihren Erfolg mit der falschen Münze unwahrer Behauptungen erkauft hat.

Dann widmete er sich der Vorgeschichte. Meinem Leben. Der mangelnden Stabilität in meiner Kindheit. Er bediente sich rhetorischer Kunstgriffe: Halten wir kurz inne, sagte er. Betrachten wir diese Szene genauer. Er hielt den Film an. Ich sah selbst vor meinem inneren Auge, wie das Bild sich entfaltete, Gestalt annahm. Schauen Sie sich an, was mit dem Kind geschah. Mit mir. Oder vielleicht auch nicht. Vielleicht will man das gar nicht wissen. Vielleicht will ich es nicht wissen. Vielleicht hat mein Körper dieses Wissen in sich verschlossen. Es eingesperrt, die Muskeln angespannt, der Brustkorb eine harte Hülle um das Herz. Bis das Leben die Sequenz wiederholt, wieder und wieder. Bis jemand sagt, bis man sich nicht mehr daran erinnern kann, was jemand sagte, wenn man danach gefragt wird, wenn man gefragt wird, woran man sich erinnert. Bis sich die Bilder in meinem Kopf überlagern, verschieben, verwandeln, verschmelzen. Ein Verschwinden nach dem anderen, im Leben wie im Roman. Der Anklagevertreter sprach weiter. Aber ich wusste so gut wie er, dass die lineare Geschichte immer eine Illusion ist, ein selektives Nacherzählen. Filmartig. Wie Fellini sagte: Ich bin ein Lügner, aber ein ehrlicher. Es gibt immer die verschiedensten Wege, etwas zu beenden, und mit jedem Ende gehen Möglichkeiten einher, doch mit den Möglichkeiten nicht unbedingt ein Ende. Das Ende eines Gedichts etwa will einen oft vorwärtstreiben, weiter und weiter. Es hallt in uns nach, zirkuliert durch unseren Körper. Doch in anderen Lebensbereichen wollen wir lieber Ordnung und eine saubere Auflösung, die losen Enden sollen zusammengeführt werden, nichts soll auf vergebliche Mühen hinweisen oder auf gute Absichten, die ihr Ziel verfehlt haben.

Der Anklagevertreter stellte Patrick als meinen Retter dar. Er lenkte die Aufmerksamkeit auf das, was sich als meine Undankbarkeit interpretieren ließ, als mangelnde Charakterstärke, als Unfähigkeit, Grenzen zu respektieren – psychologische, emotionale –, die andere, gesunde Menschen anerkennen würden. Ich würde zu Grenzüberschreitungen neigen, und das sei ein typisches Symptom für –

Meine Verteidigerin stand auf: Mit Verlaub, Euer Ehren, das ist polemisch.

Stattgegeben.

Der Anklagevertreter hielt nur kurz inne, dann fuhr er fort. Das Beweismaterial wird zeigen, dass Ms. Blackwood –

Mein Herz klopfte zu schnell. Ich versuchte, ganz still dazusitzen, mit gesenktem Blick. Der Raum war stickig und überheizt, die Luft in meiner Lunge kam mir zäh und schwer vor. Ich fühlte mich einer Ohnmacht nahe. Ich biss mir auf die Zunge, um meine Aufmerksamkeit zu schärfen, versuchte meinen Atem zu beruhigen. Ich hörte weiter die Stimme des Anklagevertreters, konnte mich aber nicht mehr auf das konzentrieren, was er sagte. Ich erinnerte mich an die Befragung in Japan. Erinnerte mich daran, wie ich das Gesicht des Vernehmers beobachtet hatte, während ich sprach: Er schien sehr angeregt, hob die Augenbrauen, kniff konzentriert die Augen zusammen, presste die Lippen aufeinander. Mir war kaum bewusst gewesen, was ich sagte. Ich hatte ihm von unserem Sex erzählt. Das fiel mir jetzt wieder ein. Ich hatte es ganz vergessen. Wenn ich daran dachte, dass das alles dokumentiert war, in allen Einzelheiten, dass der Anklagevertreter es gelesen oder die Aufnahme gehört haben musste. Ich hatte erzählt, dass Patrick danach plötzlich verärgert gewirkt hatte. Seine Stimmung war abrupt umgeschlagen. Ich weiß, dass ich damals ausgesagt habe, er sei gereizt gewesen, aber es war mehr als das. Er wollte mich plötzlich nicht mehr anfassen. Als würde etwas mit mir nicht stimmen. Er wandte sich von mir ab und schaute auf sein Handy. Ich fing an zu weinen. Er ging duschen. Dann griff er nach seinem Bademantel und sagte, er gehe jetzt an Deck, eine Runde schwimmen und etwas trinken. Ich hatte mich zu sehr geschämt, um das zu erzählen, wollte nicht, dass es auf Papier oder Tonband festgehalten wurde. Dieses Gefühl, dass ich ihm in diesem Moment – als er sich von mir herunterwälzte, von mir wegdrehte – irgendwie zuwider war.

Ich blickte schließlich auf und merkte, dass der Anklagevertreter mich ansah. In seinen Filmen hatte Patrick gern Nahaufnahmen von den Augen der Schauspieler eingesetzt. Im entscheidenden Moment zoomte die Kamera auf ein einzelnes, verstört dreinblickendes Auge und zeigte es ganz genau, blinzelnd, tränend. Die Suggestion war, dass wir in den Kopf der Figur schauen konnten, ihren

Gedanken so nahe kamen, wie eine Kamera das nur bewirken konnte, ohne dass sie aber selbst zum Auge wurde – Letzteres war eher mein künstlerischer Ansatz. Wir diskutierten oft über diese unterschiedlichen Strategien, aber ich ging der Nahaufnahme fast immer auf den Leim – der Voyeur, der Mann mit der Kamera, der sich dem Gesicht näherte und so tat, als wüsste er, was in dem betreffenden Menschen vorging. Der Anklagevertreter wandte sich ab und sprach zu den Geschworenen. Er wollte mich in einem bestimmten Licht darstellen, gab sich alle Mühe, mich als eine bestimmte Sorte Frau zu beschreiben: eine Frau, die bei ihren Verwandten kein einziges Mal über Patricks Tod gesprochen und der man keinerlei Trauer angemerkt habe. Stattdessen, sagte er, hätte ich Partys besucht, sei shoppen und schwimmen gegangen. Er charakterisierte mich als eine Frau, der jegliche Empfindsamkeit abging – kalt, rücksichtslos hätte ich meine Ambitionen verfolgt, ja geradezu dissoziativ. Er machte mir als Frau all das zum Vorwurf, was ich als Schriftstellerin nicht hatte sein dürfen – während meine Bücher oft als zu weiblich gegolten hatten, war ich selbst nun nicht weiblich genug. Irgendeiner Wesensschwäche machte ich mich immer schuldig.

Dann rief er ohne weitere Umschweife die erste Zeugin auf. Es war ausgerechnet unsere Nachbarin. Ich war bestürzt. Diese kleinliche Alte, die seit fünfzig Jahren im Nachbarhaus wohnte, schon lange bevor das Viertel gentrifiziert wurde. Eine knauserige Klatschbase. Ihr missfielen die Renovierungen, die wir vorgenommen hatten, unser gepflegter Garten ging ihr gegen den Strich, sie verabscheute die vielen Hunde, die die Leute heutzutage hatten, und war empört über den kühlen Zustrom von Geld im Laufe der Jahre, der dazu geführt hatte, dass sie sich in ihrer eigenen Straße fehl am Platz fühlte. Vor allem aber hasste sie mich. Abends lang aufzubleiben war nie mein Ding gewesen, ich ging lieber früh zu Bett und machte mich dafür morgens früh an die Arbeit. Zwischen unseren Häusern gab es einen schmalen Durchgang, durch den wir jeden Mittwoch die Mülltonnen zogen, die am Donnerstagmorgen geleert wurden. Der Durchgang führte an Patricks und meinem Schlafzimmer vorbei, und sie hatte jahrelang Woche für Woche ihre Tonne nachts um eins oder zwei schön langsam den Weg entlanggerollt, sodass ich aufwachte und die Hunde in der Nachbarschaft anfingen zu bellen, was bedeutete, dass der nächste Morgen für mich als Arbeitszeit ausfiel, denn ich konnte danach nicht mehr einschlafen. Patrick bemerkte das alles nie, er schlief tief und fest. Und anstatt dass sie ihre geleerte Tonne dann am nächsten Vormittag wieder holte, tat sie es erst abends, Stunden nachdem ich ins Bett gegangen war, und weckte mich erneut.

Ich weiß gar nicht, wie oft ich mit ihr darüber zu reden versuchte, bis ich irgendwann dazu überging, ihre Tonne selbst hinauszustellen, was sie mir damit vergalt, dass sie am Mittwochabend den Sack mit den Tagesabfällen in unseren Garten schmiss, weil ihre Tonne bereits an den Straßenrand gestellt worden war – von mir. Als ich sie darauf ansprach, tat sie, als hörte sie mich nicht oder verstünde nicht, was ich sagte – war sie taub oder senil? Ich war mir nicht sicher. Ganz offensichtlich hatte sie jedoch die ganze Zeit alles verstanden, denn an jenem Tag vor Gericht sprudelte sie von Klatsch und Tratsch nur so über.

Wobei sie von Patrick immer entzückt gewesen war, er hatte ihr die Einkaufstüten die Treppe hinaufgetragen und bei Regen die Zeitung hereingeholt – ihre Abscheu galt allein mir. In der Presse wurde umfassend über ihre Aussage im Zeugenstand berichtet: Sie habe uns streiten hören, die Streite seien in der letzten Zeit eskaliert, am häufigsten habe sie mich ihn anschreien hören. Es habe ihr Angst gemacht – ich könne richtig herrschsüchtig sein, sagte sie. In den letzten Monaten, erzählte sie dem Gericht, habe sie oft laute Geräusche gehört, Sachen seien auf den Boden oder gegen die Wand gekracht, Möbel herumgeschubst oder umgeschmissen worden. Einmal sei sie so besorgt gewesen, dass sie unter dem Vorwand, Hilfe beim Aufschrauben eines Glases zu brauchen, bei uns geklingelt habe, und als Patrick ihr aufgemacht habe, hätte ich gerade etwas nach ihm geworfen – was ich tatsächlich ein oder zwei Mal getan habe, einen Becher oder ein Buch, harmlose Gegenstände, die immer ihr Ziel verfehlten. Aber so beschrieb sie es nicht. Sie sagte, was immer ich da geworfen hätte, sei schwer und aus Metall gewesen, wie an dem Aufprall zu hören, als es hinter Patrick auf dem Boden landete, während er über das alte Glas gebeugt versuchte, den Schraubdeckel aufzukriegen. Er habe Kratzer im Gesicht gehabt, sagte sie, und auf der Brust, entlang des Halsausschnitts seines T-Shirts. Es habe ausgesehen, als zögen sich die Kratzer über seine gesamte Brust.

Der Anklagevertreter ging auf und ab, sodass seine Robe sich hinter ihm bauschte, während er diese und weitere Aussagen für das Gericht zusammenfasste und interpretierte, die Aufmerksamkeit auf Lücken in der

Erzählung lenkte, auf Anzeichen von Wut. Ich sei eine gewalttätige Frau, der zu trauen riskant war. Hat ihr Mann sie im Sturm aufs Deck gerufen? Oder hat sie ihn nicht vielmehr verfolgt, womöglich sogar versucht nach ihm zu greifen? Sie behauptet, ihr Mann habe Schlappen getragen. Doch bei der Autopsie wurde an seiner linken Fußsohle ein Schnitt von einer Glasscherbe gefunden. Ein Ekzem auf der Brust? In den Kratzern findet sich die DNA der Angeklagten. Blutig gekratzt. Aber das ist nicht alles. Wie Sie gleich sehen werden, hatte diese Frau kein Problem damit, die Öffentlichkeit wie auch ihre unmittelbare Umgebung in die Irre zu führen, und zwar nicht über Stunden oder Tage, sondern wochenlang. Bis jetzt, bis zu diesem Moment, hat die Angeklagte nicht nur gelogen, sondern alle bewusst getäuscht, indem sie – ihrem Beruf entsprechend – eine fiktionale Version vom Tod ihres Mannes verbreitet hat, die sie beharrlich als die Wahrheit verkauft.

Als ich dachte, er sei am Ende seiner Ausführungen angelangt, rief er Trudi in den Zeugenstand. Meine Atmung wurde flach und schnell. Mein Körper fühlte sich starr an, meine Halsschlagader pochte. Trudi legte den Eid ab und straffte die Schultern, aber ich habe fast alles, was sie sagte, verdrängt.

31

Als am nächsten Tag schließlich ich selbst in den Zeugenstand trat, war ich schwach und erschöpft. Ich hatte eigentlich nicht aussagen wollen, ich wusste, dass alles gegen mich sprach. Aber meine Verteidigerin hatte darauf beharrt: Die ganze Verhandlung sei darauf ausgelegt gewesen, mich zu entmenschlichen – zu Unrecht. Ich müsse mich charakterlich rehabilitieren. Meine eigene Geschichte in meinen eigenen Worten sei das Einzige, was die Geschworenen noch nicht gehört hätten; mit meiner Aussage müsse ich die Beschuldigungen zurückweisen und zugleich um Gnade bitten. Offenbaren Sie sich, sagte meine Verteidigerin, so gut es geht. Im Geiste ließ ich jene letzten Tage auf dem Schiff immer wieder Revue passieren, überprüfte Details, prägte sie mir ein, glättete.

Aber darauf war der Anklagevertreter vorbereitet. Jedes Mal, wenn er mich aufforderte, meine Geschichte zu erzählen, stellte er die Fragen aus einer anderen Perspektive, aus einem anderen Grund, und bald passten meine eigenen Versionen, egal wie gut oder wahr sie waren, nicht mehr zusammen. Ich kam durcheinander, als er bei Themen nachzubohren begann, die ich längst abgehakt hatte. So habe ich das nicht gemeint, sagte ich. Es war kompliziert, erklärte ich. Unsere Ehe. Natürlich haben wir uns gestritten. Ja, das stimmt. In dieser Hinsicht nicht. Wir wollten von Anfang an zusammenarbeiten. Das mit seiner Exfrau wusste ich nicht. Sein Sohn ist, glaube ich, nie richtig warm mit mir geworden. Die Schwangerschaft war nicht geplant. Nein, hat er nicht. Wir beide nicht. Zu dem Zeitpunkt nicht mehr.

Ja, natürlich, entschuldigen Sie. Ich spreche lauter.

Natürlich hätte ich es ihm erzählt. Das ist korrekt, ich weiß es nicht.

Das Kind kommt im Juni. Es ist gesund, wurde mir gesagt, danke.

Und könnten Sie bitte noch einmal die letzten Sätze wiederholen, sagte der Anklagevertreter, die Sie und Ihr Mann auf dem Schiff gewechselt haben? Ihre letzte Unterhaltung?

Ich nickte, dann griff ich nach dem Wasserglas, das man mir hingestellt hatte. Es war leer. Ich bat um neues Wasser. Der Gerichtsdiener trat herbei.

Ich wusste natürlich nur zu gut, dass das verschiedene Dinge waren: Sätze zu sagen und sich zu unterhalten. Ist eine Unterhaltung das, was wir Schriftstellerinnen Dialog nennen? Oder ist Dialog näher an dem, was Leute sagen? Es gibt da einen feinen Unterschied, mit dem sich Patrick immer wieder gern befasst hatte, vor allem damit er Hitchcock zitieren konnte, dieses Bonmot, das er so liebte: *Ehefrauen nörgeln nicht, sie diskutieren.* Ab und zu zog er mich damit auf. Worte statt Phrasen.

Das ist nicht das Gleiche, wollte ich erklären. Die Figuren in den großartigen viktorianischen Romanen führen Unterhaltungen – lange, ausschweifende Gespräche, in denen Verdächtigungen offenbart, Haltungen erläutert,

Geschichten entwickelt werden. Diese Unterhaltungen ziehen sich über etliche Seiten hin, durch verschiedene Zimmer, Gebäude. Oder sie finden auf langen Spaziergängen statt, durch rußige Städte, prächtige Anwesen, öffentliche Parks.

Wohingegen Dialog – das, was man schlicht Sprechen nennen könnte – sich nie auf diese Weise selbst aufrechterhält, sich nie einfach treiben lässt. Während eine Unterhaltung purer Selbstzweck sein kann, ist Dialog funktional. Die Figuren bitten um den Salzstreuer. Sie kommentieren das Wetter. Sie versuchen herauszufinden, wer die Pistole oder die Drogen hat. Dialoge dienen dazu, die langen erzählenden Passagen aufzulockern. Nur im Autorenkino führen die Figuren absichtslose Unterhaltungen. Diese Filme können ewig dauern, und die langen Einstellungen, die Bäume in der Ferne, im Wind schwankende Äste oder ein feuchtes Feld am Morgen zeigen, sind immer ausgesprochen schön. Patrick und ich schauten uns solche Filme in gebanntem Schweigen an, und hinterher wirkten sie noch so stark nach, dass wir nichts zu sagen wussten. Erst Tage später, wenn sich das Erlebnis gesetzt hatte, sprachen wir über das, was wir gesehen und gehört hatten. Doch selbst dann blieb das Gespräch oft fragmentarisch, ging über den Ausdruck von Freude oder Verblüffung nicht hinaus. Wir hielten uns an der Hand, gingen am Fluss spazieren, und das Wissen um das gemeinsam Erlebte, Erfahrene, schien sich durch den Körperkontakt mitzuteilen. Eigentlich sagten wir nie wirklich etwas.

Um ehrlich zu sein, antwortete ich dem Anklagevertreter, finde ich es sehr schwierig, unsere letzte Unterhaltung zu rekonstruieren – oder den letzten Wortwechsel, der sich noch als Unterhaltung bezeichnen ließe. Wir hatten uns gestritten, wenn es das ist, was Sie wissen wollen. In der Zeit vor der Kreuzfahrt haben wir uns oft gestritten. Das stimmte, allerdings ersparte ich dem Gericht die Einzelheiten. Wir waren schon seit dem Frühjahr immer wieder aneinandergeraten, seit Patrick angefangen hatte, von LA zu faseln, lange bevor seine Untreue ans Licht kam. Einmal hatte ich sogar auf der Straße meinen Ehering nach ihm geworfen. Ich wollte damit etwas bekräftigen, der Streit war noch keineswegs vorbei. Der Ring traf ihn an der Brust, fiel herunter und rollte auf dem Bürgersteig zwischen die Füße anderer Leute. Ich marschierte vorneweg, und er rannte mir hinterher.

Hör zu, sagte er, ich möchte gern mit dir zu Ende streiten, aber erst muss ich deinen Ring suchen. Und dann kehrte er um. Er ging zu der Stelle zurück, wo ich den Ring nach ihm geworfen hatte, und da, wo er meinte, ihn auf den Boden fallen gesehen zu haben, ging er auf alle Viere und krabbelte den Bürgersteig entlang, hielt nach dem Glitzern von Gold Ausschau. Die Leute machten ihm Platz. Starrten ihn an. Schließlich fand er den Ring, er war an der Seite eines Donut-Standes hängen geblieben. Patrick stand auf, steckte den Ring in die Tasche, klatschte in die Hände, wie um den Dreck abzuklopfen, und wischte sich den Staub von den Knien. Okay, sagte er. Wo waren wir stehen geblieben?

Diese Einzelheiten erzählte ich an jenem Tag im Gericht nicht. Und ich machte mir auch nicht die Mühe, dem Anklagevertreter die zeitlichen Zusammenhänge zu erläutern – dass sich dieser Streit im Sommer ereignet hatte, auf dem Heimweg von jener Galerie, in der wir uns die Skulpturen angesehen hatten, etwa zwei Monate bevor Ada mir am Telefon von dem Preis erzählte. Wir waren auf dem Weg zur U-Bahn – es nieselte, das Wetter war überhaupt unerfreulich. Worüber wir beide enttäuscht waren, denn wir hatten uns so lang auf den Sommer gefreut. Damals, im Juni, nahm ich noch letzte Änderungen an meinem Manuskript vor und fühlte mich unter Druck. Ich hatte nur noch vier Wochen Zeit, bis ich das Ganze abgeben musste, war müde und reizbar. Patrick ließ immer noch nicht locker wegen LA, obwohl ich unmissverständlich klargemacht hatte, dass ich das nicht einmal in Erwägung ziehen würde. Er fing immer wieder davon an. Das schlechte Wetter machte die Sache nicht besser. Aber seine Hartnäckigkeit trieb mich in den Wahnsinn. Ich verstand sein Motiv noch nicht. Vielleicht ist es mir bis heute nicht klar – ob er der Versuchung entkommen oder mich loswerden wollte.

Aber um Ihre Frage direkter zu beantworten, sagte ich. Ich bin mir nicht sicher, ob man unsere Austausche damals auf dem Schiff noch als Unterhaltungen bezeichnen kann. Vielleicht war das alles tatsächlich nur noch Dialog. Dazu die Seekrankheit, der Alkohol, der Sex. Also, nicht in dieser Reihenfolge. Ab einem gewissen Punkt hört man in einer Ehe auf, Unterhaltungen zu erwarten oder auf sie zu setzen, und das ist nicht unbedingt schlecht oder enttäuschend. Manchmal entsteht zwischen zwei Menschen schlicht eine telepathische Verbindung. Man ist sich der Liebe und all des anderen dabei durchaus bewusst. Muss nicht groß darüber reden. Will es vielleicht gar nicht.

Wenn ich mich recht erinnere, drehte sich unsere letzte »Unterhaltung« um Kirschblüten. Ihr Duft erinnerte ihn an die Zuckermandeln – mit Marzipanüberzug, glaube ich –, die seine Mutter ihm in seiner Kindheit immer zu Ostern geschenkt hatte. Die ovalen Süßigkeiten hatten verschiedene Farben: pastellblau, hellrosa, zitronengelb. Es war die gleiche Sorte, mit der Frischvermählte manchmal beworfen werden wie mit Konfetti, als Symbol für das Bittersüße der Liebe. Er bekam sie in einem kleinen, mit Watte gepolsterten Weidenkörbchen, diese Ostermandeln. Sie schmeckten ihm überhaupt nicht, aber er liebte ihren Geruch und die Farben und erinnerte sich daran, wie er diese Zuckermandeln einzeln an seiner Nase gerieben hatte, die Marzipanhülle ganz glatt und zart.

Diese intime Erinnerung passte so gar nicht zu Patricks äußerem Erscheinungsbild, entsprach nicht der Rolle des radikalen Intellektuellen und Einzelgängers. Jede Generation hat ein eigenes Bild für diese Sorte Mensch, diese Figur. Oder vielmehr – um da keinen Zweifel aufkommen zu lassen – für diese Sorte *Mann*. Aber hinter dieser Fassade war er jemand anders. Und ich allein kannte diesen anderen Patrick, ich war das einzige Publikum für diesen anderen Menschen. Ein ruhiger, liebevoller Mann voller Skrupel. Ein Mann, der gern meilenweit ins Meer hinausschwamm, durch warme, unruhige See. Ein Mann, der sich in der Badewanne Händel-Arien anhörte. Ein Mann, der es mochte, wenn ich ihm die Füße streichelte und ihn an anderen Stellen leckte, als wäre ich eine Katze vor einem Schälchen Sahne, ein Mann, der mir abends die großen Dichter vorlas. Ein Mann, der auf dem Pont Neuf in Paris auf die Knie ging und mich bat, ihn zu heiraten. Touristen sind damals stehen geblieben, um das zu fotografieren. Er wollte nicht zugeben, dass er diese romantische Ader hatte, jedenfalls nicht in der Öffentlichkeit, wo sein Drang nach kritischer Auseinandersetzung und künstlerischem Wagnis geradezu den Kern seiner Identität ausmachte. Aber ich wusste, dass das nur noch eine Pose war, und er wusste, dass ich es wusste. Ich war sein Halt, sein Ruhepol. Das war unser gemeinsames Geheimnis: unser Privatleben. Und das Privatleben ist, ganz gleich, was andere Leute behaupten mögen, das einzige wahre Leben, das wir haben.

Ich merkte, dass ich ins Stocken geriet, und beugte mich etwas vor, rieb mir die Stirn, versuchte meine Gedanken zu ordnen. Manchmal stelle ich fest, dass ich eine Erinnerung durch eine Szene aus einem Film oder einer Fernsehserie oder sogar aus der Werbung ersetzt habe. Das filmische Bild schiebt sich über die eigene Erinnerung und tilgt sie, löscht sie restlos aus, unwiederbringlich. Wenn dieser Vorgang unterbrochen wird, entsteht eine Art Schwebezustand, in dem das erinnerte und das übernommene Bild ineinander verschwimmen und eine verworrene Erinnerung schaffen. Ich versuchte weiterzusprechen, es gab noch mehr zu meiner Verteidigung zu sagen, aber meine Stimme streikte, ich brachte nur noch ein heiseres Flüstern hervor. Der Anklagevertreter nutzte meine offenkundige Schwäche aus und überzog mich mit Fragen.

Aber haben Sie uns nicht gerade erzählt, begann er. Und war es nicht so, dass – Eben haben Sie dem Gericht doch noch gesagt, Sie hätten eingewilligt –

Er verstummte, ging auf und ab, wandte sich den Geschworenen zu. Ich glaube, sagte er, dass da noch etwas fehlt. Darf ich Sie daran erinnern, Ms. Blackwood, dass Sie unter Eid stehen.

Ich spürte Hitze meinen Hals hinaufsteigen, meine Wangen röten. Ich wusste, dass ich nicht alles erzählen konnte, nicht aus jenen ersten Tagen nach seinem Tod. Ich konnte es nicht zu Papier bringen oder auch nur mir selbst eingestehen. Bei jener ersten Befragung hatte ich nicht klar denken können, das wusste ich. Die Kette von Ereignissen ergab damals keinen Sinn. Und jetzt? Einer der Zeugen hatte ausgesagt, ich sei klatschnass gewesen und hätte gezittert, als ich mich mit der Tür abgemüht hätte, doch in meiner Erinnerung war ich vollkommen trocken. Bei mir gibt es zwischen einem Ereignis und dem Moment, wo ich es verstehe, immer eine Verzögerung. Das können auch mal zehn oder noch mehr Jahre sein – bis ich mich irgendwann entschließe, über das betreffende Ereignis zu schreiben, und erst dadurch begreife ich, was tatsächlich geschehen ist. Nicht jede Wahrheit kann fiktional erfasst werden, aber ich weiß, dass ich mir selbst gegenüber ehrlicher bin, wenn ich einen fiktionalen Text schreibe, als wenn ich vorgebe, die Wahrheit zu sagen. Wobei die meisten von uns Letzteres wohl die meiste Zeit versuchen, was aber nur dazu führt, dass wir lügen – oder das Ganze, diese vorgebliche Wahrheit, ist von vornherein eine Lüge, und wir reiten uns einfach immer weiter hinein. Es braucht Zeit, bis ich an den Punkt komme, wo ich die Ereignisse schließlich und endlich in die richtige Reihenfolge bringen und sie als das erkennen kann, was sie nach meiner nun erst möglichen Einschätzung waren. Aus der Distanz kann ich erkennen, was wirklich bedeutsam war, was genug Gewicht hatte, um in meinem Innern lebendig zu bleiben, und dann kann ich alles andere loslassen.

Ich spürte, dass ich Kopfschmerzen bekam. Ich war müde. Unglaublich müde. Hatte einen bitteren Geschmack im Mund. Dürfte ich Sie bitten, sagte der Anklagevertreter, noch einmal die Zeit vor der Kreuzfahrt mit uns durchzugehen?

Ich holte tief Luft, und um meine Bereitschaft zu demonstrieren, die vollständige Geschichte zu erzählen, ging ich weiter in die Vergangenheit zurück, als es vielleicht nötig gewesen wäre. Es gab da eine furchtbare Auseinandersetzung zwischen Patrick und Joshua, erklärte ich, bei der Patrick Joshua mit einer zusammengerollten Zeitschrift geschlagen hat. Wenig später ging Joshua dann wieder zu seiner Mutter zurück. Weder Patrick noch ich hatten ernsthaft versucht, irgendetwas vor ihm zu verbergen. Er wusste von der Affäre. Möglicherweise wusste er schon viel früher als ich davon, möglicherweise war das einer der Gründe für seine Wut: die Entdeckung, dass ich hintergangen wurde, genau wie vorher seine Mutter. Er war, erklärte ich dem Gericht, enttäuscht von seinem Vater. Joshua war noch jung und idealistisch genug, um zu glauben, dass Erwachsene aufrecht sein sollten – vor allem und am allermeisten Patrick. Er hatte eine Riesenwut auf ihn. Aber Patrick tat lieber so, als wäre das alles die ganze normale Reaktion eines Pubertierenden auf die Welt. Joshua hat uns an diesem Abend sicher streiten gehört, während er darauf wartete, dass Patrick kam und dieses Brettspiel mit ihm spielte. Und zu Hause muss er Trudi dann alles erzählt haben, denn natürlich war sie diejenige, die in ihrer Zeugenaussage von alldem berichtete, von den Einzelheiten der Affäre und dem Streit zwischen Patrick und Joshua. Sie erinnerte sich sogar daran, dass ich ohne Schlüssel vor dem Haus gestanden hatte und dass Joshua, nachdem sie mich endlich eingelassen hatten, Patrick beschuldigte, ihn geschlagen zu haben. Später war dann dieser schreckliche Streit zwischen Patrick und mir entbrannt, der dazu führte, dass unsere Nachbarin bei uns klingelte. Mittlerweile waren wir allein im Haus, Joshua war nach Hause gegangen. Man kann wohl sagen, dass zu diesem Zeitpunkt alles möglich war.

Aber nach einer so langen Ehe wie der unseren kann man auch den heftigsten Gefühlsausschlägen – den wildesten Anschuldigungen, den schlimmsten Beleidigungen, selbst aufrichtigem Hass – Raum geben, sie einordnen, rationalisieren, akzeptieren und irgendwie vielleicht auch verzeihen. Die schlichten Gefühle sterben ab und werden ersetzt. Erstaunlicherweise, und es ist tatsächlich überraschend, wenn es geschieht, kann man eine gewisse Zuneigung, ja sogar Loyalität zu diesem komplexeren Zustand entwickeln – zu der gemeinsamen Vergangenheit, für die er steht und die nirgendwo anders zu finden, nicht austauschbar ist. Das Fett so fest mit dem Fleisch verwachsen, dass es weder herausgeschnitten noch sonst wie entfernt werden kann.

Die Kreuzfahrt, erläuterte ich, habe ich nicht lang nach diesem Streit gebucht. Ich tat es während einer seltsamen Erschöpfungspause. In der Zeit nach dieser Auseinandersetzung waren wir nett zueinander – zum Teil, glaube ich, einfach weil wir keine Kraft mehr hatten: Wir hatten so viel gestritten, dass wir nicht mehr konnten. Ich muss mal weg von allem, sagte ich zu ihm. Tust du es für mich, für uns? Er rieb sich über die Stelle direkt oberhalb des Nasenrückens. Ja, sagte er.

Ich habe diese Kreuzfahrt zu unserem Hochzeitstag nur gebucht, um mal woandershin zu kommen, um wieder mit ihm allein zu sein. Zwar konnten wir nicht noch einmal von vorne anfangen, aber vielleicht doch wenigstens ein neues Kapitel aufschlagen, und Patrick war mittlerweile aufrichtig zerknirscht und sehr zugewandt. In den folgenden Wochen überzeugte er mich davon, dass er den Fehler wiedergutmachen wollte. Dass das Ganze im Vergleich zu uns völlig bedeutungslos war. Dass er mich brauchte, und das stimmte, das wusste ich. Es war eine Tatsache – und von seiner Seite die Äußerung einer Erkenntnis, einer Wahrheit. Er sagte das nicht, um mich zu beschwatzen. Jede Frau will wissen, dass sie gebraucht wird, ja mehr als das: Sie will spüren, dass der Mann, den sie liebt, sie so sehr begehrt, dass er irrtümlich glaubt, sie zu brauchen, und sich nur vollständig fühlt, wenn er in ihrer Nähe ist – wodurch sie unersetzlich wird.

Er sagte damals, da laufe nichts mehr, er habe die Sache beendet, und der Abend, an dem er das Manuskript habe abgeben wollen, sei nur ein Ausrutscher gewesen, ein Fehler. Er verwendete Filmzeilen, als er mir das erklärte, und ich, die Heldin, schluckte sie. Er war sanft und gefügig und außerordentlich bemüht, es mir recht zu machen. So sehr, dass es fast untypisch wirkte oder zu sehr an den früheren Patrick erinnerte, den Mann, in den ich mich vor all den Jahren verliebt hatte. Er unternahm ungewohnte Anstrengungen, um mir zu helfen, mich zu besänftigen – wie zum Beispiel, dass er mir anbot, das Autorinnenfoto für den Buchumschlag zu machen, was er keineswegs hätte tun müssen. Natürlich war ich dankbar, aber zugleich war ich auf der Hut. Das kann man auf dem Umschlagfoto klar erkennen. Dieses angespannte Lächeln, eine gewisse Härte im Blick. Zwischen dem Tag, an dem Patrick dieses Foto machte, und dem Tag unserer Abreise lagen vier Wochen. Es waren ruhige Wochen, in denen wir beide damit beschäftigt waren, noch möglichst viel Arbeit vom Tisch zu bekommen, bevor wir uns auf die Reise machten. Ich glaube, ich hoffte, dass das alles einfach verschwinden würde, dass es nicht mehr da wäre, wenn wir nicht darüber redeten, und wir wieder werden könnten, was wir einmal gewesen waren.

Ich verstummte. Der Anklagevertreter ging auf und ab, hielt inne, als wollte er sich an die Geschworenen wenden. Ich beobachtete seine Füße. Sechs Schritte in die eine Richtung, Kehrtwende. Sechs Schritte in die andere Richtung. Seine Schuhe waren auf Hochglanz poliert, ein militärischer Glanz. Ich stellte mir vor, wie er in der Burlington Arcade Platz nahm, die Hosenbeine ein wenig hochzog, nachdem er es sich bequem gemacht hatte, während der Schuhputzer sich vor ihn kniete und seinen einen Fuß in die Hand nahm. Ich habe oft Männer ihre Mittagspause auf diese Weise verbringen sehen, und obwohl ich selbst gelegentlich den Wunsch verspürt habe, mich hinzusetzen, meine Füße aufzustellen und meine Schuhe bearbeiten zu lassen, bis sie wieder nagelneu aussehen, bin ich immer davor zurückgescheut, hätte mich fehl am Platz gefühlt. Ich habe nie eine Frau auf einem solchen Thron sitzen sehen, einen knienden Mann vor sich. Eine Frau, die dafür bezahlt, dass ein Mann vor ihr auf die Knie geht. Ein Mann, der nicht dafür bezahlt wird, dass er ihr schmeichelt oder über sich redet oder ihr persönliche Fragen stellt, sondern dafür, dass er sich fügt, sich unterordnet. Falls ich als freie Frau hier herauskomme, ging mir durch den Kopf, werde ich mich auf einen dieser Throne setzen und mir die Schuhe putzen lassen. Ich werde mir keine Gedanken darüber machen, dass ich womöglich auffalle oder dass Leute sich fragen werden, was ich da tue – eine Frage, die sich niemand stellte, wenn ein Mann sich die Schuhe putzen ließ, denn ihm stand das selbstverständlich zu, und er war es gewohnt, dieses Anrecht wahrzunehmen und zu genießen: diesen Moment des Ausruhens, den gepolsterten Ledersitz, auf dem er regelmäßig einen Teil seiner Mittagspause verbrachte und die Passanten beobachtete. Klack, klack, klack, machten die Schuhe des Anklagevertreters. Klack, klack. Hinter mir hustete jemand. Vor der Richterbank tippte der Protokollführer in rasantem Tempo, ohne auch nur einmal die Miene zu verziehen. Auf der Pressebank saßen Reporter und schrieben mit.

Und dann?, fragte er. Wie hat sich diese Erschöpfungspause, wie Sie es nennen, weiterentwickelt?

Danach, sagte ich, na ja. Wir haben die Kreuzfahrt genossen. Bis ich, und hier brach meine Stimme, bis ich noch einmal versucht habe, am Tag vor –

Entschuldigen Sie, Ms. Blackwood, könnten Sie das wohl wiederholen?

Bitte?

Etwas lauter, wenn es geht.

Bis wir, sagte ich, an dem Tag vor dem Unfall über etwas gestritten haben, was ich in meinem Buch geschrieben hatte. Das war nicht zu lösen, ich konnte es ja nicht zurücknehmen. Und Patricks Wut war gewaltig. Ehrlich gesagt, war ich immer auf der Hut, wenn er so war, und an diesem Tag habe ich lange am Pool gelegen und gelesen. Nachmittags wollte er dann, dass ich mit ihm in die Kabine hinunterging, aber ich weigerte mich.

Später, sagte ich, das wissen Sie ja, haben wir uns dann geliebt.

Ich erinnerte mich, wie der Vernehmer in Japan an dieser Stelle nachgehakt hatte. Und danach, hatte er gefragt, was ist danach passiert? Ich hatte vergessen, was ich ihm damals sagte, jedenfalls die Details. Hatte mich nicht daran erinnern wollen. Jetzt brach das alles über mich herein, kamen all die vergessen geglaubten Szenen wieder.

Patrick hatte eine außergewöhnliche Singstimme, sagte ich dem Anklagevertreter. Einen tiefen Bariton. Das wussten nur wenige Leute. Am Anfang unserer Beziehung hat er mir manchmal etwas vorgesungen. Er gehörte zu den Menschen, die gern unter der Dusche singen. Bei ihm war das ein Zeichen dafür, dass er glücklich war. Sehr glücklich. Aber ich hatte ihn schon seit Jahren nicht mehr singen gehört. Bis zu jenem Nachmittag in der Kabine. Zuerst war ich mir gar nicht sicher, was ich da hörte, und als ich es begriff, überkam mich ein ganz schreckliches Gefühl. Ich kannte die PIN für sein Handy nicht, konnte also nicht nachsehen, was für eine Nachricht er da bekommen hatte – wenn es denn eine Nachricht war, was er sich angeschaut hatte, nachdem er sich von mir weggedreht hatte. Ich hatte das starke Gefühl, dass irgendetwas plötzlich überhaupt nicht mehr stimmte.

Wissen Sie noch, welches Lied er gesungen hat?, fragte der Anklagevertreter.

Nein, sagte ich. Ich wüsste auch nicht, warum das irgendeine Rolle spielen sollte.

Vielleicht, sagte er, hilft das hier Ihrer Erinnerung auf die Sprünge. Er drückte auf die Taste eines Bandgeräts, und meine eigene Stimme ertönte, dünn und hallig und zwischendurch fast von Tränen erstickt – so sang ich für den japanischen Vernehmungsbeamten das Lied, das ich an dem Tag, als Patrick ums Leben kam, aus der Dusche gehört hatte. Ich erinnerte mich an den Wind draußen. An die Schneelandschaft, durch die später der Zug fuhr. Es bewies nichts, das abzuspielen, mir eine weitere kleine Gedächtnislücke nachzuweisen. Aber es brachte den Gerichtssaal schlagartig zum Verstummen. Als hätte der Klang meiner Stimme, die Patricks Lied sang, seinen Geist heraufbeschworen. Unser Lied, hätte ich erklären sollen. Früher war es unser Lied gewesen. Das er für mich sang.

32

Der Anklagevertreter hielt das Band an. Und dann, sagte er, ist Patrick in die Bar hochgegangen, und Sie haben geschlafen, richtig?

Ja.

Und als Sie aufgewacht sind, war der Sturm ausgebrochen, und Sie haben sich auf die Suche nach ihm gemacht.

Ja.

Und Sie sind ihm aufs Deck hinaus gefolgt, wo Sie sich dann gestritten haben?

Ja.

Worüber haben Sie sich gestritten?

Ich nestelte nervös an einem bestickten Stück Stoff, etwa so groß wie ein geviierteltes Damentaschentuch. Ich zwirbelte und knüllte es, und der Stoff nahm den Schweiß meiner Handflächen auf. Als wir noch klein waren und Joan für uns sorgte, war es ihr sehr wichtig, niemals den Eindruck zu erwecken, sie wolle den Platz unserer Mutter einnehmen. Nicht dass sie uns weniger innig oder tief als eine Mutter geliebt hätte, aber sie wollte nicht, dass wir auch nur auf den Gedanken kamen, wir müssten die Erinnerung an unsere Mutter oder unsere Vorstellung von ihr aufgeben, nur weil uns jetzt eine andere Frau mütterliche Zuneigung schenkte. Meine Mutter hatte nicht viel mitgenommen, als sie ging, und nach einer gewissen Zeit hatte mein Vater fast alles, was noch da war, weggeworfen.

Doch zwei Kleider von ihr hingen noch im Schrank, hinter seinen Hemden und den Wintermänteln. Wenn mein Vater nicht zu Hause war, erlaubte Joan uns manchmal, damit zu spielen, die Kleider anzuziehen, und als wir zu alt für so etwas geworden waren, trennte sie an den Säumen die Nähte auf, schnitt von beiden Kleidern unten einen breiten Streifen ab und nähte May und mir jeweils ein Täschchen daraus, wie ein Kind es vielleicht verwenden würde, um seine Milchzähne darin aufzubewahren – um sie darin unters Kopfkissen zu legen, damit die Zahnfee sie findet und durch Münzen ersetzt. Mein Täschchen war aus schwerer gelber Seide, von roten Fäden durchwirkt, die auf einer größeren Fläche ein Blumen- und Vogelmuster ergeben hätten. Weil der Stoff vom Saum kam, war er von einer waagerechten Linie durchzogen, die nie verschwand, denn die eine Hälfte war auf der Außenseite des Kleides gewesen, das häufig getragen und folglich von der Sonne ausgebleicht war, die andere Hälfte lichtgeschützt auf der Innenseite, wo das Kleid nur das Bein meiner Mutter gestreift hatte. Der Stoff hatte schon lange ihren Geruch verloren, aber ich hielt ihn auch als Erwachsene immer noch gern in der Hand. Während ich die Ausführungen des Anklagevertreters über mich ergehen ließ, legte ich das Täschchen in meinen Schoß und hob das Wasserglas an meinen Mund. Ich versuchte, ganz still zu sitzen und mir nicht die Schweißtropfen von den Schläfen zu wischen. Nur einmal berührte ich meinen Bauch. Mein Zustand, wie es in der Presse meist hieß, war inzwischen nicht mehr zu übersehen. Ich fühlte mich unwohl, das

Kind hatte sich in eine ungünstige Position manövriert, sein Ellbogen drückte gegen meine Blase. Im Saal war es heiß und stickig, das Atmen fiel mir schwer.

In meinem letzten Buch hatte ich tatsächlich eine Szene beschrieben, die dem, was in meinem eigenen Leben gerade geschah, verstörend nahekam. Dem Anklagevertreter war das wohl bewusst, und er wartete mit einem Zitat über das Unglück auf, das den beiden Schwestern in ihrem Erwachsenenleben den Boden unter den Füßen wegzog, es ging um einen gewissen Unfall. Ob das eine Art Vorplanung gewesen sei? Bewusst oder absichtsvoll sicher nicht. Doch seine Frage traf ins Innerste meiner eigenen Befürchtungen. Erschafft Fiktion Realität? Für mich war literarische Fiktion immer das gewesen, was dem Bewusstsein als Form am nächsten kam. Vielleicht hat sie deshalb eine solche Kraft. Oder vielleicht sollte ich es andersherum sagen: Das Bewusstsein kommt mir schon immer wie eine Fiktion vor, genau darin liegt seine Magie, seine Seltsamkeit. Das eine ist so wirkmächtig und unzuverlässig wie das andere. Als ich meinen Roman schrieb, war das, was ich über die Schwestern erzählte, nicht wahr – in dem Sinne, dass es nicht tatsächlich passiert war, ich hatte es mir nur ausgedacht. Ich kann nicht anders, als das, was sich vor meinem inneren Auge entspinnt, in Worte zu fassen: Tagtraum und literarische Fiktion liegen in meinem Kopf eng beieinander, unterscheiden sich in ihren visuellen Aspekten kaum. Vielleicht ist dies meine größte Angst: dass ich, indem ich über etwas schreibe, bewirke, dass es tatsächlich geschieht, es gleichsam in die Realität hole – dass ich eine Fähigkeit besitze, die ich nicht ganz verstehe und die mich dennoch antreibt.

Der Anklagevertreter war ein geübter Showman, aber vermutlich kein Mann der Literatur. Oder er war es durchaus und wusste deshalb, dass er die Grenze zwischen meiner Aussage und meinem Werk verwischen konnte: Er adressierte die Geschworenen, als wären sie – was auf einige von ihnen durchaus zutraf – Leserinnen und Leser: eine Jury ganz eigener Art. Was er sagte, stimmte durchaus: In vielen meiner Bücher kamen dieselben Figuren vor, wurde die Geschichte einer fiktionalen Ortschaft oder Familie fortgeschrieben. Zum Teil hatte ich auch unterschiedlichen Figuren – Figuren aus verschiedenen Büchern – denselben Namen gegeben, nicht mit Absicht, sondern aus Vergesslichkeit, doch der Anklagevertreter führte das als Argument dafür ins Feld, dass sich ein immer stärker werdender Vorsatz in mir herausgebildet hatte. Die Stimmen waren jedenfalls vertraut und beständig, und oft ging es in meinen Büchern um ein rätselhaftes Ereignis, einen Tod oder ein Verschwinden etwa, oder um ein Geheimnis, zudem wurde meist in der ersten Person erzählt, manchmal von einer Reihe verschiedener Erzählstimmen.

Mit diesen Hinweisen manipulierte er die Geschworenen und tat so, als gäbe es keinen wirklichen Unterschied zwischen meiner eigenen Person und den Figuren, die in meinen Büchern sprachen. Als ließe sich die Imagination nicht als eigene Kraft begreifen, sondern nur als schnöder Schein, eine überkommene Methode, die wir Schreibenden benutzten, um unsere Spuren zu verwischen, unseren Träumen und Wünschen gleichsam verschleiert Ausdruck zu verleihen. Er aber würde diesen Schleier jetzt wegreißen, damit mein wahres Gesicht zum Vorschein kam.

Ich fühlte mich in die Enge getrieben. Viele Literaturschaffende, die ich kannte, störte es nicht, wenn ihre Werke unter dieser Prämisse besprochen wurden, sie waren darauf vorbereitet oder legten es sogar darauf an, derart exponiert zu werden, schrieben autobiografische Bücher, in denen sie unter größter Mühe scheinbar mühelos und unbeschwert ihr Leben darstellten. Mich verdross das: der Gedanke, dass wir – insbesondere die Frauen –, um literarisches Ansehen zu erlangen, wieder irgendeine Form von Selbstbekenntnis zu liefern hatten, das zu gegebener Zeit dann gegen uns verwendet wurde. Scheuten wir davor zurück und bewegten uns in die entgegengesetzte Richtung, konnte zu große literarische Raffinesse wiederum den Eindruck erwecken, wir wollten etwas verbergen, und uns folglich den Vorwurf mangelnder Authentizität einbringen. Es war ein Drahtseilakt. Als Schriftstellerin konnte ich es eigentlich nur falsch machen. Egal auf welche Weise ich sagte, was ich zu sagen hatte, ich lief Gefahr, ins Unrecht gesetzt zu werden, unterstellt zu bekommen, ich führte die Leute auf die eine oder Weise in die Irre – disqualifizierte mich entweder durch ein schlecht gestaltetes Selbstbekenntnis, das zu ausufernd oder unstimmig war, oder aber durch Anmaßung und Verstellung.

Der Anklagevertreter war sich über all dies im Klaren. Es war seine Aufgabe, dem Gericht zu vermitteln, dass er wusste, wie ich dachte, und dass er auf der Basis dieses Wissens die Geschworenen von meiner Schuld überzeugen konnte. Wenn ich mich noch einmal dem Beweismaterial zuwenden darf, sagte er, es gibt da einen letzten Abschnitt, den ich gern zitieren würde, aus Ihrer ersten Aussage. Mir wurde leicht übel. Das Baby strampelte heftig. Es trat gegen eine meiner Rippen, aber ich konnte nicht aufstehen und mich strecken, damit es seine Position veränderte. Der Anklagevertreter fuhr fort. Meine Damen und Herren Geschworenen, sagte er, ich möchte Sie noch einmal darauf hinweisen, dass Sie hier eine Frau vor sich haben, die in ihrer Dankesrede anlässlich einer der bedeutendsten literarischen Ehrungen von ihrer Entschlossenheit gesprochen hat, zu vollenden, was sie angefangen hat, eine Frau, die ihrem verstorbenen Mann explizit für seine Unterstützung gedankt hat, dafür, dass er ihr half, Dinge zu Ende zu bringen. Ich möchte Ihnen diese Passage vollständig vorlesen.

Während er sprach, beugte ich mich vor, damit mehr Luft in meine Lunge gelangte. Mehr und tiefer hinein. Es war so heiß hier drinnen. Die Stimme des Anklagevertreters tönte im Hintergrund weiter, die Absätze seiner Schuhe klackten, während er auf und ab ging. Ich konnte sein Rasierwasser riechen, ein starker Geruch nach Minze mit einem Hauch von Nelke oder etwas Ähnlichem. Ich befürchtete, mich übergeben zu müssen. Das Baby strampelte wieder, noch heftiger. Ich atmete tiefer ein, sog die Luft in gierigen Zügen in meinen Körper, soweit es nur ging, was nicht einmal ansatzweise genug war, ich spürte, wie ich anfing zu japsen, zu keuchen, bis ich jemanden rufen hörte: Halt, Stopp, Hilfe.

33

Als ich wieder zu mir kam, war mein Blick verschwommen. Ich wusste nicht, wo ich war. Gesichter beugten sich zu mir herunter. Unscharf, wabernd. Dahinter sah ich die Zimmerdecke, helle Lichter. Ms. Blackwood. Ms. Blackwood? Kommen Sie zu sich. Ich wusste, dass das mein Name war. Ich wusste nicht, wer ihn sagte. Ich spürte eine kühle Hand an meinem Hals, die meinen Pulsschlag prüfte. Für einen Moment schloss ich die Augen. Im Hintergrund hörte ich lauter werdende Stimmen. Der Holzhammer forderte Ruhe, Verhandlung vertagt. Neben mir eine Frau, die andere Umstehende fortschickte. Ein Mann in Sanitäterkleidung streifte mir den Ärmel hoch. Es ist alles in Ordnung, Schätzchen, sagte sie. Oder vielleicht war es der Mann. Ich roch sein Eau de Cologne. Das wird gleich wieder, sagte er und drehte mich dabei vorsichtig auf die Seite. Wer waren diese Leute? Ich hörte sie miteinander reden. Der Boden schien unter mir wegzusacken. Sechster Monat, sagte die Frau. Kurz vor dem siebten. Dann fragte der Mann sie etwas anderes. Ich verstand es nicht. Ja, das kann ich, antwortete sie. Wir müssen sie woanders hinbringen, sagte er. Sie muss bequemer liegen und sich ausruhen. Ich hörte eine Schwingtür auf- und zugehen, das saugende, sausende Geräusch der Luftbewegung. Es wurde still im Raum. Ich kann mich um sie kümmern, sagte sie zu dem Mann. Eine vertraute Stimme, die in der Luft schwebte. Aber vielleicht könnten Sie mir helfen, sie zum Auto zu bringen.

Ruck. Ruck. Nichts. Ruck, nichts. Nichts. Ruck, nichts. Irgendwo habe ich noch einen Kasten mit Dias aus unserer frühen Kindheit. Der Kasten ist rechteckig, sodass zwei Reihen Dias nebeneinander passen. Der Deckel ist gelb, das Unterteil weiß. Ich habe diesen Kasten lange in der untersten Schublade meines Schreibtischs aufbewahrt und ihn ab und zu herausgenommen, um mir die grauen Bilder anzuschauen. Die Dias sind in Pappe gefasst, eine Art Rahmen, in dessen Mitte das semi-transparente Bild sitzt. Dunkel, fast schwarz, wenn man direkt draufschaut und sich ein fester Gegenstand dahinter befindet. Aber wenn man das einzelne Dia hochhält und so neigt, dass das Licht durch das Plastik fällt, wird das Bild sichtbar, winzig und in gedämpften Farben. Ein Bild kaum größer als ein Daumennagel, das im Nu wieder in seinen dunklen Zustand zurückfällt. Das Bild tritt zutage, als würden die Schatten weggewischt, man errät oder interpretiert es vor allem über die hellen Flecken: das Gesicht eines Babys, die Schulter einer Mutter, eine Küste mit einem Streifen hellem Sand, zwei winzige Gestalten, die auf ihren Badetüchern sitzen. Steckt man die Dias in einen Projektor, wird das Bild riesengroß. Manchmal projizierte mein Vater die Dias auf ein weißes Laken, zu anderen Zeiten hatten wir, so erinnere ich mich, eine tragbare Leinwand, die ein seltsames wabbelndes Geräusch machte, wie ein Segel in Wind, wenn wir dagegen stießen oder er sie verrücken musste, damit sie in einer Linie mit dem Projektor stand und das Bild in der Mitte der weißen Leinwand erschien, statt zur Hälfte darauf und zur Hälfte auf der Wand – Szenen aus den frühen Jahren von uns Schwestern, aus unserem ursprünglichen Familienleben, die sich matt leuchtend über Sideboard und Tisch, Vasen und Bilderrahmen legten, weich wie Wasser. Ruck und klick, ruck und klick. Manchmal durfte ich die Dias in die Schlitze des Rundmagazins stecken. Ich musste ganz vorsichtig sein, durfte sie nur an den glänzend weißen Papprändern anfassen, nicht das graue Viereck mit dem Bild berühren. Keine Fingerabdrücke. Die Schlitze des Rundmagazins waren schmal und dunkel. Ich zog ein Dia aus dem Kasten und ließ es sanft in den Schlitz gleiten. Dann drückte mein Vater auf eine Taste, das Karussell drehte sich surrend und klickend weiter, und das Bild erschien an der Wand.

Einen Moment lang fragte ich mich, ob ich fantasierte. Es war eine bewusste Überlegung. Die vage Ahnung, womöglich zu halluzinieren. Die Übelkeit. Die Hitze in meinem Gesicht. Ich erinnere mich weder an die Autofahrt noch ans Ankommen. Weiß nicht mehr, wo wir parkten, ob wir zum Haus laufen mussten. Nichts, nichts, ruck. Ruck. Nichts. So, jetzt machen wir es dir mal bequem, sagte sie. Ich weiß noch, dass sich jemand neben mich kniete, mir die Schuhe auszog, meine Beine auf das Sofa hob. Dann muss ich wohl geschlafen haben, und als ich aufwachte, begriff ich, dass ich bei Valerie zu Hause war.

Ah, du bist wach, sagte sie, als ich mich mühsam aufsetzte. Wie fühlst du dich? Sie strich mir die Haare aus dem Gesicht. Du hast uns allen einen ganz schönen Schreck eingejagt.

Ich nickte und sagte, es gehe jetzt. Ein bisschen schwach fühlte ich mich noch, benommen. Im Gerichtssaal sei es so heiß und stickig gewesen. Ich hätte vorher etwas essen sollen, wie sie es gesagt hatte. Sie brachte mir Tee auf einem Tablett, das sie auf das Beistelltischchen stellte.

Der Arzt hat gesagt, du sollst dich schonen. Ein etwas dämlicher Rat angesichts der Umstände. Ich gebe ihn nur weiter.

Draußen wurde es langsam dunkel, und im Zimmer war es schummrig. Valerie rührte mir eine Extraportion Zucker in den Tee und setzte sich neben mich. Eine Weile schwiegen wir gemeinsam. Aber ich merkte, dass ihr etwas auf der Seele lag, sie fummelte an dem Anhänger ihrer Kette herum, zog ihn hierhin und dorthin. Vielleicht ging es um etwas, was sie im Gerichtssaal gehört hatte. Etwas, was ich gesagt und wovon sie nichts gewusst hatte. Was ich ihr hätte sagen sollen. Ich war verwirrt und niedergeschlagen, von Hoffnungslosigkeit erfüllt. Es war schwer vorstellbar, wie das Ganze noch schlechter hätte laufen können. Noch monströser hätte man mich kaum darstellen können. Wie konnte ich am nächsten Tag wieder dort erscheinen? Es würde sowieso nichts bewirken – mein Leben ist vorbei, sagte ich zu Valerie. So gut wie. Wozu das alles noch?

Nicht, sagte Valerie. Red nicht so. Sie stand auf, um den Hund hinauszulassen, ein kleines weißes Ding, in das sie völlig vernarrt war, und ging dann in die Küche, um noch einmal Wasser aufzusetzen.

Nein wirklich, sagte ich. Ich schulde dir eine Erklärung. Ich hätte – aber Valerie hob die Hand, um mich zum Schweigen zu bringen. Bitte, sagte sie. Das ist nicht nötig. Sie schaltete das Licht ein, die Stirn leicht gerunzelt, setzte sich wieder und seufzte, dann sah sie mir in die Augen.

Pass auf, sagte sie, was immer als Nächstes passiert, also, egal wie du dich jetzt gerade fühlst, du darfst nie den Glauben daran verlieren, dass es eine Zukunft gibt. Dass du eine Zukunft hast – egal wie das Urteil ausfällt, du musst immer daran denken, dass es ein Leben danach für dich geben wird. Ganz sicher.

Vom Sofa aus konnte ich durch die Küche und die große Glastür in den schmalen Garten hinausschauen. An der Tür hingen keine Vorhänge, und ich konnte die große Eiche sehen, die in der Ferne am Rand eines Nachbargrundstücks stand. Ihre Zweige waren kahl und schwankten im leichten Abendwind.

Seit Wochen fühlte sich mein Leben unwirklich an – als wäre alles, was ich sah, bloßer Schein, eine Halluzination. Zu dünn und scharf. Ich meinte, auf der anderen Seite die Wahrheit zu spüren, greifbar, parat, aber aus irgendeinem Grund drang ich nicht zu ihr durch. Jetzt schien sich das Zimmer ein wenig zu neigen, als hätte ich einen starken Jetlag. Ich fühlte mich seltsam, durchflutet, als strömte mein eigenes Leben durch mich hindurch und ins Meer hinaus. Als wäre alles, was ich gedacht, alles, was ich mir vorgestellt hatte, möglicherweise falsch gewesen. All die Entscheidungen, die ich getroffen hatte.

In der Küche piepte ein Timer, und Valerie stand auf. Ich hörte Geschirr und Besteck klappern. Dann ihre Schritte auf den Dielen. Ich blinzelte meine Tränen weg und versuchte, meinen Atem zu beruhigen. Hier, sagte sie und reichte mir eine Schüssel Suppe, einen Löffel und eine Serviette. Sie stellte mir ein Glas Wasser hin, in dem ein Eiswürfel schwamm. Versuch, nicht an morgen zu denken, sagte sie. Jetzt solltest du etwas essen. Essen und dich ausruhen.

34

Am nächsten Vormittag hielt der Anklagevertreter sein Schlussplädoyer. Ich wünschte mir, Valerie könnte meine Hand halten, in meiner Nähe sein, aber sie war auf der Zuschauertribüne und nicht zu sehen. Joshua war nicht da – er wollte zu Recht nichts mit mir zu tun haben, und es kann sein, dass ich ihn nie wiedersehen werde. Mein Rücken tat weh, meine Füße waren in den Schuhen angeschwollen. Ich wollte nicht hören, was als Nächstes kam. Ich wollte nur noch schlafen. Wollte in Bewusstlosigkeit sinken, bis das alles vorbei war. Alles, mein ganzes Leben. Das war damals mein Gefühl. Sämtliche Zeitungsartikel wurden durch dieselbe Skizze ergänzt: eine grobe Kohlezeichnung, die mich im Profil zeigte, wodurch mein zum Pferdeschwanz gebundenes Haar, die Wölbung meines Bauchs, die nicht ganz aufrechte Wirbelsäule, die heruntergezogenen Mundwinkel besonders hervorgehoben wurden – ein Bild der Unzufriedenheit, des Unbehagens. Ich hatte mir die Haare zurückgebunden, damit ich nicht an ihnen herumspielte, nicht meine Nervosität erkennen ließ. Aber auf der Zeichnung lässt mich der Pferdeschwanz bloß kindlich erscheinen. Das Bild wurde in der Presse kommentiert: Mein Absturz, meine Verlotterung – kein Vergleich mehr mit der glamourösen Autorin, die ich einst gewesen war.

Meine Anwältin erhob sich und plädierte ihrerseits, aber selbst ich merkte, dass ihren Worten die Schlagkraft fehlte, die der Anklagevertreter an den Tag gelegt hatte. Sie bat um Verständnis, um Mitgefühl, um Berücksichtigung der äußeren Umstände, erinnerte an die Heftigkeit des Sturms, stellte Patricks Tod als eine Tragödie dar, die auf dieses außergewöhnliche Ereignis zurückzuführen war. Aber es war wenig überzeugend, Sturm und Regen für seinen Tod verantwortlich zu machen.

Die Geschworenen zogen sich zur Beratung zurück und erschienen am Nachmittag zur Urteilsverkündung wieder.

Die Pause zwischen den einleitenden Sätzen (Sind die Geschworenen zu einem .... Ja, Euer Ehren) und der Bekanntgabe des Urteils riss einen schwarzen Abgrund vor mir auf, der mich verschlang. Und dennoch versagte mir mein Körper nicht den Dienst. Ich wurde nicht ohnmächtig, übergab mich nicht, stöhnte nicht einmal auf, so wie Valerie. Meine Anwältin bat um Strafmilderung, argumentierte, es habe sich nur um Totschlag gehandelt – im Affekt. Es gebe also mildernde Umstände. Hatte ich ein Unrechtsbewusstsein? *Mens rea*: die Intention oder das Bewusstsein, eine Straftat zu begehen. Cocktails. Happy Hour, Seekrankheit, Sonnenstich. Fahrlässige Tötung. Nicht ganz. Es ging um den wesentlichen Unterschied zwischen der Anklage wegen Mord und der Straftat, deren man mich jetzt für schuldig erklärt hatte. Für schuldig befunden. Als ginge es ums Finden, etwas Zufälliges. Eine Fundsache. Ohne Grundlage, ohne Fundament. Vom lateinischen *fundare*, den Grund zu etwas legen. Nicht zu verwechseln mit *fundere*, gießen, schmelzen; oder hervorbringen, gebären; oder verschwenden, vergeuden. Hier steht sie, in Bronze gegossen, auf einem Fundament der Schuld, die bald Gebärende, die ihr Leben vergeudet hat. Auf Grund gelaufen, am Boden, ein trauriger Fund. Aufgrund meines Zustandes ließ man zumindest etwas Milde walten. Was jedoch keineswegs die Schwere des Tatvorwurfs mindere, mahnte der Richter. Etwas wurde von einem Blatt abgelesen. Dann führte man mich hinaus. Später unterschrieb ich ein Formular, in dem ich Ada die Vormundschaft für mein Kind übertrug.

Ich hielt sie nur einen Augenblick lang, meine Tochter, nachdem man sie aus meinem Leib gezogen hatte. Ich war zu erschöpft, um sie an meine Brust zu nehmen. Jemand legte sie mir auf den Bauch, und ich legte die Hand auf ihren Rücken, der von Blut und Fruchtschmiere warm und glitschig war. Ich sah ihre tiefgrauen Augen nach mir suchen, vage nach oben schweifen, wo ich wartete. Doch als die Plazenta herauskam, fing ich an zu bluten und wurde eilends weggebracht, ohne meine Tochter. Es folgten Transfusionen und Operationen. Ich konnte mich nicht um meine Tochter kümmern. Sie erlaubten es mir nicht. Ich war nicht in der Verfassung dazu. Oder alles auf einmal. Ich spürte nur ein einziges Mal ihren Mund an meiner Brust, dann nahmen sie mir meine Tochter weg.

Während des Gerichtsverfahrens und schon einige Zeit zuvor hatte ich mich nicht mehr selbst sehen wollen, ob in den trüben Spiegeln öffentlicher Toiletten, den blanken Schaufensterscheiben im Einkaufszentrum oder den ausklappbaren Spiegeln bei der Anprobe, ob an einem ganz normalen Morgen im Bad oder im schwarzen Bildschirm des Fernsehers, nachdem ich ihn ausgeschaltet hatte. Ich begann mir eine Welt auszumalen, in der es das alles noch nicht gab, keine Spiegel und kein Glas, keine Bildschirme, eine Welt, in der man sich nur im Blick der anderen sah, in der man den eigenen Wert allein an den Mienen der Mitmenschen ablesen konnte. In der es nicht nötig wäre, diesen Eindruck durch kritische Selbstbetrachtung und eigene Zweifel zu ergänzen oder zu untergraben, jene Selbstsabotage, mit der man sich denjenigen Merkmalen und Details widmet, die man am wenigsten an sich mag: Nase oder Kinn oder die Stelle mit den vielen Sommersprossen. Für das glückliche Kind, das in diese spiegel- und glaslose Welt hineingeboren wird, ist der bleibende Maßstab für seinen Wert und seine Schönheit das Gesicht der eigenen Mutter, die voller Liebe auf das Kleine in ihren Armen blickt. Es ist ein archetypisches Bild, dieser mütterliche Blick, eingeübt und oft wiederholt: eine Erinnerung eher der Mutter als des Kindes, denn ihr bedeutet dieses Bild viel, ja alles – ihr ist dieses Bild so lieb und teuer, dass sie es sich auch für sich selbst wünscht, obwohl sich niemand wirklich an den Moment erinnern kann, wo es geschieht, nicht an das Bild selbst. Wir hoffen, dass dieser mütterliche Blick auch auf uns gefallen ist, dass auch wir ihn erfahren haben. Ich muss daran glauben, dass auch ich mit diesem Blick angesehen wurde. Und wie sehr wünsche ich mir heute, dass meine Tochter weiß: Auch ich habe sie auf diese Weise angesehen – wie sehr wünsche ich mir, dass irgendwo in ihrem Unterbewusstsein die Erinnerung an diese Liebe verankert ist. Dieser Moment, als ich sie halten durfte und sie trank, nur kurz, und dann zu mir hochsah.

Jetzt, Jahre später, hat sie die schönen Augen ihres Vaters, mit diesem verschmitzten, fröhlichen Funkeln. Jedes Mal, wenn Ada mit ihr zu Besuch kommt, scheint meine Tochter ihm ähnlicher geworden zu sein. Das macht mir Angst, und zugleich erfreut es mich. Durch sie kann ich mich ihm nahe fühlen und werde zugleich ein wenig von mir selbst weggerückt. Das ist gut so, denn der kurze Eindruck von unser beider Ähnlichkeit, den ich erhascht habe, hat mich eher verstört als erfreut. Bin ich wirklich so? Entspricht dieses Abbild dem, was ich bin? In solchen Momenten erfüllt mich vor allem Sorge: die Angst vor einer Wiederholung, einer Neuauflage, das Wissen um meine Schwächen, meine Charakterfehler. Für mich als Mutter – als die Mutter, die ich bin – ist es viel einfacher, zu denken, dass meine Tochter nicht mir, sondern ihrem Vater gleicht. Ich denke an sie und möchte, dass sie das weiß: Ich denke unentwegt an sie. Auch während ich an andere Dinge denke, selbst dann. Sie ist ein permanentes Flimmern im Hintergrund, wie der Lichtstrahl eines Projektors, der scheckige Muster auf die Leinwand meiner Gedanken wirft.

35

Wegen meiner Schwangerschaft und dann dem Kind sowie meiner dumpfen Gefügigkeit während der ersten Haftjahre wurde ich hierher verlegt, in eine Art gelockerten Vollzug. In eine andere Kategorie eingestuft. Wir sind nicht viele hier, höchstens hundert. Man hält uns auf Trab, mit zugewiesenen Tätigkeiten, die uns auf die früher oder später bevorstehende Rückkehr ins normale Leben vorbereiten sollen. Ich bin seit einigen Jahren für die Gartenarbeit zuständig. Im Frühling und Sommer pflege ich mit einigen anderen Frauen die Rosen und Gemüsebeete, und im Winter findet man mich im Treibhaus, wo ich mich um die Setzlinge kümmere. Mein Vater wäre stolz auf mich – ich weiß, wie man Samen richtig sät, statt sie zu vergraben, wie man Sellerie bleicht und Rhabarber treibt. Man hat mir all diese Dinge beigebracht, und ich habe mich als eine der eifrigsten Schülerinnen und fleißigsten Arbeiterinnen erwiesen. Dafür wurde ich belohnt. Um diese Jahreszeit blicke ich von meinem Zimmer aus ins Grüne, und morgens strahlt die Sonne durch das gitterlose Fenster. Hohes Chinaschilf grenzt den Garten von dem Gebäude ab, in dem ich untergebracht bin. Jenseits davon, am Rand der Rasenfläche, steht Wachpersonal. Wenn das Schilf im Frühling seine fedrigen Blüten austreibt, sieht es aus, als verbärgen sich die Wachleute dahinter, als tarnten sie sich. Ich schaue von der anderen Seite durch das Schilf hindurch. Es hat etwas Elementares, geradezu Archaisches – ich erkenne mich als das, was ich bin: ein Tier, das sich versteckt. Nicht mehr Jägerin, sondern Beute, Schutz suchend im dichten Gras der Steppe. Die Gräser wiegen sich im Wind, vor und zurück. Es ist unmöglich, sie nicht als beseelt zu empfinden, nicht mit liebevollen Gefühlen auf sie zu reagieren, ganz ähnlich, wie wenn man an einem windigen Tag Kinder durch den Park laufen sieht. Ich stelle mir vor, wie das Haar meiner Tochter im Wind flattert. Wie sie es sich hinter die Ohren streicht, was ich sie bei ihren Besuchen öfter habe tun sehen. Langes, seidiges Haar. Ziemlich dunkel. Wenn du das dauernd so machst, hatte ich Ada einmal sagen hören, kriegst du abstehende Ohren; Ada war es lieber, wenn sie sich die Haare feststeckte, und sie hatte ihr kleine Schmetterlingshaarspangen geschenkt. Einmal im Monat kommt meine Tochter mit Ada zu Besuch, und jede Woche bekomme ich einen Brief von ihr, manchmal mit einem Bild, das sie in der Schule gemalt hat.

Es macht mich froh, an sie zu denken und mir das Leben vorzustellen, das wir vielleicht gemeinsam führen werden. Jetzt endlich erlaube ich mir das, denn meine Zeit hier neigt sich dem Ende zu. Ich habe mir dieses Leben in allen Einzelheiten ausgemalt, mich dabei aber zugleich immer gezügelt – eine Art fiktionaler Ausgestaltung, die ich als moralischen Akt ausgegeben habe. Als eine Art Entschädigung.

Wobei ich durchaus auch die Befürchtung in mir habe, dass es ganz anders werden könnte, als ich es mir gern vorstelle. Vielleicht ist einfach zu viel Zeit vergangen – fast die gesamte Kindheit meiner Tochter. Für mich hingegen haben sich die Jahre hier hingezogen, gedehnt. Ich versuche, anders zu rechnen: die gelebte Zeit und die abgestotterte Zeit, die Gutschrift und die Schuld.

Für mich, wie für alle anderen hier, ist das Leben zu einer Art Buchführung zusammengeschrumpft: Wir verfolgen sein Voranschreiten, indem wir zählen – die Jahre, dann die Monate, Wochen, Tage. Jetzt endlich zähle ich nur noch die Stunden. Wie langsam das ging. Ein winziges Schrittchen nach dem anderen. Und doch kommt es mir im Rückblick so vor, als wäre diese Zeit in einem anderen Tempo verstrichen, irgendwie schneller, obwohl sich nichts von nennenswerter Geschwindigkeit zugetragen hat. Ich frage mich, ob ich auch nach dem morgigen Tag weiterhin die Wochen zählen werde, aus reiner Gewohnheit. Nach morgen. Nur: Mit welchem Ziel würde ich zählen? Ich weiß es noch nicht. Es ist schwer, mir das vorzustellen. Vielleicht müsste ich in die andere Richtung zählen. Nach oben. So zählen, wie manche Leute es gern mit ihrem Geld, ihren guten Schuhen, ihren Auszeichnungen, ihren Kindern tun.

Ich male mir also aus, wie es wohl sein wird, wenn wir endlich zusammen sind, meine Tochter und ich. Wobei Ada zu dieser Vorstellung unbedingt dazugehört. Ich kann wirklich nur dankbar sein, dass sie mit ihrer Liebe so freigebig war – dass sie für meine Tochter gesorgt hat, ihr Essen gemacht, ihr jeden Abend die kleinen weißen Zähnchen geputzt hat. Ihr Gutenachtgeschichten vorgelesen und ihr beigebracht hat, ihren Namen zu schreiben. Und das ist nur der Anfang. Ada war lange eine erstklassige Geburtshelferin für meine Bücher, und die gleiche liebevolle Aufmerksamkeit lässt sie nun schon seit Jahren meiner Tochter zukommen. Ich weiß, dass ich deshalb nie ganz die Mutter meiner Tochter werde sein können. Nicht vollständig. Acht Jahre sind eine lange Zeit, fast eine ganze Kindheit. In ein paar Jahren wird meine Tochter in eine neue Phase eintreten, und in weiteren acht Jahren wird sie eine eigenständige junge Frau sein und versuchen, Entscheidungen zu treffen, die anders sind, als meine es waren, wird versuchen, ihrer Mutter so wenig wie möglich zu ähneln. Das ist der Gang der Dinge. Vielleicht ist es sogar eine Form von Liebe, von Anerkennung: um das Anderssein zu wissen. Die Mutter endlich als eine eigene, einzigartige Person zu sehen. Wobei – wer weiß, was sie bis dahin von mir denkt. Trotzdem tut sich jetzt ein Zeitfenster auf, in dem ich sie vielleicht so lieben kann, wie ich es immer wollte, wie ich es von Anfang an hätte tun sollen und wollen. Ich habe begriffen, vielleicht zu spät, dass mein Leben von ebender Beziehung bestimmt wird, der ich zu entkommen versuchte. Ich hatte der Mutterschaft den Rücken gekehrt, doch sie fand mich. Vielleicht können wir alle nicht anders, als das zu werden, was wir am allerwenigsten werden wollen, sind so auf das fixiert, was wir zu vermeiden suchen, dass wir es unwillkürlich herbeiführen. Letzten Endes habe ich auf diese Weise den Gegenentwurf zu dem Leben und der Rolle realisiert, die ich bewusst und erklärtermaßen angestrebt hatte – und die zu meinem eigenen Niedergang, wenn ich ihn denn als solchen beschreiben will, beigetragen haben.

Heute, an meinem letzten Tag, habe ich noch einige Handgriffe im Rosengarten zu erledigen. Ich leite die

Rosen um, damit sie gleichmäßiger über die Pergola wachsen – man macht das am besten zu zweit, dann kann die eine den Rosentrieb halten, während die andere ihn festbindet. Meine Begleiterin ist eine lebhafte Frau namens Dolora. Sie hat schöne Wangenknochen und eine von Sonne und Alkohol strapazierte Haut. Auch sie war mal eine Martini-Frau, in einem früheren Leben. Spezialistin für Zitronen-Twists, hat sie erklärt und mir die genaue Zusammensetzung des Cocktails erläutert: zwei Spritzer dies, ein Spritzer das, zwei Spritzer jenes. Damit könne ich sie in Erinnerung behalten, sagt sie. Sie kommt in drei Monaten raus. Sie redet von nichts anderem mehr als davon, dass ihr Liebster sie abholen und mit ihr Austern essen gehen wird. Sie kann sich nicht erinnern, wann sie das letzte Mal Austern gegessen hat. Meer gibt es hier weit und breit keins, aber das scheint keine Rolle zu spielen: Ihr Süßer wird Austern für sie auftreiben, ganz bestimmt. Nicht weit von hier, ein paar Meilen weiter östlich, verläuft die Autobahn, und wenn der Wind nachts aus dieser Richtung weht, kann ich die Autos auf dieser Straße hören, auf der auch ich bald unterwegs sein werde, und nicht lange nach mir Dolora. Wenn ich sehr müde bin oder gerade aus einem Traum auftauche, vergesse ich manchmal, dass es der Verkehr ist, der so rauscht, und denke, ich wäre wieder am Meer.

Dolora singt bei der Arbeit und knurrt die Rosen an, wenn sie sich nicht so biegen lassen, wie sie es will, wenn sie zurückschnellen und sich trotz der Gartenschnur weigern, dicht am Gitter der Pergola zu bleiben. Jetzt komm endlich!, sagt sie zu den Ranken. Komm, du blödes Ding. Ich ziehe fester, mache einen Dreifachknoten. Ich benutze dazu in Streifen geschnittene alte, beigefarbene Feinstrumpfhosen, die mal dieser, mal jener Wärterin gehört haben und aussortiert wurden, weil sie Laufmaschen hatten. Die Streifen sind dehnbar und halten gut. Was willst du denn machen, fragt sie, wenn du rauskommst?

Ich kann ihr nicht die Wahrheit sagen, weil sie mir zu kompliziert erscheint und weil ich dann in Tränen ausbrechen würde und weil ich Dolora immer als einen prima Kumpel empfunden habe, aber nicht als eine Frau, der ich mich anvertrauen, der ich mein Herz ausschütten würde. Also erzähle ich ihr etwas, was zumindest nicht gelogen ist, der Wahrheit ziemlich nahekommt. Ich weiß es noch nicht, sage ich. Ich habe mir bis jetzt nicht erlaubt, darüber nachzudenken. Also, ich habe es versucht. Jede Frau hier hat irgendwelche Vorsätze für die Zeit danach. Geheime Vorsätze für den noch nicht erzählten Teil der Geschichte, für die Tage, die nicht mehr dokumentiert werden, die Zeit, die nicht als Schuld abgestottert wird. Eine kommende Zeit großen und größeren Glücks.

Nachdem wir unsere Arbeit im Garten abgeschlossen haben, ruhe ich mich auf der Bank ein wenig aus. In dieser kurzen Pause tritt mir der Traum, den ich in der vergangenen Nacht hatte, so lebendig wieder vor Augen, dass es sich um eine reale Episode handeln könnte, vergessen und wiedergefunden: Patrick und ich entdecken im Garten des Hauses, in dem wir früher wohnten, leere Blumenbeete – Beete, von deren Existenz wir gar nichts wussten, und erst jetzt, als wir im Begriff sind, das Haus für immer zu verlassen, bemerken wir, dass wir an den Stellen, wo Blumen hingehört hätten, keine gepflanzt haben, ja wir haben überhaupt keine Blumen gepflanzt, nirgends. Zinnien,

Fingerhut, Rittersporn, Malven. Wie konnten wir das vergessen? Viele meiner Träume sind so: intensive Gespräche mit Patrick über Dinge, die wir vergessen haben zu tun oder nicht hätten sagen sollen. Allem Geschehenen zum Trotz bleibt er mein Gesprächspartner – die Person, mit der ich mich austausche. Wir führen diese Gespräche ziemlich oft am Wasser: er auf der einen Seite, ich auf der anderen. Ein Swimmingpool, ein reißender Fluss. Einmal auch eine riesige Pfütze nach einem heftigen Regen.

Ich rede mit Patrick jetzt so wie mit den anderen Figuren in meinem Kopf. Ich habe ihn als meinen Protagonisten verinnerlicht, die Figur, für ich mich verbürge und die ich befrage, und auf diese Weise halte ich ihn am Leben. Wenn ein Buch endet, möchte ich immer das Gefühl haben, dass das Leben der Figuren weitergeht – die erzählte Geschichte mag zu Ende sein, aber ich stelle mir gern vor, dass die Protagonisten weiterleben, nur eben privat, ohne dass sich jemand von außen einmischt. Als hätten wir, die Leserschaft, sie einfach nur aus dem Blick verloren, könnten ihre Gegenwart aber noch fühlen und uns ausmalen, wie sie in der Welt zugange sind.

Ich habe mich immer zu sehr mit meinen Figuren identifiziert. Oder mehr noch: Ich habe mich ihnen hingegeben, oft in einem ganz wörtlichen Sinne: Ich gab ihnen meine Erinnerungen, meine Emotionen. Meine Wünsche wurden ihre. Wir lebten in und durch einander. Vielleicht sind auf diese Weise nun auch Patrick und ich wieder eins geworden – ein einzelnes Bewusstsein. Für mich hat Kunst immer diese Macht gehabt: die Macht, das Unvereinbare, Unversöhnliche wenn nicht zu einem Ganzen zusammenzufügen, so doch fortleben zu lassen: Erfahrungen im

Fluss, ein Gefühl der Erneuerung. Denn was ist die Empfindung von Leben, von Lebendigsein schon anderes? Nur das habe ich immer gewollt: dieser Empfindung so nahe zu sein, wie es nur irgend geht – und früher hat Patrick mir das ermöglicht. Vielleicht tut er es noch heute.

Es ist kühl geworden. Dolora ist ins Haus zurückgegangen. Ich setze mich anders hin, vom vielen Bücken bei den Rosen tut mir das Kreuz ein bisschen weh. Aber ich muss mich noch um die Wäsche kümmern. Dienstags bin ich dafür zuständig. Die Waschmaschinen stehen im Keller. Ich mag den Geruch des Waschmittels, der trocknenden Kleider, des Bügeleisens, wenn es auf Dämpfen gestellt ist. Ich öffne die Tür zur Kellertreppe und betätige den Lichtschalter. Neonröhren springen flackernd an. Das Treppenhaus ist in einem grünlichen Blau gestrichen. Eine kalte, unangenehme Farbe. Hier und da ist sie abgeblättert, sodass die cremefarbene Grundierung oder der Backstein zum Vorschein kommen. An anderen Stellen hat die Wand dunkle Macken, vermutlich weil die Waschmaschinen oder Möbelstücke dort angestoßen sind, als sie auf der schmalen Treppe nach unten bugsiert wurden. Ich habe einen großen grauen Sack voller Handtücher dabei. Die erste Ladung. Hier unten stehen sieben Waschmaschinen und fünf Trockner – im Keller des Westflügels gibt es noch eine weitere Waschküche. Es riecht modrig, umso mehr, je weiter ich hinunterkomme. Die Luft ist kalt, wirkt fast zähflüssig, schwer von der Feuchtigkeit.

Ich stopfe die Handtücher in die erste Waschmaschine, gieße das blaue Flüssigwaschmittel hinein und schalte das Gerät ein. Das mache ich insgesamt sieben Mal. Als alle Maschinen laufen, wird der dumpfige Geruch vom Duft des Waschmittels überlagert. Es ist friedlich hier unten. Die Waschmaschinen sind Toplader, Industriemaschinen. Die Handtücher schlagen gegen die Metallrippen der Trommeln, werden hin und her geworfen, aber die Maschinen rühren sich nicht vom Fleck: kein Piepen, keine Unwucht, kein Wandern. Ada hat mir oft erzählt, dass sich meine Tochter als kleines Kind beruhigen ließ, indem man sie vor die Waschmaschine setzte. Ada stellte sie in ihrer Babywippe direkt vor die Tür des Frontladers, sodass sie zusehen konnte, wie Kleider und Schaum sich im Kreis drehten – regelrecht hypnotisiert sei sie beim Schleudergang gewesen, wenn die Kleider von der tropfenden Mitte der Glasscheibe an die Ränder wanderten und der Schaum schwand, während das Geräusch immer höher und dünner wurde.

Wenn das Waschprogramm durchgelaufen ist, lade ich alles in die Trockner und warte wieder. Ich bin hier nicht nur für meine gärtnerischen Fähigkeiten bekannt, sondern auch für die Gründlichkeit, mit der ich Flecken entferne und Wäsche bügele. Das hat mir zu viel Ruhe verholfen. Ich darf allein hierherkommen und still auf dem Campingstuhl sitzen. Manchmal bringe ich Stift und Papier mit und schreibe an May.

Später, als ich mit der Wäsche fertig bin, gehe ich auf einem Umweg zurück, durch das Wäldchen an der östlichen Grundstücksgrenze. Der Weg ist matschig, und ich sehe die Fußabdrücke irgendeines Paarhufers, die ich nicht zuordnen kann – sie sind zu klein für ein Pferd, selbst für ein Schwein. Ich kneife die Augen zusammen, um besser zu sehen, aber selbst an einem strahlenden Tag kann es hier im Wald düster sein, als bewahrten die Bäume die Schatten. Die Luft ist feucht, ein sanfter Nieselregen kommt aus der Dämmerung, winzige Tröpfchen wehen herüber, fein und kühl, ein Dunst. Bäume knarren, ihre Äste reiben übereinander. Ich horche nach dem Rascheln kleiner Tiere – Vögel, Mäuse. Selbst der dumpfe Aufprall eines Kiefernzapfens hallt nach, so still ist es hier.

Ich weiß, dass ich mich hier verändert habe, aber diese Veränderung begann schon nach der Geburt meiner Tochter. Ich hatte alles verloren. Ich konnte mich nicht einmal zum Schreiben aufraffen, und dann, als mir nichts mehr geblieben war, fand ich mich in jenem Krankenhausbett mit meinem Kind wieder. Vielleicht musste ich all dessen, was mir zuvor vertraut und gewiss gewesen war, beraubt werden, damit Raum für diese neue Liebe entstehen konnte. Eine Liebe, die mir vorher nie erstrebenswert erschienen war. Doch nun bestätigte sich, was Valerie mir damals versichert hatte: Es gab ein Leben danach. Eines, das anders war als alles, was ich bis dahin gekannt hatte. Oder mir hatte vorstellen können. Vielleicht war es auch einfach so, dass es nichts mehr gab, was ich hätte lenken oder kontrollieren müssen – weder Patrick noch die Erfahrungen, die ich in meine Romane zwingen wollte. Ein neuer Raum eröffnete sich in meinem Innern, und dadurch fand ich mich plötzlich auf das konkrete Leben ausgerichtet. Verspürte plötzlich den Wunsch, mittendrin zu sein. Der Schwerpunkt hatte sich verlagert. Und dabei ist es geblieben – so sehr, dass ich immer mal wieder, wenn ich diesen Waldweg entlanggehe, überzeugt bin, das Schreien eines kleinen Kindes zu hören. Ich bleibe dann stehen, sehe mich um, lausche – das Geräusch ist verschwunden. Aber kaum gehe ich weiter, ist es wieder da, es kommt aus der Tiefe des Waldes jenseits des Zauns, hinter dem dunklen Teich, den Binsen, dem Sumpfgras. Ich weiß nicht, ob dieses Geräusch real ist. Meines Wissens leben hier in der Nähe keine Kinder – es ist ein abgeschiedener Ort, in einer entlegenen Gegend. Ich weiß, dass alle Frauen stets nach ihren Kindern horchen, weit über den Punkt hinaus, wo diese realistischerweise zu hören sein könnten. Noch Jahre, Jahrzehnte später. Für diese Frauen, für mich, fällt beim Schrei eines Kindes die Zeit in sich zusammen. Der körperliche Sinn bleibt für immer entsprechend gestimmt, geschärft – das Tier im Wald. Manchmal spüre ich auch, wie meine Brüste anschwellen und härter werden, als würde gleich Milch einschießen, dabei weiß ich, dass das unmöglich ist, ein Wunder wäre. Oder ich bin felsenfest davon überzeugt, dass ich den süßen Duft meiner neugeborenen Kleinen rieche – glaube ihn an meinen Fingern, meinem Gesicht zu riechen, als hätte ich nach dem Stillen ihren Hals, ihre Wangen an meinen gerieben. Als sie ein Säugling war. Die wenigen Male, wo ich sie stillen durfte. Sie stillen konnte. Bevor die Mastitis begann und meine Milch versiegte, weil ich meine Kleine nicht oft genug halten durfte, fast nie. Natürlich weiß ich, dass dieser Geruch zum jetzigen Zeitpunkt seit Jahren verschwunden ist. Abgewaschen durch Adas fürsorgliche Hände. Ich spüre Tränen in meinen Augen brennen und gehe etwas schneller, versuche nur an das Gute zu denken, das vor mir liegt. Bald, ganz bald.

Ihr Gesicht, in meiner Vorstellung. Das schlaksige achtjährige Kind. Inwieweit man sich lebendig fühlt, hängt ganz wesentlich davon ab, ob man Vorfreude erlebt – ob man sie erleben darf, sie in sich findet. Am Anfang habe ich versucht, diesen Impuls zu unterdrücken, meine Jahre abzudienen, ohne zu zählen, ohne den vor mir liegenden Zeitraum zu ermessen. Wenn man sich in einer Art Gnadenstand befindet, ist das einfach: Die Zeit bleibt stehen. Sie weitet sich, um die Liebe in ihrer ganzen Größe und Bedeutung aufnehmen zu können. In den ersten Jahren unserer Ehe habe ich das sehr intensiv erlebt. Und ich habe es – entgegen allen Erwartungen und in einem Maße, das ich nie für möglich gehalten hätte – ebenso erlebt, als ich zum ersten Mal meine Tochter hielt, als ihre großen grauen Augen nach meiner Stimme suchten. Seit damals habe ich nichts getan, was irgendwie nennenswert wäre, habe nur gewartet, gewartet, gewartet.

Und jetzt, wie auf einen Schlag, eilt die Zeit wieder voran. Noch soundsoviele Tage, habe ich mir gesagt, wieder und wieder gesagt, noch soundsoviele Stunden, und dann werde ich sie wiedersehen: wirklich, richtig, in echt, wie man so schön sagt. Ich probe meine Freude. Jahrelang habe ich mir das verwehrt, und jetzt füllt es mein ganzes Denken aus: Ich stelle mir die Szene immer wieder vor. Denn es ist morgen. Es ist wirklich morgen. Und in wenigen Stunden wird es heute sein. Sie werden zusammen kommen, Ada und mein Kind. Das auch das Kind meines Mannes ist, Patricks Kind. Sie werden draußen auf mich warten. Werden auf dem feuchten Gras stehen, mit zusammengekniffenen Augen nach mir spähen. Bereit für mich. Ich spiele das Glücksgefühl durch, das ich zu erleben erwarte, teste es aus, genieße die Vorfreude. Manchmal romantisiere ich die Szene, als wäre sie Teil eines Films: Die Sonne scheint, wir stürmen einander in die

Arme. Ich weiß, dass es so nicht sein wird, es wird langsam vonstatten gehen und zum größten Teil drinnen, ein Verwaltungsakt, ich werde Formulare zu unterschreiben haben, und es wird möglicherweise Verzögerungen geben. Vielleicht fühlt es sich so an, wie ich denke, vielleicht auch völlig anders. Deshalb probe ich die Szene, spiele verschiedene Varianten durch, um mich vorzubereiten, ja zu wappnen für das, was ich dann wirklich erleben werde. Denn ich weiß es nicht. Und es ist jetzt so bald, und ich bin nervös. Morgen, nach dem Frühstück. Ich habe das in Gedanken so oft durchgespielt, dass ich es jetzt, wo der Moment unmittelbar bevorsteht, kaum glauben kann. Meine Hände zittern. Es wird geschehen, und dann wird es vorbei sein, und danach werde ich vermutlich irgendetwas anderes gedanklich durchspielen. Wie man es vor dem Einschlafen oft tut. Etwas Einfaches, Banales, ohne größere Bedeutung. Darauf freue ich mich. Einkaufen gehen, Milch besorgen, Brot, Bonbons. Die mag sie, sagt Ada. Man lebt sich selbst voraus, um Tage, Wochen, Monate, manchmal sogar Jahre. Man kann immer sagen, wo man sich im endlosen Wellenspiel der Erfahrungen gerade befindet: Jetzt warte ich auf die nächste, jetzt geht es hinab, jetzt wieder hinauf, jetzt geht es rasant vorwärts, jetzt blicke ich zurück. Meine Tochter wird mich erwarten. Ada wird sie an der Hand halten. So sehe ich es jedenfalls vor mir, so male ich es mir aus. Vielleicht irre ich mich. Ich habe Angst davor, dass sich der gelebte Moment von dem vorgestellten unterscheidet. Ich habe Angst davor, dass sie identisch sind. Ich will, dass sie auf mich zugerannt kommt, wie im Film. Ich werde mich hinunterbeugen und sie hochheben, ihren warmen, schweren Körper, in dem das Leben pulst. Der Geruch von Butter an ihren Wangen, von dem Sandwich, in das sie gerade gebissen hat, ein herzhafter Biss, das Sandwich mit beiden Händen auf Höhe des Gesichts gehalten, sodass aus den offenen Seiten etwas Marmelade auf ihre Wangen quillt, der süße Geruch steigt mir in die Nase, während ihr Haar mich streift. So stelle ich mir das vor. Das ist das Gefühl, auf das ich mich freue. Die Wiedervereinigung. Eines Tages wird sie mir erzählen, was sie von mir denkt, von dieser Erfahrung, diesem Moment in unserem Leben.

Keine Reue, hat Ada zu mir gesagt, um es mir leichter zu machen, und es ist viel einfacher, jetzt an diese kleinen Dinge zu denken, als mich dem viel größeren Fehler zu stellen – zu groß, um ermessen, berührt, in irgendeiner Weise erörtert zu werden, zu groß, als dass ich wüsste, wie ich darüber sprechen soll, was ich eines Tages sagen werde. Ob ich Patrick in meinem künftigen Schaffen tilgen oder an ihn erinnern werde, ob ich uns den privilegierten Status einer Fiktion verleihen und auf diese Weise etwas freisetzen werde. Denn Verlangen pflanzt sich über die Generationen fort und entwickelt sich weiter. Verlangen, das sowohl Schmerz als auch Liebe sein kann, unerwidert oder erfüllt, wie es eben kommt, wie es geschieht. Wir versuchen es auszuleben, was einer Art Austreibung gleichkommt – es ist ein Test, ein Auf-die-Probe-Stellen: gelangt man über das Erlöschen dessen, was man geerbt hat, was man fremd in sich trägt, hinaus?

Neben mir auf dem Boden stehen meine gepackten Taschen. Es wird kein großes Tamtam geben, wenn ich von hier weggehe. Das ist hier nicht üblich, und ich will es auch nicht. Ich werde einfach verschwinden. Fortgehen.

Keine Überblendung, keine Floskeln, kein Blick zurück. Ein klarer, harter Schnitt. Gekappt. Saubere Enden. Das denke ich, während ich die Szene immer wieder vor mir sehe: wie ich hinaustrete und in die Hocke gehe, die Arme ausbreite, und wie sie dann auf mich zuläuft. Ich sehe ihr Gesicht. Ihr Haar im leichten Wind. Das Gras um uns herum, den klaren Himmel über uns. Ein Bild, dann das nächste.

DANKSAGUNG

Viele Menschen haben zur Entstehung dieses Romans beigetragen.

Allergrößter Dank geht an meine Agentin Emma Paterson, die mich von Anfang an zu diesem Buch ermuntert hat und schon lange vor mir zu wissen schien, was für eine Art von Buch es werden würde. Sie hat mich immer wieder angespornt und mir geholfen, dem Roman seine Gestalt zu geben. Großer Dank auch an Monica MacSwan, die so großzügig all die frühen Entwürfe gelesen und mir wertvolles Feedback gegeben hat. Ein Riesendankeschön an alle bei W&N, ganz besonders aber an Lettice Franklin für ihren außergewöhnlichen Enthusiasmus, steten Zuspruch und scharfen Blick … und dafür, dass sie mehr Entwürfe zu diesem Buch gelesen hat, als man es von irgendeinem Menschen erwarten könnte. Danke allen bei Hachette Australia, ganz besonders aber Vanessa Radnidge für ihren Elan und all die Jahre der Freundschaft und Unterstützung. Mein Dank geht außerdem an Elisabeth Smitzch für ihre genialen Interventionen und an das gesamte Team von Grove Atlantic. Linden Lawson danke ich für das sorgfältige Lektorat und Lucinda McNeile dafür, dass sie alles in trockene Tücher gebracht hat. Es war mir eine Freude und Ehre, mit euch allen zusammenzuarbeiten!

Ganz wesentlich für meine Arbeit an diesem Roman war die großzügige Unterstützung durch den Australia Council for the Arts, Yaddo, die Whiting Foundation, Asialink, die University of Melbourne und das Tenjinyama Arts Studio in Japan. Ohne diese Unterstützung wäre es mir kaum möglich gewesen, mit dem Roman anzufangen, und ebenso wenig, ihn abzuschließen. Danke an das Oxford Centre for Life Writing am Wolfson College, wo viele meiner ersten Ideen zu diesem Buch entstanden sind.

Ich danke T. G., G. S., Alice, Molly und John.

Großer Dank geht an meine Kinder, Dashiell und Milla, für ihren Enthusiasmus und ihre Vorschläge zu entscheidenden Handlungsschritten – ich stehe in eurer Schuld! Vor allem aber danke ich Boyd: Dieses Buch ist für dich.